BASTEI
LÜBBE

SARA CHARLES

DAS INTERNAT

ROMAN

INS DEUTSCHE ÜBERTRAGEN
VON ANNALISA BOARI

BASTEI LÜBBE

BASTEI LÜBBE TASCHENBUCH
Band 14 225

Erste Auflage: August 1999

Deutsche Lizenzausgabe 1994/1999 by
Bastei-Verlag Gustav H. Lübbe GmbH & Co.,
Bergisch Gladbach
Originaltitel: School for Scandal
Lektorat: Wilhelm Kopp
Titelbild: Stock Photography
Umschlaggestaltung: QuadroGrafik, Bensberg
Satz: KCS GmbH, Buchholz/Hamburg
Druck und Verarbeitung: 47224
Groupe Hérissey, Evreux, Frankreich
Printed in France
ISBN 3-404-14225-X

Der Preis dieses Bandes versteht sich einschließlich der gesetzlichen Mehrwertsteuer

DAS NEUE MÄDCHEN

Das neue Mädchen geriet ins Stolpern und sagte, ohne die Stimme zu senken: »Oh, verdammt und verfickt!«

Julia Hastings mußte grinsen.

An Kate McNamara waren ihr zuerst die Beine aufgefallen. Unter dem kurzen Röckchen ragten sie geradezu vollkommen heraus – lang, schlank und makellos gebräunt. Die ›Sinistrals‹ – das lateinische Wort für Linkshänder, bei St. Clare's das Codewort für Lesbierinnen – in der Oberstufe würden sie rasch als Beute ausgespäht haben – Frischfleisch, wie es im Jargon hieß –, noch bevor sie ihren Reisesack ausgepackt hatte. Besonders Dutch Paula, die aber keine Holländerin, sondern Südafrikanerin mit einem burischen Familiennamen war.

Paula hatte eine Schwäche für Blondinen, und Kate war sehr blond.

Julia fragte sich, ob Kate, die zwei Schritte vor ihr auf der breiten Treppe des Churchill House ging, zu Mädchen wie Paula tendierte. Die meisten der hübscheren Teenies, die dreizehn- bis fünfzehnjährigen, durchliefen eine solche Phase und verknallten sich in ältere Mädchen oder hielten sich jüngere Geliebte.

Aber abgesehen von einigen Ausnahmen beschränkten sich diese Affären mit dem eigenen Geschlecht auf Botengänge für das Objekt der Sehnsucht oder auf das kuhäugige Schmachten aus der Ferne. Die Ausnahmen trieben es viel weiter und viel länger und ließen sich auf die verrücktesten Dinge ein, sobald die Lichter ausgegangen waren.

Mädchen bis zur Oberstufe schliefen in Schlafsälen, aber in der Oberstufe teilten sich jeweils zwei Mädchen ein Zimmer. Jemand hatte gesagt, das Stöhnen und Keuchen, das nach Mitternacht aus einigen dieser Zimmer dringe, erinnere sie an eine schlechte Nacht in Scutari. Aber Julia würde sich diesen Scherz erklären lassen müssen. Dennoch, die Tatsache blieb, daß es Mädchen gab, die ihr eigenes Geschlecht bevorzugten, trotz einer sofortigen Verweisung, wenn man erwischt wurde und trotz des Bruchs einer zweihundert Jahre alten Tradition an St. Clare's, als man ein paar Jungen in die Oberstufe aufgenommen hatte.

Julia gehörte nicht zu ihnen. Sie war zu Tode entsetzt gewesen, als sie vor zwei Jahren vom weiblichen Captain der Hockeymannschaft angemacht worden war, deren Fünf-Uhr-Flaum ihr einen Vorsprechtermin bei Miami Vice eingebracht haben könnte.

Natürlich mußte Julia einräumen, daß nicht alle Sinistrals Kandidatinnen für das englische Rugby-Team waren. Einige von ihnen waren feenhaft, pure Seide. Aber sie hatte auch mit denen nichts im Sinn, und Gott sei Dank gab es ein ungeschriebenes Gesetz, laut dem nichts mehr versucht werden durfte, wenn die erste Annäherung zurückgewiesen worden war. Julia fragte sich gelegentlich, was aus dem früheren Hockey-Captain geworden war, die jetzt in Oxford studierte. Vielleicht hatte sie mit Tennis begonnen, wo sie deutlich bessere Chancen haben würde.

Kate McNamara war ein Jahr jünger als das offizielle Limit für Teenies – sechzehn, so alt wie Julia. Die Zeit würde zeigen, wie Kate sexuell gepolt war, aber Julia hielt sie für strikt hetero, eher ein Ziel für die männlichen Schüler und ein neues Phantasieobjekt für Bulgy Algy, den Gärtnerjungen, der, so schien es, sich während der Freizeit- und Arbeitsstunden stets in Sichtweite des Tennisplatzes aufhielt, wobei er vorgab, Unkraut zu zupfen oder Gras zu mähen. Aber jeder wußte, daß er mit sich selbst spielte, während er die Mädchen spielen sah. Er war achtzehn oder neunzehn, dieser Algy, aber im Kopf war er höchstens zehn. Und ausgerüstet mit einem Gerät wie ein Aberdeen Angus, hieß es gerüchteweise, was Julia glauben konnte oder auch nicht.

Einige aus der Unterstufe und wohl auch einige aus ihrem Jahrgang neckten ihn auf Teufel komm raus, ganz im Gefühl der Sicherheit des Maschendrahts, der die Tennisanlage umgab. Sie lupften absichtlich ihre Röckchen, während sie so taten, ihn überhaupt nicht zu sehen.

Es hieß, daß er ständig mit einer Erektion herumliefe, was ihm auch den Spitznamen ›Bulgy‹ eingebracht hatte. Und es kursierten auch immer wieder Geschichten, daß dieses oder jenes Mädchen es mit ihm getrieben oder wenigstens seinen Prügel herausgefischt und ihn so lange befingert hätte, bis er steif genug zum Messen war. Aber Julia hatte noch nie ein Mädchen gesprochen, das diese Geschichte bestätigen wollte.

Wie die meisten Mädchen ihres Alters und ihrer Generation belegte Julia sexuelle Akte und Körperteile sowie deren Funktionen mit Begriffen, die ihre Großmutter entsetzt hätte. Ihre Mutter vielleicht nicht, sie war ein Kind der Sechziger.

Obwohl Julia noch Jungfrau war – wenn es auch mit

Teddy Hedges während der Sommerferien hinter dem Dorffriedhof verdammt knapp geworden war, und es wäre noch knapper geworden, wenn der verdammte Narr an die Kondome gedacht hätte –, waren Julia und ihresgleichen überzeugt, den Sex erfunden zu haben. Was sie herausgefunden hatte und immer noch herausfand, mußte einzigartig in der Geschichte der Welt sein.

Die Logik gebot, das Gegenteil anzunehmen, aber es war ihr unmöglich, sich vorzustellen, daß ihre Mutter – von der Großmutter ganz zu schweigen – die Kicks erlebte und in diesen herrlich schmutzigen Phantasien schwelgte, die sie überfielen, besonders, wenn sie sich um Mr. Penrose drehten, der in der Fünften und Sechsten englische Literatur unterrichtete.

Und sich vorzustellen, daß sich ihr Vater vor der Mutter entblößte und dabei das Zeug keuchte, was Teddy Hedges gestammelt hatte, als er sich entschuldigte, die Kondome vergessen zu haben, sie aber anflehte, etwas zu tun, um ihn zu erleichtern – nein, diese Vorstellung war einfach nicht drin. Okay, sie hatte Teddy gewährt, worum er sie anflehte. Das heißt, sie hatte eines der Dinge getan, zu denen er sie bewegen konnte. Sein erstes Verlangen hatte sie rundweg abgelehnt, sein zweites auch. Sie war nicht bereit, eine ungewollte Schwangerschaft zu riskieren, und sein Vorschlag, es mit dem Mund zu machen, behagte ihr auch nicht, obwohl er versprach, sich zu revanchieren. Er mußte sich mit dem zufriedengeben, wozu sie bereit war, und das tat er auch.

Es war nicht das erstemal, und es würde auch nicht das letztemal sein, und auf eine Art genoß sie die Macht, die sie über ihn ausübte, wenn er auf dem Rücken lag und sie mit geschlossener Faust begeistert an ihm arbeitete. Na ja, vielleicht war es etwas weniger als Begeisterung. Zum Teil war es Boshaftigkeit, weil er die verdammten Kondome vergessen hatte – ausgerechnet an ihrem letzten Ferientag, als sie bereit gewesen war, ihre Jungfernschaft zu beenden.

Aber zum anderen Teil war sie auch erregt gewesen von seiner Hilflosigkeit. Wenn sie ihre Hand weggenommen und gesagt hätte, das reichte nun, sie hätte genug, weiter würde sie nicht gehen, dann wäre er bestimmt in Tränen ausgebrochen. Und sie wußte auch, als seine Augen zu glänzen begannen, daß sie ihn in diesem Moment um alles hätte bitten können – eine Bank ausrauben, vom Kirchturm springen – er hätte es getan.

Aber sie hatte ihre Hand nicht weggezogen, und etwas Merkwürdiges geschah mit ihr, als sie an seinem hechelnden Atem und an seinen Geräuschen erkannte, daß es klug wäre, ihr Kleid in Sicherheit zu bringen: Teddys Gesicht nahm die Züge von Mr. Penrose an. Wenn sie die Augen schloß, und das tat sie, konnte sie sich leicht vorstellen, daß es ihr Englischlehrer war, der dort lag und dem sie diese Lust bereitete.

Es war einer der schönsten Momente ihrer Sommerferien gewesen, und jetzt war sie froh darüber, daß Teddy die Kondome vergessen hatte. Wenn sie ihre Unschuld verlor, dann sollte es mit jemandem wie Mr. Penrose sein, wenn nicht mit Mr. Penrose selbst, von dem es hieß, daß er einmal verheiratet gewesen wäre. Jetzt lebte er getrennt, oder er war geschieden, jedenfalls wohnte er auf dem Schulgelände.

Natürlich wußte sie, daß sie nicht die einzige war, die Robert Penrose für einen der bestaussehenden Männer der Welt hielt, und obwohl er etwa doppelt so alt war wie sie, glaubte sie oft, daß er sie nicht wie eine Schülerin betrachtete.

Wann immer er sie in sein Zimmer bestellte – die Tür mußte offenstehen, wenn ein Lehrer etwas mit einer Schülerin unter vier Augen zu besprechen hatte –, dann spürte sie, daß auch ihm lieber wäre, ihre Beziehung wäre mehr als nur die zwischen Lehrer und Schülerin. Nun, das mußte die Zeit ergeben. Zwischen jetzt und Weihnachten lagen zehn herrliche Wochen.

Kate McNamara stand fast auf dem oberen Treppenabsatz, als Julia plötzlich einen Eifersuchtsstich spürte. Kate würde auch Englisch bei Mr. Penrose haben, und Julia wußte, daß sie es mit ihr, was das Aussehen betraf, nicht aufnehmen konnte. Julia wußte, daß sie attraktiv war, aber das neue Mädchen war einfach eine Klasse für sich. Sie hoffte, daß Mr. Penrose nicht auf Blondinen stand.

Kate blieb auf dem Treppenabsatz stehen und blickte über die Schulter.

»Komm schon, Schnecke, rechts oder links?«

»Links.«

Kate war schon von Mrs. Gordon, der Schulleiterin, begrüßt worden, und Julia führte sie jetzt zu Mrs. Clinton, der Leiterin von Churchill House. Die Schulzeit begann eigentlich erst am nächsten Tag, aber die Internatsschüler – fünfundachtzig Prozent – mußten schon am Abend vorher aus den Ferien zurückkommen.

»Wer ist denn dieser schreckliche Drachen?« fragte Kate und wies auf das Ölgemälde einer streng blickenden Frau in schlecht schätzbarem Alter.

»Die Gründerin«, erwiderte Julia. »Lady Elizabeth Hooke, Ehefrau von John Hooke. So ein Porträt hängt in jedem Gebäude von St. Clare's.«

Kate erinnerte sich an den Namen aus den Unterlagen, die St. Clare's ihren Eltern geschickt hatte, als sie eine neue Schule suchten.

»Ah ja«, sagte sie. »Daher ›Hookers‹.«

Julia fragte, woher sie den Spitznamen kannte.

»Eine Freundin meiner Mutter war vor fünfundzwanzig Jahren hier.«

Die Ehefrau von Sir John Hooke hatte 1780 das Elizabeth Hooke College for Ladies gegründet, und die ersten einhundertfünfzig Jahre hatte man die Schülerinnen ›Hookers‹ genannt. Dann, kurz vorm oder während des Zweiten Weltkriegs, als man herausfand, daß ›hooker‹ im amerikanischen Slang ›Nutte‹ hieß, hatte die Leiterin den Namen der Schule geändert – in St. Clare's. Aber die Absicht, die dahintersteckte, erfüllte sich nicht – auch jetzt noch hießen die Schülerinnen von St. Clare's allgemein ›Hookers‹.

»Ich hätte gern eine Fliege an der Wand sein wollen, als sie über die Namensänderung berieten«, sagte Kate. »Wer war denn diese St. Clare?«

»Santa Clara von Assisi, die Gründerin des Ordens der Armen Clara. Sie glaubte, daß das Heil in der vollkommenen Armut liege.«

»Wie treffend«, sagte Kate. »Du hättest den Aufschrei meines Vaters hören sollen, als er die Höhe des Schulgeldes erfuhr.«

»Wo kommst du her, Kate?« fragte Julia. »Ich meine, auf welcher Schule warst du bisher?«

»Choate«, erwiderte Kate. »Wallingford, Connecticut«, fügte sie hinzu, als Julia sie verständnislos ansah. »Weißt du, Amerika. Großes Land, ziemlich weit weg. Mein Vater mußte zwei Jahre wegen seines Jobs rüber und fand, es wäre eine gute Erfahrung für mich, wenn ich mit ihm reiste.«

»Mit *ihm?*«

»Mit ihnen. Er und Mutter. Und im Juni wurde er nach England zurückversetzt, deshalb bin ich hier.«

Amerika, dachte Julia. Das erklärte eine Menge. Es gab einige Amerikanerinnen an der Schule, richtige Amerikanerinnen, und sie waren alle viel weltoffener als die britischen Mädchen. Kein Wunder, daß Kate McNamara für ihre sechzehn Jahre so selbstbewußt auftrat.

»Da sind wir«, sagte Julia. »Das ist Mrs. Clintons Büro.«

»Wie ist sie?«

»Nett. Viel jünger als die Gordon. Du wirst etwa fünfzehn, zwanzig Minuten bei ihr sein. Mrs. Clinton hält nicht viel von langen Willkommensreden, sie wird dich über die Hausregeln aufklären und ein paar Dinge über Sex erzählen.«

»O Himmel«, sagte Kate.

»Keine Sorge. Es geht nicht viel weiter, als den Wert der *virgo intacta* herauszustellen – für den Fall, daß sie noch intakt ist. Und sie wird dich mahnen, nicht in jedem männlichen Schüler einen potentiellen Beischläfer zu sehen. Oder wie hältst du es damit?«

Kate lächelte.

»Ich muß dich noch viel besser kennen, bevor wir darüber reden.«

Julia erwiderte das Lächeln.

»Während du hier bist, gehe ich nach unten, damit Dobbs nicht dein Gepäck durchstöbern kann. Wir sehen uns in – sagen wir, einer halben Stunde.«

Julia lief die Treppen hinunter, und Kate klopfte höflich an Mrs. Clintons Tür.

Vor dem Churchill House trafen weitere Mädchen zum Beginn der neuen Schulzeit ein. Einige wurden mit dem Auto bis vor die Tür gefahren, andere, deren Eltern sich im Ausland aufhielten oder zu weit weg wohnten, wurden mit dem Schulbus am Bahnhof abgeholt.

Mädchen lagen sich in den Armen, als hätten sie sich Ewigkeiten nicht mehr gesehen, und schnatterten gleich drauflos von den Ereignissen in den Sommerferien, andere trieben ziellos herum wie Flüchtlinge in einem fremden Land. Das waren Mädchen wie Kate McNamara, nur jünger; Neulinge, keine älter als dreizehn. Einige von ihnen mochten schon in einem Internat gewesen sein und wußten deshalb, was sie zu erwarten hatten. Andere waren das erstemal von zu Hause weg.

Man konnte sie sofort herauspicken. Wie Leim klebten sie an ihren Eltern, ein paar in Tränen aufgelöst. Viele klammerten sich an ihren Teddybär oder an sonst ein Plüschtier.

Auf dem Weg zum Vorhaus sah Julia gerade Jocasta Petrillo aus dem roten Lamborghini steigen, der von ihrer Mutter gefahren wurde. Sie sah wie ein Filmstar aus und hätte Jocastas ältere Schwester sein können. Jocastas Mutter war Engländerin, ihr Vater Italiener. Daher stammte auch der Spitzname Jocastas: Jocasta Pasta.

Ihre Mutter fuhr den Lamborghini nicht zum Angeben – die anderen Fahrzeuge der Familie waren ein Porsche und ein Rolls-Royce. Dann gab es noch ein paar Range Rovers, um den Landbesitz abfahren zu können. Signor Petrillo besaß in England und auf dem Kontinent eine Kette italienischer Restaurants.

»Ich habe zu tun!« rief Julia ihrer Freundin zu. »Wir sehen uns später.«

Jocasta Pasta winkte zurück.

Außer Churchill House gehörten noch fünf weitere Häuser zu St. Clare's. Churchill war das neueste, benannt zu Ehren des Kriegs-Premierministers. Die anderen Häuser, die lange nach dem Tod der Gründerin benannt worden waren, trugen die Namen berühmter Militärführer oder Seehelden, als da waren: Nelson, Wellington, Frobisher, Drake und Napier. Napier war das kleinste Gebäude und beherbergte die männliche Oberstufe sowie eine Handvoll Lehrerjunggesellen.

Einige wenige Mädchen fanden es seltsam oder beklagten sich, daß keines der Häuser einer berühmten Frau gewidmet war, zum Beispiel Nightingale oder Sackville-West oder Woolf. Die meisten Schülerinnen jedoch akzeptierten den Umstand, daß sie fünf oder sechs Jahre lang von der Außenwelt abgeschlossen waren, bevor sie nach Oxford oder zu einer anderen Universität gingen, und daß das Leben zu kurz war, um sich in diesen kleinen Dingen mit der Obrigkeit anzulegen.

Der andere Streitpunkt war die Schuluniform, traditionell magentafarben seit der Gründung im Jahre 1780. Alle Schüler der Unter- und Mittelstufe mußten die Uniform tragen.

Um zum Vorhaus des Hausmeisters Dobbs zu gelangen, mußte Julia am Napier House vorbei, wo einige der Frühankömmlinge unter den männlichen Studenten saßen oder am Tor herumlungerten. Richard Carson nannte das ›Talente beschnuppern‹ und hielt es für ›*die wichtigste Beschäftigung des akademischen Jahres*‹.

Die Beschäftigung bestand darin, herauszufinden,

ob es neue Mädchen in der Oberstufe gab, oder ob eines der alten während der langen Ferien endlich die Unschuld aufgegeben hatte und jetzt in Umlauf gehen konnte.

»Glaubt mir«, sagte er zu denen in Hörweite, »wenn sie den Stachel mal gespürt haben, können sie nur schwer darauf verzichten.«

Carson war in der Oberen Sechsten Klasse und studierte Französisch, Deutsch und Spanisch. In Oxford wollte er Moderne Sprachen belegen. Er war bei weitem nicht der bestaussehende Mann der Oberen Sechsten, aber er schien einen beneidenswerten Erfolg bei den Schülerinnen zu haben. Jedenfalls behauptete er das, und obwohl er nie Namen nannte, sah keiner seiner Kumpane einen Anlaß, an seinen Aussagen zu zweifeln.

»Woher weißt du das?« fragte Ben Fisher und polierte seine Brille mit einem Taschentuch, um Julia beim Vorbeigehen genauer betrachten zu können.

Fisher war groß und geschmeidig und hatte rote Haare, und wenn er länger als zehn Minuten in der Sonne war, blühten die Sommersprossen in seinem Gesicht und am ganzen Körper. Es hätte ihn unsägliche Mühe gekostet, so ebenmäßig gebräunt zu sein wie Richard Carson von der Sonne des Mittelmeeres. Um dieses Resultat wenigstens annähernd zu erreichen, verschwendete er viel Geld für Bräunungspräparate. Vergebens. Er sah immer noch wie eine Selleriestaude aus, auf die jemand ein Radieschen gestülpt hatte. Was schade war, denn sonst sah er gut aus. »Ich meine, woher weiß man, daß sie keine Jungfrau mehr ist?«

»Gemach, mein Junge. Es steht in ihren Augen. Und du siehst es an der Art, wie sie gehen. Nimm Julia zum

Beispiel. Ich schätze, sie ist noch eine, obwohl ich wette, daß sie ihr Häutchen verdammt satt hat.«

»Also ist sie reif zum Dübeln, oder?« rief jemand voller Eifer.

»Vermutlich, aber sie würde dich nie wieder in Frieden lassen, wenn du der erste Dübler wärst. Das kann peinlich werden. Erinnert ihr euch an Hugh McDermott?«

Natürlich. Alle erinnerten sich.

Kurz vor Weihnachten letztes Jahr hatte sich McDermott in ein Mädchen der Oberen Fünften verknallt, Helen Baker. Sie war gerade sechzehn geworden und deshalb vom Gesetz freigegeben, ungeachtet der Schulregeln. McDermotts Schwärmerei fand bei Helen Erwiderung, und so frönten sie in einer Novembernacht ihrer Leidenschaft im Hockey-Pavillon. Ein paar Wochen lang lief alles gut, obwohl McDermott zuerst täglich, dann stündlich immer blasser und hagerer aussah, während Helen Baker aufblühte.

»Die verdammte Frau kann's nicht genug kriegen«, erzählte McDermott seinen Freunden. »Ich schaffe meine Arbeiten nicht mehr. Wo immer ich bin, taucht sie auf. Wenn ich ihr sage, daß ich müde bin oder lernen muß, packt sie meinen Schwanz, bis ich nicht mehr müde bin. Ich sage euch, sie kostet mich ein Vermögen an Gummis und Ginseng.«

»Schick sie in die Wüste«, riet jemand. »Sag ihr, daß es vorbei ist.«

»Bist du verrückt«, entgegnete McDermott.

Der Dezember folgte dem November, und die Affäre McDermott und Helen setzte sich fort. Dann, ein paar Tage vor den Ferien, bevor jeder zu den Festtagen nach Hause fuhr und es überall in den Schlafsälen und Zimmern heimliche Parties mit eingeschmuggeltem Wein und Sherry gab, wurden McDermott und Helen, betrunken wie Eulen und völlig nackt, mitten unter der Krippe entdeckt, wie sie fröhlich drauflos vögelten. Sobald sie ausgenüchtert waren, wurden sie nach Hause geschickt, und niemand hat je wieder was von ihnen gesehen oder gehört.

»Und das«, sagte Richard Carson, »kann dir passieren, wenn du dich mit einer Jungfrau einläßt, die keine mehr sein will.«

»Das wäre mir egal«, sagte Ben Fisher. »In einem Sturm ist mir jeder Hafen recht.«

»Laß mich mal schätzen«, sagte Carson und schaute Ben Fisher prüfend an. »Der Sommer ist nicht optimal für dich gelaufen, was?«

»Es war ein Sommer der kalten Duschen und der Verehrung Onans.«

»Schon kapiert. He, Julia!« rief Carson. »Komm her, dann zeig ich dir einen Elefanten.«

Julia wurde rot und hastete weiter. Bastarde, dachte sie. Als sie vierzehn war, war sie auf den Elefantentrick hereingefallen.

»Willst du mal einen Elefanten sehen?«

»Ja, bitte«, hatte sie mit großen Augen geantwortet.

Der Junge hatte seine Hosentaschen nach außen gestülpt, daß sie wie Ohren aussahen, hatte seinen Hosenstall geöffnet und einen Hemdzipfel hindurchgesteckt – als Rüssel.

Tränenberströmt war sie davongestürzt, das Hohngelächter noch lange in den Ohren.

Am liebsten hätte sie in ihrer Wut die Jungs gemeldet, doch Petzen lag ihr nicht – und was hätte sie auch sagen können?

Nun, Miss, dieser Junge fragte mich, ob ich einen Elefanten sehen wollte. Aha, Julia. Einen indischen oder einen afrikanischen? Das hat er nicht gesagt, Miss. Aber Julia, du weißt doch sicher, daß es auf dem Schulhof keine Elefanten gibt …

Nein, sie hatte die ganze ärgerliche Sache verdrängt und vergessen.

Ihr Herz hüpfte ein bißchen, als sie vor Dobbs' Haus ausgerechnet Mr. Penrose aus einem Taxi steigen sah. Er war in den Ferien offenbar in einer exotischen Gegend gewesen, denn Gesicht und Arme hatten eine Bräune angenommen, die die englische Sonne nicht bewirken konnte. Da sie fand, daß sie entsetzlich aussehen mußte, denn seit sie für Kates Einführung abgestellt worden war, hatte sie sich nicht einmal die Haare bürsten können, versuchte sie, sich zu verstecken. Aber sie war zu langsam, Mr. Penrose hatte sie schon gesehen.

»Hallo, Julia! Hattest du einen schönen Sommer?«

»Ja, danke, Sir. Und Sie?«

»Ausgezeichnet. Sechs Wochen in der Dordogne.«

Möchte gern wissen, mit wem, schoß es Julia durch den Kopf.

»Freust du dich auf die Schule?« fragte Mr. Penrose. »In den nächsten zwei Jahren liegt viel Arbeit vor dir, wenn du nach Oxford willst.«

»Ich freue mich darauf, Sir.«

»Schön so. Wir werden uns ja bald sehen.« Daran zweifle ich nicht, liebster Robert, dachte Julia, bevor sie sich um Kates Gepäck kümmerte.

WIEDER SIND WIR HIER VERSAMMELT

Lavinia Lee, früher beim Magdalenen College in Oxford, unterrichtete in der Oberen Sechsten Französisch und Deutsch. Achtundzwanzig Jahre alt, ein Meter vierundsechzig groß und aschblond, war sie von der Schulleiterin während ihrer ersten Wochen auf St. Clare's – das lag zwei Jahre zurück – wegen ihrer Kleider mehrfach gerügt worden – die Röcke seien für die Schicklichkeit zu kurz.

Mrs. Gordon hatte gesagt: »Miss Lee, ich weiß, daß in diesen Tagen junge Frauen Kleider tragen, die man noch als unzüchtig bezeichnet hätte, als ich mit dem Studium begonnen habe. Doch bedenken Sie, daß viele Ihrer Schüler siebzehn oder achtzehn Jahre alt sind. Ich ziehe es vor, daß sich deren Konzentration ausschließlich auf das richtet, was Sie ihnen an Wissen vermitteln sollen.«

Lavinia Lee unterwarf sich dieser Ansicht, denn sie brauchte den Job. Aber in Oxford hatte sie unabhängig denken gelernt, und so fiel der Rocksaum nur bis zum Knie. Jeder war zufrieden, nicht zuletzt auch die ihr anvertrauten Jugendlichen, die gerüchteweise von der neuen Anweisung gehört hatten und schon befürchteten, Miss Lee nun in Röcken bis zu den Waden zu sehen.

Neun Jungen und fünf Mädchen belegten den Fortgeschrittenenkurs bei Miss Lee. Wenn man von durchschnittlich vierzehn Zentimetern Penislänge pro Junge ausging und man Henry Morton ausklammerte, der sich nicht entscheiden konnte, ob er nun schwul war oder nicht, dann – so hatte Richard Carson ausgerechnet – zuckte eineinviertel Meter hartes Männerfleisch auf, wenn sich Lavinia Lee auf ihren Schreibtisch schwang, die Beine übereinanderschlug und mit dem Unterricht begann.

Es wurde verdammt schwierig, sich auf Zola und Maupassant oder auf Goethe zu konzentrieren, wenn Miss Lee in ihrem Element war, und Carson unterstellte, daß sie für mehr Masturbationsphantasien verantwortlich war als die Stiefelbilder der jungen Britt Eklund, die zur Zeit von Hand zu Hand gingen. Unter den jüngeren Schülern, den fünfzehn- und sechzehnjährigen, wurde sie bei gemeinsamen Onanierorgien wie eine Ikone verehrt. Sogar verständlich, dachte Carson, schließlich ist Orgasmus Orgasmus, ob in ein Kleenextuch oder in ein Hotdog-Brötchen.

Die Obere Sechste hatte eine Skala sexueller Werte ausgearbeitet, sie reichte von eins bis zehn, wobei am geringsten zählte, es mit sich selbst zu tun. Masturbation durch einen anderen Jungen zählte zwei, während dieselbe Aktion mit einem Mädchen zwischen drei und fünf rangierte – es hing von dem Mädchen ab. Das gutaussehende brachte einem eine Fünf ein, während die Schnepfen, die ›Zwei-Tüten-Hühner‹ (eine Plastiktüte über den Kopf gestülpt reichte nicht, weil man durch sie hindurch noch die Silhouette des Gesichts sehen konnte), nur eine Drei wert waren.

Normaler Beischlaf in der Missionarsstellung zählte entweder sechs oder sieben, während oraler Sex seltsamerweise eine Neun wert war. Noch seltsamer war, daß gleichzeitige Ausübung von Fellatio und Cunnilingus eine Note niedriger gestuft wurde, also Acht, während Cunnilingus allein gar keine Wertung erfuhr – nur geben und nichts dafür kriegen, hieß es im Jargon.

Es war übereinstimmend festgelegt worden, daß die Zehn durch den Sexakt erreicht wurde, der dem Hengst-und-Stute-Vorbild folgt, aber nur drei Jungen im Sprachkurs hatten sich diese Note verdient – oder behaupteten es wenigstens.

Falls es eine Elf gegeben hätte, dann dafür, mit zwei oder mehreren Frauen gleichzeitig zu bumsen. Zwölf und darüber gab es nur in den Träumen – mit Sexobjekten wie Madonna und Julia Roberts. Minus-Noten brachten Sex mit Kylie Minogue oder mit irgendeiner Frau aus einer australischen Soap opera ein – oder mit der Hauskatze, was aufs gleiche herauskam.

Es gab etwas über Lavinia Lee, was Richard Carson wußte, was er aber bisher keiner Menschenseele erzählt hatte: Sie benutzte – nun ja, genauer: sie besaß – einen Vibrator. Warum eine wie sie diesen künstlichen Ersatz nötig hatte, war ihm schleierhaft. Der Grund, warum er diese saftige Entdeckung bisher nicht ausposaunt hatte, lag darin, daß er immer noch hoffte, eines Tages aus seinem Wissen einen Vorteil ziehen zu können.

Nicht, daß er ihr drohen würde, ihr Geheimnis an die große Glocke zu hängen, wenn sie ihn nicht ranließ, so etwas paßte nicht in seine farbigsten Phantasien, obwohl Lavinia da ganz oben mit Madonna und den anderen ›Zwölfen‹ rangierte. Nein, er würde auf eine Weise einen Vorteil daraus ziehen, die ihm bisher jetzt noch gar nicht klar war.

Sie rauchte in der Abgeschiedenheit ihres eigenen Büros, und eines Nachmittags vor den Sommerferien war er zu ihr ins Zimmer gerufen worden – offene Tür, wie es die Regel diktierte. Sie versuchte, eine Zigarette aus einer Schachtel herauszuschütteln, aber die Schachtel war leer, und Lavinia warf sie verärgert weg. Dann bat sie ihn, eine neue Schachtel aus der Schreibtischschublade zu holen, weil er am nächsten stand.

»Oberste rechts«, wies sie ihn an.

Das war auch so etwas an ihr, diese herrlich weich fließende Stimme, ein wenig herb dabei, wie bei dieser Schauspielerin, die er in einem alten Schwarzweißfilm gesehen hatte – wie hieß sie doch? Ja, Lauren Bacall. Es war nicht schwer, sich vorzustellen, wie Lavinia Lee einem glücklichen Stößer zuraunte: »Gib's mir jetzt, komm, Darling, oh, ja, gib's mir, mach mich glücklich.«

Er hatte die rechte Schublade aufgezogen, und da lag der Vibrator auf einem samtenen Täschchen, das wohl sein normaler Ruheplatz war.

Ein Gedanke, entzückend wegen der zulässigen Schlußfolgerung, kam ihm: Hatte sie den Vibrator kurz vor seiner Ankunft benutzt? Lag er deshalb auf dem Täschchen, statt in ihm zu stecken?

Es war ein gewaltiges Gerät, mindestens achtzehn Zentimeter lang, und hatte die Form eines Männerschwanzes. Ein Sechzehnjähriger hätte seinen Zweck erkennen können, und er, Richard Carson, hatte genug Anzeigen von diesen Apparaten in den Nacktmagazinen gesehen.

Wieder hatte er einen Gedanken, dieser aber weniger entzückend: Brauchte sie den gewaltigen Vibrator, weil kein Mann sie befriedigen konnte? Das war alles andere als angenehm, diese Vorstellung. Er jedenfalls konnte mit den Maßen eines solchen Dings, das eher in die Hand eines Baseballschlägers gepaßt hätte, nicht mithalten.

»Entschuldigung, oberste links, meine ich«, korrigierte sie sich, als er nicht sofort die Zigaretten brachte.

Es war natürlich zu spät, und er fragte sich, ob sie sich einen Freudschen Versprecher geleistet hatte.

Noch Tage später grübelte er darüber. Hatte sie, irgendwo im Unterbewußtsein, gewollt, daß er das Gerät sah? Noch aufregender – hatte sie *bewußt* gewollt, daß er es sah? Wenn er gesagt hätte: »Sie sind nicht da, Miss Lee, Ihre Zigaretten, aber was ist das denn? – hätte sie dann geantwortet: »Mach die Tür zu und schließ sie ab, Richard, und komm her zu mir. Und – du kannst mich Lavinia nennen.« Im nächsten Augenblick lag sie gespreizt auf dem Sofa, den kurzen Rock gehoben, um ihm den Weg ins Shangri-la zu zeigen.

Der Gedanke, daß sie ihm manche Privatstunde exquisiter Wonnen während der Sommerferien gewährt hätte, das war deutlich erotischer als jedes Ausziehbild von Mayfair oder Penthouse. Seine Freundin zu Hause, Mary, mit der er regelmäßig, aber selten erdbebenhafte sexuelle Übungen erlebte, war von seiner Vehemenz überrascht, aber sie ahnte natürlich nicht, daß es Lavinia Lee war, die er in seinen wildesten Gedanken von Höhepunkt zu Höhepunkt brachte.

Diese etwas blasphemischen Gedanken durchlebte Richard Carson in der Schulkapelle während des traditionellen Frühgottesdienstes zu Beginn einer neuen Schulperiode. Und dann sah er, wie Miss Lee während der vierten Strophe des Liedes 576 – Herr, gib uns deinen Segen – in die Kapelle schlüpfte. Es war eine ironische Fügung angesichts seiner ausschweifenden Gedanken, daß die vierte Strophe mit der Zeile ›Zerbrich der Versuchung tödliche Gewalt ...‹ begann.

Weil er zur Oberstufe gehörte, durfte Carson in den

hinteren Stehbänken Platz nehmen, während die jüngeren Schüler nach genauem Schema – Haus für Haus, damit jeder sofort sehen konnte, wer abwesend war – sitzen mußten. Und weil Carson nun hinten stand, im Gangplatz seiner Bank, sah er Lavinia Lee hereinkommen.

Er sah sie fragend an und vollführte eine Geste, die besagte, daß er weiterrücken könnte, um ihr einen Platz anzubieten. Sie lächelte dankbar, schüttelte aber den Kopf und wählte eine Bank mit anderen Lehrerinnen und Lehrern aus.

Verdammt, dachte Carson. »Pech gehabt«, sagte Ben Fisher.

In der gegenüberliegenden Bank rutschte Robert Penrose ein Stück und reichte Lavinia Lee das aufgeschlagene Gesangbuch.

»Fünf-sieben-sechs, vierte Strophe«, raunte er.

»Danke«, erwiderte sie, aber sie sang nicht mit. Sie kannte das Lied und wußte, daß es bald zu Ende war.

»Wir dachten schon, Sie würden nicht kommen, als Sie gestern abend nicht eintrafen«, sagte Penrose.

»Ärger mit dem Auto in London«, sagte Lavinia. »Als die Leute in der Werkstatt mir sagten, sie könnten die Reparatur frühestens bis zum Wochenende ausführen, hatte ich den letzten Zug verpaßt. Ich habe Mrs. Gordon angerufen und ihr gesagt, daß ich den ersten Zug nähme, der zu meinem Entsetzen schon um halb sechs fährt. Aber mit dem nächsten wäre ich erst gegen Mittag hier gewesen. Dann standen keine Taxis am Bahnhof. Ich bin schon fertig, und dabei hat die Schule noch nicht mal begonnen.«

Fünfzig Prozent von Lavinias Geschichte waren gelogen. Natürlich hatte sie Mrs. Gordon angerufen, und sie hatte auch den Fünf-Uhr-dreißig-Zug genommen, aber sie hatte keinen Ärger mit dem Auto, das auch nicht in der Werkstatt stand. Sie hatte den letzten Zug versäumt, weil sie einen schrecklichen Streit mit dem Mann hatte, bei dem sie außerhalb der Schulzeit lebte, und als der Streit vorbei war, war sie zu betrunken gewesen, um das Auto zu starten, geschweige denn, es bis St. Clare's zu schaffen.

Bastard, dachte sie. Dieser lausige Bastard Peter Hennessy.

Der gestrige Tag hatte vielversprechend begonnen. Weil es ihr letzter Ferientag war und sie am Abend zu St. Clare's zurückfahren würde, hatten sie sich mit einem leichten Essen in Highgate begnügt – ein Gin Tonic für jeden, eine Flasche Wein für sie beide, sonst nichts, und dann wollten sie den ganzen Nachmittag im Bett verbringen. Oder genauer, denn sie bevorzugten die Abwechslung, im Bett oder auf dem Wohnzimmerteppich oder quer über dem Küchentisch, oder wo es sie gerade überfiel.

Er nahm sie am liebsten, wenn sie nur halb angezogen war, einen ihrer kurzen Röcke, Schuhe mit hohen Absätzen, keine Unterwäsche. Manchmal, wenn sie nichts unter dem Kleid trug, spazierten sie herum, bis sie eine stille – nicht zu still, denn die mögliche Gefahr, erwischt zu werden, förderte die Erregungssteigerung – Gasse fanden, dann hob er ihren Rock und besorgte es ihr im Stehen gegen eine Mauer.

Der Nachmittag begann wunderbar. Sie ließen die Finger von zusätzlichem Alkohol, rauchten aber ein paar Joints, guter mexikanischer Stoff, und vögelten bis zur Erschöpfung. Um fünf Uhr glaubte sie noch, trotz der Joints, problemlos zu St. Clare's fahren zu können.

Aber dann, wie man so sagt, geriet die Kacke in den Ventilator. Peter befand sich im Bad, als das Telefon klingelte. Der Anrufbeantworter war eingeschaltet, deshalb bemühte sich Lavinia nicht, den Hörer abzunehmen. Aber der Lautsprecher war auch eingeschaltet, und Lavinia hörte voller Entsetzen eine Frauenstimme sagen: »Peter, Darling, hast du diese Gans schon zum Bahnhof gebracht, oder fährt sie mit ihrem eigenen Auto? Ruf mich an, wenn sie weg ist. Ich warte auf dich.«

Zuerst bestritt er natürlich alles, auch dann noch, als sie die Nachricht zurückspulen und noch einmal laufen ließ. Es konnte nicht allzu viele Männer namens Peter geben, deren Freundinnen London am Abend mit der Bahn oder mit dem Auto verließen, was stets davon abhing, wie sie sich fühlte.

Schließlich gab er zu, daß er gelegentlich eine andere traf, wenn sie in St. Clare's arbeitete. Als er mit seinem Geständnis am Ende war, hatte sie den größten Teil einer halben Flasche Cognac geleert und weinte erbärmliche Tränen.

Warum, warum, warum? wollte sie wissen. Sie kannten sich doch gut, und sie sahen sich, wann immer sich die Gelegenheit bot. Seit Weihnachten waren sie ein Paar, seit fast neun Monaten. Obwohl Lavinia immer noch ihren Anteil für die Wohnung in South Kensington zahlte, die sie sich mit ihrer Schwester teilte, hatte sie dort kaum noch gewohnt. Sie und Peter hatten wie Mann und Frau zusammengelebt.

»Es tut mir leid, Vin«, entschuldigte er sich, seine Stimme so schwankend wie ihre, denn er vernichtete die andere Hälfte des Cognacs. »Es hat sich einfach so ergeben. Abgesehen von dem einen oder anderen

Wochenende und den Ferien sehe ich dich nicht. Ich bin kein Mönch, weißt du. Außerdem haben wir uns gegenseitig nichts versprochen. Ich bin sicher, du hast das eine oder andere Lehrerbein über dich schwingen lassen.«

Sie kreischte und warf den nächsten beweglichen Gegenstand, einen Aschenbecher. Sie verpaßte ihn um etwa drei Meter, und der schwere Aschenbecher zerschmetterte die Glasscheibe einer Tür.

Nie, nie, nie, schleuderte sie ihm entgegen, hatte sie irgendeinen an sich herangelassen, seit sie mit ihm zusammen war. Hatte er denn noch nie etwas von AIDS gehört?

Das brachte sie auf den Gedanken.

»Ich hoffe, deine Tussi ist sauber!« rief sie weinend. »Denn wenn ich mir was gefangen habe, weiß ich, daß es von dir stammt, und dann schneide ich dir die Eier ab.«

Sie wollte den Namen der neuen Freundin wissen. Er weigerte sich, und weil der Cognac alle war, begann sie mit Wodka.

Er saß da, nahm alles hin und wehrte sich nicht. Betrunken oder nicht, er hatte solche Szenen schon öfter hinter sich gebracht und wußte, daß sie nur länger dauerten, wenn er Widerstand leistete.

Später erschien es ihr so, als wären nur Minuten vergangen, aber es war fast neun Uhr, bis sie sich ausgeweint und ausgeschrien hatte. Kurz darauf kippte sie um und schlief ein.

Als sie aufwachte, immer noch im Sessel, war Peter verschwunden. Ein Zettel am Telefon teilte ihr mit, daß er es für besser hielte, die Nacht außerhalb der Wohnung zu verbringen. Sie würde wohl schon weg sein, wenn er zurückkehrte, und sie würde wohl auch ihre Sachen wegbringen wollen. Er wollte sie nicht zur Eile antreiben, aber es wäre ihm lieb, da sie doch bis Weihnachten kaum in London sein würde, wenn sie ihrer Schwester auftragen würde, den Auszug zu arrangieren.

Nachdem sie sich die Zähne geputzt hatte, hatte sie noch so viel Verstand, Mrs. Gordon anzurufen und ihr die Geschichte vom Auto und der Werkstatt aufzutischen, dann rief sie ihre Schwester an, die sofort nach Highgate kam. Gemeinsam packten sie alles Tragbare in das Auto ihrer Schwester, und Lavinia verbrachte den Rest der Nacht in South Kensington. Ihre Schwester versprach, so bald wie möglich Lavinias Auto abzuholen, bevor es abgeschleppt würde, sowie auch die wichtigsten Bestandteile von Lavinias Garderobe.

Bastard, Bastard, Bastard, dachte Lavinia, während der Chor den Psalm 95 sang – kommt, lasset uns singen dem Herrn.

Weiter vorn in der Kapelle, wie es sich für ihren Status geziemte, sangen vier Bewohner von Churchill House, Untere Sechs, kräftig mit, obwohl einige von ihnen einen dicken Kopf hatten. Vielleicht waren die Köpfe nicht ganz so dick wie der von Lavinia – aber immerhin.

Julia hatte nur zwei Glas von dem schweren italienischen Wein getrunken, den Jocasta Pasta eingeschmuggelt hatte, aber Jocasta selbst, Kate McNamara und Amanda McDonald, liebevoll Amanda Panda genannt, hatten den Rest der drei Flaschen unter sich aufgeteilt.

Die Disziplin wurde am Abend vor Schulbeginn

gewöhnlich lax gehandhabt, obwohl die Vertrauensschüler ganz genau wußten, was lief, denn sie hatten sich in diesem Alter nicht anders verhalten. Einige Mädchen brachten Zigaretten – allgemein verpönt, in den Schlafsälen bis auf den ersten Abend verboten, nur im Gemeinschaftsraum der Sechsten toleriert –, andere Alkohol und wieder andere, meist die jungen und neuen und die emotional noch nicht etablierten Schülerinnen, brachten Berge von Schokolade mit.

Kate hatte aus den Vereinigten Staaten einige Pornomagazine in ihrem Gepäck gehabt, und die vier Mädchen, besonders aber die drei, die den Wein so heftig attackierten, betrachteten die einzelnen Bilder mit staunendem Entsetzen.

»Nichts in dieser Größe kommt je in mich rein«, murmelte Amanda Panda und zeigte auf eine Seite, wo ein weißer Riese mit einer entsprechenden Erektion dabei war, in eine Frau einzudringen. Das nächste Bild zeigte, daß nur die Spitze eingedrungen war, und die Bilder, die dann folgten, zeigten Mann und Frau in den verschiedenen Stadien zum gemeinsamen Orgasmus. »Ich meine, wie kann die das alles aufnehmen? Ich hätte Mühe, das Ding im Kofferraum von Mutters Auto zu verstauen.«

»Das ist ein Trickfoto«, meinte Jocasta. »Muß es sein. Sie nehmen das Bild eines ganz normalen Mannes und retuschieren dann dran rum.«

»Irgendwas tuschiert eher sie«, sagte Amanda lachend.

»Ich glaube nicht, daß es nicht echt ist«, ließ sich Kate vernehmen. »Ich gebe zu, daß ich so was auf meinen Reisen noch nicht gesehen habe, aber ich glaube nicht, daß da einer was retuschiert hat.«

»Beichtzeit?« fragte Julia und erinnerte sich an die unbeantwortete Frage vom Nachmittag, die Kates Jungfräulichkeit betraf.

»Nein«, sagte Kate. »Ich kenne mich mit diesen Dingen aus, weil ich Voyeurin bin.«

Sechzehnjährige Mädchen behüten gewöhnlich die intimen Verhältnisse untereinander und betrachten Neuankömmlinge mit Mißtrauen oder gar ausgesprochener Feindseligkeit, deshalb war es überraschend, daß Kate McNamara so rasch und unkompliziert in das Triumvirat Julia-Jocasta-Amanda aufgenommen worden war. Das Trio war zum Quartett geworden. Vielleicht hatten Jocastas Wein und Kates Magazine damit zu tun.

»Was ich nicht verstehen kann«, sagte Amanda, »ist, wie irgendeine Frau, mal ganz abgesehen von der Größe dieses Dings, sich dabei fotografieren lassen kann. Sind das Huren oder so?«

»Hookers«, kicherte Jocasta.

»Nein, im Ernst«, beharrte Amanda und nahm einen weiteren Schluck Wein direkt aus der Flasche. »Sind das Schlampen oder Flittchen, oder tun sie es für viel Geld oder was?«

»Süchtige sind es«, meinte Kate. »Natürlich weiß ich es nicht genau«, fügte sie rasch hinzu. »Sie gewöhnen sich an Heroin und können es nicht mehr bezahlen, und dann tun sie solche Dinge, damit sie sich den nächsten Schuß setzen können.«

»Aber stell dir vor«, sagte Amanda, »eines dieser Mädchen will eines Tages heiraten. Nehmen wir mal dieses Mädchen hier auf der Seite. Wie alt ist sie? Zwanzig? Okay, sie heiratet, ohne ihrem Mann zu sagen, was sie früher getan hat, und dann sieht er eines Tages ihr

Bild in so einem Magazin, wo sie von Kleopatras Nadel durchgezogen wird.«

»Solche Mädchen heiraten nicht«, sagte Julia. »Wozu auch, nach einer solchen Erfahrung? Jeder andere Mann würde danach doch in die Bedeutungslosigkeit versinken.«

»Julia!« rief Amanda scharf. Sie war entsetzt. »In der Ehe muß es doch noch mehr geben als ... als das da.«

Amanda hatte natürlich recht, dachte Julia. Ihr wäre es ganz egal, welche Größe der von Mr. Penrose hätte, obwohl sie es vorziehen würde, wenn er nicht zu klein und nicht zu dick wäre. Einfach nur vollkommen, dachte sie grinsend.

»Wie lange, zum Teufel, dauert das denn noch?« maulte Kate neben ihr. »Ich glaube, mein Kopf zerspringt bald.«

»Halt noch ein bißchen aus«, murmelte Julia, »es kann nicht mehr lange dauern.«

Tatsächlich währte es noch zwanzig Minuten, aber dann war es überstanden, und die Versammlung wurde von der Schulleiterin hinausgeführt, erst die Lehrerinnen und Lehrer, dann die älteren Schülerinnen und Schüler und zum Schluß die Teenies.

Draußen mußte Julia irritiert zusehen, wie Mr. Penrose mit Miss Lee sprach. Sie war eine schöne Frau, Miss Lee, da bestand kein Zweifel, obwohl sie heute morgen etwas kränkelnd wirkte. Mr. Penrose hielt sie am Ellenbogen fest. Verdammt. Es war keine sehr intime Geste, aber es war mehr als im Kollegenkreis üblich.

Julia hätte gern gewußt, was er zu ihr sagte und wie schnell es ihr gelingen würde, zu ihm vorzudringen. Gar nicht, fand sie bald heraus, da Mr. Penrose seine Kollegin in eine andere Richtung führte.

»Sie sehen aus, als könnten Sie eine Tasse Kaffee vertragen«, sagte Mr. Penrose zu Lavinia, »bevor Sie sich dem Wahnsinn stellen müssen.«

Lavinia ließ sich von ihm leiten, sie war kaum in der Lage, irgendeinen Einwand zu äußern.

»Was geschieht jetzt?« fragte Kate und atmete tief die wunderbare Septemberluft ein.

»Nicht viel«, erwiderte Julia. »Wir gehen in unsere Klassen und erhalten dort unsere Stundenpläne. Den Nachmittag haben wir frei – um all das zu tun, was wir gestern nicht geschafft haben.«

»Wir dürfen in die Stadt, wenn wir wollen«, ergänzte Jocasta.

»Ich gehe nicht«, sagte Kate entschieden. »Ich muß mit dem Auspacken weitermachen, und danach werde ich mich ausruhen, und wenn ich Glück habe, kann ich sogar ein bißchen schlafen. Ich nehme an, daß es morgen ernst wird.«

»Darauf kannst du wetten«, sagte Julia. »Obwohl du das ganze Jahr wahrscheinlich eher langweilig finden wirst. Meistens ist es das nämlich.«

Abgesehen von einem Selbstmord, einer Rauschgift-Affäre und einem Mordversuch hatte Julia recht.

DAS KLEINE ZWISCHENSPIEL

Wie Julia Hastings vorausgesagt hatte, stand Kate McNamara auf Paula van der Groots Wunschliste ganz oben, seit sie das neue Mädchen am Abend des ersten Tages gesehen hatte.

Kate war Lesben in Choate und sonstwo in den Staaten begegnet, aber die amerikanische Version dieser Spezies sah auch so aus, wie man sie sich vorstellte – in schwarzes Leder geschnürt und über Harley Davidsons gespreizt, und sie nannten sich ›Bullen‹ oder ›Diesel‹.

Nichts an Paula paßte in dieses Klischee. Ganz im Gegenteil. Sie war knapp einssechzig groß, wog etwas mehr als einhundert Pfund und hatte etwas Feenhaftes an sich. Ihr lockiges dunkles Haar war kurz geschnitten, aber nicht auffällig kurz, und in ihren braunen Augen lag stets der Anflug eines Lächelns. Ihr Lächeln war eher gewinnend, hatte nichts Falsches, und so wurde Kate kalt erwischt. Niemand hatte sie vor Paulas Neigungen gewarnt.

Es war fast sechs Uhr, als sie am Eingang des Schlafsaals stand. Julia, Amanda und Jocasta waren von ihrem Ausflug in die Stadt noch nicht zurückgekehrt, und Kate lag auf ihrem Bett, bis auf die Schuhe voll bekleidet. Bis auf ein anderes Mädchen, dessen Kopf in einem Buch steckte, während es sich von einem Walkman volldröhnen ließ, war sie allein im Schlafsaal. Kate hatte fast den ganzen Nachmittag gedöst oder geschlafen und war gerade erst wach geworden. Sie überlegte, ob sie vor dem Essen duschen und sich umziehen sollte, als Paula auftauchte.

»Die Angehörigen der Oberen Sechsten sollen um Erlaubnis bitten, bevor sie die Schlafsäle der Unteren Sechsten betreten, deshalb frage ich lieber. Darf ich eintreten?«

Paulas Akzent klang zwar nicht schwer, verriet aber trotzdem ihre Herkunft.

Kate richtete sich auf und setzte sich, die Beine gekreuzt. Da das Wetter viel zu warm war für Jeans, trug sie ein kurzes Tennisröckchen, das ihre gebräunten Schenkel hochrutschte. Falls sie bemerkte, daß die Südafrikanerin lüstern auf die Schenkel und auf die hellen Härchen blickte, die unter dem weißen Baumwollhöschen hervorlugten, ließ sie sich das nicht anmerken.

»Du bist ja schon drinnen.«

Paula ließ sich auf der Bettkante nieder und streckte ihre Hand aus.

»Ich bin Paula van der Groot. Ja, ich weiß, ich höre mich wie ein Zigarillo aus Holland an, aber was soll ich machen? Du bist Kate, glaube ich.«

Kate streckte ihre Hand aus. »Richtig. Kate McNamara. Woher weißt du das?«

Paula lächelte und zeigte ihre schönen Zähne. »Oh, ich will über alle Neulinge Bescheid wissen.«

»Bist du eine Vertrauensschülerin?«

»Himmel, nein! Mrs. Gordon hat zuviel Verstand, um einer wie mir Verantwortung aufzuhalsen. Außerdem würde ich's ablehnen. Ich mag nicht eingeschränkt sein. Du kommst gerade aus Amerika, hab' ich gehört.«

»Ja, nicht direkt, aber ich bin zuletzt dort in die Schule gegangen. Kennst du die Staaten?«

»Ich war mal in den Ferien dort, aber nicht in Connecticut.«

Kate hob die Augenbrauen. »Hui, deine Informationsquellen sprudeln aber üppig.«

»Wie ich schon sagte, ich will soviel wie möglich über die Neuen wissen. Außerdem braucht man nicht allwissend zu sein, um zu sehen, daß du dir diese Bräune nicht in England geholt hast.«

Kate sah darin noch keinen logischen Schluß, der nach Connecticut führte, aber Paula ließ ihr keine Zeit für solche Einwände.

»Es ist eine wunderschöne Bräune. Überall?«

»Nicht ganz.«

»Ah, nur die Tittchen und nicht die unterste Partie, was?«

»So ungefähr. Hör mal, kann ich irgendwas für dich tun? Wenn nicht – weißt du, ich wollte vor dem Essen noch duschen gehen.«

»Weißt du, wo die Duschen sind? Sonst kann ich sie dir zeigen.«

»Danke, aber sie wurden mir schon gestern gezeigt.«

»Ich wollte nur behilflich sein. Das hängt damit zusammen, daß ich aus Südafrika komme. Wir haben immer eine schlechte Presse, aber nicht alle von uns erschießen einen Kaffer vor dem Frühstück, trinken Gin wie Limonade und haben Verhältnisse mit Männern anderer Frauen.«

Paula lächelte gewinnend, fuhr mit den Fingern einer Hand durch ihr kurzes Haar und schüttelte den Kopf. Später dachte Kate, daß sie sich noch im Halbschlaf befunden haben mußte, daß sie nicht gemerkt hatte, wie Paula sie anmachen wollte. Selbst die Bemerkung über die ›Tittchen‹ hatte sie nicht hellhörig werden lassen.

»Wie alt bist du?« fragte Paula. »Sechzehn?«

Kate nickte.

»Dann nehme ich an, daß du noch keine großen Erfahrungen mit verheirateten Männern hast.«

»Stimmt.«

»Eine überschätzte Erfahrung, sage ich dir.«

»Hört sich an, als wüßtest du alles darüber«, sagte Kate herausfordernd.

»Sagen wir, ich lese viel«, antwortete Paula und grinste dabei. »Rauchst du? Trinkst du?«

»Ein bißchen von beidem, wenn mich die Stimmung packt.«

»Eine Frau nach meinen Geschmack. Ein bißchen von beidem – manchmal –, und das Leben sieht ganz anders aus.«

»Ich dachte, hier in St. Clare's sieht man das nicht gern.«

»Mit Alkohol ist es tatsächlich schwierig«, gab Paula zu. »Aber in der Oberen Sechsten, in der Privatsphäre des eigenen Zimmers, kann man sich Dinge leisten, die sonst nicht möglich sind. Präg dir das ein. Ich meine, wenn du mal unter Streß stehst und rauchen oder trinken willst, oder auch, wenn du mal was mehr Exotisches haben willst als Tabak, wenn du weißt, was ich meine, dann wende dich ruhig an mich.«

»Ich weiß nicht genau, ob ich weiß, was du meinst«, sagte Kate, obwohl sie genau wußte, worauf Paula anspielte. In Choate waren Hasch und Pot leicht verfügbar, und sie nahm an, daß es in St. Clare's nicht viel anders war. Aber sie wollte, daß das südafrikanische Mädchen damit herausrückte, um keine Mißverständnisse entstehen zu lassen.

Paula rutschte auf dem Bettrand hoch, bis sie neben

Kate saß. Sie wies mit dem Kopf hinüber zu dem Mädchen mit dem Walkman.

»Es braucht nicht jeder zu wissen.«

Sie beugte sich vor, um in Kates Ohr zu flüstern. Dabei strich ihre Hand über die Innenseite von Kates Schenkel.

»Verbotene Substanzen, die gewöhnlich aus den heißeren Teilen des Planeten kommen«, raunte sie, und ihre Finger glitten nun unter Kates Röckchen, bis sie die flaumigen Härchen berührten.

Paulas Augen glänzten. »O Himmel«, sagte sie hitzig, »ich würde alles tun, um es dir richtig zu besorgen.«

Endlich schaltete Kate, und sie schoß aus dem Bett hoch, als hätte sie glühende Kohlen angefaßt. Sie achtete darauf, daß das Bett zwischen ihr und Paula stand, aber das täuschte das südafrikanische Mädchen nicht. Als erfahrene Verführerin wußte sie, daß Kate wenigstens vorübergehend Spaß dabei empfunden hatte.

»Lieber nicht«, sagte Kate und konnte nicht vermeiden, daß sie feuerrot wurde. Paula gab nicht zu erkennen, daß sie sich über die Zurückweisung ärgerte. Sie lächelte und winkte. »Du weißt ja nicht, was du verpaßt.«

»Ich will es auch nicht herausfinden.«

Paula schaute zu dem Mädchen mit dem Walkman, das offenbar nichts bemerkt hatte. Nicht, daß es Paula gestört hätte, wenn doch.

»Eines Tages wirst du es herausfinden wollen, das garantiere ich. Noch vor dem Ende des Schuljahres wirst du an meine Tür klopfen. Hab keine Angst davor. Es wird dir gefallen. Den Männern wurden Schwänze gegeben, damit sie sich an was festklammern können, wenn Mama ihren Teddy wegwirft. Sie wissen so wenig über den Körper einer Frau, daß es fast ein Verbrechen ist.«

»Ich möchte, daß du jetzt gehst«, sagte Kate, und es war ihr bewußt, wie spröde das klang.

»Natürlich«, sagte Paula.

Als das südafrikanische Mädchen gegangen war, stellte Kate fest, daß sie zitterte. Sie mußte sich aufs Bett setzen und umschlang ihre angezogenen Beine, bis sie sich wieder beruhigt hatte.

Verdammt, diese Lesbenhexe! Wie konnte sie es wagen! Wie konnte sie es wagen, von ›eines Tages‹ und ›noch vor Ende des Schuljahres‹ zu sprechen?

Ein Teil von ihr räumte ein, daß sie, zumindest ein wenig, von den Berührungen der Südafrikanerin elektrisiert war. Intellektuell hätte sie diese Tatsache ja noch ignorieren können, aber die Feuchtigkeit, die sie in der Vagina spürte, ließ ein Leugnen nicht zu. Seit sie in Amerika das erlebt hatte, was sie ›diese Sachen‹ nannte, hatte sie sich nicht so spontan erregt gefühlt.

Himmel, dachte sie, ich werde lesbisch.

Sie versuchte, den unaussprechlichen Gedanken zurückzudrängen, daß Paulas Worte – ›Ich würde alles tun, um es dir mal richtig zu besorgen‹ – genauso erregend waren wie ihre Berührungen. Aber diese Gedanken ließen sich nicht zurückdrängen. Die letzte Person, die etwas in dieser Richtung zu ihr gesagt hatte – abgesehen von den ›Diesels‹ in Choate ›Hey, Kid, ich wette, du hast eine verdammt saftige Ritze unter all den Klamotten und dem rüschenbesetzten Höschen‹ –, war Adam aus Harvard.

»Kate, wenn du meinen Stengel nicht sofort in deine köstliche britische Pflaume läßt, dann explodiere ich!«

Natürlich hatte sie ihn gelassen, und sein Stengel war beileibe nicht der erste gewesen. Es hatte ihr Spaß bereitet, auch wenn sie davon ausgegangen war, daß er, der Footballspieler, kräftig gebaut, einsneunzig groß, einen deftigeren gehabt hätte. Und sie mußte erfahren, daß es einfach nicht stimmte, was sie seit ihrem vierzehnten Lebensjahr geglaubt hatte, daß nämlich Männer mit großen Füßen auch große Schwänze hätten. Einige ja, die meisten nein.

Und dann war ihr bewußt geworden, daß geiles Reden sie antörnte. Sie war bei dieser Nummer mit Adam noch weit vom Orgasmus entfernt gewesen, als sie plötzlich sagte: »Bitte mich, dich heftig zu vögeln. Ganz hart. Sag mir, ich soll dich ficken, bis mein Saft deinen großen Schwanz badet.«

Er war schockiert gewesen, sie konnte es in seinen Augen sehen. Für ihn war es okay, von der britischen Pflaume zu reden, aber sie ... Das war typisch für sein neunzehnjähriges Macho-Gehabe. Er hätte wahrscheinlich nicht vermutet, daß ihr solche Wörter überhaupt bekannt waren.

»Mach schon«, drängte sie ihn. »Sag mir, es soll mir kommen wie noch nie.«

Natürlich hatte er es gesagt. Und während seine Erregung wuchs, stieg auch ihre. Und während der Orgasmus ihren Körper durchfegte, wurde ihr im Unterbewußtsein klar, daß es ihr völlig gleichgültig war, wer es ihr besorgte – ihr war nur der Orgasmus wichtig.

So etwas Ähnliches war auch in ihr vorgegangen, als Paula zu ihr sagte: »Ich würde alles tun, um es dir richtig zu besorgen.« Paula hatte nur ein paar Sekunden gebraucht, um sie zu erregen, vielleicht auch, um herauszufinden, daß sie auf die verbale Komponente ansprach – Adam hatte fürs erste viel länger gebraucht, und das zweite hätte er von selbst nie herausgefunden.

Vielleicht bin ich bisexuell, dachte Kate.

Vielleicht mag ich auch nur schmutzige Worte.

Nein, beides traf nicht zu. Es war ganz einfach: Sie mochte Sex, und Sex hatte viele Spielarten.

Sie hatte diese Dusche jetzt dringend nötig. Sie konnte mit ihrem feuchten Höschen unmöglich zum Essen gehen.

Julia, Amanda und Jocasta stürmten herein, bevor Kate Zeit gehabt hatte, sich auszuziehen und den Bademantel und ein Badetuch zu schnappen, um dann hinunter zu den Duschen zu gehen. Die drei redeten wild durcheinander über die Ereignisse des Nachmittags in der Stadt.

Kate fand, daß Angriff die beste Verteidigung war, sonst würde Paula van der Groot vielleicht noch Gerüchte verbreiten, daß Kate McNamara ein heißes Mädchen wäre, reif zum Pflücken.

Aber das war sie nicht, dachte Kate wütend. Wenn es ums Pflücken ging, dann war sie dabei, aber sie würde pflücken, nicht gepflückt werden. Und wenn – nur wenn – Paula etwas damit zu tun haben sollte, dann würde sie, Kate, das Tempo bestimmen. Sie würde die geile Kuh zappeln lassen, bis sie vor ihr auf den Knien lag.

»Ihr Widerlinge!« sagte sie und zischte die Worte heraus. Der Schlafsaal füllte sich, weil die Nachmittagsausflügler allmählich eintrudelten.

Jocasta schaute ihre Freundinnen an.

»Haben wir was gesagt? Wirkt unser Deo nicht?«

Jocasta ließ die Einkaufstasche eines teuren Geschäfts zwischen den Fingern baumeln. Julia hielt sich an einer Plüschgiraffe fest. Amanda Panda nagte an einer Tafel Schokolade.

»Paula verdammt van der Groot.«

»Ah«, sagte Julia. »Hattest du Besuch?«

»Ich bin fast vergewaltigt worden! Ihr hättet mich warnen können!«

»Tut mir leid«, sagte Jocasta.

»Ach, es war doch nur fast«, warf Amanda ein. »Das ist kaum der Rede wert. Letztes Jahr hat Paula nach den Sommerferien am ersten Abend drei neue Mädchen verführt. Himmel, schaut auf die Uhr! Die letzte in der Dusche muß Kondome für Bulgy Algy kaufen.«

Bulgy Algy, dachte Kate. Wer, zum Teufel, ist das? Ich muß mich mit den Gefahren von St. Clare's möglichst bald vertraut machen. Ihre Eltern würden durchdrehen, wenn sie ›gebeten‹ würden, für ihre Tochter eine andere Schule zu suchen.

Während sie sich vor den Duschkabinen trocken rubbelten, erklärte Julia, wer Bulgy Algy war und mit welchen Sinistrals der Oberen Sechsten man nie allein in einem Raum sein durfte. Julia versprach, Kate die Mädchen bei erstbester Gelegenheit zu zeigen. Aber ich wette, dachte Julia, daß Kate bis dahin noch den einen oder anderen Annäherungsversuch über sich ergehen lassen muß.

Nackt, wie sie jetzt war, während sie sich mit dem Handtuch zwischen den Schenkeln trocken rubbelte, war das ehemalige Choate-Mädchen noch atemberaubender als angezogen. Ihre Brüste waren groß, aber fest, die Hüften schienen wie geschaffen für eng anliegende Kleider. Und diese Beine konnte man sich nur bei einem Showgirl vorstellen.

Nicht nur Paula und ihresgleichen würden Kate jagen. Den Jungs von der Sechsten würde der Schaum vorm Mund stehen. Julia warf einen Blick auf ihre Brüste im zugedampften Spiegel. Ganz okay, aber nicht preisverdächtig. Trotzdem, sie war besser dran als die arme Amanda Panda, die immer noch Babyspeck mit sich herumtrug, aber an Stellen, wo Babys gar kein Fett haben.

Als ob sie Gedanken lesen könnte, hielt Amanda die Luft an, zog ihren Bauch ein und betrachtete sich von der Seite im Spiegel. »Scheiße, ich habe im Sommer mindestens zehn Pfund draufgelegt.«

Jocasta, deren dichtes schwarzes Büschel Schamhaar feucht glitzerte, konnte es im Aussehen mit Kate aufnehmen, wenn man Gabriela Sabatini einer Kathleen Turner vorzog. Sie wandte sich an Amanda: »Es werden bald noch mal zehn Pfund draufkommen, wenn du nicht mit dieser Schokolade aufhörst. Vor dem Ende des Schuljahres wirst du wie ein Elefant aussehen.«

»Ich kompensiere mit meiner Schokolade den Mangel an elterlicher Zuneigung«, lamentierte Amanda. Im nächsten Augenblick schüttelte sie den Kopf. »Na gut, dann stimmt es eben nicht. Ich fresse mich einfach dick.«

Wie so viele Mädchen ihres Alters, die nicht mit überdurchschnittlichem Äußeren gesegnet sind, die sich weder sportlich noch in schulischen Leistungen hervortun, hatte Amanda irgendwann damit begonnen, den Clown zu spielen. Ihr Haar war weder dunkel noch blond, eher mausfarben. Ihre Nase war kurz und breit, das Gesicht mit Sommersprossen übersät, und zum Lesen und Schreiben brauchte sie eine Brille. Auf dem Hockeyfeld lag sie meistens Minuten nach dem Anpfiff im Matsch, und wenn im Frühjahr die Leichtathletik begann, lief sie oft als letzte ein. Beim Tennis fuhr sie 0:6-, 0:6-Ergebnisse ein, und beim Schwimmen ging sie fünfzehn Meter nach dem Start unter.

Trotz allem war sie bei ihren Altersgenossen beliebt, aber wenn es nach ihr gegangen wäre, hätte sie gern ein wenig Popularität gegen etwas mehr Leistung eingetauscht.

In ihrer Kindheit war ›Das häßliche Entlein‹ ihr Lieblingsmärchen gewesen, aber sie hatte längst begriffen, daß sie nie ein stolzer Schwan werden würde.

»Und wenn schon«, sagte sie zu Jocasta, »wer will schon so aussehen wie du und Kate? Wer braucht schon ein Oxford-Diplom, eine erfolgreiche Heirat mit einem Mann, der schön und reich ist, wer will sein Bild mit der jeweils neuesten Mode in den Zeitungen gedruckt sehen? Es endet alles in Tränen. Ich weiß das, denn ich habe Jackie Collins gelesen.«

»Ich habe Jackie Collins mal getroffen«, sagte Kate, während sie sich den Bademantel anzog. »Und Joan.« Sie hätte sich auf die Zunge beißen können, als die ersten Worte draußen waren. Sie war zu lange aus England fortgewesen und hatte vergessen, daß die Engländer im Gegensatz zu den Amerikanern empfindlich gegenüber Prahlereien mit Namen waren.

Ein Amerikaner würde dir im Flugzeug seine ganze Lebensgeschichte erzählen, er würde dir Bilder von Frau und Kindern zeigen und dir kurz vor der Landung seine Visitenkarte geben. Die Engländer verzogen ob solcher Vertraulichkeiten das Gesicht.

»Wo? Wie?« riefen die drei wie mit einer Stimme.

»Durch meinen Vater«, sagte Kate. »In Hollywood. Er ist im Finanzgeschäft und hat nichts mit der Filmindustrie zu tun, aber heutzutage holen sich die Filmleute das Geld, wo sie es kriegen können, und einer von der Investmentseite ist gewöhnlich mit am Drehort, um sich davon zu überzeugen, daß das Budget eingehalten wird. Mein Vater hat mich auf ein paar Parties mitgenommen.«

»Wie sieht Joan aus der Nähe aus?«

»Man muß schon zugeben, daß sie eine schöne Frau ist«, sagte Kate.

»Genug, um sie zu hassen«, kommentierte Amanda.

In der Ferne läutete die erste Essensglocke. In fünf Minuten mußten sie am Tisch sitzen.

»Ich nehme mir heute drei Portionen, ganz egal, was es gibt«, verkündete Amanda und folgte ein wenig außer Atem Kates langen Schritten. »Nur, um La Collins zu zeigen, daß ich etwas habe, was sie nicht haben kann.«

»Jugend?« fragte Kate.

»Nein, Speck.«

Der Rest dieser ersten, kurzen Woche verlief ereignislos, obwohl die Untere Sechste stöhnte, als Mr. Penrose das Pensum bis zum Abschluß bekanntgab. Shakespeare, Pope, Hopkins, Auden, Defoe, Thackeray, Marlowe, T. S. Eliot, Chaucer, Jane Austen, Trollope, um nur einige aufzuführen. Und das alles nur in einem Fach. Alle Schüler belegten mindestens drei Fächer, einige der begabteren sogar vier oder fünf.

»Ich weiß, daß es viel scheint«, räumte Mr. Penrose ein, »aber es ist nichts im Vergleich zu dem, was auf der

Universität verlangt wird. Und ich stehe außerhalb der normalen Stunden immer zur Verfügung, falls ihr mit dem Stoff Probleme habt.«

Gut zu wissen, dachte Julia.

»Noch einen Rat«, fuhr Mr. Penrose fort. »Glaubt keinen Augenblick lang, daß zwei Jahre noch weit weg sind, daß ihr euch durch dieses Schuljahr schlängeln könnt, vielleicht auch noch durch das nächste, um dann alles aufzuholen. Diese Rechnung geht nicht auf. Fangt heute an. Ich sehe mir von Woche zu Woche die Fortschritte an, und ich hänge mich bei derjenigen rein, bei der ich glaube, daß sie die Zügel schleifen läßt.«

Ja, bitte, dachte Julia. Häng dich ganz tief bei mir rein.

»Es ist unmöglich«, klagte Amanda, als sich das Wochenende näherte. »Ich könnte das alles in zwei Jahren nicht mal dann lesen, wenn es mir Spaß machte.«

Da Richard Carson in der Oberen Sechsten war und außerdem andere Sprachen als Englisch studierte, brauchte er bis zum Freitag der ersten Woche, bis er Kate McNamara ansprechen konnte, obwohl er es versuchte, seit er sie das erstemal gesehen hatte. Sie war wirklich super und offenbar auch zugänglicher als die Lavinia Lee seiner Träume. Kate sah das mit ihrer Zugänglichkeit nicht so, und als er ihr den Weg versperrte, als sie Churchill House betreten wollte, versuchte sie, um ihn herumzugehen.

Aber er ließ sie nicht passieren. Dreimal.

»Ich bin im Foxtrott besser als im Quickstep«, sagte er.

»Sehr originell.«

»Du hast recht. Aber das ist meine Nervosität.«

Er stellte sich auf die Seite, damit sie vorbeigehen

konnte. Kate zögerte. Okay, gib ihm einen Punkt für sein Bemühen. Nicht viele achtzehnjährige Jungen würden zugeben, wegen eines jüngeren Mädchens nervös zu sein – auch, wenn es gar nicht stimmte.

»Warum solltest du nervös sein?«

»Kannst du dir das nicht denken?«

»Nein.«

»Du willst, daß ich es ausspreche?«

»Du kannst sagen, was du willst, aber rasch, denn ich bin in Eile.«

»Okay, also rasch. Für den Fall, daß es dir noch niemand gesagt hat: An Samstagen dürfen wir uns bis elf vom Schulgelände entfernen. Untere und Obere Sechste. Möchtest du irgendwohin? In einen Film? Was essen? Spazieren?«

»Ich glaube nicht.«

»Nur diesen Samstag nicht, oder keinen Samstag?«

»Ich weiß nicht mal, wie du heißt.«

Richard nannte seinen Namen.

»Ich denke darüber nach«, sagte Kate, die das nie und nimmer vorhatte. »Jetzt bin ich aber wirklich in Eile.«

Das war sie auch.

Seit Paula van der Groot von ihr zurückgewiesen worden war, hatte Kate sie regelmäßig in der Begleitung eines vierzehnjährigen Teenagers gesehen, Phoebe Soundso, ebenfalls ein Neuling in St. Clare's. Kate war fasziniert von der Tatsache, daß Phoebe ein jüngeres Ebenbild ihrer selbst war: groß, blond, blauäugig, braungebrannt und mit einer unglaublich reifen Figur für so ein junges Mädchen. Paula mußte mit der Schnelligkeit einer Viper zugeschlagen haben, und Kate mußte verblüfft sehen, mit welcher Offenheit Paula ihre Zuneigung zeigte.

Manches Mal hatte Kate die beiden Hand in Hand gesehen, obwohl immer dann keiner der Lehrer und auch nur ganz wenige andere Mädchen in der Nähe waren. Einmal hatte Paula zu Kate hinüber gewinkt, ganz ungeniert.

»Auch andere Mütter haben schöne Töchter«, hieß dieses Winken. »Phoebe wird dir in allen Farben und Details erzählen können, was dir entgeht.«

Kate war entschlossen, das selbst herauszufinden, und mit diesem Hintergedanken hatte sie begonnen, Paula zu verfolgen.

Vor wenigen Minuten hatte sie gesehen, wie Paula und Phoebe Churchill House betraten. Sie hielten nicht Händchen, gingen nicht mal nebeneinander. Paula ging ein paar Dutzend Schritte voraus, und das allein ließ Kate stutzig werden. Es lag auf der Hand – wenn Paula geplant hatte, an diesem Tag ihre neue Eroberung zu verführen, würde sie es nicht so offensichtlich tun wollen.

Der Zeitpunkt war klug gewählt. Der Unterricht in dieser Woche war beendet, es war ein schöner Nachmittag, bis zum Essen blieben noch zwei Stunden, und die meisten Mädchen nutzten die letzten Strahlen der Sonne aus. Bis halb sechs würden die Schlafräume so gut wie leer bleiben, und ihrer Zimmergenossin würde Paula sowieso beigebracht haben, ihr nicht ins Gehege zu geraten.

Phoebe war das perfekte Opfer, falls ›Opfer‹ das richtige Wort ist, wenn es im Zusammenhang mit ›bereitwillig‹ gebraucht werden muß. Die erste Woche an einer neuen Schule, vielleicht die erste Woche überhaupt von zu Hause weg. Jung, unerfahren, verwirrt.

Kate mußte sich eingestehen, daß sie weniger um die

homosexuelle Defloration der jungen Phoebe besorgt war, als vielmehr neugierig darauf, welches Gefühl es sein würde, Paula auf frischer Tat zu ertappen.

Sie saß auf ihrem Bett im Schlafsaal und gab ihnen fünfzehn Minuten. Diese Zeit sollte genügen. Paula würde nicht lange zögern, wenn sie wußte, daß in einer Stunde alles geschehen sein mußte. Außerdem würde sie die Vorbereitung zur Verführung schon während der Woche absolviert haben.

Paulas Zimmer lag eine Etage über den Schlafsälen der Unteren Sechsten. Kate stieg vorsichtig die Treppe hoch, ein Buch und einen Notizblock in der Hand. Wenn sie von einer Angehörigen der Oberen Sechsten angesprochen würde – denn es war verboten, sich ohne Erlaubnis auf ihrer Etage aufzuhalten –, würde sie sagen, sie suchte nach einer Schülerin, die ihr bei einem komplizierten Textstück von Christina Rossetti helfen könnte.

Aber sie stieß auf niemanden, und dann stand sie draußen vor Paulas Tür, die zwar geschlossen, aber nicht abgeschlossen war. Schlösser waren nicht erlaubt, hatte Mrs. Gordon verfügt, weder bei den Schlafsälen noch bei den Zimmern. Vordergründig, weil laut Mrs. Gordon ›keines meiner Mädchen stiehlt‹, aber es wurde von vielen (wahrscheinlich zu Recht) vermutet, daß Riegel und Schlösser verpönt waren, um solche Aktivitäten zu erschweren, die Kate nun hinter dieser Tür argwöhnte. Man ging davon aus, daß irgendwelche sexuellen Begebenheiten entmutigt wurden, wenn die Gefahr bestand, daß jeden Augenblick die Tür auffliegen konnte. Natürlich galten diese Regeln auch für die Jungen. Die richtige Form schrieb vor, anzuklopfen und auf die Aufforderung einzutreten zu warten.

Es wäre absurd gewesen, wenn Kate angeklopft hätte, und einfach hineinplatzen wollte sie auch nicht. Wenn sie sich irrte, was Paulas Absichten mit Phoebe anging – oder wenn auch nur der Zeitplan nicht stimmte und die beiden Mädchen friedlich zusammen einen Tee tranken, dann steckte sie tief im Morast, und selbst Christina Rossetti würde sie da nicht herausholen.

Kate war nicht sicher, welche Strafe auf das unerlaubte Eindringen in die Etage der Oberen Sechsten stand, aber sicher war sie, daß Paula für die Höchststrafe sorgen würde. Schließlich wußte sie genau, warum Kate hier war.

Sie kam sich ein bißchen wie eine Närrin vor. Was hatte sie vorzufinden erwartet? Geräusche ungezügelter Lust, die aus dem Zimmer drangen? Wenn es so wäre, könnte sie einfach hineinstürmen. Paula würde es nicht wagen, sich zu beschweren, wenn sie *in flagrante delicto* ertappt würde, und Kate hätte für immer etwas gegen die Südafrikanerin in der Hand, das sie nach Belieben verwenden könnte.

Sie sollte sich schleunigst in ihren eigenen Schlafsaal zurückziehen. Je länger sie hier wie bestellt und nicht abgeholt herumstand, desto größer wurde die Gefahr, daß sie erwischt würde.

Sie tat einen tiefen Atemzug und spürte ihr Herz klopfen, als wollte es aus dem Körper springen, aber dann umfaßte ihre Hand den Türknopf und drehte ihn. Langsam zog sie die Tür auf. Hoffentlich quietscht sie nicht, betete Kate.

Die Tür stand eine Handbreit offen. Sie weiter zu öffnen, traute sich Kate nicht aus Angst, daß Paula oder Phoebe etwas bemerken könnten.

Die Zimmer der Obersten Sechsten waren etwa viereinhalb mal viereinhalb Meter groß, und jedes enthielt zwei Schreibtische und Stühle, zwei Einzelbetten und zwei Kleiderschränke. Sessel und andere Extras konnten von den Mädchen mitgebracht werden, wenn noch Platz da war. Der Vorhang vor Paulas Fenster war zugezogen.

Paulas Bett, oder jedenfalls das, welches sie und Phoebe benutzten, lag in Kates Blickfeld. Sie hatten beide noch den Rock an, waren aber von der Taille aufwärts nackt. Phoebe lag auf dem Rücken, und Kate konnte sogar im Dämmerlicht des Zimmers sehen, daß ihre Augen geschlossen waren und der Ausdruck auf ihrem Gesicht pure Lust verriet.

Paula lehnte über ihr, mit dem Rücken zur Tür. Deshalb hatte sie auch nicht sehen können, wie sie sich geöffnet hatte. Eine Hand Paulas bewegte sich unter Phoebes Rock. Kate sah, wie sich der Stoff bauschte und brauchte nicht lange zu raten, welches Ziel die Hand hatte. Mit der anderen Hand massierte Paula irgendeine Lotion auf Phoebes Brüste. Die Hand blieb nie still, rieb, drückte, zupfte, konzentrierte sich dann auf die Nippel, die schon steil aufragten. Kate spürte, wie ihr heiß wurde. Eine warnende Stimme in ihrem Inneren forderte sie auf zu gehen, aber sie konnte nicht. Sie stand wie gebannt.

Paula sagte, und ihre Worte waren in dem hechelnden Atem kaum zu verstehen: »Gefällt es dir?«

»Oh, ja, ja, hör nicht auf ...«

»Ich denke ... nicht daran ... aufzuhören ... Willst du ... das gleiche ... nicht auch ... bei mir ... machen?«

»Zeig mir wie!«

Paula gab ihr Massieren kurz auf, nahm Phoebes linke Hand und führte sie unter ihren Rock.

Phoebe stöhnte: »Oh, das fühlt sich gut an ...«

»Oh«, sagte Paula. »Ja, das ist gut. Sehr gut. Du hast ... ein natürliches ... Geschick ... Oh, Himmel ... Beweg deine Finger langsam ... Ja, ja, spürst du den Knopf? Genau wie bei dir. Nein, laß den Finger da. Ich bewege mich für uns beide.«

Paulas Hüften begannen zu zucken. Schultern und Kopf ruckten vor und zurück, hin und her.

Kate konnte es nicht länger ertragen. Sie drückte die Tür behutsam ins Schloß und war im nächsten Augenblick schon auf der Treppe.

Im Schlafsaal schleuderte sie Rossetti in ihren Schrank, warf sich quer übers Bett und barg den Kopf in die Kissen. Ohne Zweifel war das eine der erotischsten Szenen, die sie je außerhalb eines alten Schwarzweißfilms aus den dreißiger Jahren in Amerika gesehen hatte, und beschämt stellte sie fest, daß sie nur Sekunden, nachdem sie sich aufs Bett geworfen hatte, einen heftigen Orgasmus erlebte, obwohl sie sich nicht berührt hatte. Sie wurde von Kopf bis Fuß durchgeschüttelt, und sie war nicht in der Lage, die Zuckungen abzustellen. (Sie hätte es auch nicht gewollt, wenn sie gekonnt hätte.) Sie mußte hart ins Kissen beißen, um nicht laut aufzustöhnen.

Als es vorbei war und sie ihren Körper wieder unter Kontrolle hatte, schaute sie sich ängstlich um und nahm erleichtert zur Kenntnis, daß sie sich allein im Schlafsaal aufhielt. Nicht, daß möglicherweise alle auf sie gerichteten Blicke der Unteren Sechsten ihren Orgasmus hätten unterdrücken können. Es war ihr ›von selbst‹ gekommen, und das verstörte sie.

Sie brauchte eine Weile, um damit fertig zu werden, und die innere Unsicherheit flammte wieder auf, als sie beim Essen feststellte, daß Paula gar nicht weit von ihr entfernt saß. Ein paarmal trafen sich ihre Blicke, und dann grinste Paula breit, und Kate war es, als schnurrte sie wie eine Katze, die von der Sahne genascht hat. Viel weiter weg saß Phoebe und brachte kaum einen Bissen hinunter, wie Kate beobachtete. Ihr schwärmerischer Blick trennte sich so gut wie nie von Paula.

Es stimmte nicht, daß sie lesbische Neigungen empfand, entschied Kate. Wirklich nicht. Ihre Reaktion wäre genauso gewesen, wenn sie Paula oder Phoebe beim Sex mit einem Mann zugeschaut hätte.

Es war die sexuelle Handlung an sich, die sie erregt hatte. Sie war eine gesunde Sechzehnjährige, und es war schon zu lange her, daß sie Sex erlebt hatte. Vielleicht sollte sie lieber Richard Carsons Angebot annehmen. Aber noch nicht, um Himmels willen. Sie konnte nicht neu nach St. Clare's kommen und noch vor Ablauf der ersten Woche mit einem beinahe Fremden schlafen. Sie wußte, wie Jungs waren. Carson würde sofort damit prahlen.

»'ne heiße Schnecke, diese Kate McNamara. Geht ab wie'n Flieger.«

Sie würde den Ruf erhalten, leicht aufs Kreuz zu legen zu sein, bevor es in die Weihnachtsferien ging. Teufel, warum war das Leben in ihrem Alter so schwierig?

Sie fragte sich auch – wenn auch nur eine Sekunde lang –, ob sie jemandem von dem, was sie gesehen hatte, erzählen sollte.

Mrs. Clinton zum Beispiel.

Mrs. Clinton, ich habe Paula van der Groot und Phoebe Weißichnicht in Paulas Zimmer masturbieren sehen.

Wirklich, Kate? Und was hast du in der Etage der Oberen Sechsten gewollt?

Ich suchte eine, die mir Christina Rossetti erklärt.

Und deshalb hast du an Paulas Tür geklopft, und sie hat dich hereingebeten trotz der Aktivitäten, in die sie und Phoebe vertrickt waren?

Nun, ja, nicht genau, Mrs. Clinton. Ich habe irgendwie die Tür aufgedrückt, und da waren sie …

Und Phoebe hat natürlich versucht, sich von Paulas Übergriffen zu befreien …

Nein, so war es eigentlich auch nicht. Und eigentlich war es auch kein Übergriff …

Ich verstehe. Aber du bist sofort zu jemandem gelaufen, um es zu melden?

Nein, Mrs. Clinton. Also, ich habe sie eine Zeitlang beobachtet. Sehen Sie, Paula hat diese Lotion und hat damit Phoebes Brüste …

Erspare mir die Details, Kate.

Ja, Mrs. Clinton. Also, ich bin dann in meinen Schlafsaal gelaufen und hatte diesen entsetzlich schönen Orgasmus …

Nein, dachte Kate, es war wirklich nicht so, daß Phoebe gezwungen worden war. Im Gegenteil, sie schien mehr als bereitwillig gewesen zu sein. Ein Opfer war sie bestimmt nicht.

Kate beschloß, nicht mal Julia, Jocasta und Amanda etwas zu sagen. Phoebe war nicht Paulas erste und würde auch nicht ihre letzte Eroberung sein.

Vielleicht wußte Mrs. Clinton von solchen Dingen und übersah sie lieber, als einen Skandal heraufzubeschwören. Es war ja nur ein kleines Zwischenspiel …

LAVINIAS PEIN

Lavinia Lee konnte sich nicht konzentrieren.

Himmel, dachte sie, die zweite Woche nach den Ferien, der erste Montag, und ich sehne mich schon nach den Weihnachtsferien.

Sie sollte Peter Hennessy aus ihren Gedanken verbannen, und es war ein Fehler gewesen, gestern zurück nach London zu hetzen.

Sie hatte einen plausiblen Vorwand, mit dem sie sich selbst von der Notwendigkeit überzeugte: Sie wollte ihr Auto abholen und die anderen Dinge, die ihre Schwester nicht geschafft hatte, aus der Wohnung wegbringen.

Klang doch einleuchtend, oder?

Aber sie hatte nicht mit der Gründlichkeit ihrer Schwester gerechnet. Rebecca hatte jedes einzelne Kleidungsstück – Kleid, Mantel, Unterwäsche, Strümpfe – sichergestellt und mitgenommen. Jedes Bild, jedes Buch, allen Schnickschnack. Doch das fand Lavinia erst heraus, nachdem sie vor Peters verschlossener Tür stand und später bei ihrer Schwester klingelte.

»Ich dachte, das wäre dir so am liebsten gewesen«, sagte Rebecca. »Wenn du angerufen hättest, bevor du dich in den Zug gesetzt hast, wäre das nicht passiert. Ich hätte es dir sagen können.«

»Daran habe ich nie gedacht«, sagte Lavinia.

»Das ist die Story deines Lebens, liebe Schwester.«

Rebecca fügte nicht hinzu, daß Peter die Unverschämtheit aufgebracht hatte, sie anzumachen, während sie die Sachen ihrer Schwester zusammensuchte.

Wissen Sie, Sie sehen noch besser aus als Ihre Schwester.

Das können Sie sich schenken.

Ich will Ihnen nur ein Kompliment sagen.

Ich kann mir denken, was Sie mit solchen Komplimenten bezwecken wollen.

Nun, wenn Sie Lust haben ...

Nein, dachte Rebecca, es war besser, diesen kurzen Dialog für sich zu behalten.

Nun ja, dachte Lavinia, ich habe mir schon was dabei gedacht. Ich wollte einen Vorwand haben, um noch einmal nach Highgate zurückzukehren. Und wenn Rebecca ihr am Telefon gesagt hätte: ›Ich habe alle deine Sachen hier‹, wäre ihr Vorwand zerbröselt. Peter hätte sofort erkannt, was ihre Anwesenheit an der Türschwelle zu bedeuten hatte: Sie kam angekrochen und flehte ihn an, sie nicht zurückzuschicken. Nach einem Drink oder zwei, vielleicht auch noch einen Joint, hätte sie es nicht länger ausgehalten, und sie hätte ihm gesagt, er könne die andere Frau behalten, sie würde ihm keine Fesseln anlegen. Nur – konnten sie nicht trotzdem wieder zusammen schlafen, wenn sich eine Gelegenheit bot?

Sie haßte sich selbst dafür, daß genau das ihre Absicht gewesen war.

Er war ein unheimlich guter Liebhaber, und davon gab es nicht viele. Sie hatte mit genügend Männern geschlafen, um das beurteilen zu können. Seine Technik war nicht vollkommen, aber das machte einen Teil seines Charmes aus.

Sie war mit sogenannten Künstlern ins Bett gegangen, die jedes Buch über den perfekten Liebhaber gelesen hatten und den genauen Sitz der Klitoris kannten und wußten, was man damit tun mußte. Erregend, ja, sicher, eine angenehme Abwechslung zu den Fummlern, die glaubten, Klitoris sei eine griechische Insel irgendwo bei Rhodos. Aber – zu statisch, zu gewollt.

Drinks um halb acht, Blumen auf dem Tisch. Essen von halb neun bis halb elf, das Zögern über der letzten Tasse Kaffee, dann die Entscheidung, in welche Wohnung. Meistens in seine. Ein Brandy, vielleicht Champagner. Eine Hand auf ihrem Oberschenkel, die erkundete, ob sie Strümpfe trug, und wenn ja, ob Strümpfe oder Strumpfhose. Die andere Hand in ihrem Haar.

Du hast einen wunderschönen Hals.

Es war immer der Hals. Weit genug weg von den eigentlichen erogenen Zonen, aber nahe genug an Lippen und Ohrläppchen.

Ich würde wahnsinnig gern Liebe mit dir machen.

Na, warum nicht?

Dann das Ausziehen, das Bett, der Sex. Zwölf Minuten Vorspiel, davon acht Minuten sie auf dem Rücken, ein paar Minuten Neunundsechzig, ein paar Minuten Stöße.

Ja, sicher, Orgasmen. Gelegentlich sogar ein paar hintereinander. Aber nie funkensprühende Explosionen. Es hätte nicht viel gefehlt, und sie hätte sehen können, wie die Kerle in ihrem Kopf die nächste Seite des Buches ›Wie werde ich ein perfekter Liebhaber?‹ aufschlugen.

Wenn es vorbei war, erwartete sie bei einigen von ihnen, daß sie sich aufrichteten und fragten: ›War es nicht fabelhaft?‹

Ob sie die Frage stellten oder nicht – sie steckte in ihrem Kopf. Sie waren mehr damit beschäftigt, ob sie ihnen in ihrem Tagebuch fünf Sterne gab, als mit allem anderen.

Sie war mit stark und schwach gebauten Männern im Bett gewesen, aber Peter, der zum Durchschnitt gehörte, was die Maße betraf, bewirkte was bei ihr – und darin bildete er eine seltene Ausnahme.

Wenn er ein Handbuch gelesen hatte, dann merkte man es ihm nicht an. Falls er um ihren Orgasmus bemüht war, zeigte er es nicht. Er fickte sie – im Bett, auf Tischen, in öffentlichen Parks, in Hauseingängen –, weil es ihm Spaß machte. Ihm ging es um seinen Spaß, aber dabei geriet sie auf Höchsttouren.

Männer wie Peter waren nicht leicht zu finden. Eine Frau konnte keine Affäre mit einem Mann beginnen und sagen: ›Heute nachmittag gehe ich ohne Höschen aus, und wenn wir einen geeigneten Ort finden, mußt du es mir ordentlich besorgen.‹

Nun ja, sie konnte es sagen, und viele Männer hätten die Gelegenheit auch genutzt. Aber das hätte bedeutet, daß sie die Führungsrolle übernehmen mußte. Sie aber wollte geführt werden. Nicht, weil sie schwach und unterwürfig war – obwohl sie nicht verstand, was an sexueller Unterwerfung falsch war, wenn man darauf abfuhr –, sondern weil es, nun, geil machte.

Er würde verdammt schwer zu ersetzen sein, Peter Hennessy, aber ersetzt werden mußte er, und zwar bald. Sonst würde der Vibrator bald neue Batterien brauchen, und sie hatte schon geglaubt, daß sie – bis auf die Notfälle – Sex mit batteriegetriebenen Gegenständen hinter sich hätte. Aber wenn sie nicht regelmäßig versorgt wurde, steigerte sie sich in eine ungesunde

Nervosität. Oder sie würde sich den älteren Schülern ihrer Klassen anbieten.

Vielleicht war es das, was sie brauchte. Wenn Peter aus ihrem Leben verschwunden war, könnte ein ungehemmter Jüngling die Lücke füllen. Zum Teufel mit ihrer Karriere. Sex war wichtig im Leben. Sex war alles. Der Rest war Propaganda.

Ts, ts, äußerte sie, als wäre sie plötzlich aufgewacht. Nein, dieses Stadium, daß ich schon auf Schüler losgehe, habe ich noch nicht erreicht.

Sie zwang ihre Konzentration in die Gegenwart, zurück zum Thema der Diskussion – Goethe. Sie sah Richard Carson aus der dritten Reihe auf ihre Beine schauen. Sie überzeugte sich rasch davon, daß während ihrer Tagträume der Rock nicht hochgerutscht war und daß sie die Beine geschlossen hielt. Sie nahm sich vor, in Zukunft solche gedanklichen Abschweifungen nur noch zuzulassen, wenn sie hinter dem Pult saß und nicht mit halber Backe darauf, wie jetzt.

Sie war fast sicher, daß Carson damals den Vibrator gesehen hatte, und sie wollte ihm nicht zusätzlichen Stoff für Spekulationen geben, weder ihm noch sonst einem von ihnen, auch wenn sie selbst nicht viel älter war als die Schüler.

Sie ließ sich langsam von ihrem Pult hinunter, strich den Rock gerade und schaute auf ihre Uhr. Nur noch ein paar Minuten bis zum Ende der frühen Deutsch-Doppelstunde. Zeit für ein kleines Spiel mit dem lüsternen Carson, um mal zu testen, was für einer er war, was er draufhatte. »Richard«, sagte sie, *»kennst du das Land, wo die Zitronen blühn? Im dunklen Laub die Goldorangen glühn, ein sanfter Wind vom blauen Himmel weht, die Myrthe still und hoch der Lorbeer steht – kennst du es wohl?«*

Einige der Worte hatten eine doppelte Bedeutung. ›Im dunklen Laub‹ zum Beispiel, und auch ›hoch der Lorbeer steht‹.

Lavinia hatte keinen Zweifel, daß Carson den Text übersetzen konnte, er war ein ausgezeichneter Schüler, aber sie hatten ›Wilhelm Meisters Lehrjahre‹ bisher noch nicht durchgenommen, deshalb würde er kaum wissen, welche Zeilen folgten.

Sie irrte sich.

»Dahin! Dahin«, zitierte er, *»möcht' ich mit dir, o mein Geliebter, ziehn*!«

Lavinia hatte geglaubt, sie wäre zu alt und zu erfahren, um bei irgendwas zu erröten, was ein Siebzehnjähriger ihr sagen könnte, aber zu ihrem Entsetzen spürte sie, wie das Rot hoch in die Wangen stieg. Carson strich heraus, für alle offenkundig, daß er nicht nur Goethe zitierte, sondern daß es in ihrem dunklen Laub – bei ihr blond – sein sollte, wo er gern seinen Lorbeer stehen haben würde.

Carson fragte sich, ob er zu weit gegangen war, obwohl insgeheim stolz auf seine schnelle Reaktion. Er brachte ein schwaches Lächeln zustande, während der Rest der Klasse, Mädchen wie Jungen, kicherten.

Um ihre Verlegenheit zu überbrücken, versuchte es Lavinia mit einem Scherz.

»Nun«, sagte sie, »sobald wir in diesem Land einige Orangen- und Zitronenbäume gefunden haben, gilt die Verabredung.«

»Es gibt welche in Kew«, sagte Carson sofort.

Lavinia wollte ihn damit nicht davonkommen lassen. »*Entbehren sollst du*!« deklamierte sie. »*Sollst entbehren*! Das ist der ewige Gesang.«

Aber Carson hatte auch seinen Faust studiert. *»Ich*

bin der Geist, der stets verneint. Zwei Seelen wohnen, ach, in meiner Brust.«

Einige Klassenkameraden applaudierten. Carson nahm den Beifall mit einer tiefen Verbeugung entgegen. Lavinia breitete die Arme aus und ließ sie fallen, eine Geste, die ihre Niederlage eingestehen sollte.

»Okay, okay, Spiel, Satz und Sieg. Meine Französischklasse sehe ich am Nachmittag, die anderen morgen wieder.«

Im Kollegiumszimmer holte sich Lavinia eine Tasse Kaffee vom Tisch, verachtete die Plätzchen und ließ sich dann in einen Sessel fallen. Noch bevor sie den ersten Schluck Kaffee getrunken hatte, brannte bereits die Zigarette zwischen ihren Lippen.

Nicht jeder Lehrer nützte das Kollegiumszimmer, wenn er nicht etwas Besonderes dort zu tun hatte. Die Chefs der einzelnen Häuser zogen sich gewöhnlich in die Stille des eigenen Büros zurück. Mrs. Gordon, die Latein und Griechisch unterrichtete, ließ sich fast nie sehen.

Dagegen konnte man fast immer damit rechnen, daß Mr. Chippendale, der Englisch und Geschichte lehrte, im Kollegiumszimmer war. Sein Spitzname – unvermeidlich – lautete natürlich ›Chips‹. Er war sechzig, ein bißchen hinter dem Mond und hielt es nicht mit der Disziplin. Er süffelte Gingerschnaps und zog sich dann mit dem *Daily Telegraph* in eine Ecke zurück.

Mrs. Greatorex unterrichtete in der Unterstufe Mathe und Physik. Fünfundvierzig Jahre alt, war sie erst vor drei Jahren in den Schuldienst zurückgekehrt, als ihre Kinder alt genug waren, sich um sich selbst zu kümmern. Obwohl St. Clare's Sonderkonditionen einräumte, wenn es um die Kinder der Lehrer ging, besuchten die zwei von Mrs. Greatorex das örtliche Gymnasium, und sie wohnte auch nicht in der Schule, sondern zu Hause.

Miss Bartlett, fünfunddreißig, unverheiratet und ohne Andeutung, diesen Status ändern zu wollen, gab Sport. Nein, sie lebte Sport. Sport aller Art, aber ihre Lieblingsspiele waren Hockey, Tennis und Kricket. Sie war auch eine verwegene Skiläuferin und übernahm die Aufsicht über die jährliche Skireise im Januar.

Miss Bartlett betrat keinen Raum, sie hüpfte hinein. Abhängig von der Jahreszeit und deshalb vom Sport, den sie gerade bevorzugte, trug sie entweder Tennisschuhe und das entsprechende Outfit oder Hockeyschuhe und die dazu passende Kluft. Natürlich trank sie keinen Kaffee, nur Säfte oder Milch, und sie runzelte die Stirn über jeden, der rauchte. Mit Lavinia verstand sie sich nicht so gut und unternahm alle Anstrengungen, so weit wie möglich von ihr wegzusitzen, und dann in der Nähe eines offenen Fensters.

Mr. Hobday war der typische Chemielehrer, obwohl er in der Sechsten auch Physik und Mathe gab. Er übernahm die Klassen von Mrs. Greatorex und äußerte sich stets abfällig über den akademischen Standard, den er in ihren Klassen übernehmen mußte. Die beiden stritten sich die meiste Zeit über Dinge, von denen die anderen nichts verstanden. Hobdays Kittel war meist mit Kreide verschmiert, obwohl es in diesem Computer-Zeitalter schon seit Jahren keine Kreide mehr in den Klassenräumen gab. Natürlich gab es Tafeln, aber auf die schrieb man mit farbigen Markern.

Miss Heilbron war schüchtern, dunkelhaarig und vierundzwanzig Jahre alt, seit dem letzten Schuljahr an St. Clare's. Sie nahm an den Stunden teil, die eine vor der Pensionierung stehende Lehrerin in der Französischanfängerklasse und in Deutsch gab. Weil Lavinia später die Schüler von Sybil Heilbron ›erben‹ würde, hatte sie versucht, mit ihr ins Gespräch zu kommen. Ohne viel Erfolg. Sybil brachte so gut wie nie ein Gespräch in Gang, sie wartete darauf, daß eine Frage gestellt wurde, auf die sie dann eine knappe Antwort gab, was Lavinia zum Kochen brachte. Im Kollegiumszimmer hatte sich Miss Heilbron angewöhnt, eine Tasse Kaffee zu holen, ein Plätzchen vorsichtig in der Mitte durchzubrechen, die eine Hälfte auf dem Tisch liegenzulassen und dann eine stille Ecke zu finden, um das Kreuzworträtsel in der *Times* zu lösen. Es schien sie nie vor ein Problem zu stellen.

Neben Robert Penrose, der eintrat, als Lavinia ihre Zigarette halb geraucht hatte, war Mrs. Felicity Coggan an diesem Montagmorgen das einzige Mitglied des Lehrkörpers im Kollegiumszimmer. Sie war die Klassenlehrerin der Unteren Fünften und unterrichtete Geographie. Mrs. Coggan war eine gut aussehende Lehrerin, Ende dreißig, sie mochte ihren Whisky und rauchte soviel oder noch mehr als Lavinia.

Sie bevorzugte figurbetonte Kostüme und Absätze, mit denen sie fast einsachtzig erreichte, und sie verfügte über einen Vorrat an schmutzigen Witzen, die sie auf Kommando erzählen konnte. Gerüchteweise hieß es, sie hätte vor zehn Jahren irgendwo im Norden Englands eine spektakuläre Scheidung hinter sich gebracht. Es war bisher niemandem gelungen, die saftigen Details herauszufinden, aber die Gerüchte besagten, daß sie von ihrem damaligen Mann im Bett mit einem viel jüngeren Mann erwischt worden wäre.

Lavinia hielt das für durchaus möglich. Da war ein

Zwinkern in Felicity Coggans Augen, das einem verriet, es könnte so gewesen sein, aber Lavinia bezweifelte, daß Mrs. Gordon sie dann angestellt hätte. Und Lavinia hatte auch nicht den Hauch einer Andeutung davon gehört, daß Mrs. Coggan die Jungen der Oberen Sechsten verführte.

Nun, das hieß noch nicht viel. Die beneidenswerten Jungs würden es kaum herumerzählen, und außerdem wußte man an St. Clare's auch nichts über ihr, Lavinias, Privatleben. Niemand würde sich vorstellen können, was sie und Peter in den Straßen von Highgate alles getrieben hatten.

Robert Penrose sackte in den Sessel neben Lavinias.

»Darf ich?«

»Bitte. Solange Sie nicht eine intellektuelle Unterhaltung von mir erwarten.«

»Ah, ich fürchte, genau das ist der Anlaß, mich neben Sie zu setzen. Aber für den Anfang genügt es, wenn ich rede und Sie zuhören.«

»Schießen Sie los.«

»Ein Mittsommernachtstraum.«

»Ich kann Ihnen meinen sagen, ohne mein Gehirn aus dem ersten Gang hochschalten zu müssen. Eine Segeljolle auf dem Mittelmeer, gesteuert von einem jungen Peter O'Toole. Eine Kiste Champagner und weit und breit niemand unter achtzehn.«

»Ich meinte das Stück, obwohl mir Ihre Version besser gefällt. Wir wollen es als Jahresabschlußprojekt aufführen. Sie wissen schon, den stolzen Eltern zeigen, wie talentiert ihre kleinen Lieblinge sind und wie St. Clare's das Beste aus ihnen herausholt. ›Unterschreiben Sie hier fürs nächste Schuljahr. Alle größeren Kreditkarten werden akzeptiert.‹«

»Eine seltsame Wahl für ein Weihnachtsstück, aber ich wünsche Ihnen viel Erfolg«, sagte Lavinia.

»So seltsam auch wieder nicht«, verteidigte sich Penrose.

»Meine Obere Sechste ist ein bißchen hoffnungslos, was Theaterliteratur angeht, und da es Shakespeare sein soll, ist die Auswahl reduziert. Die Untere Sechste hat *Richard II, Hamlet, Antonius und Kleopatra* sowie *Der Kaufmann von Venedig* als vorgeschriebene Texte. Ich kann mir nicht vorstellen, daß sie eines davon nicht nur lesen und bearbeiten, sondern auch noch spielen wollen. Meine Nase sagt mir, daß *Ein Mittsommernachtstraum* in ein, zwei Jahren wieder auf dem Lehrprogramm steht, deshalb ist dies ein guter Zeitpunkt, das Stück aufzuführen, da wir sowieso zu Weihnachten ein Stück bringen müssen. Die meisten modernen Werke scheiden aus, weil sie nicht genug Rollen haben. Die Mittsommernacht hat über zwanzig gute Rollen, dazu die Ersatzleute, die Bühnenhelfer, Garderobisten, Maler – wir halten insgesamt zwischen vierzig und fünfzig kleine Bastarde beschäftigt.«

»Ich glaube, mir gefällt nicht, wie Sie von ›wir‹ sprechen«, sagte Lavinia.

»Nun, ich dachte mir ...«

»Nein«, unterbrach ihn Lavinia entschieden. Hätte sie gestanden, hätte sie mit dem Fuß aufgestampft. »Absolut nein. Vergessen Sie's. Ich hasse das Stück sogar. Elfen und hintergründige Charaktere und verwechselte Identitäten ... Nein! Laienspiele hasse ich noch mehr. Ich mußte selbst mal bei einem mitmachen während meiner Schulzeit. Es war grausam.«

»Einige der Schüler sind gar nicht schlecht«, sagte Penrose. »Ein oder zwei könnten eine Chance am Theater haben. Ich übernehme die Produktion, ich brauche nur jemanden, der mir bei den Proben hilft.«

»Warum ich?« fragte Lavinia. »Mein Gebiet sind Fremdsprachen, ich habe mit Shakespeare nichts zu tun. Sie sind Englischlehrer, okay. Warum fragen Sie nicht Chips? Wenn ich mich recht erinnere, war er doch im vergangenen Jahr auch dabei.«

»Schauen Sie ihn sich doch mal an«, sagte Penrose mit gesenkter Stimme. »Er zählt die Stunden bis zu seiner Pensionierung. Außerdem ist er Junggeselle, und man muß ein Auge auf ihn haben.«

»Ah, ja?« Lavinia war jetzt interessiert. »Was ist los? Mehr, mehr.«

»Im vergangenen Jahr hing er unanständig oft und lange vor den Umkleidekabinen der Mädchen herum. Der jüngeren Mädchen. Es hat eine Reihe von Klagen gegeben. Vierzehnjährige, halb ausgezogen, denen er den Hintern tätschelte.«

»Wenn pubertierende Mädchen seine Schwächen sind, wird er sauer sein, daß er in diesem Jahr übergangen wird.«

»Nein. Er hat schon angedeutet, daß er nicht mehr dabeisein möchte, weil er offenbar seine Hände nicht von den jungen Dingern lassen kann. Obwohl er das natürlich nicht gesagt hat. Aber er weiß, auch nur ein winziger Skandal, und er ist draußen. Knast statt Pension.«

»Es ist wirklich nichts für mich, Robert.«

»Denken Sie darüber nach«, bat Penrose. »Jetzt sind die Abende noch hell, aber bald schon setzt die Dämmerung früh ein. Sie haben etwas zu tun, und später, wenn wir kurz vor der Aufführung sind, nehmen wir auch noch das eine oder andere Wochenende hinzu.«

Ich fürchte, meine Wochenenden sind voll ausgebucht, wollte Lavinia gerade sagen, als ihr bewußt wurde, daß das nicht mehr stimmte. Sie zündete sich noch eine Zigarette an, was ihr Blicke wie Messer von Miss Bartlett einbrachte. Lavinia schaute Robert Penrose durch den Rauch hindurch an und fragte sich, ob er sie als Assistentin anheuern wollte, weil er sich so versprach, schneller in ihr Bett zu huschen. Wie alt war er? Zweiunddreißig? Dreiunddreißig? Er sah gut aus auf diese muskulöse Art eines Tennisprofis, und sie wußte vom zufälligen Mithören, daß einige der jüngeren Mädchen ihn umwerfend fanden. Aber eigentlich war er nicht ihr Typ. Trotzdem, dachte Lavinia, weiß der Himmel, wohin diese Zusammenarbeit noch führen konnte.

Außerdem würde die Einübung des Stücks ihr helfen, Peter aus ihren Gedanken zu verdrängen.

Penrose spürte ihr Nachgeben.

»Bitte«, sagte er eindringlich.

»Also gut«, sagte Lavinia. »Ich versuche es. Aber verfluchen Sie mich nicht, wenn Sie es später bereuen.«

»Wunderbar«, sagte Penrose. »Ich teile Ihnen noch mit, wann wir mit der Rollenbesetzung beginnen.«

»Eine Bedingung«, forderte Lavinia mit einem warnenden Unterton. »Hände weg von den Angehörigen meiner Sprachkurse in der Oberstufe. Ich weiß noch nicht, wen ich Ende November zu den Prüfungen nach Oxford schicke, und ich will nicht, daß ihnen die stolze Titanie im Kopf herumspukt, wenn sie an den Hauptmann von Köpenick denken sollten.«

»Oxford«, sagte Penrose. »Mir ist schon aufgefallen, daß Sie nie von Cambridge reden, wenn es darum geht, Ihre besten Schüler unterzubringen.«

»Wir erwähnen diesen anderen Ort nie«, sagte Lavinia.

Zufällig war die Prüfung für Oxford auch das Gespräch im Gemeinschaftsraum der Sechsten während der Pause. Richard Carson rechnete fest damit, daß Lavinia Lee ihn ermutigen würde, aber bisher hatte sie ihm noch nicht die Unterlagen dazu gegeben, die spätestens bis zum 15. Oktober ans Zulassungsbüro geschickt werden mußten.

Er war sicher, daß Miss Lee ihren akademischen Ruf nicht gefährden wollte und deshalb keinen hoffnungslosen Fall an ihre alte Universität empfehlen würde. Zu denen gehörte er ganz sicher nicht, aber er durfte sich in den nächsten Wochen nicht mehr oft mit ihr, der entzückenden Lavinia, anlegen. Keine klugscheißerischen Anspielungen mehr über seinen Lorbeer, den er in ihrem dunklen Laub stehen sehen wollte. Sie schien zwar nicht zu der nachtragenden Sorte Mensch zu gehören, aber sie konnte ihn fertigmachen und der Gordon sagen, daß es bei seinen nachlassenden Leistungen nicht empfehlenswert sei, ihn für die Prüfung anzumelden.

Den Gemeinschaftsraum teilten sich die Untere und die Obere Sechste, und genaugenommen waren es zwei Räume, aber die breite Tür dazwischen stand immer offen. Zeitungen und Zeitschriften lagen aus, man konnte an Tischen sitzen und arbeiten, falls der Lärmpegel es zuließ, es gab Kaffee, Tee und andere alkoholfreie Getränke. (Sie wurden am Ende des Schuljahres auf der Rechnung unter der Rubrik ›Verschiedenes‹ aufgeführt, schließlich war St. Clare's kein Wohltätigkeitsinstitut.)

Aber meistens diente der Gemeinschaftsraum als

Treffpunkt von Freunden, die vielleicht dasselbe Haus bewohnten, aber in anderen Klassen waren und sich deshalb selten sahen. An diesem Morgen war auch Fiona Acland da, die Vertrauensschülerin, eine Art Aufpasserin aus den eigenen Reihen. Die Vertrauensschüler sollten sich vor allem um die jüngsten und die neuen Schüler kümmern, ihnen helfen, sich zu integrieren, aber sie sollten auch darauf achten, daß unter den Schülern keine Fehlentwicklungen aufkeimten, womit Drogen, kriminelle Delikte insgesamt gemeint waren.

Fiona saß an einem Fenster, das auf den Schulhof hinausging, und nippte an einem Orangensaft. Wie immer war Fiona von einem Schwarm Mädchen umgeben, und jedes einzelne von ihnen wartete auf ein freundliches Wort von ihr oder wenigstens auf ein warmes Lächeln.

Obwohl Vertrauensschüler von Mrs. Gordon ernannt wurden, hätte Fiona auch bei einer Wahl die meisten Stimmen der Mädchen erhalten. (Es gab keinen Vertrauensschüler, weil zu wenige Jungen auf der Schule waren.)

Fiona war das populärste Mädchen der Schule und auch eines der schönsten. Neben ihrem Intelligenz-Quotienten, der über einhundertsiebzig lag, was sie nie herausstellte oder jemanden spüren ließ, war sie Captain der Hockeymannschaft und des Tennis-Teams. Ihre Eltern gehörten dem Adel an, und mit ihren achtzehn Jahren verfügte sie bereits über ein eigenes Einkommen.

Sie fuhr einen Lagonda, den sie auf dem Schulgelände parken durfte, ein Privileg, das sie als Vertrauensschülerin erhielt. Im nächsten Jahr würde sie in Cambridge ihr Medizinstudium beginnen. Eine glänzende Karriere lag vor ihr.

»Königin Fiona hält wieder hof«, sagte Amanda McDonald, die zur Hälfte einen Snack vertilgt hatte, der einen Monat lang das Hungerproblem in einer Dürre-Region gelöst hätte.

»Möchtest du einen Teller Milch dazu haben, meine Liebe?« fragte Jocasta spöttisch.

Amanda ließ sich nicht beeindrucken. »Es ist obszön, daß ein Mädchen allein so viele Talente zusammen hat. Das dürfte es nicht geben.«

»Da wir gerade von obszön sprechen«, sagte Julia zu Kate. »Das Mädchen, das drüben mit Dutch Paula redet, ist eine der Sinistrals, vor denen ich dich gewarnt habe. Bück dich in der Dusche nicht nach der Seife, wenn sie in der Nähe ist, sonst adieu, Mademoiselle Hymen.«

»Julia!« platzte Amanda heraus.

»Sie heißt Sally-Ann Peters«, fuhr Julia ungerührt fort. »Begreifst du? Die Abkürzung ihres Namens ergibt S.A.P., also wird sie Sappho genannt, die von der griechischen Insel Lesbos. Ganz schön treffend, wie?«

›Sappho‹ Peters ist eher der Koloß von Rhodos, dachte Kate. Sie war mindestens einsachtzig groß und brachte bestimmt siebzig Kilo auf die Waage, und mit ihren Schuhen hätte man über den Atlantik paddeln können. Während es für Kate noch leicht war, sich selbst im Bett mit Paula vorzustellen – schließlich hatte sie Paula schon im Bett gesehen –, konnte sie sich nur schwer ausmalen, wie das Liebemachen – oder wie man das sonst nannte – der elfenhaften Südafrikanerin mit der bulligen Sappho aussehen sollte.

Kate schüttelte sich.

»Ist gerade jemand über dein Grab gelaufen?« fragte Jocasta.

»So was Ähnliches. Was haben wir in der nächsten Stunde?«

»Doppel-Englisch bei Penrose.«

Wunderbar, dachte Julia.

»Hat jemand gesehen, was es heute abend zum Essen gibt?« fragte Amanda.

Gegenüber im Gemeinschaftsraum fühlte sich Henry Morton einsam und allein, obwohl er von so vielen Menschen umgeben war. Nein – *weil* er von so vielen Menschen umgeben war.

Der zierliche achtzehnjährige Junge, dessen Leben als Frühgeburt mit vier Pfund begonnen hatte, war immer ein schwächlicher Junge geblieben, gehänselt von Jüngeren, verprügelt von Älteren und Gleichaltrigen.

Er hatte akzeptiert, daß er kaum größer wurde als seine derzeitige einsdreiundsechzig oder mal schwerer würde als seine fünfundfünfzig Kilo. Er hatte akzeptiert, daß seine Augen schlecht waren und er eine Brille tragen mußte, die ihm das Aussehen eines japanischen Hinterhaltschützen in einem John-Wayne-Film gab. Er wußte, daß er im Sport nicht glänzen und auf akademischem Gebiet keine Bäume ausreißen konnte. Er nahm dieselben Sprachen wie Richard Carson, aber er würde nicht zu denen gehören, die im November nach Oxford geschickt würden. Mit Glück würde er den Abschluß schaffen und irgendwo eine Stelle als Lehrer antreten können.

All das konnte er akzeptieren.

Was er aber nicht akzeptieren konnte, war, daß er homosexuell war.

Falls er es war.

Er mochte Mädchen, das war ja das Übel. Denn die

Mädchen wollten nichts von ihm wissen, sie wollten nicht sein Fummeln, sie lachten ihn aus.

Seine einzige Erfahrung mit einem Mädchen lag zwei Jahre zurück und endete mit einer Katastrophe. Er hatte zehn Minuten gebraucht, um ihren BH zu öffnen, und dann hätte sie ihm am liebsten schon ein Knie in die Weichteile gestoßen, und weitere fünf Minuten brauchte er, um sich selbst auszuziehen, so nervös und kalt waren seine Finger. Und dann?

Nichts.

Schlappschwanz.

Da hatte sie breitbeinig dagelegen, und er hatte nichts mit ihr anstellen können.

Sie hatte auf seine Genitalien gestarrt.

»Sieht ja ganz passabel aus, aber wer bin ich, daß ich darauf warten soll, daß du fickbereit bist?«

Sie war das Au-pair-Mädchen seiner Mutter, und noch in derselben Woche war sie gegangen. Mit einer ziemlich lahmen Begründung.

»Man hat mir einen besseren Job angeboten, Mrs. Morton.«

Und dann die Fragen der Mutter: Du hast doch nichts mit dem Mädchen angestellt, Henry?

Nein, Mama.

Wirklich nicht?

Natürlich nicht.

Nun, das habe ich auch nicht erwartet. Diese jungen Dinger heutzutage …

Dann kam Adam, gleichaltrig, aus dem Dorf. Eine Ausgabe von *Mayfair* unterm Arm, aus Vaters Sammlung stiebitzt. Hinaus auf die Wiesen am Waldrand, wo sie sich die nackten Foto-Schönen ansahen, die sie nie haben konnten. Den erigierten Schwanz in der Hand.

Himmel, sagte Adam, die würd' ich gern bumsen.

Ich auch.

Weil das Mädchen auf den Mittelseiten der *Mayfair*-Ausgabe außer Reichweite war, kam es irgendwie dazu – und Henry wußte bis heute nicht wie –, daß sie sich gegenseitig masturbierten, während sie auf die Mädchen im Magazin starrten.

»Ich wette, ich komme zuerst«, sagte Adam.

Wetten, daß nicht? Es lief meist auf ein Unentschieden hinaus. Bis …

Eines Tages sagte Adam: »Du bist ja schwul.«

»Bin ich nicht, du Bastard. Und wenn ich's bin, was bist du denn?«

»Jedenfalls kein Homo. Wenn ich wollte, könnte ich deine Mutter ficken.«

Henry schlug zu, aber Adam schlug ihn zu Brei.

Da siehst du, daß du schwul bist.

Ben Fisher, der Henry gegenübersaß – sie hatten gleich zu Pausenbeginn mit einer Partie Schach begonnen –, sagte gerade: »Du kommst aus der Scheiße nicht mehr raus, wenn du nicht mit deinem König wegrückst.«

Henry Morton zuckte zusammen und wandte sich wieder dem Schachspiel zu. Er bewegte den König.

Warum, dachte Henry, hatte ich eine Erektion, als ich mir mit Adam die nackten Frauen in dem Magazin ansah? Warum ist er nicht schwul, und ich bin's vielleicht? Warum hat er diese absolute Gewißheit, daß er … es … mit meiner Mutter tun könnte, während ich … es … nie mit seiner Mutter tun könnte?

Ich verstehe das nicht.

»Matt in zwei Zügen«, kündete Ben Fisher an.

Am Ende der Doppelstunde Englisch in der Unteren

Sechsten gab Penrose bekannt, daß er bald mit der Besetzung des – ›Mittsommernachtstraum‹ beginnen würde.

»Wer mitspielen will, soll sich in die Liste eintragen.«

Julia trug sich ein.

SPIELE

Amanda Panda streckte sich nach einem von Kates Rückhandbällen, verpaßte ihn um Meilen und wälzte sich über den Boden.

»Verdammt!«

Jocasta, Kates Partnerin, krümmte sich vor Lachen, als Amandas Racket wie ein Geschoß aus der Hand flog, gegen die Drahteinzäunung des Platzes prallte und von dort zurück gegen Amandas Kopf schlug, als die ihren Hintern gerade aus dem Gras heben wollte.

»Haha, wirklich zum Lachen«, maulte Amanda.

Richard Carson, ihr Mitspieler in diesem Doppel, half ihr auf die Füße. Carson war keine Leuchte im Tennis, aber er war größer und kräftiger als die Mädchen, und das brachte ihm Vorteile.

»Bist du okay?«

Amanda versuchte, die Grasflecken von ihrem Hintern zu wischen und blickte über ihre Schulter, um sich vom Erfolg zu vergewissern.

»Ja, danke. Der Platz ist verdammt naß.«

Obwohl es ein schöner Abend war, hatte es tagsüber etwas geregnet, und der Platz war noch rutschig.

»Nicht, daß es sich auf mein Spiel auswirkte, wenn es knochentrocken wäre. Ich glaube, Monica Seles kann sich noch eine Saison ausruhen.«

»Mach dich nicht schlechter, als du bist«, sagte Carson. »Du spielst gut.« Er hob Amandas Schläger auf und brachte ihn ihr. Amanda überprüfte die Saiten.

»Wir liegen 6:2, 5:3 und 30:0 hinten«, sagte sie. »Wenn du das gut nennst, dann möchte ich mal hören, was du sagst, wenn ich einen schlechten Tag erwische.«

»Es ist doch nur ein Spiel«, meinte Carson versöhnlich.

»Das hat Nero auch gesagt, kurz bevor er die Löwen auf die Christen losließ.«

»Aber es stimmt. Gewinnen oder verlieren – morgen ist es vergessen.«

Amanda war es nicht gewöhnt, ermutigende Worte zu hören, erst recht nicht von einem Jungen, der zwei Jahre älter war als sie. Und obwohl sie ahnte, daß Richard Carson sich so großartig verhielt, um Kate zu zeigen, was für ein dufter Kumpel er war, schätzte sie seinen Zuspruch und lächelte.

»Ich werde versuchen, mich daran zu erinnern.«

Julia war sonst die vierte im Doppel, aber an diesem Abend las sie ihren Text aus dem Mittsommernachtstraum und stand deshalb nicht zur Verfügung. Carson hatte davon erfahren, den Spielplan studiert und sich in voller Montur genau zur richtigen Zeit auf dem Platz eingefunden. Er hatte seine Dienste angeboten, bevor Kate herumlaufen und Ersatz für Julia suchen konnte. Zu Richards Überraschung hatte Kate keine Einwände vorgebracht, daß er mit Amanda ein Doppel bildete.

Zuerst hatte er sich gefragt, ob Kate ihm gegenüber nachsichtiger geworden war, bis er die Kraft ihres Spiels sah, das sich auf hohem Standard bewegte. Nachdem ihm ihre ersten Aufschläge um die Ohren pfiffen, wußte er, warum sie nichts dagegen hatte, daß er mitspielte – sie wollte ihm eine Lektion erteilen.

Nun gut, als er merkte, daß er und Amanda gegen

Kate und Jocasta keine Chance hatten, blieb ihm nur eine Möglichkeit der Reaktion: Mit Würde verlieren.

»Kommt schon, ihr beiden!« rief Jocasta, die servierte.

Carson stellte sich bereit, den Aufschlag anzunehmen. Jocasta war längst nicht so gut wie Kate. Sollte er versuchen, ihren Aufschlag zu durchbrechen, um danach mit seinem Aufschlag auszugleichen?

Er ergab sich, daß ihm keine Wahl blieb. Jocastas Ball segelte schwach übers Netz, und weil Richard einen kräftigen Aufschlag erwartet hatte, sprang der Ball zweimal auf, bevor Richard ihn erlaufen hatte.

»Vierzig-null!« rief Kate.

Amanda klagte: »Typisch, beim Matchball muß ausgerechnet ich annehmen.«

Sie bewegte sich nach hinten, während Richard und Kate nach vorn gingen.

»Wollen wir hiernach noch ein Spiel machen?« fragte Richard.

»Lieber nicht«, erwiderte Kate, nicht unfreundlich. »Amanda hat recht, der Platz ist zu naß.«

»Dann ein Spaziergang ums Gelände«, schlug Richard vor. »Es ist noch lange hell.«

»Vielleicht – wenn ihr den Satz gewinnt.«

»Ach, komm schon«, protestierte Carson.

»Na gut, dann das Spiel.«

»Wir liegen vierzig-null hinten. Sagen wir, wenn wir den einen Punkt schaffen, gehen wir spazieren.«

»Okay, das garantiert uns einen frühen Abend.«

»Seid ihr beiden endlich fertig?« fragte Jocasta ungeduldig.

»Noch eine Sekunde!« rief Richard und lief zurück zu Amanda.

»Komm zwei Schritte vor«, raunte er ihr zu. »Sie wird wieder so schwach aufschlagen, aber wenn du darauf vorbereitet bist, erreichst du ihn. Nuckel ihn einfach zurück, vor Kates Füße. Für den Rest sorge ich dann.«

Bitte, Herrgott, murmelte er, als er auf seinen Platz zurücklief.

»Nicht wieder so eine Lusche!« rief er, als Jocasta den Ball hochgeworfen hatte.

Eine erfahrene Spielerin hätte den Aufschlag abgebrochen und neu begonnen. Aber Jocasta war so erfahren nicht. Carsons Stimme irritierte sie, für einen Sekundenbruchteil nahm sie den Blick vom Ball, sie erwischte ihn nur mit dem Rahmen, und der Ball trudelte in Amandas Aufschlagfeld, wo Amanda schon stand, und mit Wucht setzte sie den hochspringenden Ball übers Netz.

»Ich hab' einen Punkt gemacht! Ich hab' einen Punkt gemacht!« kreischte Amanda.

»Ich auch«, sagte Richard grinsend.

»Das war unfair!« rief Jocasta. »Ich verlange einen neuen Aufschlag!«

»Nein, laß schon«, sagte Kate. Sie dachte: Ihm muß viel an diesem Spaziergang liegen, so wie er sich ins Zeug gelegt hat. Mal sehen, wie er sich anstellt, wenn ich mit ihm allein bin.

Carson machte den nächsten Punkt, aber dann servierte Jocasta ein As, bei dem Amanda hilflos war.

6:2, 6:3. Spiel vorbei, Händeschütteln.

Die vier gingen zu ihren Handtüchern und Anzügen, die in einer Ecke des Platzes auf einem Haufen lagen. Hinter einem Rhododendronbusch hatte sich Algy, der Gärtnerjunge, versteckt, und schaute den

Mädchen beim Trockenrubbeln zu. Er hatte es besonders auf Jocasta abgesehen, deren dunkles italienisches Aussehen es ihm angetan hatte. Es erregte ihn, wenn sie sich bückte, um ihre Tennisschuhe aufzubinden, und er wünschte sich nichts sehnlicher, als diese gebräunten Beine zu berühren, zu streicheln, zu liebkosen.

Er war nicht zu sehr besorgt, daß ihn jemand erwischte. Schließlich hatte er hier zu tun. Es war sein Job, das Gelände um den Tennisplatz in Ordnung zu halten, und auf der Anlage selbst mußte er die weißen Linien nachziehen, wenn sie blaß geworden waren. Nein, dumm war er nicht, auch wenn viele Mädchen ihn dafür hielten. Natürlich wußte er, daß sie absichtlich ihre Körper zeigten, wenn sie vermuteten, daß er sie beobachtete. Er hatte einmal sogar die eine zur anderen sagen hören, während sie ihr kurzes Röckchen hob: »Ich wette, Algy würde sich nach einem Blick hier rein die Finger lecken, was?« Und das andere Mädchen hatte geantwortet: »Er würde wohl mehr als einen Blick bei dir reinschieben wollen.«

Ja, das stimmte. Schon jetzt spürte er seine harte Erektion. Wenn doch nur das Mädchen mit der dunkel gebräunten Haut zuließe, daß er sie berührte. Oder, besser noch, daß sie *ihn* berührte. Er würde ihr jeden Penny geben, den er besaß.

Die jungen Damen irrten sich, wenn sie glaubten, daß Algernon Hicks den Verstand eines Zehnjährigen hätte, obwohl man einräumen mußte, daß der Neunzehnjährige geistig zurückgeblieben war. Sie irrten sich aber nicht mit ihrer Vermutung, daß die Natur ihn sexuell dafür kompensiert hatte, weil sie ihn geistig nicht der Norm gemäß ausgestattet hatte, obwohl niemand wußte, wie dieses Gerücht entstanden war.

Algy hätte ihnen sagen können, daß es vor zwei Jahren begann, am Ende des Sommerhalbjahres, als die Prüfungen vorbei waren und Partyzeit angesagt war.

Jane Barker hieß sie, obwohl Algy ihren Familiennamen nicht wußte. Sie war achtzehn und brünett, und in ein paar Tagen sollte sie St. Clare's verlassen. Da sie sicher war, daß sie bei den Prüfungen gut abgeschnitten hatte, wußte sie, daß ihr der Platz an der Universität nicht mehr zu nehmen war. Also konnte sie ganz entspannt die verschiedenen Parties besuchen.

An diesem Abend war sie nach einer Dreiviertelflasche Rotwein und zwei Glas Sherry ein bißchen mehr als angetrunken, und bei dem Gespräch mit ihren Freundinnen drehte es sich um den Gärtnerjungen und das, was er in der Hose versteckt hatte.

Ihre Freundinnen trieben sie an.

Ich wette, du traust dich nicht, Jane. Du hast nicht genug Mumm.

Wer hat nicht genug Mumm?

Du. Ich habe ihn vor zwanzig Minuten bei den Rhododendronbüschen gesehen.

Also gut. Aber niemand folgt mir.

Aber wie sollen wir dann wissen, daß du es auch wirklich tust?

Ihr werdet's schon wissen.

Weil es Hochsommer war, blieb es bis zehn Uhr hell, und es war noch nicht neun Uhr. Aber weil die Ferien kurz bevorstanden, war kaum ein Schüler draußen zu sehen, sie hielten sich fast alle in ihren Schlafsälen oder Zimmern auf, die älteren, weil sie sich betranken, die jüngeren, um nicht Opfer eines Streichs der älteren zu werden.

Algy beschäftigte sich mit den Rhododendren, die zwar schon fast verblüht waren, aber noch etwa eine Woche halten würden, wenn sie genug Wasser erhielten, und wässern konnte man sie erst nach Sonnenuntergang.

Er sah, wie Jane auf ihn zuschwankte, und er war nicht so dumm, daß er nicht wußte, daß sie getrunken hatte. Er versuchte, sie nicht zu beachten. Einige der Mädchen grüßten ihn ab und zu, doch Jane gehörte nicht zu denen.

Deshalb war er sehr überrascht, als sie ein paar Schritte vor ihm stehenblieb.

»Hallo, Algy«, sagte sie. »Es ist immer noch sehr heiß, was?«

»Ja, Miss«, brachte er heraus. Er erinnerte sich, daß die anderen sie Jane nannten.

Wegen der Hitze trug er nur Shorts und Turnschuhe.

»Ich muß sagen, du sorgst wunderbar für alle diese Pflanzen«, sagte Jane. »Besonders für die Rhodos. Sie sind eine Zierde für die Tennisplätze.«

Das stimmte, und Algy war stolz auf seine Arbeit. Die Büsche waren so dicht und hoch, daß selbst im Winter niemand auf die Tennisanlage blicken konnte, und im Sommer, wenn sie in voller Blüte standen, war es so, als lebte man auf dem Platz in einer kleinen Welt, abgeschirmt von allem, was draußen geschah.

Jane setzte sich auf einen Grasflecken, offenbar unbesorgt, daß ihr Sommerröckchen hochgerutscht war. Wenn er seinen Blickwinkel leicht veränderte, würde er ihr unter den Rock schauen können.

Es war in diesem Augenblick, daß er die Flasche entdeckte, die Jane bei sich hatte. Es sah nach Wein aus, und die Flasche war halb voll.

»Mach einen Moment Pause, Algy, und setz dich zu mir. Hier, nimm einen Schluck.«

»Ich weiß nicht, ob ich das darf ...«

»Ach, sei kein Frosch, niemand kann uns sehen.«

Nun, das stimmte.

Er setzte sich, nahm die Flasche entgegen und gluckerte einen tiefen Schluck.

Dann begannen die Dinge, die ihn fürchterlich in Schwierigkeiten bringen würden, wenn sie herauskämen, aber die er unmöglich anhalten konnte.

Wie alt bist du, Algy?

Siebzehn, Miss.

Du mußt phantastische Muskeln haben.

Sie berührte sie, knetete sie.

Und diese Muskeln in deinen Oberschenkeln.

Sie faßte auch dorthin, griff immer höher. Zu seinem Entsetzen spürte er, wie sein Schwanz steif wurde.

Eh, Miss ...

Mach dir nichts draus, Algy. Hier, nimm noch einen kräftigen Schluck.

Er trank, und dabei ließ Jane ihre Hand in seine Shorts gleiten.

Himmel, hörte er sie sagen.

Miss, begann er, und er kannte seine eigene Stimme kaum noch. So etwas war ihm noch nie wiederfahren, obwohl er oft davon geträumt hatte. Hoffentlich hörte sie nicht auf.

Sei ruhig und leg dich hin.

Halb benommen gehorchte er. Ihre Hand fuhr zurück, aber nur, um den Reißverschluß seiner Shorts aufzuziehen. Sein Schwanz sprang federnd heraus und beschrieb einen Bogen.

Himmel, hörte er sie wieder murmeln, so etwas habe ich in meinem ganzen Leben noch nicht gesehen.

Ihre Hand begann an ihm zu arbeiten, und weil eine Hand nicht genug war, benutzte sie auch die zweite. Er versuchte, unter ihren Rock zu fassen, aber sie wies ihn mit einer ärgerlichen Geste zurück. Die ganze Zeit redete sie, teils mit ihm, teils mit sich selbst.

Du hast den größten Schwanz, den ich je in der Hand gehabt habe. Und den härtesten. Er muß mindestens – Himmel, ich weiß es nicht – ein Fuß lang sein. Komm für mich, Algy. Komm für die liebe Tante Jane. Zeig, daß du innen soviel zu bieten hast wie außen. Komm schon. Algy.

Ihre Hände bewegten sich immer schneller, und bald schon hätte er es auch dann nicht mehr zurückhalten können, wenn es um eine Million Pfund gegangen wäre. Er murmelte etwas, was er selbst nicht verstand, und dann spritzte er durch die ganze Gegend. Es schien gar nicht mehr aufzuhören, und er stieß ein dumpfes, grollendes Stöhnen aus.

Sie stöhnte auch, meinte er gehört zu haben, und dann sagte sie: Himmel, Algy, irgendein Mädchen wird eines Tages verdammt überrascht sein.

Als es vorbei war, wischte sie sich die Hände im Gras ab, und plötzlich wirkte sie sehr nüchtern.

Du darfst nie, nie, nie jemandem was davon erzählen, Algy.

Er schwor sich, daß er das nie tun würde, aber bevor er das laut sagen konnte, war sie schon verschwunden.

In dem Zimmer, in dem die Abschlußparty stattfand, drängten sich die Mädchen um Jane.

Hast du es getan?

Was?

Aber wie Algy schon festgestellt hatte, war Jane von dem Geschehen ernüchtert worden, und sie dachte nicht daran, einen genauen Bericht zu geben. Was im geheimen so erregend war, wurde schal, wenn sie es mit ihren Freundinnen teilen sollte.

Nun, ich hab's gemessen.

Und?

Gewaltig. Er kann einen Verkehrsstau damit auslösen.

Ein oder zwei Mädchen bemerkten die frischen Grasspuren auf Janes Rock.

Jane, du geiles Ferkelchen!

Erzähl, wie war's?

Ich weiß nicht, wovon ihr redet.

Es war das Beste, was Algy in seinem Leben erlebt hatte. Es hatte leider nie eine Wiederholung gegeben. Er sah Jane noch ein paarmal, aber sie ignorierte ihn, und er glaubte, daß er es bereuen würde, wenn er sie anspräche. Sie war eine reiche junge Lady, und er war der Gärtnerjunge.

Obwohl er nicht gut lesen konnte, wußte er von denen, die es besser konnten und die Sonntagszeitungen lasen, daß die Reichen oft die Armen ins Gefängnis brachten – oft wegen Sex, den sie zuerst wollten, dann aber bedauerten.

Innerhalb einer Woche hatte Jane St. Clare's für immer verlassen.

Jocasta glich Jane auf mehrfache Weise, dachte Algy, als er sah, wie sie ihre Tennishose anzog. Wenn sie doch nur ... Wenn sie doch nur das mit ihm trieb, was Jane getan hatte. Wenn er sie berühren, in sie eindringen könnte. Was für ein hübsches Mädchen.

Der Druck in seinen Lenden wurde unerträglich, und er schlich sich in die Büsche und erleichterte sich auf die einzige Weise, die er kannte.

»Fertig?« fragte Amanda und schulterte ihren Schläger.

Carson schaute Kate an.

»Richard und ich wollen uns bei einem Spaziergang abkühlen«, sagte Kate.

Amanda starrte sie an.

»Wann wurde das denn beschlossen?«

»Als sie am Netz miteinander flüsterten, du Dummbeutel«, klärte Jocasta sie auf. »Wir sehen uns später.«

»Und wenn du bis Mitternacht nicht zurück bist, streichen dein Vater und ich dein Taschengeld!« rief Amanda ihr nach.

»Wohin?« fragte Richard.

»Oh, mal sehen, wohin der Weg uns führt«, sagte Kate prosaisch. Beim Gehen achtete sie darauf, daß Carson ihr nicht zu nahe geriet. Er bemerkte das und nahm sich vor, nichts übers Knie zu brechen.

Eine Stunde zuvor hatte sich Julia zum Angriff gekleidet. Ein enges Bodytop aus Lycra, das ihre Brüste betonte (und das man leicht nach oben oder unten schieben konnte, dachte sie, wenn man ein Mann mit Erfahrung war), und ein kurzes Röckchen, ebenfalls aus Lycra, das gerade ihr Höschen bedeckte (was man auch leicht nach unten schieben konnte).

Vor dem Spiegel in der Tür des Schlafsaals drehte sie ein paar Pirouetten.

Nicht schlecht. Sie konnte sich nicht mit Kate und Jocasta messen, aber – nicht schlecht.

Penrose, paß gut auf dich auf. Nicht, daß sie sicher war, was sie tun würde – wenn überhaupt. Sie hoffte eher darauf, daß er den ersten Schritt tat. Sie lockte ihn lediglich – hoffentlich – mit dem, was sie zu bieten hatte. Es lag an ihm, zuzugreifen.

Ihr Herz schlug schneller bei dem Gedanken. Würde er? Und würde sie den Nerv haben, alles mitzumachen?

Ja, verdammt. Sie war es satt, Jungfrau zu sein, wenn andere in ihrem Alter es nicht mehr waren und mit diesem selbstzufriedenen Grinsen herumliefen. Bei Kate war sie ziemlich sicher, obwohl Kate es noch nicht bestätigt hatte. Jocasta, wußte sie, hatte ihre Unschuld mit fünfzehn verloren und seitdem ein paar Eroberungen gelandet. Es war ein Club, in dem sie Mitglied werden wollte, besonders dann, wenn Robert Penrose den Schlüssel dazu in der Tasche hatte.

Da gab's natürlich auch noch das kleine Problem der Geburtenkontrolle. Wenn das kein Thema für sie wäre, hätte sie Teddy Hedges schon erlaubt, der erste zu sein.

Während der Sommerferien war sie ein paarmal versucht gewesen, zu ihrer Hausärztin zu gehen und sich die Pille verschreiben oder sich wenigstens ein Pessar einsetzen zu lassen. Aber die nette und auch modern eingestellte Dr. Morrison hätte darauf bestanden, zuerst mit ihrer Mutter zu sprechen, was ausschied.

Ihre Mutter wäre bei dem bloßen Gedanken schon blau geworden.

Eltern waren eben seltsam. Sie wollten nicht, daß ihre Kinder, vor allem nicht die Töchter, das gleiche trieben, was sie selbst in den Sechzigern getrieben hatten, und Julia konnte sich beim besten Willen nicht vorstellen, warum das so war.

Jocasta nahm die Pille – mit Wissen ihrer Mutter, aber ohne Wissen des Vaters, sagte sie. Jocasta bestand auch darauf, daß ihre Liebhaber Kondome trugen – eine weise Vorsichtsmaßnahme in dieser Zeit von AIDS. Auf die Pille allein verließ man sich nur in festen Beziehungen, »wenn ich sicher sein kann, daß sich der Bastard nicht durch halb Hampshire vögelt«.

Aber Robert Penrose würde die Lösung wissen. Er war ein erfahrener Mann, das sah man ihm an. So einer würde einen Pariser in der Brieftasche haben, oder wo Männer diese Dinger aufbewahrten.

Sie hatte ihr Vorsprechen sorgfältig geübt. Robert hatte ihr – allen anderen auch – gesagt, daß sie den Text nicht auswendig aufzusagen brauche. Er gab sich mit Vorlesen zufrieden. Er wollte zunächst nur herausfinden, wer sich für welche Rolle eignete.

Julia war zu jeder Rolle bereit, aber am liebsten würde sie die Helena spielen, und sie hatte einen ihrer Monologe im ersten Akt gelernt.

Wie kann das Glück so wunderlich doch schalten!
Ich werde für so schön wie sie gehalten.
Was hilft es mir, solang Demetrius
Nicht wissen will, was jeder wissen muß?
Wie Wahn ihn zwingt, an Hermias Blick zu hangen,
Vergöttr' ich ihn, von gleichem Wahn befangen.

Dem schlechtsten Ding an Art und an Gehalt
Leiht Liebe dennoch Ansehn und Gestalt.
Sie sieht mit dem Gemüt, nicht mit den Augen,
und ihr Gemüt kann nie zum Urteil taugen.
Drum nennt man ja den Gott der Liebe blind.
Auch malt man ihn geflügelt und als Kind,
Weil er, von Spiel zu Spielen fortgezogen,
In seiner Wahl so häufig wird betrogen.

Sie beherrschte den Text, aber sie würde ihren Shakespeare trotzdem mitnehmen und daraus vorlesen, um nicht allzu eifrig zu wirken.

Sie überprüfte ein letztes Mal ihr Aussehen im Spiegel, bevor sie ihren Shakespeare zusammen mit Notizblock und Stift in ihre Mappe steckte. Leichtfüßig lief sie die Treppe hinunter, aus dem Churchill House und hinüber ins Napier, wo Robert Penrose sein Zimmer hatte.

Wie immer, wenn ein Mädchen das Napier House betrat (umgekehrt auch, wenn ein Junge eines der Mädchenhäuser betreten wollte), mußte sie auf eine Klingel drücken und unten in der Halle warten, bis ein Lehrer oder ein Schüler der Oberstufe erschien und nach dem Begehr fragte.

Es dauerte nur wenige Sekunden, ehe Ben Fisher die Treppe hinuntersauste. Die älteren Schüler wechselten sich ab, auf das Klingeln zu reagieren, denn wenn es klingelte, stand immer ein Mädchen vor der Tür.

Ben Fisher brauchte einen Moment, bis er Julia erkannte, obwohl es nicht das erstemal war, daß er sie so in Schale sah. Aber heute hatte sie sich selbst übertroffen.

»Teufel, Teufel«, murmelte er leise. Dann, laut: »Hallo!«

»Hallo«, erwiderte Julia. »Ich habe einen Vorsprechtermin bei Mr. Penrose.«

»Ah. Kennst du den Weg?«

»Natürlich.«

Es war Sitte, daß derjenige, der einen Besucher empfing, ihn auch zum Zielpunkt begleitete, aber die breite Treppe zu den oberen Etagen war ziemlich steil, und Fisher wollte sich den Blick unter Julias kurzes Röckchen nicht entgehen lassen.

»Dann mach's gut«, sagte Fisher.

Erst als Julia die Hälfte der Treppenstufen hochgestiegen war, begriff sie, warum Ben Fisher sie nicht begleitete – er starrte ihr nach und wartete gespannt darauf, einen Blick auf ihre Backen zu erhaschen.

Dummer Junge, dachte sie, und dabei war er zwei Jahre älter als sie. Sie hielt ihre Mappe mit beiden Händen fest und hielt sie schützend hinter sich, so daß Fishers Blickfeld eingeschränkt sein mußte.

Himmel, dachte Fisher und schaute ihr nach, bis sie um die Ecke verschwunden war. Das würde ein Fressen sein, die Kleine zu bumsen.

Er erinnerte sich an das, was Carson am ersten Abend gesagt hatte – daß sie wahrscheinlich noch Jungfrau war, aber nicht besonders heiß darauf, es zu bleiben. Nun, das traf genau auch auf ihn zu.

Er mußte sich um Julia Hastings bemühen. Wie hieß dieses alberne Stück, das sie aufführten? *Ein Sommernachtstraum?* Er hatte sich nicht gemeldet, als Penrose herumgefragt hatte, aber diese Entscheidung sollte er noch einmal überdenken. Klar, die Schauspielerei war was für die Weichlinge, für die Softies, aber was sollte das schon, wenn dabei die Chancen stiegen, endlich zum Stich zu kommen?

Er kannte das Stück in groben Zügen. Irgendwo in seinem Zimmer hatte er seinen Shakespeare liegen. Er rannte.

Julia hielt vor Penroses Zimmer an. Sie überprüfte noch einmal ihre Kleidung, hielt die Schultern gerade und klopfte an.

Penrose Stimme. Sie durfte eintreten.

Ihr Gesicht fiel zusammen.

Penrose gegenüber saß Lavinia Lee.

Julia hätte vor Frustration heulen können. Alle ihre Vorbereitungen – ein ausgiebiges Bad, Haare waschen, ihre verführerischsten Kleider – hätte sie sich sparen können. Sie hätte genausogut Jeans und einen alten, weiten Pulli tragen können. Verdammt! Wußte er nicht, merkte er nicht, daß sie ihn so verzweifelt haben wollte?

Als es vorbei war, war sie sich sicher, daß sie beim Vorsprechen gepatzt hatte. Ein paarmal hatte sie ihren Text vergessen, und als sie im offenen Buch las, überschlug sie zwei Zeilen. Helenas leidenschaftlicher Monolog kam bei ihr recht fade herüber. Da war Helena, eine Frau, die bereit war, den Mann aufzugeben, den sie liebte, damit er Hermia, ihre Freundin, heiraten könnte, und sie trug den Text vor, als läse sie im Fahrplan der Eisenbahn.

Und als sie den Text gesprochen hatte, sagte Penrose nur: »Okay, Julia, nicht schlecht, aber du wirst alle Hände voll zu tun haben, wenn du die Helena spielen willst. Nun ja, wir sehen uns noch einige Schülerinnen an und geben dir dann Bescheid.«

Wir geben dir Bescheid.

Julia war unbeleckt von der Welt des Theaters, aber sie hatte genug Filme über hoffnungslose Schauspielerinnen gesehen, um die inhaltsschwere Bedeutung dieser vier Wörter zu kennen: *Wir geben dir Bescheid.* Das hieß: Verpiß dich, du taugst nichts.

Diese Zumutung! Und dann dieses ›Wir‹. Nicht mal: ›*Ich* gebe dir Bescheid‹.

Robert Penrose und Lavinia Lee entschieden gemeinsam über die Besetzung, und nur der Himmel wußte, was sie sonst noch gemeinsam trieben.

Vor einer Woche hatte sie noch geglaubt, daß Kate ihre Konkurrentin sein könnte, wenn es um Robert Penrose ging, aber gegen die üppige Lavinia Lee hatte sie keine Chance, und sofort begann Julia die Nebenbuhlerin mit immensem Haß zu belegen.

Ben Fisher wartete unten im Treppenhaus auf sie. Julia sah ihn auf halbem Wege, und in einem Anflug von unbeherrschtem Zorn wandte ihm Julia den Rücken zu, und sie bückte sich, damit er ihr unter den Rock blicken konnte, und für den Fall, daß ihm dies noch nicht reichte, wackelte sie noch übertrieben mit dem Po.

Fisher fielen beinahe die Augen aus dem Kopf. Später schwor er, daß ihm in diesem Moment mindestens zwei weitere Sommersprossen wuchsen – aber nicht im Gesicht.

Julia rauschte an ihm vorbei.

»Da«, sagte sie wütend, »bist du jetzt zufrieden?«

»Wie ist es gelaufen?« rief er ihr nach.

»Hau ab.«

»Oh, so gut?«

Er schaute auf den Shakespeare, den er in seinem Zimmer ausgegraben hatte. Das war's dann wohl. Vielleicht auch nicht. Vielleicht sollte er sich zum Vorsprechen noch anmelden, denn es war gut möglich, daß Julia eine andere Rolle erhalten würde.

Außerdem hatte er inzwischen nachgezählt, daß es acht weibliche Hauptrollen in dem Stück gab, und es war zweifelhaft, daß Penrose die zwölf männlichen Darsteller finden würde – also würden Mädchen auch einige Männerrollen übernehmen müssen.

Fisher hatte es nie so gesehen, aber die verpönte Schauspielerei würde ihm gute Gelegenheiten bieten, attraktive Mädchen kennenzulernen.

»Puh!« äußerte Lavinia, kaum, daß Julia die Tür hinter sich geschlossen hatte, »die Kleine war aber wild zurechtgetrimmt. Jemand hätte ihr sagen müssen, daß wir den Sommernachtstraum spielen und nicht Das beste kleine Freudenhaus in Texas. Sie hatten Glück, daß ich hier war, Robert. Sie hätten zwei Stunden Freude und dann zehn Jahre Zeit im Knast gehabt, darüber nachzudenken, ob es das wert war.«

»Sie glauben doch sicher nicht …«, begann Penrose, aber Lavinia unterbrach ihn mit einem rauhen Lachen.

»Kommen Sie, Robert, geben Sie sich nicht so naiv. Sie war bereit, sich Ihnen an den Hals zu werfen. Wie viele Mädchen haben wir gestern und heute gesehen? Zehn, fünfzehn? Und wie hatten die sich gekleidet? Wie normale Teenager, die nicht der strengen Kleiderordnung folgen müssen, die es in den Klassenräumen gibt. Einige von ihnen rochen, als hätten sie gerade einen Stall ausgemistet, aber die junge Julia Hastings muß einen Eimer Givenchy über sich ausgeschüttet haben. Und sagen Sie mir nicht, daß Sie davon nichts mitgekriegt haben.«

»Nun, ja, natürlich«, gab Penrose zu.

Lavinia betrachtete ihn neugierig.

»Was hätten Sie getan, wenn Sie allein gewesen wären und sie Ihnen auf den Schoß gesprungen wäre? Sie ist ein hübsches kleines Ding.«

»Ja, aber sie ist auch sechzehn Jahre alt.«

»Und natürlich sind Affären zwischen Lehrern und Schülern noch nie geschehen, wie? Nun ja, Sie werden auf einigen Trouble in den nächsten Jahren gefaßt sein müssen, ob Sie ihr nun eine Rolle geben oder nicht.«

»Was halten Sie von ihrem Vorsprechen?«

»Wenn man ihre Nervosität berücksichtigt und den Schock, der sie überfallen haben muß, als sie mich hier sitzen sah, war sie alles andere als schlecht. Eine Klasse besser als viele, die wir gehört haben.«

»Sie meinen also, ich sollte sie nehmen? Für die Helena oder für eine andere Rolle?«

»Das überlasse ich Ihnen, ich bin nur die Assistentin. Wenn sie hoffnungslos gewesen wäre, hätte ich nein gesagt. Wenn nicht noch Vanessa Redgrave hereinstürmt, bevor wir die letzten gehört haben, sollten wir sie nehmen.«

»Aber es könnte peinlich werden, wenn Sie mit dem recht haben, wie Julia mir gegenüber eingestellt ist. Ich meine, wir werden engen Kontakt haben, und das außerhalb der Schulstunden.«

»Es stimmt, das können Sie mir glauben. Und sehen Sie es doch so – da Sie in ihrer Klasse unterrichten, können Sie ihr nicht entkommen. Wenn Sie ihr die Rolle nicht geben, wird die Bewunderung oder die Schwärmerei für Sie in Haß umschlagen, und dann fangen Ihre Probleme erst an. Außerdem«, Lavinia lächelte hintergründig, »werde ich dabeisein und Ihre Hand halten.«

»Ich werde es mir überlegen«, meinte Penrose. »Wie Sie schon gesagt haben – es könnte ja sein, daß wir noch Vanessa Redgrave erleben.«

Penrose seufzte, dann streckte er sich und schaute auf die Uhr, die auf dem Kaminsims stand.

»Ah, das war die letzte für heute. Was halten Sie von einem Drink?«

»Stadt oder Dorf?«

»Die Stadt ist zu weit, aber wir sind in fünfzehn Minuten zu Fuß im Dorf.«

»Zum Teufel damit«, sagte sie, »es sind auch noch einmal fünfzehn Minuten zurück, und dann geht es meistens bergauf. Wir fahren mit meinem Auto.«

»Alkohol am Steuer?«

»Zwei oder drei Glas färben das Röhrchen noch nicht blau«, behauptete Lavinia.

»Okay, wenn Sie meinen.« Penrose zögerte, unschlüssig, ob er sich Lavinia anvertrauen sollte. »Ich erhalte meinen Schein im Mai zurück.«

»So etwas Ähnliches habe ich mir schon gedacht, weil ich Sie nie habe fahren sehen. Was ist passiert? Nein, entschuldigen Sie, ich bin zu neugierig.«

»Ich sag's Ihnen, wenn wir das Bier vor uns stehen haben.«

Auf dem Weg hinunter zum Tor fuhren sie an Kate und Richard vorbei. Obwohl sie sich auch jetzt noch nicht berührten, sah man ihnen an, daß dies nicht nur ein zufälliges, harmloses Treffen war.

»Das ist neu, oder?« fragte Lavinia.

»Nun, sie ist ein sehr hübsches Mädchen.«

Lavinia lachte. »Robert, sie alle sind hübsch. Wenn

ich ein Mann wäre, würde ich verrückt. All diese süßen Sachen im Laden, Geld in der Tasche, und dann hat der Onkel Doktor den Zucker verboten.«

»Wie ist es denn mit Ihnen und den Jungs in der Unteren und Oberen Sechsten?«

»Frauen sind anders, Robert, hat Ihnen das noch niemand gesagt?«

Lavinia ging durch den Kopf, daß Robert trotz seines tennisprofihaften Aussehens vielleicht doch nicht so viel Erfahrung hatte, wie sie zuerst angenommen hatte. Ein interessanter Gedanke.

Fiona Aclands unverwechselbarer Lagonda stand auf dem Parkplatz des Pub. Es gab keine Vorschrift an St. Clare's, die es jemandem, der alt genug war, verbot, einen Pub zu besuchen, vorausgesetzt, daß man sich anständig verhielt.

Trotzdem murmelte Penrose: »Oh, verdammt.«

»Warum? Wir tun doch nichts Verbotenes.«

»Stimmt. Aber Sie wissen doch, wie Gerüchte auf Wanderschaft gehen.«

Wirklich, sehr interessant, dachte Lavinia. Es wird immer merkwürdiger. Er hatte doch wohl kein Verhältnis mit Queen Fiona?

Lavinia fand einen unbesetzten Tisch, während Penrose das Bier bestellte. Fiona spielte mit einigen Einheimischen eine Partie Darts und hatte sie noch nicht bemerkt. Sie schien zu gewinnen. Captain der Hockey- und Tennismannschaft und jetzt auch noch ein Darts-Champion. Sie mußte wirklich was drauf haben.

Penrose brachte das Bier. Sie nahmen beide tiefe Schlucke.

»Jetzt geht's mir schon besser«, sagte Lavinia, wischte sich den Mund mit einem Papiertuch ab und angelte nach ihren Zigaretten. Sie bot Penrose eine an, aber der lehnte ab: »Im Augenblick nicht, danke.«

Lavinia zündete ihre Zigarette an.

»Sie wollten mir erzählen, wie Sie Ihren Führerschein losgeworden sind«, sagte sie. Sie wollte nicht unhöflich sein oder zu neugierig, es ging ihr vielmehr darum, ihn zu entkrampfen. Er schien entsetzlich nervös zu sein.

»Vergangenes Jahr – Ostern. Ein paar Whisky zuviel nach einer beißenden Auseinandersetzung mit meiner Frau. Wir haben uns auseinandergelebt. Ich weiß dann nur noch, daß ich plötzlich rotes Licht flackern sah, und dann zerrten mich bullige Polizisten in eine Zelle. Dumm, aber so war das nun mal.«

Lavinia war verwundert. Ich arbeite seit zwei Jahren hier, habe in dieser Zeit kaum mehr als die Tageszeit mit Robert Penrose gewechselt, und jetzt habe ich in zwanzig Minuten herausgefunden, daß er von seiner Frau getrennt lebt und daß man ihm den Führerschein entzogen hat.

»Mrs. Gordon weiß es«, fügte Penrose hinzu, »und ein paar andere auch, aber es wäre mir lieber, wenn Sie die Sache für sich behielten. Ich meine den Führerschein. Das mit meiner Frau weiß niemand.«

Falsch, dachte Lavinia, die Gerüchte aufgeschnappt hatte.

»Natürlich«, sagte sie. »Das versteht sich von selbst. Da naht Queen Fiona.«

Ich bin ihr dankbar für die Unterbrechung, dachte sie. Sie wollte nichts von Roberts Frau hören, ob sie nun getrennt lebten oder nicht. Sie standen sich nicht nahe genug für Vertraulichkeiten dieser Art, und außerdem hätte sie vielleicht von Peter Hennessy erzählt, und diese Episode ihres Lebens wollte sie nun wirklich für sich behalten.

»Hallo, Sie beide« sagte Fiona in ihrem wunderschön hochnäsigen Tonfall, während sie aufrecht vor ihnen stand und auf sie hinunterblickte. »Keine Angst, ich will nicht Klette spielen. Ich muß nur mal eine Pause von unserem Darts-Marathon einlegen, auf den ich mich eingelassen habe. Mein Team gewinnt übrigens, falls es Sie interessiert.«

Lavinia und Robert nickten, dann sagte Robert: »Ich hoffe, du trinkst nicht zuviel.«

Fionas Wangen waren leicht gerötet, aber das mochte auch daran liegen, daß es im Pub ziemlich heiß war. Keinesfalls war sie betrunken, aber man sah ihr auch an, daß sie nicht an Orangensaft nuckelte.

»Bin ich verrückt, daß ich mich mit dem Gesetz anlege? Oder noch schlimmer, daß ich eine Beule in meinen wunderschönen Lagonda fahre? Nein, niemals, Mann. Dies ist mein zweites Glas, ich schwöre, und es wird mein letztes sein. Aber danke für die Fürsorge, Robert.«

Lavinia nahm erstaunt die Vertraulichkeit zwischen den beiden zur Kenntnis. Es war nicht ungewöhnlich, daß Angehörige der Oberklasse die jüngeren Lehrer mit dem Vornamen ansprachen, und die Vertrauensschülerin hatte geradezu ein Recht dazu, aber trotzdem spürte Lavinia eine Vertraulichkeit, die über das normale Maß hinausging.

»Paß auf dich auf«, sagte Penrose.

»Klar.«

»Komm schon, Fiona, du bist dran!« rief einer der Einheimischen.

»Ich bin dran«, wiederholte Fiona. »Sie sagen

manchmal wirklich komische Sachen. Trotzdem, mein Team erwartet mich. Bis später.«

Die anderen Spieler rückten beiseite, damit sie ungehinderten Blick auf das Dartbrett hatte. Lavinia drängte sich das Bild von bewundernden Untertanen auf, die zu Füßen ihrer Herrscherin Rosenblätter auf den Boden streuten. Tatsächlich vermittelte die Szene den Eindruck, als hätte sich eine Königin herabgelassen, ihr Volk zu besuchen. Designerjeans für achthundert Mark. Das Top von Monson – zweihundertfünfzig. Gucci-Treter – die echten, nicht die nachgemachten – mindestens vierhundert. Klunker an den Handgelenken, an den Fingern und um den Hals – jedes einzelne Stück ein paar tausend.

»Sie schafft das schon«, sagte Lavinia. »Die unangenehmen Dinge des Lebens gehen an Menschen wie Fiona einfach vorbei. Und falls doch mal was passiert, braucht ihr Vater, dieser Earl oder Viscount oder was immer er ist, nur mal kurz den Polizeichef anzurufen, und das Problem ist gelöst. Trinken Sie aus, ich werfe die nächste Runde.«

»Nein, überlassen Sie das mir.«

»He, Robert, wir leben in den Neunzigern des zwanzigsten Jahrhunderts«, sagte Lavinia mit vorgetäuschter Ernsthaftigkeit. »Ich glaube wirklich, daß ich in der Lage bin, zur Theke zu gehen, zwei Bier zu bestellen und zu bezahlen und damit zum Tisch zurückzukommen, ohne belästigt zu werden. Aber«, fügte sie hinzu und imitierte Fionas zuckersüße Stimme, »aber danke für die Fürsorge – Robert.«

Während sie an der Theke darauf wartete, daß die Gläser gefüllt wurden, stieg in Lavinia heftige Neugierde ob Fionas Beziehung zu Robert hoch – wenn es überhaupt eine Beziehung zwischen ihnen gab. Fiona stand nur ein paar Schritte von ihr weg und plapperte mit einem jungen Mann mit Bierbauch.

»Entschuldige«, sagte Lavinia und tippte auf Fionas Schultern. »Kann ich dich mal sprechen?«

Fiona drehte sich um. »Ja, sicher, Lavinia. Immer.«

»Ich will niemandem auf die Zehen treten«, sagte Lavinia, »ich meine, weil ich mit Robert Penrose hier bin, auch wenn es natürlich völlig harmlos ist. Und auf deine Zehen würde ich erst recht nicht treten wollen.«

»Ich weiß nicht genau, wovon Sie sprechen ...«

»Ich bitte dich. Für wie dumm hältst du mich?«

Fiona zögerte. »Hat Robert es Ihnen gesagt? Er hatte kein Recht dazu, auch wenn es jetzt keine Rolle mehr spielt.«

»Es war nicht Robert, aber ich kann dir nicht sagen, von wem ich es weiß.«

»Ich wette, es war Mrs. Coggan.«

Lavinia nahm sich vor, das nicht zu vergessen, und wiegte den Kopf, was beide Möglichkeiten offenließ.

»Natürlich war es Mrs. Coggan«, schloß Fiona daraus. »Ist auch egal. Es liegt schon Jahre zurück, nun ja, ein Jahr. Es war auch nur eine lose Beziehung, wir haben es höchstens ein halbes dutzendmal getan. Ob harmlos oder nicht, Lavinia – Sie können ihn ruhig haben, Stück für Stück.«

Teufel, Teufel, dachte Lavinia, nahm die beiden Biere und ging zum Tisch zurück.

Auf dem Schulgelände ließ Mrs. Bartlett das Junioren-Netzball-Team noch üben, obwohl es schon zu dämmern begann. Die Mädchen waren dreizehn oder vierzehn Jahre alt, und Mrs. Bartlett bedauerte an jedem Nachmittag, daß die Dämmerung viel zu früh einsetzte.

»Verdammt, Jennifer, paß doch auf! Angela, ich weiß nicht, wie oft ich es noch sagen soll, aber das ist nicht Basketball. Du darfst nicht rennen. Phoebe, du träumst ja schon wieder!«

Das Netzballfeld war an den Seiten offen und einsehbar, aber Mrs. Bartlett ließ nicht zu, daß männliche Passanten auch nur den Schritt verlangsamten, wenn sie die Höhe des Feldes erreicht hatten. Die meisten dachten sowieso nicht daran. Im Gegensatz zu Mrs. Bartletts für sich behaltene Meinung, daß alle Jungen über zwölf in Gedanken, Worten und Taten geil und lüstern waren und daß es viel gesünder sei, sie zweimal täglich unter eine kalte Dusche zu stellen und sie vor dem Frühstück fünf Meilen rennen zu lassen, hielten nur ein oder zwei der siebzehn- oder achtzehnjährigen Jungen der Oberstufe den Anblick heranwachsender Mädchen beim Ballspiel für erotisch. Für sie waren es Kinder, verschwitzte Rotznasen mit geröteten Knien.

Es gab natürlich Ausnahmen. Phoebe zum Beispiel. Und Jennifer Langley, auch ein neuer Teenie, ein bezauberndes Mädchen mit roten Haaren, entzückenden Sommersprossen und Brüsten, die alles zu sprengen drohten, was sie einzwängten.

Aber an diesem Abend waren weit und breit keine Jungen zu sehen. Wohl aber einige Mädchen der sechsten Klasse, darunter auch Paula van der Groot und Sally-Ann Peters. Die beiden hatten sich ein wenig abgesondert.

»Himmel«, stöhnte Sappho, »ich brauche sie nur anzuschauen, und schon werde ich heiß wie die Hölle.«

»Denkst du an eine bestimmte?« fragte Paula.

»Natürlich Phoebe. Und ich muß sagen, daß ich es gemein finde, wenn du sie für dich behältst.«

»Sie ist jung, Sap. Ich hab' sie ja selbst erst ein paarmal gehabt. Es ist noch früh. Wir können nicht sofort Vollgas geben, sonst verschrecken wir sie.«

»Ja, gut, aber ich will nicht ewig warten. Hast du mit ihr schon über Jennifer gesprochen? Und wenn du's mit ihr treibst und es für dich behältst, erwürge ich dich.«

Paula lachte. »Nein, ich habe nichts mit Jennifer, obwohl ich nichts dagegen hätte. Ich habe Phoebe gegenüber schon mal nebenbei erwähnt, ob sie Jennifer nicht mal zu unseren kleinen Parties einladen möchte, aber sie hat nicht sehr positiv darauf reagiert. Ich schätze, daß wir es hier mit Eifersucht zu tun haben. Phoebe glaubt, daß ich ganz speziell sie ausgewählt habe, was ja auch stimmt, und daß ich nur an ihr interessiert bin – was natürlich nicht stimmt. Außerdem glaube ich, daß Jennifer ein hartes Stück Arbeit sein wird. Ich werde es auf die sanft-freundliche Art beginnen und abwarten, was passiert. Himmel, schau dir diese Titten an! Was würde ich darum geben, wenn sie sich gegen meine rieben.«

»Und Phoebe?«

»Natürlich will ich sie nicht eifersüchtig machen, denn ich weiß, daß es dann Tränen gäbe. Einen Tag später würde ich vor Mrs. Gordon stehen, und einen Tag danach würde ich auf dem Weg nach Hause sein. Ich will Phoebe nicht verlieren.«

»*Wir* wollen Phoebe nicht verlieren ...«

»Okay, *wir.* Sie muß mich warmhalten, den ganzen Winter lang. Warm und befriedigt. Ich werde es bei Jennifer mal mit einem Joint probieren, falls ich sie mal allein zu fassen kriege.«

»Da wir gerade von Joints reden«, sagte Sappho.

Paula seufzte. »Ich schätze, es ist der einzige Spaß, den wir heute haben werden.«

Auf ihrem Zimmer sagte Paula: »Stell einen Stuhl unter die Türklinke, nur für den Fall. Ich zieh' die Vorhänge vor.«

Die beiden Mädchen streiften ihre Leggings und Tops ab und standen sich in ihrer Unterwäsche gegenüber.

Paulas Vorrat war gut versteckt, in fettabstoßendes Papier eingewickelt, auf dem Boden einer Kelloggs-Schachtel. Der Vorrat würde bis zu den Ferien reichen, dann konnte sie sich Nachschub bei ihrem Londoner Lieferanten besorgen.

Sie teilten sich einen Joint marokkanisches Kraut, und ihre Unterhaltung über Jennifer und Phoebe wurde immer lüsterner, je mehr das Hasch seine Wirkung tat. Nach einer halben Stunde waren sie beide bis obenhin zu. Sappho legte eine Hand auf Paulas nackten Oberschenkel.

»Ach, laß doch, Sap.«

Sie waren einmal ein Liebespaar gewesen, aber seit einem Jahr waren sie sich nicht mehr so nahe gekommen, weil sie beide jüngere Mädchen bevorzugten.

»Stell dir einfach vor, ich wäre Kate McNamara«, empfahl Sappho mit glänzenden Augen.

»Himmel, ja«, seufzte Paula. »Seit dem ersten Abend habe ich sie beinahe vergessen.«

»Los, wir phantasieren ein bißchen. Ich bin Kate.«

Sie streichelte Paulas Schenkel, was dem südafrikanischen Mädchen ein paar wohlige Schauer entlockte. »Aber es gibt einen Unterschied zwischen dir und Kate.«

»Ich weiß. Ich bin kräftig, und sie ist es nicht.« Sapphos Finger glitten unter Paulas Höschen und ertasteten dort die feuchte Wärme. »Es gibt noch einen Unterschied. Ich weiß, was ich tue, und sie würde es nicht wissen. Bitte. Seit wir zurück sind, habe ich nichts mehr gemacht, und die Vorstellung, wie es mit Jennifer Langley wäre, treibt mich in den Wahnsinn.«

»Na gut. Dann bist du Kate, und ich bin Jennifer.«

»Du kannst sein, wer du willst. Bitte, Paula. Du brauchst nichts zu tun. Leg dich nur aufs Bett.«

»Sie fangen bald mit ihrem Rundgang an.«

»Sie werden nicht wagen, hier reinzuplatzen. Und wenn schon, wen juckt das denn? Na los, Paula. Du bist doch auch heiß, das kann ich jetzt bereits fühlen. Behalte den Joint. Du kannst ihn dir reinziehen, während ich an dir runtergehe.«

Paula drückte ihre Schenkel gegen Sapphos Hand. Ja, ja, ja.

Sie hakte ihren BH auf.

Sappho koste Paulas Brüste, drückte sie liebevoll, umspielte mit einem Zeigefinger die Nippel, bis sie hart waren.

»Erinnerst du dich, wie ich dich von hinten besprungen habe, als ich mir das Ding umgeschnallt habe?« fragte sie heiser.

»Wie ich deine Titten hielt, während es dir kam, wie ich sie zusammenquetschte, bis du aufgeschrien hast? Das könnte ich jetzt auch tun.«

»Nein, nein«, sagte Paula hastig. »Du hast gesagt, du wolltest an mir runtergehen. Du hast es versprochen.«

Sie versuchte, sich den Slip abzustreifen. Sappho hielt ihre Hände fest.

»Laß mich das machen«, murmelte sie. »Leg dich hin, damit ich dich ausziehen kann.« Sie grinste lüstern. »Das hat dir immer gefallen, erinnerst du dich?«

»Ja, ja, mach!«

Ihre Augen weit aufgerissen vor Verlangen, stieg Paula auf ihr Bett und legte sich auf den Rücken, die Beine gespreizt. Sie nahm einen tiefen Zug aus dem Joint.

Sappho zerrte an Paulas Höschen und warf es achtlos auf den Boden. Dann sprang sie zwischen Paulas Beine, beugte sich vor und kitzelte über Paulas Schenkel bis hin zum Dreieck, wo sie sich trafen.

»Himmel, mach irgendwas!« stöhnte Paula ungeduldig. »Ich halte das nicht mehr aus!«

»Nur keine Panik, mein Liebling.«

»Ich bringe dich um, du Hexe! Mach, daß es mir kommt, bitte, bitte.«

Sappho tupfte behutsam mit einer Fingerspitze gegen Paulas fleischige feuchte Lippen. Paula zuckte zusammen, als hätte sie einen Stromschlag erhalten.

»Oh, du bist ja fast schon so weit«, stellte Sappho fest. »Ich brauch' ja kaum noch was zu tun.«

»Ich bring' dich um!« knirschte Paula.

»Also gut, bleib still liegen, überlaß alles mir, ich werde mich um dich kümmern. Du brauchst absolut nichts zu tun, Paula.«

Paula sah durch nur leicht geöffnete Lider, wie Sappho sich weiter vorbeugte, sie spürte ihre Finger, und dann, als der Kopf aus ihrem Blickfeld wegtauchte, spürte sie die Zunge in ihrer Hitze. Da warf Paula die Kippe ihres Joints weg, ohne sich darum zu kümmern, wohin er flog, denn sie mußte beide Hände frei haben, um Sappho näher an sich heranziehen zu können, tiefer in sich herein.

Sie ruckte ihren Schoß hoch, immer und immer wieder, wilder, geiler, und dann schloß sie die Augen, und plötzlich sah sie Kate McNamaras Kopf da unten, spürte sie Kates Zunge, die sie verrückt machte, und einen Augenblick später war es Jennifer Langley.

Ihr Orgasmus kündete sich an, herrlich in leichten, dann heftigeren Wogen, die von ihrer Körpermitte ausgingen und dann den ganzen Körper erfaßten, während ihre Hüften unkontrolliert ruckten und stießen, als wollte sie Sapphos Zunge noch tiefer in sich spüren.

Und während ihre Säfte flossen und sie ihren Kopf von einer Seite zur anderen warf und die Ekstase auskostete, die Sappho in ihr geweckt hatte, nahm sie sich vor, Jennifer und Kate noch vor Ende des Schuljahres verführt zu haben. Sie schwor es sich.

Carson begleitete Kate zurück zum Churchill House. Auch andere Mädchen eilten zum Portal, eifrig bemüht, vorm Absperren in den Zimmern oder Schlafsälen zu sein. Einige warfen dem Paar neugierige Blicke zu, aber nichts an seinem Verhalten ließ einen anderen Schluß zu als den, daß die beiden einen Abendspaziergang hinter sich hatten.

Und tatsächlich war das auch alles, was gewesen war. Carson hatte Kate ein paarmal mit einigen Witzen zum Lachen gebracht. Darüber hinaus hatte er nicht einmal versucht, ihre Hand zu halten.

Hinter den Lampen, die den Eingang von Churchill House beleuchteten, warfen die hohen Hortensienbüsche stattliche Schatten. Unauffällig gelang es Carson, Kate in diese Richtung zu lenken. Kate, die Carsons Absicht sehr wohl durchschaut hatte, ließ es geschehen.

»Das war ein angenehmer Spaziergang«, sagte Carson. »Ich möchte dir dafür danken.«

»Ich danke *dir*. Mir hat es auch gefallen.«

»Dann können wir das ja öfter tun. Oder auch was anderes. Einen Film anschauen. Oder essen gehen.«

»Vielleicht.«

»Heißt das ja?«

»Es heißt – wahrscheinlich ja.«

Kate streckte ihre Hand aus, um sich von Carson zu verabschieden. Dann aber zog sie die Hand zurück. »Das ist doch albern«, sagte sie und beugte sich vor, um ihm einen flüchtigen Kuß auf die Wange zu geben.

Er interpretierte ihre Absicht falsch und suchte ihre Lippen, was sie duldete, bis er versuchte, mit der Zunge in ihren Mund einzudringen. Einen Augenblick später drückte er mit einer Hand ihre Brust.

Sie schob ihn von sich, sanft, aber bestimmt.

»Verdirb uns den schönen Nachmittag nicht, Richard.«

Er nickte. »Du hast recht. Du sollst wissen, daß das für mich keines der üblichen Spiele ist. Ich mag dich.«

OFFENE TÜR

Im Sommer gab es den Elternsprechtag, und vor Weihnachten wurden die Eltern natürlich alle zur Theateraufführung eingeladen. Dazwischen gab es eine Reihe von Tagen der Offenen Tür. Diese Einrichtung war weniger darauf zurückzuführen, daß Mrs. Gordon und die Lehrer wirklich mit den Eltern und Vormündern reden wollten, sondern sie diente ausschließlich geschäftlichen Erwägungen.

Das Schulgeld – einschließlich Unterkunft und Verpflegung – betrug inzwischen dreitausend Pfund pro Quartal, da empfand man es nur als recht und billig, daß die Leute, die ihre Unterschrift unter die Schecks setzten, die Mentoren ihrer Lieblinge sprechen konnten.

Schließlich, räsonierte Mrs. Gordon, würden die Rechnungen für das Winterquartal schon lange vor Abschluß des Herbstquartals verschickt (Überweisung umgehend, bitte, im voraus, sonst suchen Sie sich eine staatliche Schule).

Deshalb wurde der Offene Tag des Herbstquartals in die erste Oktoberwoche gelegt, und allen Lehrerinnen und Lehrern wurde eingeschärft, sich von der besten Seite zu zeigen. Bitte lächeln. Lassen Sie sich bei jedem sehen, plaudern Sie. Preisen Sie die intellektuellen Fähigkeiten von Emma, Charlotte und Sara. Wenn jemand erwischt wurde, der dem Sherry zu heftig zugesprochen hatte, glich das einer Bitte um Exekution.

Man mußte sich ja nur ein paar Stunden zusammenreißen, und meistens zog es die Eltern ebensosehr fort, wie die Lehrer sie sich fortwünschten.

Ja, Mrs. Gordon mochte eine hehre Klassikerverehrerin sein, aber sie wußte auch, was ein Pfund Butter kostete. Und sie wußte, daß es böse Konkurrenz gab. Wir müssen immer wieder neu beweisen, daß St. Clare's mehr als andere geeignet ist, die Töchter und Söhne unseres Landes so zu erziehen, daß sie reif fürs Leben sind, wenn sie bei uns abgeschlossen haben.

Und da St. Clare's eine immerwährende Einrichtung war, hoffte man auch, daß die folgende Generation, die Töchter und Söhne der jetzigen Schüler, die Tradition fortsetzte und St. Clare's besuchte, statt sich nach Roedean oder Cheltenham zu wenden.

Zwei Stunden lang war es die harte Verkaufstour.

»Gott, wie ich diese verdammten Offenen Tage hasse«, murmelte Jocasta Petrillo, während sie sich im Spiegel betrachtete. Obwohl die sechste Klasse davon befreit war, an normalen Tagen die Schuluniform zu tragen, und selbst entscheiden konnte, wie man sich kleidete, solange es nett und ordentlich war, durften an den Offenen Tagen keine Jeans getragen werden, und Röcke und Kleider mußten ›angemessen‹ sein, was bedeutete, daß man keine Knie sehen durfte. Make-up war auf ein Mindestmaß beschränkt, die Haare mußten ›unter Kontrolle‹ gehalten werden, von Bändern gebändigt, wenn nötig.

Zwei Stunden lang sahen die Mädchen so aus wie Statisten in einem frühen Judy-Garland-Film. He, Mädchen, wir müssen das auf uns nehmen, um die Schule zu retten.

»Ich wünschte, Mrs. Gordon würde meinen Vater

einfach bitten, einen Scheck für eine neue Bibliothek auszustellen, oder was auch immer sie jetzt anschaffen will«, fuhr Jocasta fort. »Das wäre ihm wahrscheinlich lieber, als stundenlang dem Sherry ausgeliefert zu sein. Er ist nämlich ein Rotwein-Mann. ›Eh, Signora, wie wär's mit einer Flasche Vino Rosso, Italiano, natürlich, ist viele bessa als diese spanisch Shit.‹«

Kate kicherte.

»Er spricht nicht wirklich so, oder?«

»Nein. Er ist sogar sehr gebildet – für einen Itaker.«

»Jocasta!« schalt Amanda. Sie war verzweifelt bemüht, eine widerspenstige Haarsträhne zu fönen. Sie hatte sich die Haare gewaschen und dann törichterweise nicht gleich gefönt, sondern herumgelungert, und jetzt waren die Haare trocken und ließen sich kaum noch frisieren. »Das ist rassistisch!«

»Wenn ich das sage, ist das okay, ich bin ja selbst ein halber Itaker.« Sie wandte sich an Kate. »Werden deine Eltern kommen?«

»Weiß nicht.«

Sie waren offiziell auf dem steifen, weißen Büttenpapier von Mrs. Gordon eingeladen worden, aber sie hatte seither nicht mit ihnen gesprochen. Sie erwartete, daß sie sich sehen lassen würden. Sie hoffte es jedenfalls. Sie wollte ihnen gern Richard vorstellen, und wenn auch nur, um ihnen zu demonstrieren, daß sie ruhiger wurde, seßhafter, weniger flatterhaft.

Ihre Beziehung zu Carson entwickelte sich gut. Seit diesem ersten Abend hatten sie sich ein halbes dutzendmal getroffen, sie waren essen gegangen, hatten sich einen Film angesehen, waren am Fluß entlangspaziert. Und einmal waren sie in der Kneipe im Dorf gewesen, wo Richard Bier getrunken hatte, weil er alt genug war, während sie sich am Mineralwasser festgehalten hatte.

Auch der Körperkontakt war enger geworden. Zungenküsse gehörten jetzt zu jedem Treffen, und die letzten beiden Male hatte er ihr den BH ausgezogen, und sie mußte zugeben, daß er sie mächtig erregt hatte, fast erdbebenhaft, und sie fragte sich, wie das sein konnte, denn schließlich hatte sie ja schon einiges hinter sich.

Aber weiter waren sie noch nicht. Er hatte versucht, mit der Hand unter ihr Kleid zu greifen, aber das hatte sie nicht erlaubt, jedenfalls nicht oberhalb der Knie, dafür kannte sie ihre eigenen Schwächen zu gut. Sobald er sie an dieser bewußten Stelle berühren würde, gäbe es für sie kein Halten mehr, und schon bald würden sie nichts anderes mehr tun als vögeln, und sie wollte nicht als Flittchen verschrien sein.

Vielleicht würde sie sich von ihm vernaschen lassen, wenn sie ihn besser kannte, wenn sie wußte, daß sie sich auf ihn verlassen konnte. Denn sie spürte jedesmal, daß ihre sexuelle Lust nicht in Amerika geblieben war, sie hatte sie mitgebracht.

Im Moment genügte ihr noch das, was bisher zwischen ihnen ablief, wenn sie auch verdammt kurzatmig wurde, sobald sie seine Erektion spürte, die er gegen sie drückte. Und als er versuchte, ihre Hand dagegen zu drängen, war sie versucht gewesen, seinen Schwanz auszugraben und ihm zu zeigen, wie es ging und was sie damit anfangen konnte. Dem Hörensagen nach war er ziemlich erfahren, aber sie wußte, daß seine Erfahrung mit ihrer nicht schritthalten konnte.

Bisher hatte sie es abgelehnt, ihn zu masturbieren, denn auch diese Handlung würde ihr den Ruf des Flittchens einbringen, wenn er es verbreitete, und außerdem wußte sie, daß sie es nicht dabei bewenden lassen würde, das steife Ding in der Hand zu behalten. Sie würde es überall haben wollen.

Also begnügte sie sich mit dem, was sie hatte, und ihre sexuelle Erleichterung verschaffte sie sich durch ihre eigenen Methoden – ganz für sich. Kein Zweifel, daß Richard auch zu dieser Notlösung griff. Was für eine Verschwendung, aber so lagen die Dinge nun mal. Sie hielt sich weiter auf Distanz von Dutch Paula, die ihr verdeutlicht hatte, daß sie so schnell nicht aufgäbe, und auch Sappho ließ nicht locker.

»Was ist mit deiner Mutter?« fragte Kate und sah Jocasta an.

»Da!« kreischte Jocasta. »Ich wußte, daß es jemandem gelingen würde, einen miesen Tag noch miserabler werden zu lassen.«

»Habe ich was Falsches gefragt?«

»Jocastas Mutter«, piepste Amanda, »entsteigt ihrem Lamborghini ...«

»Oder dem Rolls«, warf Jocasta ein.

» ... und zeigt dabei so viel Bein, daß der Papst sein Gelübde überdenken würde und der erstbesten Nonne hinterherhetzt.«

»Ich bitte dich«, sagte Jocasta ernst, ohne daß es ihr ernst war, »aber du sprichst von der Frau, deren Schoß ich entsprungen bin.«

»Das bezweifle ich«, sagte Amanda und ließ für einen Moment die widerspenstige Strähne los, die sofort wie ein Fragezeichen gekrümmt hochsprang. »Das bezweifle ich sehr. Deine Mutter würde nicht so etwas Vulgäres tun wie mit gespreizten Beinen daliegen und auf deine Geburt warten. Wenn du nicht vom Klapperstorch gebracht worden bist, dann mußt du durch Zellteilung entstanden sein – wie Amöben oder so.«

»Stimmt«, räumte Jocasta grinsend ein. »Wenn Mama gewußt hätte, was es bedeutet, ein Kind zu gebären, hätte sie eher Migräne bekommen, statt schwanger zu werden. Ich habe sie noch nie das Wort *schwitzen* sagen hören. Und ich kann mir bis heute nicht vorstellen, daß sie sich mal in den Stuhl des Gynäkologen gesetzt hat, die Beine in den Schlaufen und ...«

»Sie hört sich nach einer sehr schwierigen Frau an, wenn du mir diese Bemerkung gestattest«, sagte Kate.

»Ich gestatte«, entgegnete Jocasta, »ja, sie ist schwierig, manchmal ein wenig furchterrgend. Wie wir zu Hause sagen: ›Donne, preti e polli non son mai satolli.‹ Frauen, Priester und Hühner sind nie zufrieden. Und trotzdem, auch wenn Sophia Loren neben ihr wie eine Landstreicherin aussieht und sie alles daran setzt, daß sich jeder Mann nach ihr umdreht und sie lüstern anstiert, ganz egal, wo sie ist – so ist sie doch meine Mama. Trotz ihres Aussehens und trotz ihres Aufführens glaube ich nicht, daß sie auch nur eine halbherzige Affäre gehabt hat, seit sie mit meinem Vater verheiratet ist. Erstens würde Papa sie umbringen und ihr keinen Penny geben – nicht unbedingt in dieser Reihenfolge. Zweitens würde eine Affäre zwangsläufig mit sich bringen, daß sie die Wohnung eines jungen Hengstes verlassen müßte, ohne die Unterwäsche zu wechseln, und das käme nie in Frage.«

Julia Hastings hastete in den Schlafsaal, sie war gerade unter der Dusche gewesen, nachdem sie Probe für den Sommernachtstraum gehabt hatte. Sie hatte übrigens die Rolle der Helena erhalten, aber Robert Penrose hatte sie ein zweites Mal vortragen lassen.

In ihrer Eile achtete sie nicht auf ihre Schritte, sie stolperte, geriet ins Rutschen und landete auf ihrem Hintern. Bücher, Kleider und das Badetuch lagen verstreut auf dem Boden herum.

Amanda reimte rasch: »Oh, holde Helena, laufet aus der Probe, marsch! Schauet nicht, wohin Ihr geht, landet auf dem Arsch!«

»Dumme Kuh!« zischte Julia und rappelte sich hoch, unverletzt. »Wieviel Zeit habe ich noch?«

»Fünfzehn Minuten.«

»Mist! Kann jemand mein Haar trocknen?«

»Ich mach's«, sagte Amanda und befingerte ihre eigenen widerspenstigen Locken. »Obwohl es gut möglich ist, daß du es hinterher bereuen wirst.«

Die Schlafsäle mußten an den Offenen Tagen bis Mittag geräumt sein, das war eine Grundregel von Mrs. Gordon. Die Betten bereitet, die Schränke aufgeräumt, jede Decke gerade, jede Franse geglättet. Ab fünf vor zwölf gingen Vertrauensschüler die Runde. Um zwölf Uhr fünfzehn gab es Mittagessen, und ab ein Uhr trafen die Eltern ein.

Für das, was dann geschah, gab es keine Muster. Es gab keine Ansprachen wie beim Elternsprechtag. Draußen vor den Gebäuden waren Parkplätze, die Besucher mußten also zu Fuß aufs Gelände und zu den einzelnen Häusern, wo sie ihre Lieblinge wußten. Erst dort fand auch die Begrüßung statt.

Eltern von Erstkläßlern wurde der Weg zu ihren Sprößlingen gezeigt, auf Wunsch wurden sie von älteren Schülern geführt.

Die jeweiligen Hausleiter blieben in ihren Büros,

während Mrs. Gordon und die anderen Lehrer zirkulierten, von Haus zu Haus wanderten, um immer und überall ansprechbereit zu sein, um Fragen beantworten zu können und Lösungsvorschläge bei Problemen anzubieten. Die Fragen und Probleme glichen sich von einer Veranstaltung zur anderen.

Wie lebt sich mein Liebling ein?

Wie kommt meine Tochter mit Mathe zurecht?

Glauben Sie, daß mein Sohn eine Chance hat, in Cambridge angenommen zu werden?

Sie hat mir gesagt, bevor sie in St. Clare's eingeschult wurde, daß sie überzeugte Vegetarierin geworden sei. Ich hoffe, Sie haben ihr diese Flausen aus dem Kopf getrieben.

Sie scheint sich gut mit Mrs. Soundso zu stehen.

Meine Tochter hat mir geschrieben, daß sie Schwierigkeiten hat, die deutsche Grammatik zu begreifen. Ich nehme an, das liegt an den unmöglichen Deklinationen.

Und so weiter – und so weiter.

Mrs. Gordon und ihr Lehrkörper hatten, dank jahrelangen Trainings, keine Schwierigkeiten mit diesen Fragen und Problemen. Es gab nur einen Satz, der sie aus dem Konzept bringen konnte.

»Madam, meine Tochter hat mich gerade informiert, daß sie schwanger ist. Was gedenken Sie zu tun?«

Das war nur zweimal in den vergangenen fünf Jahren passiert, und nur ein halbes dutzendmal in Mrs. Gordons gesamter Karriere. Jede Mitteilung diesen Inhalts hatte sie mit philosophischer Abgeklärtheit entgegengenommen. Man mußte damit rechnen, wenn man mit Hunderten von Mädchen zu tun hatte – im Laufe der Jahre mit Tausenden –, und viele davon überaus attraktiv, daß eine Handvoll von ihnen schwanger wurde. Im stillen hatte Mrs. Gordon ein paar Antworten auf solche Anfragen parat, denn sie war nicht nur gebildet, sondern auch witzig. Aber weil sie auch klug war, behielt sie alle diese Antworten für sich.

Was können wir tun? Nun, wenn es sein muß, kann ich eine Flasche Gin, ein heißes Bad und eine lange Stricknadel für den Schularzt zur Verfügung stellen.

Oder eine andere ihrer stummen Antworten: Was wir tun können? Nun, ich bin sicher, daß unsere Köche gut genug fürs Hochzeitsessen sind.

Und eine dritte Version: Was können wir tun? Sagen Sie Jane oder Janet oder Joan, daß sie in Zukunft die Beine geschlossen halten soll.

In Wirklichkeit pflegte Mrs. Gordon so etwas zu sagen wie: »Oh! Das ist für mich genauso ein Schock wie es für Sie sein muß. Ich habe Jane (oder Janet oder Joan) immer für so eine vernünftige junge Lady gehalten.«

Nach einer Stunde etwa wurden die meisten Eltern in die Richtung des Büros des Hausleiters geführt, wo es kostenlose Drinks gab. Jocastas Mutter verzichtete auf die Drinks, sie zog es vor, mit ihrer Tochter über das Schulgelände zu spazieren, obwohl der Sommer vorbei war und es ziemlich kühl wurde. Köpfe drehten sich und schauten ihr nach, Blicke verfolgten ihre Figur und besonders diese unglaublichen Tänzerinnenbeine.

»Halt mich fest«, murmelte Ben Fisher auf der Treppe vor dem Napier House. »Himmel, ist das ein Weib!«

Fishers Eltern hatten es nicht geschafft, zum Tag der Offenen Tür zu kommen, auch viele andere Eltern nicht, sei es, daß sie zu weit entfernt oder im Ausland lebten, daß sie andere, meist geschäftliche Verpflichtungen hatten, oder daß sie einfach kein Interesse hatten. Sie mochten sich sagen, daß ihre Verantwortung für die Erziehung und Bildung ihrer Kinder mit den mehr als zehntausend Pfund endete, die sie pro anno auf den Tisch legten.

Niemand der Jungen um Fisher widersprach seiner Einschätzung von Mrs. Petrillos äußeren Reizen, auch nicht Henry Morton.

Siehst du, sagte er zu sich selbst, ich kann eine solche Frau ansehen und sie schön finden. Das beweist doch, daß ich nicht schwul bin.

Henry war ein weiterer Offener-Tag-Waise, obwohl es in seinem Falle seine eigene Entscheidung war. Er hatte seine Mutter zwei Tage nach dem Versand der Einladungen angerufen und gesagt, daß es nicht erforderlich sei, sich der Strapaze der Reise zu unterziehen.

»Die Eltern vieler Jungs kommen nicht, bestimmt ein halbes Dutzend. Wir haben uns vorgenommen, uns einen gemütlichen Tag draußen zu machen«, log er.

»Und wo?«

»So genau wissen wir das noch nicht.«

»Nun ja, ich habe eine Menge um die Ohren ...«

Sie besaß mit einer Partnerin ein Modehaus, seit sein Vater vor gut zwölf Jahren gestorben war. Und sie war ziemlich erfolgreich damit.

»Ja, das glaube ich gern.«

»Und es wäre ja auch nur für ein paar Stunden.«

»Genau.«

»Aber in den Ferien kommst du nach Hause?«

»Ich bin fast sicher.«

»Laß mich das genaue Datum wissen, damit ich es in den Kalender eintragen kann.«

Sie kannte das genaue Datum schon seit langem. Aber sie hatte es wahrscheinlich vergessen. Sie hatte nämlich wirklich ein hektisches Leben – Paris, Rom, Mailand, New York. Und es war Henry bewußt, daß dieses Leben, das sie führte, sein Schulgeld garantierte. Es war nicht ihre Schuld, daß sie ihren Mann verloren hatte, als sie noch eine relativ junge Frau gewesen war. Manchmal wunderte sich Henry darüber, daß sie nie wieder geheiratet hatte. Nicht, daß er enttäuscht gewesen wäre. Im Gegenteil, die Vorstellung, daß sie ihr Bett mit einem anderen Mann teilte, wäre ihm peinlich gewesen. Trotzdem – sie war eine Frau, die immer noch gut aussah und die Mittvierziger überschritten hatte.

Er konnte sich daran erinnern, daß er dieses Thema nicht lange nach dem Zwischenfall mit dem Au-pair-Mädchen angeschnitten hatte.

»Henry, Henry, ich habe deinen Vater geliebt, und mehr als eine Liebe gibt es nicht in einem Leben. Und außerdem liebe ich dich.«

Er nahm an, daß das stimmte. Doch wenn er sich morgens im Spiegel sah, fragte er sich oft, wie jemand dieses Gesicht lieben konnte. Henry ging davon aus, daß sie das eine oder andere Verhältnis hatte, und das stimmte ihn depressiv. Er würde die Männer, mit denen sie schlief, nie kennenlernen, und auch ohne sie zu kennen, konnte er sich vorstellen, daß die Liebe, die sie in diesen Stunden zu vergeben hatte, nicht ihrem einzigen Sohn zugute kam.

Na und?

»Was sagst du, Henry?« fragte jemand. »Ich wette, sogar du würdest auf so einer geilen Tante einen Steifen kriegen, was?«

»Laß ihn in Ruhe!« sagte Fisher ruhig, aber mit Nachdruck in der Stimme.

Derselbe Fragesteller wollte gerade zu einer Replik anheben – »Was, Ben, bist du auch schwul geworden?« –, aber der Ausdruck auf Ben Fishers Gesicht sagte ihm, daß Schweigen klüger war.

Jocasta fragte: »Ist zwischen dir und Papa alles in Ordnung?«

»Natürlich«, antwortete Mrs. Petrillo. »Ich habe dir doch gesagt, daß er mit seinem neuen Restaurant beschäftigt ist.«

»Nein, das ist es nicht«, sagte Jocasta. »Das mit Papa verstehe ich. Aber du scheinst ein wenig zerstreut zu sein.«

Das war kaum das richtige Wort für ihren Zustand, dachte Jocastas Mutter. Vor Wut kochend, wäre die zutreffende Beschreibung gewesen. Und wenn sie ihre Finger um den Hals dieser blonden Schlampe drücken könnte, mit der Claudio Petrillo seine Freizeit verbrachte, würde dieser Zustand mit einem Mord enden.

Er hatte natürlich alles abgestritten.

Mach dich doch nicht lächerlich. Sie muß mich begleiten, wenn ich auf Geschäftsreisen bin.

Ja, weil du eine weiche Unterlage brauchst.

Mir gefällt deine schmutzige Sprache nicht.

Ach? Aber sie gefällt dir doch, wenn du es mit mir treibst. Nicht, daß das in letzter Zeit mal passiert wäre.

Wenn du auf diesem Niveau mit mir redest, werde ich nicht länger zuhören.

Typisch italienisch, dachte sie. Großartige Liebhaber, wenn sie es sein wollten, und außerhalb des Bettes gaben sie sich so puritanisch wie Muttersöhnchen.

Falls er fremdging – und sie hatte noch nicht den endgültigen Beweis dafür –, dann mußte sie sich selbst einen Teil der Schuld zuschreiben. Er wollte ein ganzes Bataillon von Kindern, wie sie das alle wollten, diese Italiener – halt sie schwanger, barfuß und in der Küche –, aber sie hatte entschieden, daß es genug war mit der Geburt von Jocastas jüngerem Bruder. Sie wollte verdammt sein, wenn sie sich als Brutmaschine mißbrauchen ließ und ihre Figur ruinierte, nur weil es der Kirche so gefiel.

Sie hatten oft darüber gestritten, und er war einem Tobsuchtsanfall nahe gewesen, als er herausgefunden hatte, daß sie die Pille nahm. Dabei nahm sie das Zeug schon ein Jahr, bevor er es entdeckte. Sie hatte immer geglaubt, daß er stolz war auf die gute Figur seiner Frau.

Offenbar war ihm ihre Figur egal.

Und wenn er es jetzt mit einer blonden Nutte trieb – wie viele mochten es schon vor dieser gewesen sein? Was sie am meisten verdroß – ja, es erbitterte sie –, waren die zahlreichen Anträge im Laufe der Jahre, die sie alle abgelehnt hatte, die grabschenden Finger, auf die sie geklopft hatte. Keine einzige Affäre in achtzehn Jahren.

Sie müssen doch einsam sein. Ihre Kinder im Internat, Ihr Mann so oft unterwegs …

Ich habe da dieses hübsche, verschwiegene Landhaus in den Cotswolds …

Sagen Sie ja, Sie wissen genau, daß Sie es gern möchten …

Meine Frau und ich verstehen uns nicht mehr ...

Puh!

Es deprimierte sie, daß seine blonde Gespielin um die fünfundzwanzig war, während sie den vierzigsten Geburtstag hinter sich hatte. Sie mochte zwar zehn Jahre jünger aussehen, aber auf Dauer konnte niemand gegen den Kalender leben. Wenn die Nutte ihres Mannes vierzig war, würde sie auf die sechzig zugehen.

Sie war an diesem Tag zu Jocasta gefahren, weil sie die Absicht gehabt hatte, ihrer Tochter von ihren Vermutungen zu erzählen. Ein Gespräch von Frau zu Frau. Denn zweifellos standen sie sich sehr nahe, sie fühlten sich eher wie Schwestern.

Aber jetzt, als sie es hätte erzählen können, wurde ihr bewußt, wie töricht ihr Gedanke gewesen war. Es war eine Sache, mit der Tochter Make-up-Tricks auszutauschen, sie zum Arzt zu begleiten, wenn auch sie die Pille verschrieben haben wollte, über Mode und Unterwäsche zu beratschlagen – aber es war etwas ganz anderes, ihr anzuvertrauen, daß ihr Vater ein Betthäschen hatte.

Nein. Man weckte keine schlafenden Hunde.

Vielleicht irrte sie sich ja. Und wenn nicht – bis Weihnachten würde alles vorbei sein.

Aber wenn sie sich nicht irrte und die Sache bis Weihnachten nicht beendet war, dann sollte sich Claudio Petrillo lieber vorsehen. Was dem einen recht ist, ist dem anderen billig.

»Wer war die Lehrerin, der du mich vorhin vorgestellt hast, diese schöne, blonde Frau?

»Miss Lee? Lavinia? Sie unterrichtet in der Unteren Sechsten Deutsch und Französisch.«

Wie Kate, Amanda und Julia nahm auch Jocasta Englisch, Französisch und Deutsch, Fortgeschrittenenkurs. Mrs. Gordon hatte sie überreden wollen, auch noch Italienisch zu nehmen, aber das hatte Jocasta abgelehnt. Es würde zuviel werden, außerdem sprach sie fließend Italienisch.

»Du kennst sie schon«, bemerkte Jocasta.

»Ja, ich erinnere mich, ich wußte nur ihren Namen nicht mehr.«

Wahrscheinlich hatte ich ihn verdrängt, dachte Mrs. Petrillo. Bis auf ein paar Jahre und ein paar Zentimeter in der Höhe hätte Miss Lee das Ebenbild von Claudios Schlampe sein können.

Vielleicht stimmte es wirklich, diese alte Redensart, wonach Blondinen mehr Spaß haben. Vielleicht sollte sie sich färben lassen.

Sie lächelte bei diesem Gedanken. Nein. Obwohl sie Engländerin war, wie alle Vorfahren, solange sie sich zurückverfolgen ließen, hatte sie ein dunkles, romanisches Aussehen, was Signor Petrillo ja auch ursprünglich so angezogen hatte. Wenn Männer – meistens waren es Männer – ihr sagten, daß sie besser aussähe als Claudia Cardinale, war sie selbstbewußt genug, um zu wissen, daß sie sich nicht nur in ihr Bett schmeicheln wollten.

»Denkst du an was Schönes?« hörte sie Jocasta fragen.

»Nein, eigentlich nicht. Werd nicht zu schnell erwachsen, hörst du, Liebling? Diese Jahre jetzt sind die schönen Jahre, ob du es weißt oder nicht. Deshalb ist es wichtig, daß es dir bewußt wird. Es gibt keinen Ersatz für Jugend.«

»Nun, wenn du an Jugend interessiert bist, kann ich dir den einen oder anderen vorstellen.«

»Oh, das werde ich mir merken. Vielleicht komme ich mal darauf zurück.«

Wie Claudio Petrillo, so war es auch Kate McNamaras Vater wegen geschäftlicher Dinge nicht möglich gewesen, den Tag der Offenen Tür wahrzunehmen, und nur ihre Mutter war erschienen, gekrönt von einem schreienden breitrandigen Hut.

»Himmel, Mummy, dies ist St. Clare's, nicht Ascot!«

Mrs. McNamara hatte Richard Carson kurz kennengelernt, bevor Richard eilen mußte, um seine eigenen Eltern zu begrüßen. Sie hatte ihn als einen ›sehr netten jungen Mann‹ eingestuft.

»Ich hoffe, daß er sich bei dir anständig benimmt.«

»Mummy!«

»Das ist die ganz normale Reaktion jeder normalen Mutter, besonders …«

Kate beendete den Satz für sie. » … besonders angesichts dessen, was in Amerika passiert ist. Ich dachte, wir hätten beschlossen, diese Sache nicht mehr zu erwähnen und einen neuen Anfang zu machen.«

»Das stimmt, ja.«

»Es hört sich aber nicht so an.«

»Ich habe mich vielleicht ein wenig ungeschickt ausgedrückt. Und du kannst uns nicht verwehren, daß dein Vater und ich besorgt sind.«

»Es gibt nichts, über das ihr besorgt sein müßtet.«

Abgesehen von meinem heftigen Orgasmus, nachdem ich zwei Lesben bei der Liebe zugeschaut habe, und abgesehen von meinem unheimlichen Drang, endlich wieder gevögelt zu werden, und auch abgesehen von der Tatsache, daß mir die aggressivste Lesbe unserer Schule einen kräftigen Joint angeboten hat, wenn ich für sie mein Höschen abstreife.

Davon abgesehen, gibt es nichts, über das ihr besorgt sein müßtet.

»Nein, wirklich, es gibt nichts, über das ihr besorgt sein müßtet«, wiederholte sie und hängte sich an Mutters Arm ein. »Was in den Staaten passiert ist, wird sich hier nicht wiederholen.«

Das meinte sie wirklich ernst. Und es würde auch niemand an St. Clare's erfahren – jedenfalls nicht aus ihrem Mund.

»Aber nur unter einer Bedingung«, sagte sie dann.

»Und die wäre?« fragte ihre Mutter und hielt die Luft an.

»Daß du endlich diesen verdammten Hut abnimmst.«

Die offiziellen zwei Stunden des Offenen Tages waren schon um fünfzehn Minuten überschritten, aber kaum einer der Eltern zeigte Anstalten zu gehen. Lavinia Lee fand sich in einer Ecke von Mrs. Clintons Büro blockiert. Zum Glück war an diesem Tag das Rauchen in diesem Zimmer erlaubt, und zum Glück trug auch die Tatsache bei, daß der Tisch mit den Getränken ganz in der Nähe stand.

Nahe der Tür stand Robert Penrose, der mit Julia Hastings und ihren Eltern sprach und jetzt einen Blick von Lavinia auffing. Er hob sein leeres Glas. Lavinia hob die Schultern – selbst mit dem Einsatz beider Ellbogen hätte sie sich nicht durch die Meute schieben können – und ihr fast volles Glas und mimte: »Pech gehabt.« Auch er bewegte die Lippen, sie las es wie

»Hexe«, aber sie glaubte nicht, daß Robert Penrose so etwas auch nur denken würde.

Felicity Coggan hatte ebenfalls ihr Lager beim Getränketisch aufgeschlagen und freundete sich intim mit Mrs. Clintons Whiskyflasche an. Mrs. Clinton war eine der wenigen Hausleiter, die in ihrem Büro auch kräftigere Sachen als Sherry anbot, was wohl der Grund war, daß Churchill House bei den Lehrerinnen und Lehrern so beliebt war. Von Mrs. Clinton selbst war nichts zu sehen.

Chips Chippendale, den die speckigen Hintern pubertierender Mädchen entzückten, stand auch in der Nähe und konnte es nicht unterlassen, die Enden der verschiedenen Sandwiches anzulüften, um festzustellen, ob sie mit seiner Lieblingsfüllung belegt waren.

Felicity unterhielt sich mit drei oder vier Eltern, aber man sah ihr an, daß ihre Gedanken woanders waren. Lavinia wandte diesen Trick auch schon seit mehreren Offenen Tagen an. Es war gar nicht notwendig, auf das zu hören, was die Eltern über ihre Töchter und Söhne sagten oder fragten – es gab nur Standardfragen und nur Standardantworten, und die konnte man geben, während man gleichzeitig an etwas ganz anderes dachte, zum Beispiel an das neue Kleid, an den Skiurlaub im Januar oder an das Erste Gesetz der Thermodynamik, was auch immer das war.

Ja, sie macht sich fabelhaft.

Nein, ich glaube nicht, daß sie irgendwelche Probleme haben wird, das Examen zu bestehen.

Ich stimme mit Ihnen überein, daß ihr Leistungsdurchschnitt innerhalb der Klasse zu wünschen übrigließ, aber ich habe mit ihr darüber gesprochen, und ich bin sicher, daß wir bald eine Besserung sehen werden.

Man muß ihnen schmeicheln, sanft über ihre Sprößlinge reden und hoffen, daß sie sich bald verziehen. Aber erst dann, wenn man sicher sein konnte, daß sie auch fürs neue Schuljahr bezahlen würden.

Das Motto von St. Clare's war ein Zitat von Cicero: Interest Omnium Recte Facere – ›Es gereicht allen zum Guten, es recht zu tun‹. Lavinia fand, daß es einen zutreffenderen Spruch von Ovid gab: Auro Conciliatur Amor – ›Selbst Liebe wird zu Gold‹.

Sie sah, daß Mr. und Mrs. McDonald, Amandas Eltern, im Aufbruch begriffen waren. Es schien überhaupt plötzlich Aufbruchstimmung zu sein. Die Massen drängten zur Tür hinaus.

Amandas Eltern – von ihrer Tochter war nichts zu sehen, obwohl Lavinia sie eben noch in der Nähe gesehen hatte – waren erwachsene Faksimiles von Amanda – rund und fröhlich, und trotz der Tatsache, daß sie schon seit einer Ewigkeit nicht mehr in Schottland lebten, klang immer noch der schwere Akzent der Edinburgher durch. Soweit Lavinia sich erinnern konnte, besaßen die McDonalds zwei erfolgreiche Hotels.

»Vielen Dank für die Zeit, die Sie uns gewidmet haben, Miss Lee«, sagte Mr. McDonald und streckte seine Hand aus, die Lavinia schüttelte. »Sie haben uns eine Menge Mut gemacht.«

Tatsächlich? dachte Lavinia. Was, um alles in der Welt, habe ich denn gesagt?

»Das freut mich zu hören«, sagte sie. »Solange Amanda sich weiterhin Mühe gibt, sollte sie keine Schwierigkeiten mit dem Abschluß haben.«

Das war nur eine halbe Lüge. Tatsache war, daß sich Amanda ganz gewaltig ins Zeug legen mußte, um die Noten zu erhalten, die eine Universität forderte. Aber warum sollte man die McDonalds jetzt schon beunruhigen? Bis dahin würden sie noch fünfmal dreitausend Pfund überwiesen haben.

»Wir verlassen uns auf Sie, daß Sie Amanda auf die Finger schauen«, sagte Mrs. McDonald, die ein bißchen weniger rund und ein bißchen weniger fröhlich war als ihr Mann, und deren Augen flink wie ein Wiesel schauten. Die ideale Hotelmanagerin. Augen überall. Wahrscheinlich entdeckte sie auch den Gast, der mit dem Badetuch davonschleichen wollte.

»Ich werde mein Bestes geben«, sagte Lavinia, was sie sehr ernst meinte. »Ich glaube, drüben steht Amanda und winkt Ihnen zu.«

Amanda hatte sich der Gruppe der Hastings bei Robert Penrose angeschlossen, und Lavinia konnte nicht erkennen, ob Amanda wirklich ihren Eltern winkte, oder ob sie sich gerade von Penrose verabschieden wollte.

Mrs. McDonald entschied, nach einem Blick auf das jetzt leere Glas ihres Mannes: »Ich fahre.«

Mr. McDonald nahm es gelassen. »Eine gute Idee.«

Nach vielen langen Händedrücken war auch Felicity Coggan ihre Gruppe losgeworden, und als die McDonalds aus der Tür heraus waren, wandte sie sich Lavinia und dem Getränketisch zu. Bevor sie aktiv wurde, warf sie noch einen letzten Blick über die Schulter. Mrs. Clinton war nirgendwo zu sehen.

Sie schenkte sich einen weiteren Whisky ein, wenn Lavinia richtig gezählt hatte, war es der dritte. Aber Felicity war eine Frau, die etwas vertragen konnte.

»Man soll nichts verderben lassen«, sagte sie, »und wenn das, was ich über die nächste Gehaltserhöhung gehört habe, nicht nur dumme Gerüchte sind, dann könnten wir alle noch ein paar Whiskys vertragen.«

Über die Gehälter wurde stets im Januar gesprochen, die dann zum Herbstquartal gültig wurden.

»He, Chips!« rief Felicity. »Lassen Sie uns auch noch ein paar von den Sandwiches mit dem geräucherten Lachs!«

»Was haben Sie denn gehört?« fragte Lavinia.

»Daß so gut wie nichts im Topf ist. Wegen der Rezession ist es unmöglich, das Schulgeld zu erhöhen, oder man riskiert, daß noch mehr Schüler abspringen.«

Nach den Sommerferien waren zehn Mädchen nicht zurückgekehrt, und in neun dieser zehn Fälle hatte es daran gelegen, daß die Eltern den Gürtel enger schnallen mußten. Zehn Mädchen – das waren mehr als hunderttausend Pfund und noch einmal zehntausend Pfund an Extras.

»Verdammt«, murmelte Lavinia. »Ich hoffe, daß Sie sich irren.«

»Das hoffe ich auch, meine Liebe. Wenn es so weitergeht, bin ich gezwungen, mir unter den Vätern einen reichen Liebhaber zu suchen.« Sie blinzelte Lavinia zu. »Oder unter den Söhnen.«

Lavinia erinnerte sich der unbestätigten Gerüchte über Felicitys Scheidung, einschließlich des Gemunkels, daß ihr Mann sie mit einem deutlich jüngeren Liebhaber im Bett erwischt haben sollte, und Lavinia neigte immer mehr dazu, den Gerüchten zu glauben. Felicity war attraktiv genug, in ihren figurbetonten Kostümen einen unerfahrenen Jugendlichen in eine

Affäre zu locken, obwohl Lavinia sicher war, daß sie den jungen Mann mit Haut und Haaren auffressen würde.

»Davon gibt es doch genug«, sagte Lavinia lachend, »wenn Ihnen der Sinn danach steht.«

»Manchen von uns steht er danach«, sagte sie lächelnd. »Nun, Chips, was habe ich Ihnen über den geräucherten Lachs gesagt? Wenn Sie den nächsten auch noch verschlingen, werde ich Mrs. Bartlett sagen müssen, daß Ihr Interesse am Hockeyteam der jungen Mädchen weniger mit Sport als mit Frottage zu tun hat.«

Lavinia mußte im Lexikon nachschlagen, um sicher zu sein, was mit Frottage gemeint war – ein abnormales Verlangen, Kontakt zweier bekleideter Körper herzustellen, wobei einer der Körper stets der eigene sein mußte. Man sah Chips an, daß er nicht im Lexikon nachschauen mußte, er verstand, was Felicity meinte. Seine Wangen wurden tiefrot.

Lavinia überließ die beiden sich selbst und schlenderte hinüber zu Penrose, der es geschafft hatte, sich endlich von Julias und Amandas Eltern zu verabschieden. Julia, die mit jedem Tag bühnenreifer wurde, nun, da sie endlich die Rolle der Helena ergattert hatte, sagte gerade zu ihrer Mutter, und ihre Stimme klang dabei so laut, daß jeder sie vernehmen konnte: »Ist er nicht ein Traum, unser Mr. Penrose? Du kannst dir nicht vorstellen, welches Glück ich habe, mit ihm arbeiten zu können.«

Lavinia reichte Penrose ihr halbvolles Whiskyglas. »Hier, ich glaube, Sie brauchen das mehr als ich.«

Penrose nahm dankend an und versenkte den Inhalt mit einem einzigen Schluck.

»Mein Gott«, sagte er, »warum tun wir uns das eigentlich an? Sie können sich nicht vorstellen, was ich in der letzten Viertelstunde durchlebt habe. Julia erzählte nichts anderes als von *unserem* Stück und *unserer* Interpretation der Rolle Helenas. Ihre Eltern glauben natürlich, daß sie ihre Berufung gefunden hat. Englisch, Französisch und Deutsch – einfach vergessen. Die Schauspielerkarriere liegt vor ihr, und sie und die Eltern schweben im siebten Himmel. Es wird eine Weile dauern, bis ich Julia wieder von da oben runtergeholt habe. Der Himmel bewahre uns vor bühnengeilen Kindern. Ich glaube, es war ein Fehler, daß ich auf Sie gehört habe und die Helena mit ihr besetzt habe. Ich muß die ganze Zeit an die Büchse der Pandora denken. Ich habe ein Ungeheuer losgelassen.«

»Sie sollten es von der freundlichen Seite betrachten«, erwiderte Lavinia grinsend. »Sie hält Sie für einen Traum.«

Penrose fand das gar nicht komisch. »Sie soll mich nicht für einen Traum halten. Daß sie die Rolle der Helena erhielt, sollte ein für allemal den Unsinn beenden.«

»Nun, ganz so war es nicht, wenn Sie sich zurückerinnern: Es war eine Schadensbegrenzung. Es ist besser, einen verknallten Teenager im Stück zu haben als einen rachsüchtigen draußen. Und erzählen Sie mir nicht, daß Sie nicht wenigstens ein bißchen geschmeichelt sind.«

»Nein, ganz sicher nicht!«

»Zu jung für Sie?«

»Sagen Sie so etwas nicht mal als Scherz.«

Es sollte kein Scherz sein, dachte Lavinia. Fiona

Acland konnte kaum älter gewesen sein als Julia heute, als sie Penroses Bett teilte.

»Sie erscheint wenigstens nicht als männermordender Vamp bei den Proben«, bot Lavinia als Trost an. »Und außerdem sind Sie ja nicht allein mit ihr.«

»Ja, richtig, aber ich halte jede Wette, daß es nicht lange dauert, bis Julia aufkreuzt und mich um Privatstunden bittet. Sie wird klagen, daß sie Mühe mit Helenas Motivation hat. Glauben Sie, es würde jemand darauf achten, wenn ich mir noch einen Whisky aus Mrs. Clintons Karaffe stibitze?«

»Nur Felicity und Chips und ein Dutzend andere, darunter auch Sybil Heilbron da hinten. Sie sieht wie festgenagelt aus. Ich habe nie etwas für die Idee des ewig wandernden Juden übriggehabt, aber ich habe auch nicht geglaubt, daß jemand so lange auf einer Stelle verharren kann, ohne auch nur mal eine Hand zu heben oder wenigstens in eine andere Richtung zu schauen. Was ist nur mit all diesen fröhlichen Leuten geschehen, die man in ›Fiddler On The Roof‹ erlebt hat?«

Penrose hob eine Augenbraue. »Rassistische Bemerkungen von Ihnen?«

»Ein wenig unfreundlich, das gebe ich zu. Aber ich muß mit ihr arbeiten, Sie nicht.«

Draußen winkten Julia und Amanda ihren Eltern hinterher. Mr. und Mrs. McDonald schienen eine kleinere Meinungsverschiedenheit auszutragen, wobei sie ziemlich einseitig verlief, denn Mrs. McDonald führte das Wort. Ja, dachte Amanda, Daddy hat einen zuviel getrunken, und für Mummy ist einer schon einer zuviel.

Der Rest des Nachmittags war frei, und Amanda fragte Julia, ob sie irgendwelche Pläne hätte.

»Ich will an meiner Eröffnungsszene arbeiten und den Text auswendig lernen«, sagte Julia und schob mit einstudierter Geste eine Haarsträhne zurück. »Mr. Penrose erwartet erst in ein paar Wochen, daß wir den Text können, aber ich möchte ihn überraschen.«

»Wird es jetzt bis Weihnachten nur um dieses Stück gehen?« fragte Amanda und verzog das Gesicht. »Wird dabei deine ganze Freizeit zum Teufel gehen?«

»Ja, ich glaube schon«, erwiderte Julia. »Ich will meinen großen Abend doch nicht dadurch verderben, daß ich nicht genug vorbereitet bin.«

Gott bewahre, dachte Amanda, und hatte nichts dagegen, daß Julia ihr enteilte.

Sie sah, wie Jocasta zu ihrer Mutter in den Lamborghini stieg, und wie Mrs. Petrillo in einem Kavaliersstart die Kieselsteine hochschleuderte. Zum Tee in die Stadt, nahm Amanda an.

Auf der Treppe zum Napier House stand Kate McNamara lachend und scherzend bei Richard Carson und einigen anderen Jungen, und kurz darauf verdrückten sich Kate und Richard. Viel Glück, dachte Amanda.

Sie fühlte sich verloren und schlenderte hinüber zum Gemeinschaftsraum der Sechsten, aber es war niemand da.

Alle anderen nutzten den freien Nachmittag und wahrscheinlich einen der letzten schönen Tage des Herbstes dazu, das Schulgelände zu verlassen und draußen irgendwas zu unternehmen. Sie schüttelte die Kaffeekanne, aber sie war leer und würde wohl erst zum Abend aufgefüllt werden.

Nach einer Weile ging sie zu Churchill House zurück und hoch in ihren Schlafsaal. Auch hier war niemand.

Sogar Julia hatte beschlossen, ihren Text woanders zu lernen.

Sie legte sich auf ihr Bett und schloß die Augen. Sie war selbst überrascht, als sie ein paar Sekunden später feststellte, daß sie weinte.

WIR HABEN DIE GLOCKEN UM MITTERNACHT GEHÖRT

Schwerer Regen und kräftiger Wind beeinflußten das ganze Land am zweiten Samstag im Oktober, und durch die Fenster der nun zentralgeheizten Schlafräume und Lehrerzimmer schauten Schüler und Lehrer hinaus, wo die Blätter von den Bäumen gefegt und Regenschirme umgestülpt wurden.

In zwei Wochen würden die Uhren zurückgestellt, das offizielle Ende des Sommers. Es war Zeit, die Winterkleidung auszugraben, Regenmäntel, Stiefel, Anoraks, dicke Pullover. Es war auch die Zeit, in der das Licht fast den ganzen Tag in den Klassenräumen brannte. Es war die Zeit, in der sich die ursprünglichen, atavistischen Ängste vor dem Winter anmeldeten. Die Zeit, in der man sich depressiv fühlte, ohne richtig zu wissen warum.

Nun, ganz so trübe war es nicht.

Schließlich war dies ein Samstag, der Höhepunkt der Woche, der Tag der Exzesse. Da wegen des Wetters keine Spiele draußen möglich waren, blieb genug Zeit, sich auf den Abend vorzubereiten. Hurra, Leute, für diese Woche ist die Schule geschlossen.

Für die Verliebten und auch für die Fast-Verliebten waren die letzten Stunden des Tageslichts dazu da, die Nacht zu planen. Was ist mit diesem Lidschatten? Findest du, er paßt zu meinem Typ? Diese Bluse hat auch bald das Zeitliche gesegnet, aber meine Eltern bringen mich um, wenn ich sie schon wieder um Geld anhaue. Kann ich deine Levis borgen? Wir haben fast die gleiche Figur.

Für diejenigen, die nur Lust verspürten, standen vergleichbare Pläne an und dann das eine oder andere Stoßgebet. Bitte, laß mich diese Nacht fündig werden. Da gibt es diesen Club, in den die Stadtmädchen gehen. Glaub mir, drei doppelte Wodka, und die Sache ist geritzt.

Ach, ja? Und die Freunde dieser Mädchen sehen alle aus, als hätten sie den Terminator spielen können. Sie schlagen dich zu Brei, wenn du dich an ihren Bräuten vergreifst.

Um die große Anspannung zu mildern, gingen Witze rund.

»Da hat eine neue Bar in der Stadt eröffnet, ich habe gestern erst davon gehört. Du gehst rein, bestellst deinen ersten Drink, und danach gehen alle Drinks auf Kosten des Hauses. Nicht nur das, sie geben dir auch ein Abendessen aus. Und gleich danach – du kannst meine Zunge abschneiden, wenn ich lüge – bringen sie dich in ein Hinterzimmer, und du kannst die schärfste Nummer deines Lebens hinlegen. Ehrlich. Ich weiß es von meiner Schwester, die war schon dreimal da.«

Für diejenigen, die weder Liebe noch Lust verspürten, gab es verschiedene Vorbereitungen.

Also, ich schlage vor, wir vier gehen gemeinsam aus.

Oh, Himmel, du denkst doch wohl nicht daran, *sie* einzuladen, oder?

Sie ist ganz in Ordnung, du wirst es sehen. Außerdem können wir sie nicht allein lassen.

Natürlich können wir das. Je eher sie sich daran gewöhnt, desto besser. Sie wird ihr ganzes Leben allein sein.

Kleine Eifersüchteleien. Die einzelnen Cliquen wollen unter sich bleiben, die Außenseiter bleiben draußen vor der Tür.

»Verlaß dich auf mich«, sagte Dutch Paula zu Sappho Peters, »ich habe mir einen Plan zurechtgelegt. Jennifer Langley wird nicht wissen, wie ihr geschieht.«

»Und Phoebe?«

»Phoebe kann dich im Mondschein besuchen.«

»O ja!«

»Hör zu, du Geiltier. Mary Donaldson und Jackie Thorpe fahren mit dem Drei-Uhr-Zug nach London. Sie haben von Mrs. Gordon die Erlaubnis, mit dem Mitternachtszug zurückzufahren. Das heißt, vor eins werden sie nicht im Haus sein. Das heißt auch, daß ihr Zimmer zehn Stunden lang nicht belegt sein wird.«

Mary und Jackie waren keine Sinistrals, aber sie wußten genau, daß Paula und Sappho dazugehörten. Ihr Zimmer lag zwei Türen hinter Paulas, und gelegentlich teilten sie sich einen Joint.

»Gleich nach dem Tee, so gegen fünf, lade ich Phoebe ein, sich ein paar Bänder anzuhören«, erläuterte Paula. »Sie wird sofort schnallen, was ich damit meine, und sie wird ein bißchen zu klagen anfangen, denn unsere Phoebe hört sich gern klagen. Sie wird sagen, daß zu viele Leute herumhängen, und daß wir deshalb nichts Ernsthaftes beginnen könnten. Ich werde ihr zustimmen und ihr dann vorschlagen, daß sie eine Freundin mitbringt – das hört sich unschuldig genug an, meinst du nicht auch?«

»Und die Freundin ist Jennifer!« Sappho durchschaute den Plan.

»Und dann hören wir uns ein paar Stunden die Bänder an.«

»Inzwischen haben wir sieben Uhr, was bedeutet, daß sie das Abendessen verpaßt haben«, sagte Sappho.

Paula sah sie kopfschüttelnd an. »Himmel, Sap, seit wann bist du an St. Clare's? Wie viele Leute sind samstags beim Abendessen? Eine Handvoll. Beinahe jeder verkriecht sich mit Freunden auf die Zimmer oder in die Schlafsäle, und sie futtern Kuchen und Plätzchen. Gewöhnlich liegt der Flur nach sieben wie verlassen da. Die meisten streifen durch die Stadt.«

»Haben wir denn Kuchen und Plätzchen? Die Teenies verpassen nicht gern ihre Atzung.«

Paula langte hinter sich und öffnete eine Schranktür. Im Vorratsfach lagen Kuchen und Früchte, in Dosen und frisch.

»Aber um zehn müssen die Teenies in ihren Betten im Schlafsaal sein«, wandte Sappho ein.

»Und du schaffst Phoebe nicht in zweieinhalb, drei Stunden?«

»Ich schaffe das schon«, sagte Sappho, und bei der Vorstellung begannen ihre Augen vor Lust zu strahlen, »aber eine ganze Menge hängt auch vom Verhalten der jungen Lady ab. Ich nehme an, du hast mir Phoebe zugedacht?«

»Jennifer gehört mir«, sagte Paula entschieden.

»Okay, okay, schon begriffen. Aber was ist, wenn Phoebe sauer wird – auf dich, weil du Jennifer schöne Augen machst, und auf mich, weil sie lieber dich will?«

Paula verzog das Gesicht und holte unter ihrem Bett

drei Literflaschen Rotwein hervor, die sie im Supermarkt gekauft hatte.

»Meine Geheimwaffe. Ein paar Gläschen davon, und vielleicht einen Zug aus dem Joint, und ab geht die Post. Ich behalte Jennifer hier, und du gehst mit Phoebe zu Mary und Jackie. Wenn du sie nicht rumkriegst, ist das dein Problem. Wenn ich bei Jennifer nicht landen kann, ist das mein Problem. Sobald wir die beiden Süßen vernascht haben, tauschen wir sie aus, wenn wir wollen.«

Sappho schaute sie bewundernd an.

»Du magst zwar nur neunzig Pfund wiegen, und ich könnte dir wahrscheinlich ohne Mühe das Genick brechen, aber ich muß meinen Hut ziehen.«

Paula grinste. »Sap, so etwas nennt man Vorwärtsstrategie. Das lernst du alles in Oxbridge – wenn du je so weit kommst.«

Lavinia Lee beschloß, daß sich in dieser Nacht ihre Zukunft mit Robert Penrose entscheiden sollte. Sie befand sich genau zwischen zwei Perioden, und um diese Zeit herum war sie am schärfsten. Doppelt noch, weil sie schon so lange keinen Sex mehr gehabt hatte.

Nicht ohne sanftes Auf-den-Busch-klopfen von ihr hatte Penrose sie zu einem Abendessen in die Stadt eingeladen.

»Ich hoffe, Sie haben keine anderen Pläne.«

»Nein. Ich komme gern.«

Seine Nervosität, oder vielleicht sollte sie lieber sagen, seine Schüchternheit, überraschte sie nicht ganz. Seit der Veröffentlichung von Greers ›Der weibliche Eunuch‹, als Lavinia noch in den Windeln gelegen hatte, waren Männer mißtrauisch geworden, wenn es um berufstätige Frauen ging, besonders, wenn sie so gut aussahen wie Lavinia und auch noch einen Oxford-Abschluß mit lauter Einsen hatten.

Nach Greers Buch sollte das auch so sein, aber es erwies sich als ziemlich ermüdend, den Weg zu weisen. Und nachdem der erste Kick verblaßt war, fand sie es auch nicht mehr als sonderlich erregend, immer nur die Jägerin statt der Gejagten zu sein.

Nach Lavinias Erfahrungen gehörten Männer entweder in die Kategorie des allmählich nicht mehr betrauerten Peter Hennessy, der sich keine Schwanzbreite um Greer oder Simone de Beauvoir oder Betty Friedan scherte, oder in die Kategorie der behaarten Machos, ›Herzchen‹, wie man sie in Oxford nannte, die glaubten, daß der Gipfel der Bildung darin bestehe, an einem Abend zwölf Pints Lager zu trinken und der nächstbesten Frau an die Titten zu fassen.

Eine dritte Kategorie war der sogenannte ›neue Mann‹, den man in der letzten Zeit am häufigsten in der Fernsehwerbung sehen konnte. Er ging der Hausarbeit nach, während seine Frau oder Freundin, fast immer Ärztin, sich um die armen Kranken kümmerte. Dieser Typ stand nachts auf, um das Baby zu füttern und trockenzulegen, er kannte sich mit der Waschmaschine aus und brauchte sich höchstens einmal alle zwei Wochen zu rasieren.

Sie haben ihre Eier zwischen den Kochbuchseiten zerquetscht, dachte Lavinia immer. Sie hatte keine Zeit für diesen Typ.

Die vierte Kategorie war die, in die Penrose gehörte. Er vergewisserte sich zuerst, ob es genehm war, bevor er einer Frau die Tür öffnete, und er wälzte stundenlang schwere Gedanken darüber, ob es politisch korrekt war, seine American Express zu zücken und das Essen für seine Begleiterin mit zu bezahlen.

Die Männer dieser Kategorie mußte man drängen, man mußte sie locken. Aber Penrose hatte etwas an sich, davon war Lavinia überzeugt, sonst wäre es ihm nicht gelungen, Fiona Acland in sein Bett zu bugsieren.

Lavinia zog sich mit Bedacht an, schwarz von Kopf bis Fuß, damit ihre blonden Locken hervorgehoben wurden. Schwarze Unterwäsche mit nur einem Hauch von Spitze, ein schwarzer Slip, der nur bis zur Mitte der Hüften reichte, dann ein schwarzer Rock, der auf Kniehöhe endete. Hochhackige Schuhe und eine einfache Perlenkette vervollständigten ihr Ensemble, mal abgesehen von den Tupfern Arpège hinter den Ohren und in den Kniekehlen.

Fertig.

Unwiderstehlich.

Natürlich blieb immer noch das Problem, was sie nach dem Essen tun würden, ob sie zurück zur Schule gingen. Aber wenn sich ihre Stimmung nicht drastisch änderte, hätte sie nichts gegen – pfeif aufs Wetter – eine Nummer auf der Rückbank einzuwenden.

Nur, daß sie nicht mit dem Auto fuhr.

Nun gut, dann eben auf der Rückbank des Taxis.

Schauen Sie weiter nach vorn, Fahrer, das hier dauert nicht lange.

Haha.

Zu Ben Fishers großer Überraschung hatte Julia seine Einladung für den Samstagabend angenommen. Nachdem er sie an dem Nachmittag gesehen hatte, als sie sich das erstemal so aufgedonnert um die Rolle der Helena beworben hatte, war Ben wild entschlossen gewesen, ebenfalls im Stück dabei zu sein. Er hatte den Oberon gelesen, dann Bottom, Flute, fast die gesamte Besetzungsliste durch. Aber er war hoffnungslos, und er wußte es. Er hatte nicht das geringste schauspielerische Talent.

Dann hatte Penrose vorgeschlagen, daß er den Job des Bühnenmeisters übernehmen sollte. Da er ein Organisationstalent war, fiel ihm das nicht schwer.

Julia hatte ihn zwei Wochen lang völlig ignoriert.

Zuerst hatte er das ihrer Verlegenheit zugeschrieben, sie schämte sich vielleicht, weil sie ihm ihr Kleid hochgehoben hatte, als sie beim ersten Vorsprechtermin versagt hatte.

Doch bald schon mußte er sich eines Besseren belehren lassen – Julia war eine Spielerin, und er nur ein Handlanger in den Kulissen.

Trotz ihrer Hochnäsigkeit konnte er nicht vergessen, wie sie ausgesehen hatte an diesem Nachmittag nach ihrem verpatzten Auftritt bei Penrose und Lavinia. Deshalb war er wild entschlossen, sich nicht so schnell entmutigen zu lassen. Sie war eine Jungfrau, wie Dick Carson vermutete, und er war es auch. Ihr gefiel ihr Jungfrauendasein nicht mehr, wenn Carson sie richtig eingeschätzt hatte, und auch das hatte sie dann mit Ben Fisher gemeinsam.

Deshalb lud er sie nach dem Tag der Offenen Tür für den Abend ein.

»Das ist nett von dir«, sagte sie, »aber ich glaube nicht, daß ich kann.«

Nett? Verdammt, er wollte alles andere als nett sein. Er wollte an ihre Wäsche.

»Ich habe wirklich eine Menge zu tun«, fuhr sie fort, »aber trotzdem danke.«

Zwei Tage später lud er sie wieder ein. Und wieder fand sie eine Ausrede.

Und ein drittesmal.

»Ben, ich muß deine Ausdauer loben. Aber die Antwort ist nein.«

Carson gab ihm den entscheidenden Tip. »Du hast die falsche Masche, Mann. Dies ist eine Übung in Taktik. Was hast du, was sie haben will?«

»Es sieht nicht so aus, als ob sie es haben will, Mann.«

»Falsch. Sie hat eine tragende Rolle in diesem albernen Spiel, an dem du auch beteiligt bist. Sie will groß herauskommen, ein Star werden, sie sieht ihren Namen schon in Neonbuchstaben leuchten. Heute St. Clare's, morgen der Broadway.«

Fisher dachte darüber nach.

Zu den Funktionen des Bühnenmeisters gehörte auch, in einem Buch festzuhalten, welcher Schauspieler sich in jeder Szene wo aufzuhalten hatte, welche Bewegungen er oder sie auf der Bühne zeigen sollte, denn die Akteure waren so sehr ihrer Darstellung und dem Text verhaftet, daß sie von einer Probe zur nächsten vergaßen, wie sie zueinander zu stehen hatten.

Wenn sich Helena und Demetrius zum Beispiel in einer Szene anschauten, sich aber bei der nächsten Probe den Rücken zuwandten, was Penrose veranlaßte, zu sagen: »So hatten wir das aber nicht vereinbart«, dann oblag es dem Bühnenmeister, die richtige Position in seinem Buch nachzuschlagen.

Fisher beschloß, Julia die kalte Schulter zu zeigen und ihr weder bei Textrissen noch bei falschen Positionen auf der Bühne zu helfen.

Im Gegenteil.

»Das letztemal stand sie rechts.«

»In dieser Szene stand sie weiter links.«

»Bei der Besprechung hatten wir uns darauf geeinigt, daß sie sich nicht auf den Stuhl setzen sollte.«

Julia geriet außer sich. Zweimal brach sie in Tränen aus.

Fisher hielt es für an der Zeit, mit ihr zu sprechen.

»Hör zu, wenn du willst, kümmere ich mich doppelt soviel um dich wie um all die anderen. Nachher zeige ich dir meine Eintragungen, dann wird dir kein Fehler mehr passieren.«

»Danke, Ben. Du bist lieb.«

»Ich bin froh, wenn ich dir helfen kann.«

Julias Darstellung verbesserte sich. Selbst wenn ihr Fehler unterliefen und sie an der falschen Stelle stand, interpretierte Ben Fisher es so, daß sie gut dabei abschnitt.

Fisher hatte von den Besetzungscouches in Hollywood gehört und fand, daß er diese Taktik verfeinert hatte.

»Ich wüßte nicht, was ich ohne dich anfangen sollte«, sagte Julia ihm.

»Ach, nun übertreibe nicht. Du hast das Talent, ich greif' dir nur ein bißchen unter die Arme, ich bin dein Wasserträger.«

»Nein, nein, du bist mein Lebensretter, Ben. Glaubst du wirklich, daß ich Talent habe?«

»Neben dir sehen die meisten anderen drittklassig aus.«

»Das ist aber sehr lieb, daß du das sagst. Mr. Penrose lobt nie jemanden von uns.«

»Er kann sich nicht erlauben, die eine oder andere zu

bevorzugen, sonst gerät er schnell in den Ruf, daß er sich Lieblinge schafft. Und was dich betrifft, so bist du beinahe perfekt, es gibt nur noch zwei Gebiete, auf denen du dich verbessern könntest.«

»Und die wären?«

»Nein, nein, ich sollte mir keine Kritik an dir erlauben, Julia.«

»Ich würde es sehr schätzen, wenn du mein Kritiker wärst.«

»Nun, vielleicht können wir das am Samstag in den Einzelheiten besprechen. Ich weiß, daß ich nicht der Regisseur bin, aber manchmal sieht man von draußen mehr als der Schiedsrichter des Spiels. In der Szene zum Beispiel, in der du bei Lysander und Hermia stehst und sagst: ›Oh, sie ist eine der Konföderierten‹, finde ich, daß du Hermia mehr attackieren solltest. Geh zum Angriff über. Sonst stiehlt Hermia dir die Schau.«

»Findest du?«

»Ja, bestimmt.«

»Also, Samstag hast du gesagt?«

»Samstagabend. Wir könnten mit dem Bus in die Stadt fahren, irgendwo etwas essen gehen oder sonst etwas tun, wozu du Lust hast.«

»Ich könnte meinen Text mitbringen.«

»Natürlich.«

»Also gut. Bis Samstag.«

Danke, Carson, dachte Ben Fisher.

Henry Morton hatte vor, den Abend in dem kleineren der beiden Kinos in der Stadt zu verbringen, ein Programmkino, das eine Fellini-Retrospektive zeigte. In dieser Woche wurde *Amarcord* angeboten, den er schon zweimal gesehen hatte. Er konnte niemanden finden, der ihn begleiten wollte.

»Bist du verrückt, Mann? Himmel, Henry, hast du wirklich nichts Besseres zu tun?«

Es bekümmerte ihn nicht, allein zu gehen. Er war es gewohnt, und auf eine Art zog er seine eigene Gesellschaft jeder anderen vor. Besonders im Kino, wo er sich ganz tief in das Geschehen auf der Leinwand verlieren konnte. Und besonders bei Fellini, dessen Filme nur von den wirklich ernsthaften Cineasten richtig eingeschätzt werden konnten. Drei Stunden in Halbdunkelheit, um ihn herum niemand, der ihm Fragen stellte oder über ihn spottete. Das war dem Glück so nahe, wie er ihm sonst nie gewesen war.

Er nahm den Bus um halb sieben vom Schultor aus. Drei Sitze vor ihm saßen Dick Carson und Kate McNamara und hielten wie selbstverständlich Händchen. Ihnen gegenüber tuschelten Jocasta Petrillo und Amanda McDonald.

Amanda rief Kate zu: »Werden wir dich anschließend bei Flanagan's sehen?«

Flanagan's war eine Disco, stark frequentiert von den Unter-Fünfundzwanzigjährigen. Niemand unter sechzehn wurde eingelassen, und man mußte sein Alter belegen. Niemand unter achtzehn durfte Alkohol kaufen oder konsumieren, aber das war eine Vorschrift, die beinahe unmöglich zu kontrollieren war. Die Sechzehnjährigen, Amanda und Jocasta, wandten sich, wenn ihnen die Drinks verwehrt wurden, an den Nächststehenden über achtzehn und konnten auf diese Weise trinken, was sie wollten.

Die Disco war eine Aufreißbude, nicht mehr und nicht weniger, und deshalb ging jeder hin. Die Skalps der St.-Clare's-Mädchen waren unter den Jungen der Stadt sehr begehrt, und keines der Mädchen blieb lange ohne Tanzpartner. Die Probleme ergaben sich später, wenn das Verlangen nach Sex weniger verblümt geäußert wurde. Die Städter wußten, daß die Internatsmädchen um elf zu Hause sein mußten, was bedeutete, daß die Schülerinnen spätestens um halb elf aus Flanagan's verschwanden. Deshalb begann die direktere Anmache ab halb zehn. Für ein Auf-den-Busch-Klopfen blieb keine Zeit mehr.

»Komm, Liebling, wir sehen mal, ob ich draußen deine Knie zum Zittern bringen kann.«

Jocasta hatte einmal nachgegeben, kurz vor Ferienbeginn im vergangenen Sommer, als sie zuviel getrunken hatte. Sie war dem Jungen hinausgefolgt, auf den Parkplatz, und selbst mit ihrem vernebelten Gehirn war sie wild entschlossen gewesen, daß es über ein harmloses Petting nicht hinausgehen sollte. Dann, bevor sie es richtig bemerkt hatte, stand sie gegen ein Auto gedrückt, ihren Rock bis zu den Hüften hochgeschoben, das Höschen auf dem Boden, während sie kräftig gehobelt wurde.

Es war in weniger als einer Minute vorbei gewesen, und von Spaß konnte schon gar nicht die Rede sein. Er hatte kein Kondom benutzt, und sie hatte fast einen Monat lang gebangt, ob sie schwanger sein könnte. Und ein paar weitere Wochen lang hatte sie gezittert, ob sie sich eine unaussprechliche Krankheit eingefangen hatte.

Seither war sie sehr vorsichtig mit dem, was sie trank. Und sie hatte bis heute noch nicht ihr Höschen wiedergefunden.

»Vielleicht«, erwiderte Kate auf Amandas Frage.

»Denn wenn du kommst«, sagte Amanda, »könnten wir gemeinsam ein Taxi zurück nehmen. Es kostet kaum mehr als der Bus, wenn wir es uns teilen.«

Jocasta versetzte ihr einen Rippenstoß.

»Was ist denn?« fragte Amanda.

»Dummkopf, sie legen keinen Wert darauf, uns bei sich zu haben«, sagte Jocasta. »Wir wären das fünfte Rad am Wagen.«

»Ach so, ja, daran habe ich nicht gedacht. Tut mir leid!« rief Amanda über den Gang hinüber. »Vergiß es. Wir suchen uns schon unseren eigenen Heimweg.«

»Für diese Erleichterung habe Dank«, murmelte Carson. »›Es ist bitterkalt, und mir ist schlecht wie einem Papagei.‹ Hamlet, erster Akt, erster Auftritt.«

Kate kicherte.

»An die Sache mit dem Papagei kann ich mich aber nicht erinnern.«

»Das geht den meisten so. Es kann auch sein, daß ich Hamlet mit Macbeth verwechsle.«

»Idiot«, sagte Kate.

Kate war glücklich. Ja, es war schon Jahre her, daß sie sich zuletzt so gut gefühlt hatte. Obwohl ihre körperliche Beziehung mit Richard noch nicht fortgeschritten war, war sie in bester Stimmung, wenn sie bei ihm war. Sie hatte keine Eile. Aber sie wußte, daß es nicht mehr lange dauern würde. Sie mußte nur noch davon überzeugt werden, daß er mehr im Sinn hatte als eine schnelle Nummer mit ihr, eine Abwechslung für die trüben Wintermonate.

Sie glaubte schon, daß er mehr in ihr sah als eine unkomplizierte Körperunterlage. Er war nie verstimmt oder gar sauer, wenn sie seine Hand von ihrem Schenkel nahm, er bedrängte sie nicht, versuchte auch nicht, sie zu erpressen. Wohl sagte er häufig: »Himmel, Kate, du treibst mich in den Wahnsinn, du hast ja keine Ahnung!« Aber weiter gingen seine Proteste nicht.

Außerdem hatte er unrecht. Sie *hatte* eine Ahnung. Ihr erging es doch genauso. Aber bald. Eines Tages, sehr bald ...

Sie fragte sich, ob sie dabei war, sich zu verlieben. Sie hielt es für wahrscheinlich. Ihre Gefühle waren so verschieden von denen damals in Amerika, dieser schrecklichen Zeit in Amerika, und besonders bei diesem einen Mal in Amerika, an das sie nicht erinnert werden wollte und von dem sie hoffte, daß Richard nie davon erfahren würde.

Sie besprachen schon Weihnachten. Wie oft sie sich in den Weihnachtsferien würden sehen können. Sie war sicher, daß er neben ihr keine andere Freundin hatte, ganz bestimmt nicht auf St. Clare's. Schließlich waren sie jede freie Stunde beisammen.

Natürlich war es so, daß er zu Hause in Surrey eine Freundin haben würde. Und sie hatte auch Geschichten gehört, daß er vor ihr ziemlich viele Abenteuer mit den Stadtmädchen gehabt hätte.

Sie hatte ihn danach gefragt.

»Nun ja – Surrey. Ich wohne in dem Teil, der Babylon Süd heißt. Wir haben da einen Trinkspruch: ›Auf die Frauen und auf die Pferde – und auf die Männer, die sie besteigen.‹ Die Mädchen in Surrey tun alles, was auch die märchenhaften Mädchen in Essex tun, aber auf höherem Niveau. Als Schutz beim Sex benutzt das Mädchen in Essex eine Bushaltestelle, während das Surrey-Mädchen den Jaguar ihres Vaters nimmt. Ein Essex-Mädchen sorgt sich um die mögliche Beschmutzung ihres Kleides beim Sex auf dem Golfplatz – das

Mädchen in Surrey läßt den Golfplatz neu mit Astroturf anlegen. Und was die Stadtmädchen angeht – du erwartest nicht wirklich, daß ich dir über sie erzähle, oder? Wenn ich das täte, beginnst du dich zu fragen, ob ich irgendwann in der Zukunft auch über dich Geschichten herumtratsche. Aber da wir gerade bei dem Thema sind – wie ist es denn mit deinen Abenteuern in Amerika?«

»Da gab es keine.«

»Kate, du hast mir schon gesagt, daß du keine Jungfrau mehr bist.«

»Sollen wir nicht das Thema wechseln?«

»Einverstanden.«

»Gehen wir später zu Flanagan's?«

»Willst du?«

»Ich war noch nie da.«

»Da hast du aber Glück gehabt. Horden von schwitzenden Bauernlümmeln, die herumhopsen wie der Chor aus *Cavalleria Rusticana,* und das zu irgendeiner ausgeflippten Band. Fünf Pfund für den Eintritt, und die Getränkepreise liegen doppelt so hoch wie in einer Kneipe. Die Männer haben einen Akzent, der nicht zu enträtseln ist, und die Frauen, nun ja, neben ihnen erscheinen einem die vorher zitierten Essex-Mädchen wie Königinnen.«

»Das hört sich so an, als ob du dich dort großartig amüsiert hättest.«

»Ich liebe die Disco. Es ist eine Mischung aus den Slums von Bangkok und Lindenstraße. Aber wir gehen zuerst essen. Mein Vater hat mir fünfzig Pfund geschickt, als Anreiz dafür, daß ich die Empfehlung für Oxford schaffe.«

»Aber die schaffst du doch.«

»Und das Geld, hat er gesagt, soll ich für was Exotisches auf den Kopf hauen.«

»Wir haben vereinbart, daß wir halbe-halbe machen, wenn wir ausgehen.«

»Aber doch nicht, wenn sich mein Vater so extravagant zeigt.«

»Trotzdem.«

»Kate, bevor mein Vater die Armee verließ, war er Brigadier. Keine schwindelerregende Karriere, zugegeben, aber zum Teekochen war er auch nicht da. Während seiner Zeit als Colonel hielt er sich in einer der früheren Kolonien auf. Es gab nur einen Friseur am Ort, zu dem die Offiziere ebenso gehen mußten wie die Mannschaft. Es gab zwei Stühle, dahinter standen sie Schlange. Zufällig waren mein Vater und ein Corporal gleichzeitig fertig. Der Friseur, der meinen Vater bedient hatte, fragte ihn: ›Möchten der Colonel etwas davon in sein Haar haben?‹ Mein Vater roch an der Flasche und antwortete: ›Himmel, nein, danke. Meine Frau wird glauben, ich wäre in einem türkischen Bordell gewesen.‹ Darauf sagte der Corporal schlagfertig im Nachbarstuhl: ›Sprenkeln Sie mir soviel es geht in mein Haar, meine Frau weiß nämlich nicht, wie es in einem türkischen Bordell riecht.‹«

Kate lachte. »Und was willst du mir mit dieser Anekdote sagen?«

»Man schaut keinem geschenkten Gaul ins Maul. Mein Vater hat mir das Geld geschickt, wir essen und trinken heute abend auf sein Wohl.«

»Okay. Aber dann zahle ich das Taxi nach Hause.«

»Einverstanden.«

Etwa zu der Zeit, als Henry Morton in der Schlange stand, um den Fellini-Film zu sehen, entkorkte Dutch Paula die zweite Weinflasche. Sie und Phoebe saßen auf Paulas Bett. Sappho hockte auf dem Fensterbrett. Jennifer Langley kauerte in einem Sessel. Rod Stewart krähte von Baby Jane.

Sappho war sauer.

Es war schon sieben Uhr, Phoebe und Jennifer hielten sich seit über einer Stunde im Zimmer auf, und Paula van der Groot hatte noch nichts in die Wege geleitet. Was soll denn das? Hatten wir vielleicht die Wohltätigkeitswoche? Oder versuchte Paula, sie beide für sich zu behalten?

Wenn dem so war, dann hatte sie ihr eigenes Todesurteil gesprochen. Auch wenn Paula die aggressivste Lesbe an St. Clare's war, sie war zierlich. Sappho hatte Lesben gekannt, die zur Bestrafung von unfreundlichen Mädchen deren Vibratoren so eingestellt hatten, daß sie einen Höllenlärm von sich gaben, sobald man sie anstellte.

Jennifer Langley sah zauberhaft aus. Große, strahlend blaue Augen, rote Haare, die sich manch ein Filmstar gewünscht hätte, und entzückende Sommersprossen. Und diese Titten! Himmel, diese großen, weichen Titten.

Früher, als sie und Paula noch viel Freude aneinander hatten und sie, Sappho, sich dieses Ding angeschnallt hatte, das sie beide immer nur ›Die Maschine‹ nannten, hatte sie Paulas Brüste gedrückt, um ihr anzukündigen, daß es ihr kam. Aber Paula hatte diese kleinen Brüste.

Nicht so klein, daß sie unattraktiv gewesen wären, aber nichts im Vergleich zu Jennifers. Sappho hätte ein

Jahr ihre Lebens gegeben, um es mit Jennifer zu treiben, die unzweifelhaft eine Jungfrau war.

Himmel, diese Titten – und dann auch noch Jungfrau!

Aber Jennifer gehörte Paula, und Paula ließ sich keine Jungfrau vom Schoß holen.

Nun, auch Phoebe war nicht zu verachten. Eine launenhafte Schönheit. Wie eine Klette hing sie an Paula, und Sappho war klar, daß sie schon einen Trick anwenden mußten – Paula mußte den Trick anwenden –, um Phoebe aus Paulas Fängen und ins leere Nachbarzimmer zu locken.

Sappho schaffte es, Paula unbemerkt ein Zeichen zu geben, es war die Geste des Rauchens.

Paula begriff. »Habt ihr schon mal Pot probiert?« fragte sie.

»Das hast du mich schon mal gefragt«, maulte Phoebe.

»Ich weiß«, versuchte Paula sie zu besänftigen, »damals wolltest du nichts davon wissen.«

»Ich hab's mal probiert«, sagte Jennifer. »Im Sommer, auf Zypern.«

»Hat es dir gefallen?« fragte Sappho.

»Es war geil«, antwortete Jennifer. »Wurde ganz benommen davon.«

Sappho und Paula tauschten heiße Blicke.

»Nimm noch einen Schluck Wein«, drängte Paula.

Jennifer schüttelte den Kopf. »Ich steh' nicht auf Wein.« Sie schaute Sappho an. »Aber wenn euch das ernst war mit dem Pot, ich würde mir ganz gern einen Joint reinziehen.«

Wie ein Blitz fegte Sappho von der Fensterbank.

»Ich weiß, was hier gespielt wird«, sagte Phoebe und

übertönte Rod Stewart. Sie schaute zu Paula hoch, blinzelte ein paarmal, denn der Wein zeigte schon seine Wirkung. »Du willst Jennifer haben. Du bist mir untreu.«

»Nun mach aber mal halblang«, sagte Jennifer. »Ich bin doch kein Stück Fleisch, das man dem erstbesten Hund hinwirft. Jennifer entscheidet selbst, mit wem Jennifer zusammen sein will – wenn überhaupt.«

Sappho und Paula tauschten wieder Blicke. Himmel, dachte Sappho, war ich mit vierzehn auch schon so selbstbewußt und selbstsicher? Ja, gestand sie sich ein, und die Teenies heute sind viel weiter, viel gereifter als vor vier Jahren. Und – das bildete sie sich nicht nur ein – sie waren auch viel bereitwilliger, was Neues zu probieren, auch sexuell mit einer Frau zu experimentieren, um herauszufinden, ob ihre natürliche Veranlagung nun lesbisch war oder nicht.

Weder Phoebe noch Jennifer waren lesbisch veranlagt, jedenfalls nicht so, wie sie und Paula es waren. Oh, sie würden vielleicht ein paar Monate lang Spaß daran haben, weil sie auch noch nicht bereit waren, sich von einem Schwanz reiten zu lassen, aber noch vor ihrem sechzehnten Geburtstag würden sie konvertiert sein.

Vor vier Jahren noch mußte man ein vierzehnjähriges Mädchen mit List oder Gewalt in sein Bett holen, und eine wie Phoebe oder Jennifer wäre schreiend zur Gordon gerannt, wenn ein älteres Mädchen ihr auch nur übers Haar gestreichelt hätte.

Gott sei Dank haben sich die Zeiten geändert, dachte Sappho.

Sie und Paula hatten eine Theorie über den Wechsel im Verhalten der jungen Mädchen: Aids. Ein junges Mädchen, das die ersten sexuellen Gefühle des Verlangens in sich aufsteigen spürte, wollte etwas unternehmen, aber es hatte eine Heidenangst davor, von einem der Kerle was zu fangen, denn wer konnte wissen, in was er seinen Schwanz schon alles gesteckt hatte. Eine andere Frau war sicherer. Vor allem eine junge Frau, die mit Männern nichts im Sinn hatte und die sich nichts spritzte.

»Tut mir leid, Jennifer«, sagte Sappho jetzt. »Niemand wollte dir irgendwas aufzwingen.«

Und in Gedanken fügte sie hinzu: Aber, du hübsche Hexe, du wärst nicht hier, wenn dir nicht das Möschen juckte. Auch wenn Phoebe dir nicht erzählt hat, daß sie es regelmäßig mit Paula treibt, hast du in der vergangenen Stunde so viel gesehen, daß du genau Bescheid weißt.

Jennifer lächelte engelgleich. »Ich möchte nur, daß wir einander verstehen.«

Sappho begann, einen Joint zu rollen.

»Mir ist schlecht«, jammerte Phoebe.

Paula stieß einen Seufzer aus.

»Geh mit ihr zum Klo, Sap. In der Zwischenzeit drehe ich den Joint weiter.«

»Ich will, daß du mit mir gehst«, greinte Phoebe.

Himmel, dachte Paula. Sie nahm aus den Augenwinkeln das Grinsen Sapphos wahr. *Untersteh dich,* blitzte sie die Freundin an.

»Fangt nicht ohne uns an«, sagte sie laut, dann half sie Phoebe auf die Beine.

»Das würde uns nicht im Traum einfallen, nicht wahr, Jennifer?«

»Ich bin sicher, daß ich nicht weiß, wovon du sprichst«, erwiderte das junge Mädchen.

Kurz nachdem im Kino die Lichter ausgegangen waren, wurde Henry Morton von einem Mann in mittleren Jahren gestört, der unbedingt in die letzte Reihe wollte, ausgerechnet an Henry vorbei, um sich dann drei Plätze von ihm entfernt hinzusetzen. Der Mann war höflich und murmelte eine Entschuldigung, aber darum ging es nicht. Es war zwar ein kleines Kino, das höchstens zweihundert Menschen Platz bot, aber es war nicht einmal zu einem Drittel besetzt, und es gab genug freie Plätze, ohne Henry zum Aufstehen zu nötigen.

Es muß ein Fluch über den Engländern liegen, dachte Henry. In den Kinos war es genauso wie am Strand. Angenommen, man setzte sich in seinen Liegestuhl an einen ansonsten verlassenen Strand, und man konnte sein Leben verwetten, daß die englische Familie, die fünf Minuten später eintraf, in unmittelbarer Nähe ihr Lager aufschlug. Es mußte am Herdeninstinkt liegen.

Henry erinnerte sich an den alten Witz. Wenn sich drei Deutsche trafen, gründeten sie eine Armee, drei Franzosen ein Restaurant, drei Italiener eine politische Partei, und drei Engländer bildeten eine Schlange.

So war Henry schon zufrieden, daß sich der Verspätete nicht unmittelbar neben ihn gesetzt hatte, und bald schon hatte er den Fremden vergessen.

Entgegen ihrer Erwartung hatte Robert Penrose keinen Tisch in einem der beiden besseren Restaurants der Stadt gebucht, und Lavinia wunderte sich, was ihr Kollege geplant hatte. Als das Taxi sie von St. Clare's davontrug, wollte er nicht mit der Sprache herausrücken, wohin es ging.

»Es soll eine Überraschung sein.«

Und es erwies sich in der Tat als Überraschung.

Es war auch keine Kneipe, sondern etwas, das man als Landhotel klassifizieren könnte, etwa acht Meilen von der Stadt entfernt. Sie hatte noch nie von dem Hotel gehört, aber es war wunderschön und paßte genau zu ihrer Stimmung.

Die Bar, in der sie die Drinks vor dem Essen zu sich nahmen, war um ein mindestens drei Meter langes offenes Feuer, in dem trockene Holzscheite prasselten, herumgebaut worden, ein idealer Ort, um einen nassen, windigen Oktoberabend zu verbringen. In dem Restaurant, das sie durch eine offenstehende Tür sehen konnten, war für dreißig Gäste Platz, und auf jedem Tisch brannte eine Kerze. Es waren meist Zweiertische. Dies war nicht der Ort, an den man seine Eltern mitnahm. Es war ein Restaurant für Verliebte, ob jung oder alt.

Goodbye, Peter Hennessy, dachte sie.

»Es stimmt, die Überraschung ist gelungen«, sagte sie.

Eine Kellnerin in strahlend weißer Bluse und schwarzem Rock näherte sich.

»Was trinken wir?« fragte er, während er von der Kellnerin die Speisekarte annahm.

Vor zwei Minuten hätte sie sich für einen doppelten Gin und Tonic entschieden, aber jetzt fühlte sie sich in Festtagslaune.

»Champagner«, sagte sie zur Kellnerin. »Lanson. Gekühlt, aber nicht tiefgefroren. Und bitte schreiben Sie mir dafür eine Extrarechnung, die Sie mir später bringen.«

Penrose wußte, daß es wenig Sinn hatte, ihr widersprechen zu wollen.

Lavinia rückte, so nahe es ging, an den Kamin heran, ohne selbst zu rösten, streifte sich die Schuhe ab und streckte sich aus.

Ein Hauch von Glückseligkeit.

Julia und Ben dinierten in weniger feudaler Umgebung.

Ben hatte jeden anzupumpen versucht, den er kannte, er hatte sein Sparschwein geschlachtet, die Kosten für Bus und Taxis ausgerechnet und war schließlich auf dreiundzwanzig Pfund und ein paar Pence gekommen. Es gab keinen Zweifel, das würde höchstens für die Kneipe reichen.

Wie versprochen (oder angedroht, dachte Ben), hatte Julia ihr Textbuch mitgebracht. Sie nippte an einer Cola und ging mit ihm die Szenen durch, während sie auf ihre gebackenen Kartoffeln (gefüllt) warteten.

»Aber wenn Helena dies sagt ... Wenn ich dann so darauf reagiere, wenn Hermia sagt ... Und in dieser Szene ...«

Himmel, dachte Ben, muß jeder so etwas erleiden, bevor er eine Nummer hinlegen kann? Nein, wahrscheinlich nicht. So etwas mußte man nur dann erdulden, wenn man rote Haare hatte und eine Figur, die höchstens dazu geeignet war, als Vogelscheuche im Kornfeld zu stehen.

Er erinnerte sich an ein Zitat von Marlon Brando über Schauspieler, aber es traf bestimmt auch auf Schauspielerinnen zu. Brando hatte gesagt: »Ein Schauspieler ist ein Typ, der nicht zuhört, wenn du nicht über ihn sprichst.«

Richard Carson und Kate McNamara kamen erheblich besser zurecht.

Wie Henry Morton saßen auch sie in einem Kino, aber sie sahen sich einen Film an, der ihrer Stimmung deutlich eher entsprach. Pfeif auf Fellini, wenn nebenan *Basic Instinct* läuft, in dem Sharon Stone drei- oder vierhundert Menschen beweist, daß sie tatsächlich eine Frau ist.

Kate flüsterte: »Findest du sie attraktiv?«

Carson wollte antworten: ›Trägt der Papst einen Tirolerhut?‹ Aber er hielt sich zurück. Er hatte eine Erektion, die, an der richtigen Stelle eingesetzt, eine Fregatte versenkt hätte, so ein Ding, das der amerikanische Schriftsteller Joseph Wambaugh einen Diamantenschneider genannt hatte.

»Nicht ganz so attraktiv wie du«, brachte er heraus.

Sie saßen in der letzten Reihe. Das Kino, im Gegensatz zu dem, das Henry Morton bevorzugt hatte, war zu drei Viertel gefüllt. Obwohl die meisten Besucher den Film schon einmal gesehen hatten – sie auch –, gab es an einem Samstagabend kaum was Besseres zu tun. Am Sonntag döste man herum, weil man wußte, daß es am Montag wieder in die Tretmühle ging, aber der Samstag gehörte der Lust.

Kate schaute sich unauffällig nach rechts und nach links um. Das nächste Pärchen saß vier Plätze weiter, und es hatte genug mit sich zu tun, beziehungsweise jeder mit dem Mund des anderen. Die Hand des Mannes – besser: des Jungen – bauschte den Rock des Mädchens auf. Kate konnte nicht sehen, wo die Hand des Mädchens war.

Kate spürte, daß ihre Säfte sie kräftig aufmischten, besonders da, wo es zählte. Aber sie würde erst später an der Reihe sein. Zuerst wollte sie wissen, wie gut Richard Carson drauf war. Und was er tun würde.

Sie legte ihre rechte Hand in seinen Schoß, spürte seine Erektion und drückte durch den Jeansstoff zu.

Richard schüttelte sich. »Himmel, Kate ...«

»Pst ...«

Mit der linken Hand holte sie ein paar Kleenex aus ihrer Tasche, und mit der rechten zog sie seinen Reißverschluß hinunter.

»Kate!«

»Schau dir den Film an.«

Ja, ja, sie tat es tatsächlich!

Nachdem sie ein wenig mit Richards Unterhose gefummelt hatte, sprang ihr der Schwanz entgegen. Sie nahm ihn in die Hand und bearbeitete ihn sanft.

Herrlich, dachte sie. Wie kann ein Ding nur so hart sein, während sich die Haut so weich anfühlt? Das war einmalig, einmalig schön. Und erregend.

»Hier, nimm diese Taschentücher!«

Richard gehorchte. Er war wie benommen.

»Überlaß alles mir«, murmelte sie, und dann raunte sie, etwas lauter: »Entschuldige, ich habe meine Tasche fallen lassen.«

Alle Augen waren auf Sharon Stone gerichtet, niemand kümmerte sich um sie.

Sie bückte sich, anscheinend, um ihre Handtasche aufzuheben, die sie gar nicht erst mitgebracht hatte, und in der Bewegung nahm sie Richard Carsons Schwanz kurz in den Mund.

Carson hätte beinahe aufgeschrien. Alles in seinem Körper spannte sich, während sie ihn mit ihren langen, schlanken, kühlen Fingern streichelte. Er biß sich auf die Zunge. Nicht einmal die Mädchen aus der Stadt waren an einem öffentlichen Ort so weit gegangen.

Er wußte, daß man sie entdecken würde. Jemand würde einen Entsetzensschrei ausstoßen, ein anderer würde mit seiner Taschenlampe leuchten, und bald darauf würden sie sich auf einer Polizeistation wiederfinden. Das Ende vom Lied – adieu, St. Clare's.

Adieu, Oxford.

Aber er hatte nicht die Willenskraft, Kate aufzuhalten.

Dann tauchte Kate mit dem Kopf wieder auf, aber ihre Hand blieb unten, rieb, streichelte, drückte, rieb. Richard Carson sah Sharon Stone vor sich, in höchstens zehn Metern Entfernung, und er wußte, daß er sterben würde.

Aber vorher würde es ihm kommen.

Selbst wenn ihm jemand mit dem sofortigen Tod gedroht hätte, wäre es ihm unmöglich gewesen, den Orgasmus aufzuhalten. Er hatte gerade noch soviel Geistesgegenwart, die Hand mit den Taschentüchern am direkten Gefahrenherd zu plazieren und sein Stöhnen unter Kontrolle zu halten, während es gewaltig aus ihm herausspritzte.

Auch Kate schüttelte sich leicht, das Erlebnis hatte auch ihr einen mittleren Orgasmus beschert, nicht weltbewegend, aber immerhin.

Als beider Empfindungen abgeebbt waren, zog Richard seinen Reißverschluß hoch und verstaute die Taschentücher.

Unauffällig schaute er sich um. Offenbar hatte niemand entdeckt, was in der letzten Kinoreihe in den vergangenen Minuten geschehen war.

»Gefunden!« sagte Kate und schaute sich triumphierend um. Dabei lag ihre Handtasche bei ihr im Zimmer.

Carson griff ihre Hand und drückte fest zu. »Sehen wir, daß wir hier verschwinden und zurück zur Schule kommen.«

»Nein, ich möchte das Ende des Films sehen.«

»Ich habe den Handlungsfaden verloren.«

Kate kicherte leise. »Mag sein, aber alles andere scheint bei dir noch in Ordnung zu sein.«

Sie schaute zu dem anderen Pärchen. Der Junge hatte immer noch seine Hand unter dem Rock seiner Freundin. Kate konnte nicht sehen, was das Mädchen mit ihm anstellte, aber ihre Blicke trafen sich.

Obwohl man es im Dunkel des Kinos wahrscheinlich kaum sehen konnte, war Kate selbstsicher genug, dem Mädchen zuzuzwinkern.

Oh, Mist, dachte Kate. Fängt das schon wieder an?

In Flanagan's Disco hatten sich Jocasta und Amanda von zwei einheimischen Burschen ansprechen lassen. Sie arbeiteten am Bau und waren vier oder fünf Jahre älter als die Mädchen. Der eine hieß Fred, der andere Ossie. Beide schienen Geld in Fülle zu haben, und Jocasta war mehr als willig, die Flamme am Lodern zu halten.

Amanda bewegte sich auf der Tanzfläche mit Ossie – oder war es Fred? – zu irgendeiner zackigen Disconummer, während Fred – oder war es Ossie? – versuchte, Jocastas Cola mit Rum zu würzen. Aber Jocasta erinnerte sich an das letzte Mal und blieb bei ihrem Nein.

Die ganze Zeit hatte sie nicht gewagt, Ossie oder

Fred aus den Augen zu lassen. Wenn sie auch nur einen Moment unaufmerksam gewesen wäre, hätte er einen Schwall dunklen Rum in ihr Glas gegossen, und dann, dachte Jocasta mit Schaudern, wäre es nicht der einzige Schwall geblieben, den sie an diesem Abend abkriegen würde. Sie konnte es sich nicht leisten, betrunken zu werden, denn ihr Vorrat an Höschen war nicht unerschöpflich.

Amanda und Ossie oder Fred kehrten von ihrer schweißtreibenden Darbietung auf der Tanzfläche zurück. Jocasta warf einen Blick auf ihre Uhr. Es dauerte nicht mehr lange, bis es Zeit für sie war, den Heimweg anzutreten.

Amanda wischte sich mit einem Taschentuch über die Stirn.

»Ich schwitze.«

Jocasta korrigierte sie. »Meine Liebe, Pferde schwitzen, Männer transpirieren, Damen glühen.«

»Du bist ein Snob, Jo.«

»Nein, nur die Neureichen sind Snobs. Wir anderen haben Stammbaum.«

»Wie ich schon sagte, du bist ein Snob.«

»Na gut, du sollst deinen Willen haben, solange du *ihm* nicht seinen Willen läßt.«

»Was bist du, Hellseherin?«

»Nein, aber blind bin ich auch nicht.« Sie schaute wieder auf die Uhr.

»Spielverderberin.«

»Amanda, du bist nicht geschaffen für die Rolle der Connie Chatterley.«

»Du hast gut reden. Du bist so attraktiv, daß du sie dir auswählen kannst. Wenn du heute keine Lust hast, oder es gefällt dir keiner, dann weißt du genau, daß du das nächste Mal was Besseres findest. Aber meine Gelegenheiten zu einem kleinen heißen Spielchen sind äußerst rar.«

Sappho hatte ein Auge auf der Uhr, das andere auf Phoebe, die in ihrem Jeansrock auf dem Boden zu Paulas Füßen hockte und mit ihrem blonden Haar spielte. Der Rock hatte sich hochgeschoben, und Sappho konnte Phoebes weißes Höschen sehen, das sich stramm über den flaumigen Schamhügel spannte.

Sappho leckte sich die Lippen, als sie dachte, was sie wohl dafür geben würde, diese Gegend mit Fingern, Lippen und Zunge zu kosen.

Wenigstens klagte Phoebe nicht mehr darüber, daß ihr schlecht wäre, obwohl sie jetzt keinen Wein mehr trank, sondern Kaffee. Sie hatte auch abgelehnt, auch nur einen schwachen Zug aus dem Joint zu nehmen. Sie schien ganz zufrieden damit, zu Paulas Füßen zu kauern, den Kopf an Paulas Knie gelehnt, und dem hirnlosen Scheiß zu lauschen, der aus den Boxen tönte.

Sappho fühlte sich alles andere als glücklich. Es war ausgeschlossen, daß Paula ihre Samstagabend-Session aufgab, und wenn Jennifer Langley nicht zur Verfügung stand, würde sich Paula mit Phoebe begnügen. Und dann würde Sappho im Regen stehen.

Jennifer verzehrte den zweiten Joint fast allein, wogegen weder Paula noch Sappho etwas einzuwenden hatten, weil sie hofften, daß sich das junge Mädchen dadurch leichter entspannen ließ. Aber bisher saß sie nur zusammengekuschelt da, lächelte versonnen und summte die eine oder andere Melodie mit. Nein, Jennifer schien noch ganz genau zu wissen, das sie tat.

Paula langte um Phoebe herum und streichelte sanft über Jennifers Nacken.

Jennifer entzog sich der Berührung.

»Ich gehe heute abend allein ins Bett«, verkündete sie.

Das werden wir ja sehen, dachte Paula verbissen.

»Und ...«, sagte Julia.

Verdammt, dachte Ben, ich werde nach Paris fliegen und dort eine Nutte finden müssen ...

Als sie die ausgezeichnete Flasche Chambertin fast geleert hatten – nach dem Champagner –, spürte Lavinia, wie ihr ganzer Körper mit einem warmen, wohligen Glühen gestreichelt wurde.

»Robert, fast möchte ich glauben, daß Sie mich verführen wollen«, murmelte sie.

»Wie kommen Sie denn auf den Gedanken?«

»Weichen Sie nicht aus. Antworten Sie auf meine Frage.«

»Es war keine Frage.«

Lavinia hob die Brauen. »Dann formuliere ich eine Frage. Finden Sie mich nicht attraktiv?«

»Sie wissen verdammt genau, daß ich Sie attraktiv finde.«

»Also?«

»Also was?«

»Was kostet das Zimmer mit Frühstück? Nutzet den Augenblick«, sagte sie auf deutsch.

»Ich verstehe nicht ...«

Sie übersetzte die Frage nach dem Preis und erklärte, daß ›Nutzet den Augenblick‹ die deutsche Übertragung des Lateinischen ›carpe diem‹ war – lebe für den Tag, oder, wie sie ihm mit einem herausfordernden Lächeln übersetzte: »Laß keine Gelegenheit vorüberstreichen.«

»Das ist der Wein, der da spricht.«

»Zur Hölle mit dem Wein.«

»Lavinia, Sie haben sich für die Nacht nicht beim Wärter abgemeldet, und Dobbs hat gesehen, wie wir beide mit dem Taxi davongefahren sind. Wie wird es wohl aussehen, wenn wir beide nicht oder erst morgen früh zurückkommen?«

»Gibt es eine Vorschrift, daß Kollegen nicht eine Affäre haben dürfen?«

»Nein, zugegeben nicht. Aber wir brauchen es doch nicht von der Dachspitze zu trompeten.«

Lavinia schob ihr Weinglas zurück. »Sie sind so verdammt vernünftig.«

»Nun«, sagte Penrose, »in meiner Wohnung im Napier House habe ich einen guten Brandy.«

»Man könnte mich sehen.«

»Ach? Und wer ist jetzt so vernünftig?«

»Andererseits«, sagte Lavinia, »spielt es eigentlich keine Rolle, ob man mich hineingehen sieht, solange man mich nicht herauskommen sieht.«

»Noch einen Schluck Wein?«

»Ja, noch ein Gläschen kann ich vertragen. Aber den Kaffee sparen wir uns, ja? Mir ist plötzlich nach einer frühen Nacht zumute.«

»Und was hältst du von *Basic Instinct*?« fragte Kate, als sie das Kino verließen.

Aber Richard Carson ging diesmal auf sein Ziel zu, ohne weitere Abschweifung.

»Kate, schlafen wir zusammen oder nicht? Natürlich meine ich nicht wirklich schlafen. Aber ich kann auch nicht fragen, ob wir zusammen ins Bett gehen, denn natürlich kannst du nicht mit auf mein Zimmer. Und ich kann mir vorstellen, daß sich ein paar Augenbrauen heben, wenn wir bei dir im Schlafsaal auftauchen.«

»Heute?«

»Nein, Aschermittwoch.«

»Sei nicht wütend, das ist unreif. Wo?«

»Ich weiß, wie man in den Hockey-Pavillon gelangt.«

Und das hast du bestimmt schon oft ausprobiert, dachte Kate. Aber was bedeutete das schon? Sie wollte Richard Carson schlappvögeln, und sich selbst auch, und wenn das auf einer Bank im Umkleideraum des Hockey-Pavillons geschehen sollte, dann eben dort.

»Gehen wir.«

Henry Morton war einer der letzten Besucher, die das Kino verließen, als *Amarcord* zu Ende war. Es war nie seine Sache gewesen, gleich nach dem Film zum Ausgang zu stürmen. Er liebte es, noch ein paar Momente zu verharren, sich den Bildern hinzugeben, die er gerade erlebt hatte. Außerdem trieb ihn nichts so schnell zu St. Clare's zurück.

Vor dem Heimweg mußte er seine Blase entleeren. Als er gerade fertig war, stellte sich jemand neben ihn und benutzte das andere Becken. Henry hielt seinen Blick abgewendet.

»Ein ausgezeichneter Film, finden Sie nicht auch?« plauderte der Mann.

Henry wurde bewußt, daß er die Stimme kannte – es

war der Mann, der sich an ihm vorbei in die letzte Reihe gezwängt hatte, vier Sitze von ihm entfernt.

»Ja, ja.«

Henry wusch sich die Hände. Der Mann in mittleren Jahren stellte sich neben ihn. Henry musterte ihn kurz im Spiegel. Etwa fünfzig Jahre alt, gepflegt, graue Haare.

Nur einer der Handtrockner funktionierte, und der Mann stand hinter Henry und wartete, bis er an der Reihe war.

»Sie sind auf St. Clare's, nicht wahr?«

»Sieht man mir das an?«

»Nein, ich habe nur geraten. Gibt es einen Filmclub an der Schule?«

»Ja, aber es gibt nicht viele Mitglieder. Und es gibt noch weniger Interesse an Fellini.«

»Ja, er hat einen ausgefallenen Geschmack. So ist es auch in meinem Bekanntenkreis. Kulturelle Wildnis. Vielleicht haben Sie Lust, mich auf einen Drink zu begleiten, dann können wir uns noch ein wenig mehr mit den anderen Arbeiten Fellinis beschäftigen.«

»Ich fürchte, ich muß zurück. Die Abendglocke ...«

»Ja, aber doch erst um elf. Bis dahin bleiben Ihnen noch vierzig Minuten.«

Bevor Henry ihm ausweichen konnte, hatte der Mann um Henrys Hüfte gelangt und durch die Hose seine Genitalien gepackt.

»Bitte, es dauert nicht lange.«

Henry sprang zurück, aber es war ein Sprung in die falsche Richtung, weg von der Tür. Er war vor Wut und Verlegenheit knallrot geworden, und obwohl er zitterte, klang seine Stimme fest.

»Ich gebe Ihnen fünf Sekunden, hier zu verschwinden, danach rufe ich den Manager, der auf mein Verlangen hin die Polizei benachrichtigen wird.«

Der Mann lächelte, halb traurig, halb amüsiert.

»Sei kein Narr. Du weißt doch, was du bist. Wenn es bis heute noch nicht passiert ist, wird es irgendwann passieren, wenn nicht heute nacht mit mir, dann bald mit irgendeinem anderen. Verleugne nicht deine eigene Sexualität.«

»Verpiß dich!« fauchte Henry und rannte aus der Toilette.

Draußen regnete es noch, aber es war Henry egal, wie naß er auf dem Weg zur Bushaltestelle werden würde. Glücklicherweise verdeckte der Regen seine Tränen.

Was habe ich an mir? fragte er sich verzweifelt. Was ist es? Liegt es an meinem Aussehen oder an der Art, wie ich gehe oder rede, daß jemand wie dieser Kerl glaubt, ich sei schwul?

»He, ihr geht doch noch nicht, oder?« fragte Ossie oder Fred.

»Tut mir leid, aber wir müssen«, sagte Jocasta.

»Noch zehn Minuten. Oder noch fünf. Wir haben draußen ein Auto, wir können euch zurückfahren.«

»Was ist schon dabei, Jo?« bettelte Amanda.

Jocasta senkte die Stimme. »Es ist nichts dabei, außer, daß sie uns nicht auf dem direkten Weg zurückbringen. Wir werden uns auf irgendeiner verlassenen Straße wiederfinden, und dann haben wir die Wahl, ob wir das tun, was sie wollen, oder zu Fuß zu gehen.«

»Wir können euch auch zum Taxistand oder zur Bushaltestelle begleiten«, schlug Ossie oder Fred vor.

»Nein, danke.«
»Ach, dann leck mich.«
»Heute abend nicht, Liebling.«

»Für mich war es ein wunderbarer Abend, Ben«, sagte Julia. »Ich danke dir.«

Sie standen im Schatten neben dem Eingang zum Churchill House, vorm Wind und dem Regen geschützt durch Julias Regenschirm.

Wunderbar, dachte Ben. Wunderbar? Himmel, es war ein vergeudeter Abend. Laut sagte er: »Für mich auch. Ich hoffe, daß wir das mal wiederholen können.«

»Ich auch«, sagte Julia.

Ben fragte sich, ob er einen Versuch starten sollte, sie zu küssen, aber Julia kam ihm zuvor. Und es war alles andere als ein keuscher Kuß, obwohl er so begann. Aber dann spürte er plötzlich Julias Zunge in seinem Mund.

Es war so schnell vorbei, wie es begonnen hatte, und im nächsten Augenblick war Julia die Treppe hochgelaufen.

Nun ja, dachte Ben. Es war ein Anfang. Er hatte nicht erwarten können, gleich am ersten Abend sein Pulver zu verschießen. Und außerdem – wo hätten sie es denn tun können?

Gewiß nicht im Hockey-Pavillon. Richard Carson hatte den Fensterhaken hochgedrückt, und an seinem geschickten Vorgehen hatte Kate gesehen, daß er sich mit der Mechanik auskannte. Jetzt saß er nackt, neben einem Haufen Kleider, neben Kate, ebenfalls nackt.

Und Richard Carson fühlte sich miserabel.

»Ich verstehe es einfach nicht«, lamentierte er. »So etwas ist mir noch nie passiert. Himmel, ich begehre dich mehr als alles andere, aber es geht einfach nicht!«

Kate hatte vor fünf Minuten aufgegeben, ihn zu einer vollen Erektion zu bringen, nachdem Richard ihre Hand weggeschoben hatte. Selbst ihr Mund hatte nicht das gewünschte Ergebnis gebracht. Inzwischen – zum Glück – war ihre sexuelle Anspannung gewichen. Frauen konnten sich viel leichter auf einen solchen Rückschlag einstellen als Männer. Es würde sich eine neue Gelegenheit ergeben, und sie war bereit zu warten.

»Es ist verdammt zu kalt hier, das ist das Problem«, sagte sie. »Denk nicht mehr darüber nach.«

»Du hast leicht reden. Himmel, ich fühle mich wie ein Versager.«

»He, das ist doch kein Wettbewerb.«

»Trotzdem.«

»Komm, wir ziehen uns an. Es ist ohnehin schon zu spät. Du bist in Ordnung, ich weiß doch, daß es bei dir klappt – denk nur an das, war wir im Kino getan haben.«

»Ich werde wochenlang an nichts anderes denken können.«

»Gut. Und nimm es dir nicht allzusehr zu Herzen, das ist kontra-produktiv.«

Kein Zweifel, Wut ist ein negatives Gefühl, aber das hinderte Paula und Sappho nicht daran, außer sich vor Rage zu sein.

Vor anderthalb Stunden, gerade als es so aussah, daß

Jennifer Langley zumindest für eine kleine Petting-Session empfänglich wäre, und als auch Phoebe sich Sappho gegenüber freundlicher gab, wer sollte da anders auftauchen als Mary Donaldson und Jackie Thorpe, zweieinhalb Stunden vor ihrer geplanten Rückkehr?

Paula hatte ihre Zimmertür durch einen Stuhl gesichert, dessen Lehne die Türklinke oben hielt, aber Mary rief durch die Tür: »Tut mir leid, Ladies, aber wir haben einen früheren Zug genommen.«

Danach blieb keine Chance auf weiteren Fortschritt. Phoebe und Jennifer mußten in dreißig Minuten zurück in ihrem Schlafsaal sein. Die Zeit hätte ausgereicht, wenn Sappho und Phoebe jetzt das andere Zimmer hätten benutzen können.

So aber konnten sie nichts anderes tun, als die beiden Teenies zu Bett zu bringen, und danach stürmte Paula zu Mary und Jackie und schmetterte ihnen fünf Minuten lang die bittersten Vorwürfe an die Köpfe.

Später, als sie mit Sappho auf ihrem Zimmer war und sie sich ein wenig beruhigt hatte, sagte sie: »In Zukunft müssen wir das anders anpacken. Keine Doppelverabredungen mehr, das verwirrt die jungen Dinger nur. Himmel, bin ich geil.«

»Nun, wir könnten ...«, begann Sappho, aber sie sah, wie Paula den Kopf schüttelte.

»Nein, vergiß es. Wenn ich mich auf Kaviar gefreut habe, genügt mir Kabeljau nicht.«

»Oh, danke.«

»Tut mir leid, aber du weißt, was ich meine. Ist noch etwas Wein da?«

»Eine ganze Flasche.«

»Dann los, betrinken wir uns. Das ist die einzige Möglichkeit, daß ich Schlaf finde.«

Lavinia war überrascht und begeistert von den Qualitäten des Liebhabers Robert Penrose.

Lange vor der Abendglocke für die Schüler waren sie nach St. Clare's zurückgekehrt, weil sie genau wußten, daß kaum ein Junge oder Mädchen im Traum daran denken würde, an einem Samstagabend vor der Abendglocke um elf heimzukehren. Deshalb war es überhaupt kein Risiko, daß Lavinia um diese Zeit Robert Penrose in seine Wohnung begleitete. Falls jemand sie gesehen hätte, konnten sie immer noch sagen, daß sie über den *Sommernachtstraum* sprechen mußten.

Es wäre zu gefährlich gewesen, in sein Schlafzimmer zu gehen. Aber Lavinia fühlte sich auch in seinem Arbeitszimmer sehr wohl. Es war warm, ein dicker Teppich lag auf dem Boden, und es gab ein paar üppig gepolsterte Sessel, die interessante Möglichkeiten eröffneten.

Zu Beginn waren sie beide ein wenig verlegen. Die intime Atmosphäre im Restaurant hatte bereits durch die Taxifahrt gelitten, und Lavinia spürte sogar, daß auch die enthemmende Wirkung des Champagners und des Weins nachgelassen hatte.

Robert Penrose brach das Eis, indem er sanfte Musik auflegte, das Licht dämpfte und den versprochenen Brandy in zwei Gläser füllte. Es dauerte nicht lange, und sie hatten die Stimmung vom Restaurant wieder eingefangen. Sie lüsterten nach dem Körper des anderen.

Sie küßten sich, zuerst zaghaft, dann länger, dann tiefer, und Penrose schob seine Hand unter Lavinias Kleid und stellte mit Entzücken fest, daß sie Strümpfe trug und nicht die lusttötenden Strumpfhosen, die so viele Frauen bevorzugten.

Lavinia zog sich zurück.

»Ich glaube, ohne das Kleid würde ich mich wohler fühlen«, sagte sie. »Ich will's mal probieren. Außerdem hat es ein Vermögen gekostet. Kannst du mir den Reißverschluß öffnen, bitte?«

Sie hatte ihm den Rücken zugewandt, und während sie so stehenblieb, fiel das Kleid auf den Boden. Sie trat heraus, und er versuchte, ihren BH zu öffnen, aber sie murmelte: »Noch nicht« und bückte sich dann nach dem Kleid, um es über einen Stuhl zu hängen. Erst jetzt drehte sie sich zu ihm um.

»Dir würden weniger Kleider auch besser stehen.«

Er ließ zu, daß sie seine Krawatte lockerte. Er sah ihr zu und dachte: Himmel, sie ist wunderbar. Schwarze Unterwäsche war wie geschaffen für eine Frau mit dieser Haarfarbe. Seine Erektion war schmerzhaft. Lavinia stand so dicht bei ihm, daß der Schwanz durch seine Hose gegen ihre Körpermitte stieß – sie wich um keinen Deut zurück.

Jetzt war sie an der Reihe, seinen Reißverschluß zu öffnen, sie tastete nach ihm, griff ihn, und ihr Atem wurde rascher und lauter, als sie Länge und Umfang mit der Hand maß. Er war hart wie Stein. Und unbeschnitten, wie sie es am liebsten hatte. Die Eichel fühlte sich unter ihren eifrigen Fingern schon ziemlich feucht an.

»Zieh diese verdammte Hose aus«, murmelte sie heiser.

Im Stehen streifte er sie rasch ab, gleichzeitig auch die Unterwäsche. Seine Erektion war hoch aufgerichtet wie eine Rakete.

Lavinia ließ ihn nicht mehr los, spielte mit ihm, drückte, preßte, rieb, während Penrose seinen Oberkörper zurücklehnte, um an den Verschluß ihres BHs zu gelangen, und diesmal protestierte Lavinia nicht, als er ihr den Büstenhalter abstreifte. Ihre milchig-weißen Brüste schwangen frei, und er konnte sich nicht sattsehen an ihnen.

Er fuhr mit einer Hand in ihr Höschen und stöhnte auf, als er die Kühle ihrer Schenkel fühlte nach der Hitze, die sie durch die Strümpfe ausstrahlte. Seine Finger drangen weiter vor, tauchten in die Nässe ein.

»Zieh sie aus, zieh mir das verdammte Zeug aus«, feuerte sie ihn an.

Er wollte auch ihre Strümpfe ausziehen, aber sie schüttelte heftig den Kopf. »Nein, nein, es ist mir lieber so. Die Huren lassen auch immer die Strümpfe an. Ich bin deine Hure, Robert, dein Straßenmädchen. Du hast mich an der Straßenecke aufgelesen, und jetzt fick mich wie eine Hure.«

»Warte einen Moment.«

Er fummelte mit einem Kondom herum.

Es dauerte ihr zu lange. »Laß mich das tun«, sagte sie.

Sie schob ihm das Kondom über, rollte es bis zur Schaftwurzel und bebte vor Erwartung.

Sie führte ihn zu einem Sessel, drückte ihn hinein. Er setzte sich, die Beine weit von sich gestreckt. Im nächsten Augenblick hockte sie sich über ihn, hielt ihn noch einige wenige Momente vor der beseligenden Vereinigung draußen, als wollte sie die letzten Sekunden der Vorfreude noch etwas länger auskosten, aber dann konnte er die Qual nicht mehr ertragen, und er drückte sie kräftig nieder – und genau darauf hatte sie gewartet.

Er fühlte sich massig an in ihr, viel größer und dicker als sie angenommen hatte.

Sie verrichtete die meiste Arbeit und setzte ihre Arme auf den Sessellehnen als Hebel ein, wenn sie sich so weit hob, daß nur noch seine Eichel in ihr steckte und gegen ihre Klitoris rieb, bevor sie sich fallenließ und die ganze Länge sie kraftvoll durchzog.

Sein Kopf lag zwischen ihren Brüsten, die Zunge leckte an ihren Warzen.

»Ich – glaube – ich – halte – das – nicht – viel – länger – aus«, hörte sie ihn ächzen.

Sie gab ihren Hüften noch mehr Schwung, federte noch tiefer auf ihm ab, und sie begann, vor Erregung zu wimmern. Obwohl er so hart war, daß sie glaubte, härter könnte kein Mann sein, spürte sie, wie sich sein Organ noch einmal verhärtete, als seine Zuckungen einsetzten, und dann fühlte sie durch das Kondom hindurch, wie er spritzte, Strahl um Strahl.

Dann kam es ihr auch, und während ihr Orgasmus einsetzte, wurden die Hüftbewegungen ruckartiger, immer schneller. Sie lehnte sich weit mit dem Oberkörper zurück, als ihre eigenen Zuckungen an Intensität gewannen, sie preßte beide Hände gegen seine Schultern, warf den Kopf von einer Seite zur anderen.

»Mach weiter, mach weiter, mach weiter«, röchelte sie.

Penrose packte ihre Backen, zog ihren Unterleib näher heran, drang wieder tiefer in sie ein, während er die letzten Tropfen verströmte, und er wünschte sich in diesem Augenblick, daß die Welt nie von AIDS gehört hätte und daß er in ihren herrlichen Körper hätte ejakulieren können.

Als ihre Atmung sich wieder besänftigt hatte und Penroses Erektion allmählich schwand, schlüpfte sie von seinem Schoß und holte Zigaretten und Brandy.

Dann stand sie wieder bei ihm, und sie sah, daß er das Kondom abgezogen und irgendwo vorläufig entsorgt hatte.

»Das war höllisch gut«, sagte sie und kauerte sich zu seinen Füßen.

Liebevoll nahm sie seinen jetzt schlaffen Penis zwischen Daumen und Zeigefinger und tauchte den Kopf in ihr Brandyglas. Dann leckte sie den Alkohol auf und schmeckte begeistert die Mischung aus Schweiß, Samen und Brandy.

Sie entließ ihn aus dem Mund und reichte ihm den Rest im Glas.

»Oh, ich weiß nicht, ob ich das mag«, sagte er neckend, »ich weiß schließlich, wo es gewesen ist.«

Sie grinsten sich an, glücklich miteinander, stolz aufeinander, als hätten sie etwas Einzigartiges vollbracht und als wäre ihnen nicht bewußt, daß Millionen andere Paare an diesem Samstagabend im Vereinigten Königreich das gleiche anstellten. Aber für sie war es einzigartig, und was die anderen taten, kümmerte sie herzlich wenig.

»Ich hoffe, dies war nicht dein einziges Kondom«, sagte Lavinia.

»War es nicht, aber du mußt mir eine kurze Pause gönnen. Ich bin keine achtzehn mehr.«

»Ach, du hast bestanden.«

Sie wiederholten es noch zweimal. Niemand von ihnen betrachtete das, was sie taten, als Ausdruck von Liebe. Vielleicht würden sie später, wenn sie sich besser kannten, Liebe machen. Aber an diesem ersten Samstagabend fickten sie, war es pure Lust, purer Sex, und sie hatten nicht das Gefühl, daß ihnen was fehlte.

Es war Lavinia, die auch die zweite Position fest-

legte. Sie stand mit gespreizten Beinen da, beugte
von der Hüfte aufwärts über die Sessellehne
drehte sich nach ihm um. »Gefällt es dir so?«

Bevor er etwas sagen konnte, rief sie aufgeregt: »
warte! Ich ziehe meine Schuhe an!«

Die Absätze machten sie um drei Zentimeter größ
was für den mechanischen Ablauf von Bedeutung w
– er konnte jetzt von unten in sie hineinstoßen und ri
bei jeder Bewegung ihren Kitzler.

In dieser Position gab Penrose den Takt an, und e
rieb seine Hände abwechselnd über ihre rauhe
Strümpfe und über ihre weichen Brüste.

Er nahm sie mit ruhigen, gemächlichen Schüben, zog sich so weit zurück, daß er jedesmal Gefahr lief, den Kontakt zu verlieren, bevor er dann kräftig in sie hineinstieß, was ihr immer wieder einen wimmernden, stöhnenden, lustvollen Laut entlockte.

»Ja, ja, ja ...«

Sein gespanntes Skrotum schlug bei jedem Stoß gegen ihre Backen, und er spürte, wie die Feuchtigkeit aus ihr lief, wie naß sie war.

Er packte jetzt ihre Backen, um ihrer beider Bewegungen zu führen, und dann begannen Schauer ihren Körper zu schütteln, ihr Orgasmus bahnte sich an, und durch ihre pressende Scheide konnte auch er sich nicht mehr zurückhalten, er stieß noch ein paarmal zu, krümmte sich über sie und verbiß sich in ihren Hals.

»Ja, ja, fick mich ewig«, preßte sie stöhnend heraus, als sie an der erneuten Erhärtung seines Schwanzes spürte, daß sein Orgasmus einsetzte, »komm, ja, ja, komm, füll mich mit deinem Samen ...«

Er liebte es, wenn Frauen ungehemmt sprachen. Fiona Acland hatte einmal mitten im Akt gesagt, daß sie

»Für den Fall, daß einer herumstrolcht, werde ich mich anziehen und dich begleiten.«

»Nein, bleib lieber hier. Ich schaffe das allein.«

Lavinia gab sich nicht mit den Strümpfen ab, die sie zum Schluß doch noch ausgezogen hatte. Sie waren sowieso ruiniert.

Sie reichte sie Penrose. »Behalte sie als Souvenir. Leg sie unter dein Kissen, damit du an mich denkst.«

»Ich behalte sie, aber ich brauche kein Souvenir, um an dich zu denken.«

Im Flur sah sie niemanden, aber das bedeutete noch nichts. Jemand konnte sich auf die Lauer gelegt haben. Die Haustür fiel hinter ihr ins Schloß.

Der Regen hatte nachgelassen, aber es war immer noch sehr windig, und hinter den Wolkenfetzen schimmerte eine silberne Mondsichel. Und als wäre es bestellt, begann das Geläut der Schulglocke – Mitternacht.

DIE BOSHAFTE INTELLIGENZBESTIE

Es gab Stipendiaten an St. Clare's. Mädchen, deren Intelligenz-Quotient so hoch war, daß er sich nach der Stanford-Binet-Skala kaum noch berechnen ließ und deren Eltern sich das Schulgeld nicht erlauben konnten, die aber durch ihre Anwesenheit auf St. Clare's den akademischen Standard erhöhten – man schmückte sich mit ihnen. Die Mädchen würden ohne Mühe in Oxford aufgenommen werden und vielleicht eines Tages den Nobelpreis gewinnen. Begnadete Kinder.

Aber das Wesen dieser Mädchen war oft sehr schwierig.

Es half auch nicht, daß diese Mädchen oft keine glasklare Aussprache hatten, daß sie häufig billige Kleider trugen und ihre Kenntnisse über Tischmanieren und sonstige Etikette manches zu wünschen übrigließen.

Diese Schülerinnen hatten sich kaum im Ausland aufgehalten, und wenn, dann hatten sie Pauschalreisen in die billigeren Gegenden von Spanien oder auf die griechischen Inseln unternommen. Sie konnten ein Pferd nicht vom anderen unterscheiden, hielten Squash für ein Getränk und Polo für ein Pfefferminz.

Obwohl Amanda McDonald ihre Freundin Jocasta Petrillo gelegentlich beschimpfte, ein Snob zu sein, gab es an St. Clare's kaum Anflüge von Snobismus, nicht mal von den titeltragenden Damen oder den reichen Erbinnen. Natürlich wußten sie, daß sie anders waren als die Besucher öffentlicher Schulen, daß sie privilegiert waren, aber da sie auf die eine oder andere Weise alle privilegiert waren, spielte das keine Rolle.

Sie blickten auch nicht hinunter auf die Verkäuferinnen, von denen sie in der Stadt bedient wurden, oder auf die Mechaniker, die am Wohnort ihrer Eltern die Autos warteten und reparierten. Sie würden nicht freiwillig mit ihnen zum Essen gehen, aber das hatte weniger mit Snobismus zu tun, vielmehr mit der Tatsache, daß sie kaum gemeinsame Interessen hatten. Es war nicht leicht, eine Unterhaltung zu bestreiten mit jemandem, der gerade von einer Zweiwochenreise aus Benidorm zurückgekehrt war und stolz seinen Sombrero schwang, während man selbst mit der Cousine, die zufällig die Tochter des Botschafters war, die Sommerferien hoch in den Anden verbracht hatte.

Nein, es hatte nichts mit einem Überlegenheitsgefühl zu tun. Der Himmel wußte, daß ein Mädchen mit einem IQ über zweihundert allen Grund hatte, sich überlegen zu fühlen.

Mrs. Gordon und die Klassenlehrer von St. Clare's waren alle für Stipendiaten, die aber sorgfältig ausgesucht wurden, wobei das entscheidende Kriterium war, daß sie sich einfügten. Es hatte keinen Sinn, ein Genie unter sich zu haben, das den ganzen festgelegten Ablauf störte. Der Fehler, daß sie sich für Patsy Kelly entschieden hatten, steckte ihnen noch tief in den Knochen.

Oder Patricia Margaret Kelly, wie sie das Mädchen getauft hatten.

Es gab keinen Zweifel, daß die vierzehnjährige Tochter eines Metzgers und Geflügelschlachters aus Basingstoke ein Wunderkind war. Sie bestand jeden Test, den sich Psychologen hatten einfallen lassen. Sie konnte vor ihrem dritten Geburtstag lesen, und noch bevor sie sechs Jahre alt war, begann sie, Romane zu lesen. Algebraische Aufgaben löste sie im Schlaf, und die Wahrscheinlichkeitsrechnung beherrschte sie mit acht Jahren.

Ein Onkel väterlicherseits besaß eine alte Geige, die seit Generationen zum Familienbesitz gehörte. Niemand konnte dem Instrument mehr als ein paar krächzende Laute entlocken, bis Patsy sie eines Tages aufhob und innerhalb von drei Wochen zur Geigenspielerin geworden war. Weitere drei Wochen später spielte sie Bachs Brandenburgisches Konzert Nummer eins.

Backgammon war ihr zu simpel, sie gab das Spiel auf, als sie erkannte, daß sie das Glück des Würfels nicht beeinflussen konnte, aber Schach wurde zum Fetisch. Noch bevor sie zehn Jahre alt war, gewann sie die Meisterschaft in ihrem Bezirk.

Auch im Bridgespiel war sie ein Phänomen. Die meisten Erwachsenen lernen die Regeln und Feinheiten ihr Leben lang nicht. Patsy schaute sich ihre Karten an, rechnete sich ihre Chancen aus und sagte nach der ersten Runde voraus, wie das Spiel enden würde.

Ja, sie war intelligent, ja, sie würde alle Aussichten auf einen Nobelpreis haben, vielleicht würde sie als Komponistin oder als Lyrikerin Aufsehen erregen.

Aber sie war ein Stück Scheiße.

Und als ob das noch nicht ausreichte, und als ob ihr Akzent – eine Mischung aus den flachen Vokalen, die man in Hampshire schätzt, und aus dem breiten, silbenverschluckenden Englisch des Londoner East Enders – noch nicht genug war, sah sie auch noch komisch aus.

Es war die Zeit vor der politischen Verschleierung,

das bedeutet, man nannte die zu kurz geratenen Menschen noch nicht die ›Größenbenachteiligten‹ und die dicken nicht die ›Gewichtsbewußten‹, die Kurzsichtigen noch nicht die ›Sehschwachen‹. Damals bezeichnete man Patsy als fetten, vieräugigen Zwerg.

Nachdem sie die übliche Routine durchlaufen hatte – Tests, Prüfungen, Testwiederholungen, Prüfungswiederholungen –, war sie schließlich an St. Clare's hängengeblieben – ein Fang, auf den Mrs. Gordon sehr stolz war, weil zwei Gesellschaften sich darum rissen, Patsys Schulgeld zu bezahlen.

Sie kleinwüchsig zu nennen, ist im strengen Sinn nicht korrekt. Nicht alle Vierzehnjährigen haben Beine bis zum Himmel und messen ein Meter siebzig. Sie reichte bis knapp einsfünfzig. Aber Himmel, war sie fett. In der Metzgerei und Geflügelschlachterei ihres Vaters, sollte man meinen, hätte sie genug Möglichkeiten gehabt, mageres Fleisch essen zu können, daß sie nicht gezwungen war, alles in sich hineinzustopfen, dessen sie habhaft werden konnte.

Aber genau das tat sie. Würste, Kartoffeln und Kuchen schob sie in ihren Mund, als ob es morgen verboten würde. Und dreimal schlug sie beim Pudding zu.

Ihren ersten Kampf – Pazifismus und Intelligenz passen nicht immer zusammen – trug sie mit einem unscheinbaren Mädchen aus, kaum, daß die beiden eine Woche an der Schule waren. Das Mädchen hieß Annie Belton-Bray, und es ging um Erdbeeren.

Annie war eine kleine graue Maus, die sich kaum traute, ein Wort zu sagen. Aber sie wollte ihre Erdbeeren als Nachtisch essen, auch wenn sie längere Zeit darüber saß.

Dann schnappte sich Patsy die Erdbeeren.

»Du brauchst sie nicht, du ißt sie ja sowieso nicht.«

»Ich bin kein Schw … Schwein«, stammelte Annie, die von Patsys Überrumpelung völlig überrascht wurde.

»Ach, dann bin ich also ein Schwein?«

»Wenn dir der Schuh paßt, dann zieh ihn dir an«, sagte Annie trotzig und zerrte an ihrem Teller mit den Erdbeeren.

Patsy zerrte auch. »Du ißt sie nicht, also werde ich sie essen.«

Annie verlor den Kampf um die Erdbeeren. Sie saß am Tisch und begann zu weinen.

Patsy genügte der Triumph noch nicht. »Heulsuse!« rief sie und klatschte der kleinen Annie eine Hand ins Gesicht.

Patsy wurde zu Mrs. Gordon gebracht.

»Schau mal, Patsy«, sagte Mrs. Gordon, »ich weiß schon, daß dies alles sehr neu ist für dich, aber wir haben unsere Verhaltensweisen an St. Clare's, an die du dich halten mußt. Du darfst einem anderen Mädchen nicht den Pudding wegnehmen.«

»Es war kein Pudding«, stellte Patsy frech fest, »es waren Erdbeeren.«

Mrs. Gordon seufzte. »Trotzdem.«

»Das ist kein ganzer Satz«, sagte Patsy. »Was soll ich mit nur einem Wort anfangen?«

Der nächste Kampf war eine boxende, tretende, haarreißende Angelegenheit, die Patsy für sich entschied, indem sie ihre sechzig Kilo auf der Brust ihrer Gegnerin deponierte, was diese zur Aufgabe zwang.

»Patsy, dieses Verhalten muß sofort ein Ende haben«, sagte Mrs. Gordon mit strenger Stimme, »und ich muß dich auch warnen, daß eine Wiederholung solcher Ordnungsverstöße mich dazu zwingen wird, striktere Maßnahmen einzuleiten.«

In diesem Zusammenhang mußte man unter ›strikteren Maßnahmen‹ den Schulverweis verstehen, einen Schritt, vor dem Mrs. Gordon zurückschreckte, denn es wäre gleichbedeutend mit dem Eingeständnis gewesen, daß es ein Fehler gewesen war, Patsy ein Stipendium anzubieten. Außerdem war sie eine Wonne in der Klasse, und anfangs liebten die Lehrer, sie zu unterrichten, weil sie so schnell begriff und neuen Gedanken so aufgeschlossen war. Aber sehr bald schon war einigen Lehrern der Gang in Patsys Klasse verleidet.

Der erste Lehrer, der die volle Kraft von Patsys Gift zu spüren kriegte, war Chips Chippendale, der bei den jüngeren Schülern Englisch und Geschichte unterrichtete.

Chips hatte Patsy für eine Arbeit eine Eins minus gegeben, während Patsy der Meinung war, sie hätte eine Eins plus abgeliefert. Ein anderer Lehrer hätte ihr vielleicht die bessere Note gegeben, aber Chips hatte während seiner gesamten Laufbahn noch nie eine höhere Note als Eins minus erteilt.

Patsy stampfte mit den Füßen. »Das ist nicht fair.«

Chips fand, daß es fair sei. Patsy schwor sich, Rache zu üben.

Wie in den meisten geschlossenen Gesellschaften – Klöstern, Armeen oder Internaten –, konnte sich auch an St. Clare's kaum ein Geheimnis lange halten, und so hatte auch Patsy erfahren, daß Chips eine Neigung hatte, die Hintern junger Mädchen zu betatschen. Obwohl sie sexuell unerfahren war, war sie nicht naiv, und sie fragte Chips, ob sie nach dem Unterricht mit ihm über die Benotung ihrer Arbeit sprechen könnte, denn sie wollte wissen, sagte sie, an welchen Stellen ihr Fehler unterlaufen wären.

Chips stimmte zu, und fünfzehn Minuten lang waren sie im Klassenzimmer allein. Weitere fünfzehn Minuten später suchte Patsy eine Vertrauensschülerin auf und zeigte an, daß Chips sie ›angefaßt‹ hätte.

»Wo denn, Patsy?«

Patsy deutete auf ihren beachtlichen Busen, war aber klug genug, sich eine Hintertür offenzulassen. »Es kann natürlich auch so gewesen sein, daß es unbeabsichtigt war.«

Mrs. Gordon schüttelte verzweifelt den Kopf, als ihr die Angelegenheit zur Kenntnis gebracht wurde. Auch sie hatte von den Gerüchten während der Theaterproben im vergangenen Jahr gehört, aber da jetzt Mr. Penrose und Miss Lee die Einstudierung übernommen hatten, hatte sie geglaubt, daß dieses Problem gelöst wäre.

Chips stand kurz vor der Pensionierung, und da würde er doch bestimmt nicht so dumm sein, etwas derart Albernes zu tun – besonders, dachte Mrs. Gordon, bei einem Mädchen, das körperlich so wenig anziehend war wie Patsy.

Aber sie konnte die Anschuldigung nicht auf sich beruhen lassen, denn wenn sie sich als wahr herausstellte, würde sie eine Sache für die Polizei sein – und eine Schande für St. Clare's.

Sie zitierte Chips zu sich. Die müden Augen randvoll mit Tränen gefüllt, stritt der alte Mann alles ab. Mrs. Gordon war davon überzeugt, daß er die Wahrheit sagte.

Dann erschien Patsy, und Mrs. Gordon legte sich die Strategie zurecht, Feuer mit Feuer zu bekämpfen, List mit List, den Teufel mit Beelzebub. Die junge Miss Kelly mochte ein Genie sein, aber das war kein Ersatz für Alter und Erfahrung. Außerdem wollte Mrs. Gordon nicht ausschließen, daß Patsy nicht hinterlistig handelte – vielleicht war sie wirklich davon überzeugt, daß Chips versucht hatte, sie sexuell zu belästigen.

Sie räumte ein, daß diese Theorie ein bißchen weit hergeholt war, aber Pädagogen bringt man schon früh bei, keine voreiligen Schlüsse zu ziehen.

»Dies ist eine sehr ernste Beschuldigung, die du gegen Mr. Chippendale vorbringst, Patsy. Bevor ich die Polizei und deine Eltern anrufe, möchte ich gern deine Version von dem Vorfall hören.«

Patsy zuckte zusammen, als Mrs. Gordon ihre Eltern und die Polizei erwähnte, und sie erkannte rasch, daß ihr nur zwei Möglichkeiten blieben. Wenn sie die Beschuldigung aufrechthielt, würde zweifellos eine offizielle Untersuchung stattfinden, die zu einer Gerichtsverhandlung führen würde. Sie würde dort als Zeugin vernommen werden. Sie hatte keine Erfahrung im Umgang mit Polizei und Justiz und wußte deshalb nicht, was sie erwartete, aber sie wußte sehr wohl, wie ihre Eltern reagieren würden: Sollte das Urteil zu Patsys Gunsten ausfallen, würden sie Chips bis aufs Messer bekämpfen. Aber sie würden auch erbarmungslos ihr gegenüber sein, wenn bewiesen wurde, daß sie gelogen hatte.

Nein. Wenn Polizei und Eltern eingeschaltet wurden, befand sich die Angelegenheit außerhalb ihrer eigenen Kontrolle, und das gefiel ihr nicht.

Dann war die bessere Alternative, einzuräumen, daß sie sich vielleicht geirrt hatte. Wenn sie das tat, hatte sie immerhin noch die Genugtuung, Mr. Chippendale ein paar unangenehme Stunden beschert zu haben.

»Ich habe über alles noch einmal nachgedacht, Mrs. Gordon«, sagte sie, und ihre dicken Wangen spannten sich in einem – wie sie hoffte – unschuldigen, gewinnenden Lächeln, aber ihr Gesicht glich eher einem ausgehöhlten Kürbis, »und es ist im Bereich des Möglichen, daß ich mich geirrt habe. Ja, je länger ich darüber nachdenke, desto mehr neige ich zu der Ansicht, daß es eine unabsichtliche Bewegung war. Ich bin eher davon überzeugt, daß Mr. Chippendale mir keinen Schaden zufügen wollte. Ich muß wohl einfach sehr schockiert gewesen sein, das ist alles.«

Mrs. Gordon hätte Patsy am liebsten mit einer Garrotte erwürgt, aber das ging leider nicht. Dennoch wollte sie das Mädchen nicht so leicht davonkommen lassen. Sie war eine rachsüchtige Lügnerin. Sie hatte einem anderen Mädchen den Studienplatz weggenommen, zweifellos einem Mädchen, das den Platz mehr verdient hatte und das auch dankbarer gewesen wäre.

Über zehntausend Pfund im Jahr plus Zuschuß für Kleidung. Wirklich, der Schulausschluß wäre eine zu geringe Strafe für die kleine Hexe, aber ohne Beweis, daß sie Mr. Chippendale aus Bosheit fälschlich beschuldigt hatte, fehlte Mrs. Gordon sogar zu dieser Strafe der Anlaß.

Sie ließ keinen Zweifel daran, wie enttäuscht sie von Patsy war.

Sie hätte die lange Karriere eines guten Lehrers vernichten können, womöglich sogar sein Leben. Mr. Chippendale wäre im Gefängnis gelandet. »Ich hoffe, daß du in Zukunft nachdenkst, bevor du redest.«

Patsy verließ Mrs. Gordons Zimmer in Tränen – aber es waren keine Tränen der Reue, sondern der Wut. Sie schwor der Leiterin Rache, doch sie wußte, daß Mrs.

Gordon unangreifbar sein würde. Gut, es gab mehr Möglichkeiten, einer Katze das Fell über die Ohren zu ziehen.

Ihr nächstes Opfer suchte sie mit Bedacht aus: Sybil Heilbron, die in den unteren Jahrgängen Französisch und Deutsch unterrichtete. Miss Heilbron war, wie nicht nur Patsy, sondern alle ihre Schülerinnen wußten, eine kenntnisreiche Lehrerin, aber sie war hilflos, wenn es darum ging, in ihren Klassen Disziplin durchzusetzen. Es brauchten sich nur ein paar Mädchen vorgenommen zu haben, den Unterricht bei Miss Heilbron an diesem Tag zu ›kippen‹.

Wenn Chips von der Angel und Mrs. Gordon tabu war, dann würde Patsy eben das Leben ihrer neuen Zielscheibe drangsalieren.

Wie Lavinia zu ihrem Leidwesen herausgefunden hatte, war Sybil Heilbron schüchtern und zurückgezogen. Sie begann nie ein Gespräch und trug auch selten etwas zu einer Unterhaltung bei. Gelegentlich blühte sie auf, wenn sie eine kleine Schar eifriger Kinder um sich hatte. Aber wenn sie vor einer Klasse mit zwanzig und mehr Kindern stand, war es für sie die Hölle. In einer friedlicheren Welt wäre sie zum Öffentlichen Dienst gegangen, hätte still an ihrem Schreibtisch gesessen und auf ihre Pensionierung gewartet – oder auf einen Ehemann, der sie vom Berufsleben erlöste. Dabei unterrichtete sie eigentlich gern – wenn es keine Schwierigkeiten gab, aber solche Glücksstunden erlebte sie selten.

Sie empfand ein wenig Glücksgefühl, wenn es ihr gelang, das Kreuzworträtsel in *The Times* zu lösen. Patsy hatte das sehr bald herausgefunden. Und auch Miss Heilbrons Gewohnheit, das Rätsel in der Frühstückspause zu beenden – auf ihrem Tisch im Lehrerzimmer, wo Dobbs die Zeitung jeden Morgen hinlegte.

Patsy hatte die Kreuzworträtsel in *The Times* gelöst, als sie zwölf Jahre alt war, und nach einiger Zeit wurde es ihr zu langweilig. Jetzt aber nahm sie die schwache geistige Herausforderung wieder auf. Sie stieg extra früh aus den Federn, nahm die Zeitung, ging damit auf die Toilette und löste das komplette Rätsel in wenigen Minuten. Sie schrieb in gestochenen Druckbuchstaben und legte dann die Zeitung wieder auf ihren Platz.

Es war ärgerlich, daß sie Miss Heilbrons Gesicht nicht sehen konnte, wenn die entdeckte, daß das Rätsel bereits ausgefüllt war.

Nachdem sie das Rätsel zwei Morgen hintereinander gelöst hatte, nahm Patsy an, daß Miss Heilbron mit Dobbs eine andere Zustellung der Zeitung verabredet hatte, deshalb ersparte sich Patsy die Mühe, auch an den folgenden Tagen so früh ins Lehrerzimmer zu schleichen. Nachdem die ratlose Lehrerin dann aber eine Woche lang eine unangetastete Zeitung vorfand, kehrten sie und Dobbs zu der alten Gewohnheit zurück.

Sobald Patsy herausgefunden hatte, daß die Zeitung wieder morgens auf dem Tisch von Miss Heilbron lag, schlug sie wieder zu. Aber diesmal löste sie das Rätsel nicht – sie schnitt es einfach mit einer Schere aus der Zeitung.

Miss Heilbron war einem Nervenzusammenbruch nahe – wer spielte mit ihr dieses alberne Spiel? Wollte jemand sie einschüchtern? Wer hatte es auf sie abgesehen? Es konnte nur jemand von den Kolleginnen oder Kollegen sein. Aber wer? Wem konnte sie so etwas zutrauen? Und warum? Sie bestellte kurzerhand die Lieferung von *The Times* ab.

Zu dieser Zeit war Patsy ihres Spiels schon überdrüssig geworden. Miss Heilbron war ein zu leichtes Opfer, es machte keinen Spaß, sich mit ihr anzulegen.

Patsy beging ihren größten Fehler, als sie sich als nächstes ein Opfer aussuchte, das nicht so leicht einzuschüchtern war. Wie viele Genies vor ihr glaubte auch sie, nur weil sie höchst intelligent war, müßten alle anderen dumm sein.

Nicht ganz unbeabsichtigt löste sie sich aus der Menge, als ihre Klasse en bloc an einem Samstagnachmittag in die Stadt geführt wurde. Einige der Mitschülerinnen bemerkten, daß Patsy sich entfernte, aber keine hielt sie auf, und keine hielt es für nötig, der Lehrerin etwas davon zu sagen. Irgendwann würde Patsys Fehlen auffallen, und dann würde es Theater geben, und es gab niemanden, der Patsy nicht gönnte, mal richtig in die Mangel genommen zu werden.

Im Einkaufszentrum entdeckte sie Felicity Coggan, die in Patsys Klasse Geographie unterrichtete, und die Patsy inbrünstig haßte. Das Gefühl beruhte auf Gegenseitigkeit.

Patsy folgte Mrs. Coggan im Abstand von zwanzig, dreißig Schritten. Sie hoffte, Mrs. Coggan wäre eine Kleptomanin, und sie würde sie dabei erwischen, Glühlampen bei Woolworth unbemerkt in die Tasche zu stecken.

Aber soviel Glück hatte Patsy nicht.

Mrs. Coggan griff nicht einmal nach einem Toffee, als sie an der Kasse stand.

Und trotzdem spürte Patsy, daß ihre Lehrerin irgendwie unter Hochspannung stand. Als sie herausfand, was sie unter Hochspannung versetzte, glaubte sie, so müßte das Gefühl sein, wenn Weihnachten und ihr Geburtstag auf einen Tag fielen.

Felicity Coggan betrat ein Kaffee. Patsy blinzelte durchs Fenster. Mrs. Coggan setzte sich einem Jungen gegenüber, den Patsy schon einmal gesehen hatte, er ging in die Obere Sechste, aber sie kannte seinen Namen nicht.

Patsy sah, wie die beiden Händchen hielten. Der junge Mann konnte natürlich Mrs. Coggans Sohn oder Neffe sein, und zu Anfang dachte sie auch eher an diese Möglichkeit. Denn man sah den beiden deutlich an, daß sie irgendeine Beziehung zueinander hatten.

Patsy kehrte zu ihrer Klasse zurück, entschuldigte sich brav und schuldbewußt bei ihrer Lehrerin und nahm mit gesenktem Kopf die Schelte entgegen. Das konnte sie über sich ergehen lassen, denn sie wußte, daß sie einen größeren Fisch an der Angel hatte.

In den nächsten Tagen betrieb sie an St. Clare's einige diskrete Nachforschungen. Der Junge aus der Sechsten hieß Guy Young, und er war kein Verwandter von Felicity Coggan. Das ließ nur einen Schluß zu, fand Patsy – die Beziehung der beiden mußte sexueller Natur sein.

Für sie spielte es keine Rolle, daß eine solche Beziehung keinen Sinn ergab – was wollte ein achtzehnjähriger gut aussehender Junge mit einer Frau, die seine Mutter sein könnte, und was wollte eine Frau Ende Dreißig mit einem Jungen wie Guy Young? Aber daß sie sich das nicht vorstellen konnte, brachte Patsy nicht von ihrer Entschlossenheit ab, denn sie ließ sich nicht ausreden, daß die beiden was zu vertuschen hatten.

Sie schaffte schon am Montagmorgen nach der ersten Stunde ihre Annäherung an die Lehrerin, und sie überwand sich sogar so weit, daß sie einen braven

Knicks zelebrierte, wie man es von den jungen Damen erwartete, wenn sie um einen Gefallen bitten wollten. Patsy haßte den Knicks.

»Entschuldigen Sie, Mrs. Coggan, aber ich glaube, Sie haben dies am Samstag im Einkaufszentrum verloren, nahe beim Café.«

Patsy hielt eine Ein-Pfund-Münze in der flachen Hand, eine beträchtliche Investition für sie, falls Mrs. Coggan die Münze tatsächlich annahm. Aber sie fand, als Eröffnungszug wäre das Opfer nicht zu schade.

Felicity Coggan zuckte mit keiner Wimper, obwohl sich ihr der Magen umdrehte. Verdammte Scheiße, wie kann man nur so ein Pech haben. Seit ihrer Scheidung hatte sie sich nur eine kleine Affäre gegönnt und bisher noch gar keine während ihrer Zeit an St. Clare's, obwohl ihre Vorliebe für junge Männer nicht abgeschwächt war. Dann hatte sie Guy Young gesehen, und er sie. Mit seinen wunderschönen blonden Haaren und dem klassischen Profil hatte er sie sofort an das Bild erinnert, das J. H. Thomas von Rupert Brooke gemalt hatte, das in der National Portrait Gallery hing.

Das war erst kurz vor Ferienbeginn gewesen.

Sie hatte seine Annäherungsversuche zunächst ignoriert, sie wußte, daß ihr Job auf dem Spiel stand, und vielleicht nicht nur ihr Job, wenn sie mit einem Schüler im Bett erwischt wurde. Aber er war hartnäckig und überraschte sie ein paarmal, wenn sie allein war. Und er wollte wissen, wo sie die Sommerferien verbrachte.

»Frankreich.«

»Das ist aber ein Zufall«, entgegnete er. »Ich fahre auch nach Frankreich.«

»Vermutlich nicht in den Teil, in den ich fahre.«

»Oh, Sie werden herausfinden, daß es genau dieser Teil sein wird.«

Nun, was war schon dabei? hatte sie sich gefragt, und als sie diesen Entschluß einmal gefaßt hatte, hatte sich ihr Gewissen nicht wieder gemeldet.

Sie hatten sechs herrliche, idyllische Wochen in dem Haus verlebt, das sie jedes Jahr mietete. Er hatte sich als sanfter, rücksichtsvoller Liebhaber erwiesen, und was ihm an Erfahrung fehlte, hatte sie ihm rasch beigebracht.

Natürlich hatten sie sich nicht aufgeben können, nachdem die Schule wieder angefangen hatte, aber sie waren ultravorsichtig gewesen. Jedenfalls hatte sie das bisher geglaubt.

»Danke, Patsy«, sagte sie, »aber ich glaube nicht, daß ich das Geld verloren habe. Aber ich schätze deine Ehrlichkeit.«

»Dann hat es vielleicht der junge Mann verloren, Ma'am.«

Mist, dachte Felicity. Einen kurzen Moment hatte sie gegen besseres Wissen gehofft, daß Patsy sie nicht mit Guy Young gesehen hatte. Aber das war von den Glücksgöttern wohl zuviel verlangt.

»Kann gut sein, Patsy.«

Es blieb ihr nichts anderes übrig, als sich aus der Situation herauszubluffen. »Obwohl das ein Zufall wäre. Ich schlage vor, daß du einen Zettel ans Schwarze Brett hängst. Natürlich darfst du nicht erwähnen, wo du das Geld gefunden hast. Derjenige, der sofort die Örtlichkeit nennt, ist derjenige, der das Geld verloren hat.«

»Wenn Sie meinen, Ma'am.«

»Ja, das meine ich, Patsy.«

Patsy rührte sich nicht von der Stelle. »Ich glaube, der junge Mann war Guy Young, Ma'am«, sagte sie. »Aus der Oberen Sechsten. Vielleicht sollte ich ihn direkt fragen. Ich meine, ich will damit sagen, daß ich mir die Mühe mit dem Zettel am Schwarzen Brett sparen kann.«

Felicity seufzte innerlich, ließ sich aber nichts anmerken. Dies war eindeutig ein Erpressungsversuch, daran konnte es keinen Zweifel geben, auch wenn Patsy ihre Forderungen noch nicht gestellt hatte. Und wie hieß der Rat, den man Erpressungsopfern in jedem billigen Krimiheftchen gab und in jedem B-Film sah? Nicht zahlen. Der Erpresser gibt sich nie zufrieden.

Leicht gesagt, schwer getan.

»Was ich noch sagen wollte, Mrs. Gordon, ich habe da eine leidenschaftliche Liebesaffäre mit einem meiner Schüler aus der Oberen Sechsten, und Patsy Kelly hat das herausgefunden. Ich hoffe, das stört Sie nicht weiter.«

Nein, das war unmöglich. Es würde mit Sicherheit das Ende ihrer Zeit an St. Clare's bedeuten, vermutlich sogar das Ende ihrer Schulkarriere. Schlimmer noch! Mrs. Gordon würde Guy von der Schule verweisen müssen, und das würde seine Universitätskarriere zerstören – und seine Zukunft.

»Was willst du von mir, Patsy?«

»Ma'am?«

»Du hast meine Frage verstanden.«

»Wieso? Nichts, Ma'am.«

»Dann schlage ich vor, daß du jetzt gehst und über meinen Vorschlag mit dem Zettel am Schwarzen Brett nachdenkst.«

»Vielleicht tue ich das, Ma'am. Vielleicht denke ich auch noch ein wenig darüber nach.«

Du boshafte kleine Hexe, dachte Felicity, als Patsy sich mit einem Knicks verabschiedete. Sie glaubte, nun das Motiv der Vierzehnjährigen zu verstehen, denn um bessere Noten zu erhalten, brauchte Patsy nicht zu diesen schmutzigen Tricks zu greifen; sie war in jedem Fach die beste Schülerin, und keine Zensur war eine Gefälligkeitsnote. Nein, ihr ging es um die Ausübung von Macht, sie wollte sehen, wie jemand sich wand, jemand, der ansonsten Macht über sie hatte.

Ja, Bosheit war der richtige Begriff für diese kleine Hexe.

Sollte sie Guy Bescheid sagen? Nein, noch nicht, entschied sie. Warum sollte sie ihn jetzt schon beunruhigen. Es würde noch Zeit genug sein, wenn sie wußten, wie sich das kleine Biest entschieden hatte.

Mrs. Coggan erkannte, daß ihr die Hände gebunden waren. Sie konnte kündigen, persönliche Gründe angeben. Aber ihre Kündigung würde sich sehr bald herumsprechen, und sie hatte keine Garantie, daß Patsy nicht etwas Drastisches unternahm, wenn sie hörte, daß ihr Opfer ihr zu entgleiten drohte. Ein kleiner anonymer Brief an Mrs. Gordon – mehr brauchte sie gar nicht zu tun.

Ich kann warten, bis die Axt fällt, dachte Felicity Coggan als zweiten Ausweg. Und wenn die Anschuldigung erfolgt, kann ich alles abstreiten. Aber das war keine hinnehmbare Lösung. Erstens lieferte sie sich und Guy dann der Macht dieser kleinen Hexe aus, und das war genau das, was sie sich wünschte. Es mochten Wochen oder Monate vergehen, ohne daß Patsy irgendwas unternahm, aber jeder Tag würde neu mit der Furcht beginnen.

Außerdem wußte Mrs. Coggan, daß sie unmöglich

lügen konnte, wenn Mrs. Gordon sie befragte. Und auch Guy – der liebe, süße Guy – würde dem Druck nicht lange standhalten.

Puh, sie saß in der Klemme, da gab es keine Frage. Ihre eigene Dummheit, aber für Reue war es zu spät. Ihr Ex-Ehemann hatte sie gewarnt vor all den Jahren, daß sie sich eines Tages in den Schlamassel vögeln würde. Nun, dieser Tag war da.

In der Tradition jeder guten Internatsgeschichte kommt die Hilfe jedoch von unerwarteter Seite. So auch in diesem Fall.

DIE HEIMLICHEN DREI

Vanessa Maxwell grinste in der Dunkelheit ihren zwei engsten Freundinnen zu, Tina Johns und Lucy Harris. Die Schulglocke schlug die halbe Stunde an. Eigentlich hätten sie längst in ihren Betten liegen sollen, aber an diesem Abend hatten sie einen Auftrag zu erfüllen.

»Hast du die Mäuse?«

Tina hielt einen Karton hoch. Im Innern des Kartons konnte man unruhiges Getrappel kleiner Füße hören.

»Arme kleine Mäuse«, murmelte Lucy. »Du hättest auch eine bessere Idee haben können.«

»Oh, sorg dich nicht um die Mäuse. Das sind zähe Tierchen. Künstler im Überleben, hab' ich mal gelesen.«

Sie hielten sich im schwach beleuchteten Flur des zweiten Stocks im Frobisher House auf und waren unterwegs zum Schlafsaal Zwei. Das Netzball-Team der Unteren Fünf vom Frobisher House hatte Vanessas Team an diesem Nachmittag geschlagen, aber mit unfairen Mitteln, wie Vanessa fand, und deshalb wollte das Trio Vergeltung üben.

Bisher waren sie unentdeckt geblieben, aber selbst wenn jemand sie gesehen hätte, wären die Chancen groß gewesen, daß sie ihre Identität bewahrt hätten, denn alle drei Mädchen trugen Dominokostüme, mit Kapuzen versehene Umhänge und Augenmasken.

Die drei vierzehnjährigen Mädchen waren seit der Vorschule zusammen und unzertrennlich, vor gut einem Jahr waren sie an St. Clare's angenommen worden. Ihre Idee der ›Heimlichen Drei‹ hatten sie einer Gruppe nachempfunden, die sich die ›Schweigenden Drei‹ nannte, über die sie in einem zerknitterten Jahrbuch von Lucys Mutter gelesen hatten.

Die Dominokostüme hatten sie während der Ferien aus alten Decken genäht, die sie schwarz gefärbt hatten und in ihren Schränken seitdem versteckten. Vanessa – mit der besten Handschrift der drei Mädchen – hatte die Aufgabenstellung der Gesellschaft zu Papier gebracht, auf die alle Mädchen geschworen hatten, versiegelt mit Blut, das sie durch einen Nadelstich in den Daumen gewonnen hatten.

Vornehmste Aufgabe der Gesellschaft ›Die Heimlichen Drei‹ war, Ungerechtigkeit zu bekämpfen, wo immer sie sie aufspürten. Bedauerlicherweise gehörte es nicht zum Alltag an St. Clare's, daß Schuldiener Diamanten stahlen und unter ihrem Bett versteckten oder einem gehaßten Lehrer unterschoben, und es gab auch sonst weit und breit keine Katastrophen oder Krisen, die der Aufklärung harrten.

Trotzdem versuchten sie ihr Bestes, auch wenn das Beste selten darüber hinausging, hinter dem Schulhof der Fünften ein Mitternachtstreffen zu arrangieren oder jemanden aus der Oberen Fünf aus dem Frobisher's House halb zu Tode zu erschrecken. Sie hatten alle schon mal Zigaretten ausprobiert, hinter der Anonymität ihrer Masken, aber kein Mädchen des Trios hatte einen Geschmack daran gefunden, und so mußten sie andere Methoden finden, um gegen die Erwachsenenwelt zu rebellieren. Natürlich demonstrierten sie öffentlich gegen den Walfang und gegen das Ozonloch, aber das taten alle.

Bald, so erkannten sie, ohne es den anderen laut einzugestehen, würden sie ihren Jungmädchenspielen entwachsen sein, ohne eine wirklich wichtige Tat vollbracht zu haben, und dann würden sie ihre Kostüme wegpacken und den mangelnden Gelegenheiten nachweinen.

Lucy stolperte über den Saum des Domino-Umhangs und wäre beinahe gestürzt.

»Psssstt!« zischte Vanessa.

»Tut mir leid.«

Lucy war ein schlaksiges Mädchen, das ihre Haare zu einem Pferdeschwanz zusammengefaßt trug und das im stillen entsetzt darüber war, daß sich ihre Brüste zu entwickeln weigerten. Sie trug einen Büstenhalter, weil das Schulvorschrift war, aber sie mußte sich eingestehen, daß es bei ihr nichts zu halten gab.

Tina, die den Karton mit den Mäusen hielt, war der Wildfang des Trios, rauh und jungenhaft. Ein unbändiger schwarzer Wuschelkopf. Wenn es galt, eine Wand hochzuklettern, war Tina als erste drüber, wenn es einen Fluß zu durchwaten gab, würde Tina vorausgehen, um die Untiefen zu erkunden. Wenn es darum ging, eine Maus zu fangen und durch die Nacht zu tragen, dann gab es nur eine, die das freiwillig tat: Tina.

Obwohl sie sich alle als gleichrangig betrachteten, hätte wohl Vanessa die meisten Stimmen erhalten, wenn sie einen *Primus inter pares* hätten wählen sollen. Sie war einfach die klügste von ihnen. Und sie sah auch so aus, mit dem glatten braunen Haar, immer ordentlich gebürstet, das ihr bis zur Hüfte reichte, und ihrer dickrandigen Brille.

Außerdem hatte Vanessa noch den Vorzug einer Mutter als Schauspielerin, die seit einiger Zeit schon eine der Hauptrollen in einer Familienserie spielte und dort die geschiede Mutter einer widerspenstigen Tochter darstellte. In der Serie sprach die Mutter mit einem starken nördlichen Akzent, obwohl sie privat die akzentfreie Aussprache der begüterten Dame aus Surrey pflegte.

Wenn die anderen Mädchen wissen wollten, wie sich bestimmte Handlungsstränge in der Serie entwickeln würden, setzte Vanessa gewöhnlich ein geheimnisvolles Lächeln auf und verkündete dann, daß sie zur Geheimhaltung verpflichtet wäre. In Wirklichkeit wußte sie kaum etwas – auch ihre Mutter nicht, denn die Serie wurde nur wenige Folgen im voraus gedreht.

»Fertig?« fragte Vanessa über die Schulter, als sie vor dem Schlafsaal Zwei standen.

Tina hielt den Karton hoch. »Fertig.«

Vanessa öffnete die Schlafsaaltür. Tina nahm den Deckel des Schuhkartons ab und scheuchte die Mäuse durch die Tür.

»Mäuse!« kreischte Lucy. »Mäuse! Hilfe! Mäuse!«

Vanessa schlug die Tür zu. Die drei Mädchen zahlten Fersengeld. Hinter sich hörten sie panisches schrilles Kreischen.

Am folgenden Nachmittag, gleich nach dem Unterricht, sagte Lucy: »Wißt ihr, dafür haben wir eigentlich nicht die Gesellschaft ›Die Heimlichen Drei‹ gegründet, daß wir ein paar Mäuse einfangen und wieder aussetzen.«

»Unsinn«, gab Vanessa zurück. »Frobisher hat das Netzballspiel durch Betrug gewonnen, und das ist eine Form der Ungerechtigkeit.«

»Ja, aber ...«

In diesem Augenblick sahen sie, wie Patsy Kelly mit voller Absicht in Annie hineinrannte, so daß deren

Bücher aus der Hand fielen und verstreut über den Boden flogen. Als das schüchterne Mädchen die Bücher wieder einsammeln wollte, trat Patsy sie weiter weg. Die Klassenlehrerin, Mrs. Coggan, hatte das Klassenzimmer gerade verlassen und konnte deshalb nicht einschreiten.

»He, he!« rief Tina.

»Verpiß dich!« dröhnte Patsy, verschaffte sich mit den Ellbogen Platz und quetschte sich an dem Trio vorbei.

Die drei halfen Annie, die Bücher aufzusammeln. Danach, als Annie gegangen war, schauten sie einander an.

»Das«, sagte Lucy, »nenn' ich Ungerechtigkeit.«

Diese Patsy Kelly war ein Monster, das war dem Trio bereits einige Zeit bekannt, aber es war schwer, sich mit einem Monster anzulegen.

»Wenn man einen Kopf abschlägt«, sagte Tina, die sich vage an die griechische Mythologie erinnerte, »dann wachsen zwei nach.«

Sie erwogen, Patsy mit Wasser gefüllte Luftballons ins Bett zu legen, eine Bombe in ihrem Schrank zu verstecken, ihre nächste Klassenarbeit verschwinden zu lassen und andere schändliche Pläne, aber sie verwarfen sie alle – entweder waren sie zu harmlos oder zu schändlich.

Es war Vanessa, die schließlich mit einer so umwerfenden Strategie aufwartete, daß die beiden anderen nur sprachlos staunen konnten.

Einmal alle zwei Wochen gab es für die unteren Jahrgänge eine Doppelstunde auf der Schulfarm, damit sie etwas über das Landleben lernten. Natürlich war es nicht wirklich die schuleigene Farm, sondern lediglich ein Bauernhof, der in der Nähe der Schule lag. Der Bauer war gern einverstanden, die Vereinbarung garantierte ihm eine beträchtliche jährliche Summe, die er gut brauchen konnte – Bauern geht es nie gut.

So verbrachten die jungen Mädchen jede zweite Woche fast zwei Stunden auf dem Bauernhof, misteten die Ställe aus, fütterten die Ziegen und Schweine und wurden meistens ziemlich schmutzig.

Es war, als sie einem Wurf sehr pinkfarbener Ferkel die Kartoffelschalen hinwarfen, daß Tina mit einem Blick auf die etwa vier Monate alten Tiere, die kaum größer waren als ein normaler Hund, dafür aber fettleibig, rief: »Woran erinnert euch das?«

»Patsy!« sagten Vanessa und Lucy wie aus einem Mund und kicherten, bevor Vanessa erklärte: »Leute, ich hab's!«

Wieder auf St. Clare's, nachdem sie sich geduscht und umgezogen hatten, sagte Lucy: »Du bist völlig verrückt, Van. Damit kommen wir nie durch. Bis zum Bauernhof und zu den Schweinen ist es fast eine Meile, und die Ferkel veranstalten bestimmt einen Höllenlärm. Selbst wenn wir die Ferkel auf einen Handwagen bugsieren, muß eine von uns die Tiere ziehen.«

»Lucy«, sagte Vanessa streng, »du hast mir nicht richtig zugehört. Der Berg kommt nicht zu Mohammed, Mohammed geht zum Berg. Übersetzt für Dünnbrettbohrer heißt das: Die Ferkel kommen nicht zu Patsy – Patsy geht zu den Ferkeln.«

»Und wie stellst du dir vor, daß du sie dazu bringen kannst?«

»Annie wird sie zu einem Spritzpistolenduell herausfordern. Du kennst doch diese Dinger, hinter denen die Kriegsspielfans so her sind. Vergangenes Jahr vor

Pfingsten hatten wir eine Demo dieser Pistolen. Natürlich bespritzen sie dich nur mit Farbe, sonst sind sie harmlos. Das Duell muß morgens in aller Herrgottsfrühe stattfinden, noch vor dem Frühstück. Die Uhren sind noch nicht auf Winterzeit umgestellt worden, deshalb ist es um halb sieben schon hell. Also legen wir die Zeit des Duells für sechs Uhr fünfundvierzig fest.«

»Aber wir haben keinen Zugang zu diesen Pistolen«, erinnerte Tina. »Nach der Demo im vergangenen Halbjahr haben Mrs. Gordon und die Klassenlehrer die Dinger abgelehnt, weil sie angeblich nicht ›ladylike‹ seien.«

»Ja, aber Patsy ist erst in diesem Halbjahr gekommen, also weiß sie nicht, daß sie abgelehnt sind. Und erinnert ihr euch an die Masken, die wir vergangenes Jahr kurz vor den Weihnachtsferien getragen haben? Sie müssen irgendwo im Fundus des Schultheaters liegen. Und jemand von uns hat eine Polaroidkamera, oder?«

Annie Belton-Bray war von der Idee nicht begeistert.

»Sie schlägt mich zusammen, wenn ich sie angreife. Sie springt auf mich und zerquetscht mich wie eine Tomate.«

»Das wird sie nicht tun, du mußt uns nur vertrauen«, versicherte Vanessa. »Du sagst einfach ›fette Kuh‹ zu ihr, und den Rest überläßt du uns. Du willst doch, daß sie einen Denkzettel erhält, oder? Himmel, wie oft hat sie dich schon gedemütigt? Wir wollen es ihr heimzahlen.«

Annies Augen begannen zu strahlen. »Ja. Ich soll ›fette Kuh‹ zu ihr sagen?«

»Oder ›fette Sau‹«, sagte Tina kichernd.

»Und dann? Ich verstehe nicht«, sagte Annie.

»Du wirst es schon noch verstehen«, versprach Vanessa.

Am folgenden Donnerstag wartete Annie bis nach dem Morgenunterricht. Das Heimliche Trio achtete darauf, immer in der Nähe zu sein.

»Du fette Kuh«, sagte Annie unvermittelt zu Patsy, obwohl Patsy sie diesmal nicht angegriffen hatte.

»Was habe ich da gehört?« explodierte Patsy.

»Ich sagte, daß du eine fette Kuh bist.«

Patsy stürmte sofort auf Annie los und holte mit einer Hand aus. Der Schlag hätte Annie wahrscheinlich den Kopf abgehauen, aber Vanessa hielt Patsys Arm fest, bevor die Hand ihr Ziel fand.

»Das ist genug, Patsy. Zuerst die Erdbeeren, dann die Bücher und jetzt dieser Kampf. So geht das nicht bei uns an St. Clare's, Patsy.«

»Sie hat mich eine fette Kuh genannt. Zweimal.«

»Das war sicherlich nicht richtig. Aber ihr zwei müßt auf zivilisierte Weise eure Streitigkeiten regeln.«

»Ich werde sie mit Farbe bespritzen«, sagte Annie, die sich genau an das hielt, was Vanessa ihr aufgetragen hatte. »Gelbe Farbe, denn sie ist gelb wie – wie ...«

»Scheiße«, flüsterte Lucy, als wollte sie Annie soufflieren. Das war jedenfalls die verabredete Version.

» ... wie ein Chinese«, brachte Annie schließlich heraus.

»Feigling«, murmelte Lucy.

»Wovon redet sie?« sagte Patsy. »Was soll der Quatsch mit der Farbe?«

Vanessa erklärte ihr die Sache mit den Farbpistolen, und Patsys Augen begannen zu leuchten. Sie zweifelte keinen Augenblick daran, daß sie diesen kleinen Wurm

Annie von Kopf bis Fuß in Farbe tauchen würde, ohne selbst auch nur einen Spritzer abzukriegen. Außerdem würde sie es irgendwie schaffen, die Pistole danach zu behalten, um dann die anderen Mädchen, die auf Annies Seite standen, zu besprühen.

Das ›Duell‹ wurde für den nächsten Morgen verabredet. Der Ort der Tat sollte in der Nähe des Bauernhofs liegen, beschlossen die Mädchen rein ›zufällig‹.

»Ich brauche einen Sekundanten«, sagte Patsy, die alle Bücher gelesen und alle Filme gesehen hatte.

»Du spielst den Sekundanten, Tina«, ordnete Vanessa an.

»Warum ich?« protestierte Tina, aber dann sah sie, wie Vanessa einen Finger senkrecht über die Lippen legte, und widerwillig sagte sie: »Also gut, ich tu's.«

»Ich tue es«, korrigierte Patsy.

»Ich bringe sie um«, zischte Tina später, als sie wieder unter sich waren.

»Laß sie sich doch ihr eigenes Grab schaufeln«, empfahl Vanessa. »Und morgen sind wir ausnahmsweise mal die heimlichen Zwei.«

Patsy konnte es am Freitagmorgen kaum erwarten, endlich Annie Belton-Bray in die Mangel zu nehmen. Sie war schon vor den anderen wach und traf sich mit Annie und Tina hinter den Tennisplätzen.

»Wo ist denn der Sekundant dieser dummen Pute?« fragte sie.

»Sie trifft uns am Duellort.«

Auf halber Strecke fragte Patsy: »Sind wir nicht schon weit genug gegangen? Und wo sind die Spritzpistolen?«

»Wir sind bald da«, sagte Tina.

Wie aufs Stichwort sprangen Lucy und Vanessa hinter einer Hecke hervor, verkleidet mit ihren Dominokostümen.

Trotz ihrer Kraft wurde Patsy überwältigt, bevor sie Hilferufe ausstoßen konnte. Ein Kartoffelsack wurde ihr über Kopf und Schultern gestreift, die Arme wurden mit einem Strick an ihren Körper gebunden. Annie trat ihre Peinigerin ein paarmal in den Hintern, während sie im Gänsemarsch die hundert Yard bis zur Farm geführt wurde.

Patsy wurde mit den Stricken an den Zaun gefesselt, der den Auslauf der Ferkel begrenzte, und dann stülpte Vanessa ihr eine Schweinemaske über den Kopf – auch aus dem Fonds der Theatergruppe. Schließlich hängte Lucy dem Opfer ein Schild um den Hals, auf dem in sauberen Druckbuchstaben geschrieben stand:

Hier steh' ich, Patsy, auf dem Schlauch
Dicht vor den Ferkeln, fast am Schweinebauch.
Wieso kommt's, so frag' ich mich,
Daß Ferkel schöner sind als ich?

Vanessas Dichtkunst mochte zu wünschen übriglassen, aber der Vierzeiler drückte genau das aus, was die Beteiligten empfanden und ausdrücken wollten. Sie schoß ein paar Polaroid-Bilder der Szene, bevor sie, Lucy, Tina und Annie das Weite suchten.

Natürlich gab es einen Höllenspektakel.

Der Bauer befreite Patsy, als er sie entdeckt hatte, denn sie stieß so viele Geräusche aus wie die Ferkel hinter ihr, und dann rief er Mrs. Gordon an, und Patsy wurde nach St. Clare's zurückgebracht. Sie spie Feuer und verlangte, ihre Eltern anzurufen.

»Erst muß du zur Hausmutter«, sagte Mrs. Gordon,

die bereits die Polaroids gesehen hatte. Vanessa hatte sie auf dem Farbkopierer im Labor vervielfältigt und rasch in Umlauf gebracht. Mrs. Gordon konnte sich ein Grinsen kaum verbeißen. Kein Zweifel, Kinder hatten ihre eigenen Methoden, mit Störenfrieden umzugehen, und diese Methoden waren eindeutig wirkungsvoller als alles, was Klassenlehrer hätten erreichen können.

Mrs. Natalie Howe, die Hausmutter, in der ganzen Schule als Tante Natal bekannt, bescheinigte Patsy, bei guter Gesundheit zu sein.

»Sie hat nur einen leichten Schock davongetragen«, sagte sie zur Mrs. Gordon.

Trotzdem und obwohl Freitag stets Hochbetrieb im Geschäft herrschte, begleitete Patsys Vater ihre Mutter zur Schule. Da die Herbstferien unmittelbar bevorstanden, empfahl Mrs. Gordon den Eltern, ihre Tochter gleich mit nach Hause zu nehmen.

»Und wir wären nicht traurig, wenn sie nicht mehr zurückkehrt«, fügte sie noch hinzu.

Mr. Kelly, der schon immer gut im Kopfrechnen war, hatte blitzschnell überschlagen, daß ein halbes Quartal fünfzehnhundert Pfund wert war. Mrs. Gordon nahm es auf ihre eigene Kappe, und sie war sicher, daß die Klassenlehrer sie unterstützen würden, dem Vater in den nächsten Tagen einen Scheck über fünfzehnhundert Pfund zuzustellen, falls Patsy nicht zurückkäme – Geld, das er nicht gezahlt hatte, weil Patsy ja eine Stipendiatin war.

Mehr Geld konnte man in dieser kurzen Zeit nicht mit einer Tochter verdienen, dachte Mr. Kelly. Er war sofort einverstanden.

»Aber ich erwarte, daß Sie die Schuldigen ermitteln und bestrafen«, forderte er von Mrs. Gordon.

Mrs. Gordons Ansicht war, daß die Flaggen gehißt und die Glocken geläutet werden müßten, aber sie wußte natürlich auch, daß das System eine solche Ehrung nicht zuließ. Mr. Kelly hatte gewiß recht. Die Schuldigen mußten ermittelt und zur Rechenschaft gezogen werden.

Es ergab sich, daß aufwendige Ermittlungen nicht nötig waren.

Als Vanessa erfuhr, daß Patsy mehr oder weniger von der Schule verwiesen worden war und nie mehr zurückkehren würde, meldete sich ihr schlechtes Gewissen.

»Wir müssen dazu stehen«, sagte sie zu Tina und Lucy.

Die Freundinnen stimmten zu. Obwohl Lucy zu bedenken gab: »Wir werden vielleicht auch rausgeworfen.«

»Trotzdem«, sagte Tina.

Zuerst gingen sie zu ihrer Klassenlehrerin, Mrs. Felicity Coggan.

Es gab nicht viel an St. Clare's, was Felicity Coggan nicht wußte. Und was ihr vorenthalten blieb, darüber klärte Guy sie auf. Deshalb wußte sie auch von den ›Heimlichen Drei‹. Trotzdem mußte sie sich streng geben.

»Vor kurzem wurden in einem Schlafsaal im Frobisher's House mehrere Mäuse losgelassen, was eine Panik heraufbeschwor. Die Schuldigen sind nie gefunden worden, obwohl ich gehört habe, daß man drei Mädchen in dunklen Umhängen hat weglaufen sehen. Ihr wart nicht zufällig diese drei, was? Nein, bitte, antwortet nicht. An St. Clare's sind keine geheimen Gesellschaften erlaubt. Schließlich sind wir keine Freimaurer und auch keine Jesuiten. Die Dominokostüme verschwinden, dann werde ich die Sache selbst mit Mrs. Gordon besprechen. Und morgen erhalte ich von jedem von euch fünfzig Zeilen in Schönschrift. Ich weiß, daß morgen Samstag ist, aber das ist euer Pech.«

Felicity Coggan suchte Mrs. Gordon auf.

»Vanessa Maxwell, Tina Johns und Lucy Harris – stimmt's?« fragte Mrs. Gordon. Sie war nicht von gestern.

»Stimmt.«

»Hundert Zeilen in Schönschrift?«

»Fünfzig.«

»Sie sind zu nachsichtig. Sie würden auch kaum die Dinge glauben, die Patsy mir erzählte, bevor sie ging. Sie hat zugegeben, daß sie die Sache mit Chips erfunden hat, aber er hätte trotzdem eine unruhige Nacht verdient gehabt, meinte sie. Dann hat sie noch ein paar Dinge über Miss Heilbrons Kreuzworträtsel erzählt, aber darüber weiß ich nichts. Und dann hat sie die Unverfrorenheit aufgebracht, was über Mißbrauch zu kreischen. Sie und ein Angehöriger der Oberen Sechsten sollten da beteiligt sein. Natürlich habe ich nicht zugehört. Schließlich wissen wir alle, was sie für eine Lügnerin ist.«

»Mrs. Gordon«, begann Felicity Coggan, »was ich Ihnen seit langem …«

Mrs. Gordon hob beide Hände in Abwehr hoch. »Nein, Felicity, ich möchte in meinem Gedächtnis festhalten, daß wir die kleine Patsy als Lügnerin kennengelernt haben, als Erfinderin unwahrer Geschichten. Aber bedenken Sie, daß wir in einer kleinen Welt leben. Außerdem hoffe ich, daß wir nie wieder etwas von den ›Heimlichen Drei‹ hören.«

»Sie haben mein Wort, Mrs. Gordon.«

Aber auch darin, wie in so vielen anderen Dingen, täuschte sich Felicity Coggan.

HALBZEIT

Die Herbstferien dauerten von Freitagmittag bis Dienstagabend. Zur Licht-aus-Zeit wurden alle Bewohner zurückerwartet. Einige Schüler wohnten so weit weg, daß sich die Reise nicht lohnte, andere hatten Eltern oder Vormünder, die im Ausland wohnten und sich dort im Augenblick aufhielten, und wieder andere hatten einfach keine Lust, nach Hause zu gehen. Um diese Gruppen kümmerte sich eine Notdienstmannschaft des Lehrerpersonals, die während der Ferien an St. Clare's bleiben mußte. Robert Penrose war einer derjenigen, die einen kurzen Halm zogen.

»Verdammt und zugenäht«, sagte er zu Lavinia Lee. »Ich hatte uns schon ein schönes, romantisches Hotel ausgesucht; Kaminfeuer, hervorragende Küche, großes französisches Bett. Nun, ich werde die Buchung stornieren müssen.«

»Das nächste Mal«, sagte sie verständnisvoll.

Dabei war sie eigentlich sehr erleichtert. Sie hatte in London eine bestimmte Sache zu erledigen, und sie hatte sich schon gefragt, wie sie Penrose erklären könnte, daß sie während der paar freien Tage nicht zur Verfügung stand. Jetzt hatte Mrs. Gordon das Problem für sie gelöst.

Auch Paula van der Groot und Sappho Peters hatten eine Verabredung in London. Ihr Vorrat an Marihuana war fast aufgebraucht, und mit dem Ein-Uhr-Zug waren sie unterwegs in die Stadt. Paulas Eltern wohnten in Südafrika, obwohl ihre Mutter Engländerin und frühere Absolventin von St. Clare's war. Sappho war waschechte Londonerin, dort geboren und aufgewachsen. Ihre Eltern besaßen ein Haus in Kensington.

Aber weder sie noch Paula hatten vor, die wenigen Tage in diesem Haus zu vertrödeln. Gewöhnlich fanden sie eine, deren Bett sie teilen konnten. Es gab immer irgendwo Spaß und *action*, ganz sicher an den Wochenenden, und wenn sich nichts ergeben sollte, war es auch nicht tragisch, denn eigentlich hatten sie ja nur das Ziel, ihren Vorrat aufzustocken. Wenn also nichts los war in London, würden sie am Samstagnachmittag wieder an St. Clare's sein. Es gab Schlimmeres.

Schlimmer wäre zum Beispiel, wenn ihr Dealer sie draufsetzte – was bisher nicht geschehen war. Mit dem Stoff hatten sie alles, was sie in ihren vier Wänden brauchten.

Nun, genaugenommen stimmte das nicht. Schließlich hatte sich Jennifer immer noch geziert. Ein Fisch, der sich schwer fangen ließ. Aber mit der Zeit würde sie ihnen wohl ins Netz gehen. An diesem Wochenende nicht, denn Phoebe und Jennifer waren beide nach Hause gefahren.

Amanda Pandas Mutter holte sie am späten Nachmittag vom Bahnhof ab.

»Du siehst anders aus«, sagte Mrs. McDonald, »irgendwie verändert.«

Amanda fand es großartig, daß es ihrer Mutter aufgefallen war, aber sie tat so, als wäre es nicht von Bedeutung.

»Ich versuche, mein Gewicht ein wenig zu reduzieren, das ist alles.« Tatsächlich hatte sie in zehn Tagen sechs Pfund verloren. »Ich denke auch darüber nach, meine Frisur zu verändern. Vielleicht lasse ich meine Haar färben. Ich möchte sie dunkler haben.«

»Das ist doch Unsinn«, sagte Mrs. McDonald. »Du bist und bleibst plump, und du hast eine mausgraue Haarfarbe, ganz egal, was du daraus machst. Man kann nicht gegen seine Natur an.«

»Das ist doch idiotisch«, gab Amanda erbost zurück. »Dann würde man ja auch seine krummen Zähne nicht richten können, und wenn jemand eine Warze auf der Wange hat, müßte er ewig damit herumlaufen.«

»Sprich nicht in diesem Ton mit mir, junge Dame«, sagte ihre Mutter scharf.

Es ist trotzdem idiotisch, dachte Amanda. Sie dachte daran, wie die jungen Männer Jocasta in Flanagan's umschwärmt hatten – sie taten das immer. Nun gut, sie würde nie in der Lage sein, es mit einem Mädchen wie Jocasta Petrillo aufzunehmen, aber das mußte doch nicht bedeuten, daß sie ›die andere da‹ bleiben sollte, wenn sie mit Jo ausging. O ja, sie hatte die Jungs reden hören.

»Ich schnappe mir diesen geilen Zahn mit den brünetten Haaren, und du kannst die andere da haben.«

Warum sollte sie sich nicht die Haare färben? Und wenn sie ein paar Pfunde verlor, würde sie sich nicht mehr so miserabel fett fühlen.

Wenn sie es recht bedachte, war sie nur deshalb so füllig geworden, weil ihre Eltern Hotels besaßen, in deren Küchen es immer was zu essen gab.

Oh! Amanda ist immer grobknochig gewesen. Ja, sie hat einen gesunden Appetit, das liegt in der Familie. Nein, Darling, es macht nichts aus, wenn du dir noch ein Stück Kuchen holst. Es wird sonst sowieso weggeworfen.

Damit fing es an, dachte Amanda, und sie räumte ein, daß sie sich nicht dagegen gewehrt hatte. Es war praktisch, Eltern zu haben, in deren Hotels man immer leckere Sachen zu essen fand. Die Freundinnen waren begeistert, und bei den Parties bogen sich die Tische.

Viel zu spät erkannte sie, daß sie ein dickes Mädchen wurde, und noch später mußte sie erkennen, wie schwierig es war, die Pfunde abzuspecken. Freilich merkte sie das erst, als die Jungs aufhörten, schreckliche Wesen zu sein, die einem die Haare langzogen, und Ziel des Verlangens wurden – und genau dieses Verlangen wurde von den Jungen nicht erwidert, solange Mädchen wie Jocasta und Kate McNamara in der Nähe waren.

Aber damit würde jetzt Schluß sein. Sie wollte etwas aus sich machen.

Mrs. Petrillo holte Jocasta wie verabredet am frühen Nachmittag mit dem Landrover ab, und es war ebenfalls verabredet, daß sie Julia Hastings mitnahmen, denn Julias Eltern wohnten nur dreißig Meilen von den Petrillos entfernt, und Mrs. Petrillo mußte bei den Hastings vorbeifahren.

»Wir gehen nicht mit hinein«, sagte Mrs. Petrillo und lehnte Julias Einladung ab. »Ruf Jo an, wenn du am Dienstag mit zurück nach St. Clare's möchtest.«

Die Wahrheit war, daß die Petrillos, *mère et fille,* froh waren, Julia endlich los zu sein, denn sie hatte ununterbrochen über ihre Rolle im Sommernachtstraum geredet – beinahe eine Stunde lang.

»Himmel«, sagte Mrs. Petrillo. »Ist sie immer so schlimm?«

»In den letzten Wochen, ja. Wie geht es Papa?«

»Gut, soviel ich weiß. Er ist heute in Brüssel, aber morgen abend wird er zu Hause sein.«

Und seine Schnalle wird Samstag- und Sonntagnacht allein verbringen müssen, fügte sie im Geist hinzu, denn sie hatte Claudio unmißverständlich zu verstehen gegeben, wenn er nicht nach Hause käme, während Jocasta da war, dann würde er sich in ernsthaften Schwierigkeiten befinden. Himmel, er hatte seine Tochter seit dem ersten Septemberwochenende nicht gesehen.

Mr. Petrillo hatte sich dem Ultimatum seiner Frau kleinlaut unterworfen, was sie überrascht hatte. Vielleicht kühlte sich das Verhältnis mit seiner Sekretärin schon ab.

»Und wie geht's dem Bengel?«

Der ›Bengel‹ war Jocastas jüngerer Bruder.

»Ihm geht es auch gut. Anfang der Woche habe ich mit ihm telefoniert. Schade, daß sich eure Ferien nicht überschneiden.« Mrs. Petrillo lächelte ihre Tochter von der Seite an. »Ich soll dir ausrichten, wie sehr er es bedauert, dich nun erst Weihnachten sehen zu können.«

»Ich glaube jedes Wort«, schnaufte Jocasta.

»Hast du irgendwelche Pläne für das Wochenende?« fragte die Mutter.

»Ich habe mir vorgenommen, mich beim Reiten auszutoben und die Schulbücher zu vergessen.«

Und ein bißchen Sex stand auch auf ihrem Plan. Nein, eine Menge Sex, fügte sie hinzu, natürlich nur in Gedanken. Es war fast sechs Wochen her, und es war jammerschade, daß sie niemanden der Jungen an St.

Clare's genug schätzte und nicht bereit war, das Risiko mit einem der geilen Stößer einzugehen, die sie im Flanagan's traf.

Nach einem zehnminütigen Plausch mit ihren Eltern zog sich Julia auf ihr Zimmer und zum Telefon zurück. Ihr erster Anruf galt Teddy Hedges.

Nach der Begrüßung sagte sie gleich: »Ich muß heute zum Abendessen bei meiner Familie bleiben, aber ich dachte, wir könnten uns morgen treffen und irgendwas unternehmen.«

Teddy sagte, es gäbe nur eine Sache, die er mit ihr unternehmen wolle, und Julia wisse genau, um was es sich bei dieser Sache handele.

Julia täuschte Entsetzen vor. »Teddy, vergiß nicht, daß dies ein Telefon ist.«

Obwohl sie sich eingestehen mußte, daß sie genauso empfand. Teddy war nicht die große Liebe ihres Lebens und würde es auch nie werden, aber sie waren so intim miteinander gewesen, wie zwei Menschen sein konnten, ohne den allerletzten Schritt zu vollziehen, und sie war wild entschlossen, ›es‹ zu tun, sie wollte ihre Jungfräulichkeit endlich los sein. Sie verglich sich – und ihre Bilder neigten zu literarischen Höhenflügen, seit sie die Rolle der Helena ergattert hatte – mit einem Bergsteiger, der sich bei einem Schneesturm zwanzig Meter unterhalb des Matterhorngipfels befand. Sie konnte absteigen und es zu einem späteren Zeitpunkt mit einem anderen Partner noch einmal versuchen, oder sie konnte mit frischem Elan die Spitze erklimmen.

Nachdem sie aufgelegt hatte, ging ihr kurz durch den Kopf, ob sie sich Ben Fisher gegenüber untreu verhielt. Nein, das war absurd. Zwischen ihr und Ben Fisher war nichts gelaufen, mal abgesehen von ein paar feuchten Küssen, aber sie mußte einräumen, daß sie ihn mit jeder Probe ein bißchen mehr mochte.

Aber Ben war in der Schule geblieben, und Teddy stand zur Verfügung. Und mit Teddy würde es auch deshalb einfacher sein, weil sie in ein paar Tagen wieder weg sein würde – falls Teddy also etwas erzählte, war sie nicht da, um mit Teddys Erzählungen konfrontiert zu werden.

Ben Fisher wäre begeistert gewesen, wenn er gehört hätte, daß Julia ihn jeden Tag ein bißchen mehr mochte. Offen hatte sie das nie ausgesprochen. Es gab zur Zeit niemanden, von dem Ben irgendeinen Zuspruch erhielt: Tatsache war, daß seine schulischen Leistungen stark gelitten hatten, seit er soviel Zeit bei den Proben vergeudete und Julia in seinem Kopf herumspukte.

Zu Beginn des Halbjahres hatte er gehofft, zusammen mit Richard Carson zu der November-Prüfung in Oxford zugelassen zu werden. Aber kurz vor den Herbstferien hatte ihm Lavinia Lee verdeutlicht, daß er mit seinen Leistungen gewaltig zurückliege und sie ihn nie für die Prüfung im November anmelden würde. Er würde nicht bestehen, und das würde auf die Schule zurückfallen. (Und auf sie, dachte Ben Fisher, aber das sagte er nicht.)

Wenn er nun noch zur Prüfung zugelassen werden wollte, mußte er schriftliche Arbeiten einreichen, und dann würde man ihm vielleicht einen Vorstellungstermin im Dezember geben. Aber die Leute in Oxford waren ja nicht dumm. Sie wußten, daß die Schüler, die schriftliche Arbeiten einschickten, nicht zur Elite ihrer Schule gehörten, sonst wären sie nämlich zur Prüfung im November zugelassen worden. Also beurteilten sie einen von vornherein mit Skepsis.

Das hieß, Ben Fisher mußte sich in den nächsten Wochen breitschlagen, büffeln und ochsen. Er mußte einige Essays verfassen, die Lavinia Lee vom Stuhl rissen. Und damit wollte er jetzt an den paar freien Tagen beginnen. Er konnte ungehindert die Bibliothek von St. Clare's nutzen, wurde nicht gestört, und es gab keine Ablenkungen.

Bens Eltern waren enttäuscht, als er anrief und ihnen sagte, daß er in den Herbstferien nicht nach Hause käme. Fisher war nicht weniger frustriert, aber er schuldete seinen Eltern eine Menge, ihm war bewußt, daß sie sich das Schulgeld für ihn nicht aus dem Ärmel schütteln konnten, und da war es seine verdammte Pflicht, es ihnen wenigstens mit guten Leistungen zurückzuzahlen.

Miss Lee hatte ihm auch gesagt, sie wäre nicht glücklich darüber, daß er so viel Zeit bei den Proben verbrachte, und sie hatte gedroht, Penrose aufzufordern, den Bühnenmeister neu zu vergeben, falls er sich nicht am Riemen reiße. Sie ahnte ja nicht, was hinter seinem Engagement für das Theaterstück steckte. Wenn er nur einmal – bitte, lieber Gott, nur ein einziges Mal – über Julia steigen könnte, wäre der Druck von ihm genommen, und alles würde leichter.

Henry Morton blieb auch an der Schule, wenn auch aus ganz anderen Gründen.

Henry, es tut mir so leid, aber ich muß an diesem Wochenende nach Mailand.

Seine Mutter hatte offenbar das Telefongespräch vergessen, das sie kurz vor dem Tag der Offenen Tür geführt hatten, als sie ihn gefragt hatte, wann er nach Hause kommen würde. Sie hatte versprochen, sich die Daten in ihren Terminkalender zu schreiben.

Das ist schon okay so. Es gibt hier viel zu tun.

Wenn ich es verschieben könnte, würde ich es tun. Himmel, was mußt du von mir denken!

Schon gut.

Ich meine, du könntest natürlich trotzdem nach Hause kommen. Ich werde wahrscheinlich am Sonntagabend, spätestens am Montagmorgen wieder zu Hause sein. Am Montag müßte ich zwar gleich ins Büro, aber wir könnten den Montagabend gemeinsam verbringen. Na ja, viel ist das nicht, und du würdest dich allein in der Wohnung eher langweilen.

Ja, wahrscheinlich. Und am Dienstag muß ich wieder in der Schule sein.

Ja. Also wirklich, es tut mir leid. Aber wir können uns ja schon auf Weihnachten freuen.

Ja, natürlich. Ich wünsche dir einen guten Flug.

In der Schule gab es natürlich während der Halbzeitunterbrechung nicht viel zu tun, besonders bei diesem miesen Wetter. Und seit dem Zwischenfall nach dem Fellini-Film war Henry auch nicht mehr in der Stadt im Kino gewesen. Er wußte, es war verrückt, er wollte kein Einsiedler werden, aber er spürte, daß er sich zunehmend isolierte. Er wünschte, es gäbe jemanden, mit dem er reden könnte, aber es gab niemanden.

Nach *Amarcord* hatte er heimlich ein paar Artikel über Homosexualität gelesen, die ihn alle keinen Schritt weiterbrachten. Einige Fachleute sahen die Ursache in der Genetik, andere hielten Umwelteinflüsse für entscheidend, wieder andere bestanden darauf, daß eine Fülle von Voraussetzungen aus beiden Bereichen da sein müßten.

Aber alle Experten schienen sich in einem Punkt einig zu sein: Wenn die Voraussetzungen stimmten, stammten die meisten Homosexuellen aus einem Zuhause, in dem die Mutter die dominierende Gestalt war oder wo es keinen Vater gab.

Wenn man den Begriff dominant streng auslegte, traf er auf seine Mutter nicht zu, fand Henry. Aber sie war seit vielen Jahren die bestimmende Erwachsene in seinem Leben.

Kate McNamara hätte in diesen Herbstferien dankbar auf jeden bestimmenden Erwachsenen verzichtet, ganz besonders auf ihre Eltern. Carson hatte keine Probleme gehabt, seinen Vater davon zu überzeugen, daß er angesichts der bevorstehenden Prüfung büffeln mußte und deshalb auf St. Clare's besser aufgehoben war.

Kates Mutter wollte davon nichts wissen, als Kate es mit der gleichen Taktik versuchte.

»Dein Vater und ich möchten dich sehen. Er oder ich werden dich gegen ein Uhr am Freitag an der Schule abholen.«

»Du vertraust mir immer noch nicht.«

»Das hat nichts damit zu tun. Wenn natürlich Mr. Penrose oder Miss Lee darauf beharren, daß du in der Schule bleibst – obwohl sie sich bei der Offenen Tür sehr positiv über dich geäußert haben –, dann würde ich sie anrufen und versuchen, sie zu überreden, dich nach Hause zu lassen.«

»Nein, tu das nicht. Wenn es unbedingt sein muß, bringe ich meine Bücher mit nach Hause.«

»Ja, ich dachte mir, daß das eine Möglichkeit wäre.«

Später mußte Kate bei Richard Carson eingestehen: »Mist, sie kauft mir's nicht ab.«

Da die Schule sechsundneunzig Stunden lang bestenfalls nur zu einem Zehntel besetzt war, hatten sie sich schon auf einige Stunden hemmungsloser Liebe gefreut, wahrscheinlich sogar auf Carsons Zimmer, denn man konnte davon ausgehen, daß Ben Fisher nach Hause fuhr.

Verdammt, dachte Kate, sie brauchte irgendeine körperliche Entspannung, obwohl sie es schließlich doch geschafft hatten – ein paar Nächte nach dem Versagen im Hockey-Pavillon auf Carsons Mantel in einer Ecke des Fünfer-Schulhofs. Aber auch das war ein Desaster gewesen. Während Carson einen mickrigen Orgasmus schaffte, lief für Kate überhaupt nichts, und anschließend war sie frustrierter als vorher – sogar verärgert.

»Himmel, du hättest auf mich warten können!«

»Ja, tut mir leid, Kate, ehrlich.«

»Es scheint dir wirklich nur darum zu gehen, ihn reinzustecken und abzuspritzen. Was ist denn mit deiner Erfahrung? Deine Zwei-Minuten-Nummer kann sich nicht einmal ein John F. Kennedy erlauben.«

»Ja, ja, Kate! Hör schon auf, mir ist es peinlich genug.«

»Peinlich? Wie glaubst du, daß ich mich fühle? Oder ist dir das egal?«

»Natürlich ist es mir nicht egal. Es liegt an den ganzen Umständen. Zuerst der Hockey-Pavillon, wo wir aber wenigstens drinnen waren, und jetzt hier, in aller

Öffentlichkeit, auf dem Boden, und die Temperatur nahe dem Gefrierpunkt.«

»Du konntest wenigstens noch auf mir liegen. Ich spürte den verdammten Beton am Rücken.«

Schließlich beruhigte sich Kate wieder. Richard hatte ja recht, es lag an den Umständen. Jedenfalls hoffte sie es. Er war witzig, lustig, intelligent, und sie glaubte, daß sie sich ein bißchen in ihn verliebt hatte, vielleicht sogar soviel, wie ein sechzehnjähriges Mädchen sich verlieben kann. Aber wenn er sich als unzulänglicher Bettpartner erweisen sollte, gab es für ihre Beziehung keine Zukunft.

Nein, das wollte sie nicht glauben. Sie brauchten ein Bett, das war alles, oder irgendwo eine gemütliche Ecke, wohin sie sich verkriechen konnten. Die Halbzeitpause wäre eine hervorragende Gelegenheit dazu. Sie freute sich darauf – so sehr, daß sie Richard einen Korb gab, als er zwei Tage später vorschlug, ob sie es noch einmal im Hockey-Pavillon versuchen sollten.

»Nein, wir warten auf die freien Tage.«

Und dann hatte ihre Mutter mit einem Strich ihre Planung durchkreuzt.

Verdammt.

»Bleibst du hier, oder fährst du nach Hause?« fragte sie Richard.

»Ich schätze, dann fahre ich auch nach Hause. Was soll ich allein hier? Ich rufe meinen Vater an und sage ihm, daß sich die Situation geändert hat.«

»Bums bloß nicht die heißen Surrey-Mädchen.«

»Nein.«

Er meinte es ernst. Er nahm sich vor, sich tatsächlich auf die Prüfung vorzubereiten.

»Und laß du dich nicht von dem erstbesten Hengst vernaschen, der dir über den Weg läuft.«

Mist, dachte Kate, meine Mutter wird schon dafür sorgen, daß mir keiner zu nahe kommt.

Ohne die Geschwindigkeitsbegrenzungen mehr als ein dutzendmal zu überschreiten, traf Lavinia Lee lange vor der Dunkelheit in der Wohnung ein, die sie sich mit ihrer Schwester in South Kensington teilte. Rebecca, die sich mit Computern beschäftigte und oft zu Hause arbeitete, hatte zwei Gin eingeschenkt, noch bevor Lavinia ihre Sachen ausgepackt hatte.

Lavinia streifte sich die Schuhe ab und legte die Beine hoch.

»Also, rück schon raus mit der Sprache«, sagte Rebecca.

»Womit soll ich rausrücken?«

»Über den neuen Mann in deinem Leben.«

»Woher glaubst du, daß es einen gibt?«

»Vin, hör doch auf. Du hast diesen Ausdruck der Befriedigung im Gesicht, und den kriegt man nur durch regelmäßiges Bumsen.«

»Bumsen, he?« wiederholte Lavinia und grinste. »Ich muß schon sagen, deine Sprache hat sich in meiner Abwesenheit nicht gebessert.«

»Reite nicht auf meiner Sprache herum, sage mir lieber, wer dich reitet.«

Du würdest schockiert sein, dachte Lavinia, wenn ich dir sage, daß ich meistens der Reiter bin.

Obwohl sie nur zwei Jahre auseinander waren, hatten sich die beiden Schwestern nie, auch nicht in ihren Teenagerjahren, über ihr Sexualleben ausgetauscht, abgesehen von ein paar Allgemeinplätzen. Lavinia hatte keine Ahnung, was Rebecca trieb, wenn sie mit einem Mann zusammen war, welche Phantasien sie hatte, von welchen Stellungen sie träumte, und sie wollte es auch gar nicht wissen. Sie wollte erst recht nicht, daß ihre Schwester erfuhr, daß sie, Lavinia, gern in der Öffentlichkeit vögelte oder darauf abfuhr, die Hure zu spielen, oder die anderen Sachen, die sie sich bisher nicht mal getraut hatte, Robert Penrose wissen zu lassen. Das würde sie erst tun, wenn die Zeit dafür gekommen war.

Lavinia schüttelte den Kopf. »Ich glaube, ich bin noch nicht bereit zur Beichte.«

»Ist er denn nicht was Besonderes?«

»Halb und halb. Nein, ein bißchen mehr als halb.«

»Und warum bist du dann in den Herbstferien hier? Oder hat er eine Frau?«

»Hat er. Aber das ist alles vorbei.«

»Ha-ha«, sagte Rebecca.

»Nein, ernsthaft«, erwiderte Lavinia, ein bißchen verärgert darüber, daß irgend jemand, am meisten noch Rebecca, annehmen konnte, ein Mann könnte sie in solchen Dingen hinters Licht führen. »Glaubst du wirklich, man könnte mich heute noch leimen?«

»Wie war das denn mit Hennessy?«

»Ah, ja, Hennessy«, sagte Lavinia. »Das ist die Antwort auf deine Frage, warum ich hier bin.«

Rebecca zog ein Gesicht. »O Himmel, doch nicht wegen des verfickten Peter Hennessy.«

»Doch, wegen des verfickten Peter Hennessy.«

»Aber warum, zum Teufel? Nein, sag's mir nicht, laß mich raten. Du willst ihn sehen, damit du weißt, daß es endgültig vorbei ist. Das darf doch nicht wahr sein!«

»Ist es auch nicht«, sagte Lavinia. »Ich muß ihn einfach sehen, basta.«

Er war überrascht, von ihr zu hören, als sie ihn anrief, aber er stimmte sofort zu, als sie vorschlug, daß sie sich in einem Restaurant auf einen Drink träfen. Am nächsten Tag in Hampstead.

Lavinia stand früh auf und schaute zuerst nach dem Wetter, weil davon abhing, wie sie sich kleiden würde. Es war windig und regnerisch und sah kalt aus, was ärgerlich war, sie aber nur als marginale Störung zuließ.

Einen Teil des Morgens verbrachte sie mit Einkäufen in King's Road, wo sie fand, was sie suchte: ein schwarzes, spitzengesäumtes Strumpfband und schwarze Strümpfe, die bis zur Mitte der Oberschenkel reichten.

Als sie wieder in der Wohnung war, saß Rebecca noch im Morgenmantel am Frühstückstisch, hielt sich an der dritten Tassee Kaffee fest und las die Wirtschaftsseiten der Tageszeitung. Lavinia sprang unter die Dusche, wusch sich die Haare und zog sich dann in ihr Schlafzimmer zurück, um sich anzuziehen.

Zuerst legte sie das Strumpfband an, dann folgten die Strümpfe, bevor sie in acht Zentimeter hohe Schuhe stieg – höhere Absätze hatte sie nicht. So paradierte sie vor dem mannsgroßen Spiegel herum. Genau richtig. Sie zog sich den schwarzen Mini aus Lycra an, dann schlüpfte sie in eine halsfreie Seidenbluse.

Höschen, dachte sie. Nein, kein Höschen. Sie würde sich vielleicht den Arsch abfrieren, aber das würde es wert sein.

Nachdem sie sich die Haare getrocknet hatte, überlegte sie, welchen Schmuck sie anlegen sollte. Sie entschied sich für eine dünne goldene Halskette und ihre Armbanduhr.

Sie schnüffelte an einigen ihrer Parfums herum, ehe sie nach dem Atomizer Cabotine von Grès griff. Sie sprühte großzügig um den Hals, überlegte einen kurzen Augenblick und lüpfte den Rock, um auch dort eine Duftwolke auszulösen.

Als sie fand, daß sie ausgehfertig war, zog sie sich einen Stuhl vor den Spiegel und setzte sich darauf. Langsam überkreuzte sie die Beine, zelebrierte dann die Bewegung rückwärts. Als sie für ein, zwei Sekunden den blonden Busch sehen konnte, eingerahmt vom schwarzen Strumpfband, wußte sie, daß nichts schiefgehen konnte. Sie würde Peter Hennessy auf hundert treiben.

Um ihren Aufzug zu vervollkommnen, wählte sie einen schwarzen Kaschmirmantel aus, der gerade ihre Knie bedeckte. Ideal. Wenn sie den Mantel auszog, würde einiges in Bewegung geraten.

Sie drehte sich vor dem Spiegel einmal um die eigene Achse. Ja, perfekt.

Rebeccas Kinn sackte nach unten, als sie ihre Schwester sah. »Himmel, Vin, du siehst umwerfend aus.«

Ein paar Minuten nach eins traf Lavinia im Restaurant ein. Es war ziemlich gut besetzt, wie gewöhnlich an einem Samstagmittag. Trotzdem sah sie Peter Hennessy sofort; er saß an einem Tisch unter dem ausgestopften Hirschkopf. Hennessy hatte den schon immer lustig gefunden, was ihr einiges über seine Art von Humor hätte verraten sollen.

Zuerst war sie sauer, als sie sah, daß eine Frau bei

ihm am Tisch saß, eine Rothaarige, etwa in ihrem Alter. Nachdem Hennessy zur Begrüßung einen flüchtigen Kuß auf Lavinias Wange gegeben hatte, fragte er, was sie trinken wolle.

»Einen kleinen Whisky mit Soda«, sagte sie. »Ich muß vorsichtig sein, denn ich will noch fahren.«

Schon bald stellte sich heraus, daß die Rothaarige nicht bei Hennessy war, sondern daß sie ihm lediglich Gesellschaft leistete. Sie hieß Grace und war Journalistin beim *Daily Mirror*. Sie schien nicht die Absicht zu haben, ihren Platz aufzugeben, auch wenn Peter Hennessy jetzt andere Gesellschaft hatte.

Sie und Lavinia waren einander nicht grün. Von Anfang an gingen sie aufeinander los.

»Lehrerin an einem Internat, wie?« sagte Grace und zog gierig an einer Marlboro, die sie in Kette rauchte, wie es schien. Dazu trank sie doppelte oder dreifache Brandy. »Unterrichten die kleinen klassenbewußten Scheißer, die sich einen Scheiß aus John Majors klassenloser Gesellschaft machen. Na ja, Major ist ein Scheißer, aber wir haben keine Chance, die Klassenunterschiede in diesem Land jemals abzuschaffen, solange es Schulen wie Ihre gibt. Welche Universität?«

»Oxford«, sagte Lavinia und zwang sich, ihr Temperament zu zügeln. Es hatte keinen Sinn, sich von dieser albernen Schnepfe anmachen zu lassen. »Und Sie?«

»Sussex.«

»Auch nicht gerade ein Vorbild für linkes Gedankengut«, sagte Lavinia.

»Das hat schon Jimmy Porter in *Blick zurück im Zorn* festgestellt«, hielt ihr Grace entgegen.

»Das war etwa neunzehnhundertsechsundfünfzig. Haben Sie die Premiere sehen können?«

»He, he!« rief Grace meckernd, und ihre Augen sprühten. »Hier wird mit heißen Degen gefochten. Ich wette, Sie haben Oxford mit Eins abgeschlossen.«

»Na klar.«

»Zeit, daß du deine Freunde an der Theke wieder aufsuchst, Grace«, sagte Hennessy, nicht unfreundlich, aber doch so entschieden, daß deutlich wurde, wie wenig sie jetzt noch gebraucht wurde. »Vin und ich haben ein paar Dinge zu besprechen.«

Grace stand auf, leicht schwankend. »Schon gut. Ich weiß, wenn ich unerwünscht bin.«

»Wo, zum Teufel, hast du die denn aufgegabelt?« fragte Lavinia.

»Nirgendwo. Sie wohnt in der Nähe und treibt sich oft hier herum. Und bevor du fragst, nein, ich habe nicht mit ihr geschlafen.«

»Ich habe nicht gefragt.«

Bisher hatte sie ihren Mantel anbehalten. Jetzt zog sie ihn aus und legte ihn über eine Stuhllehne, dann lehnte sie sich zurück und schlug die Beine übereinander, wie sie es vor dem Spiegel geprobt hatte. Beim erstenmal bemerkte Hennessy noch nicht, was ihm dort angeboten wurde. Er betrachtete sie im Gesamten, als hätte er sie noch nie gesehen.

»Vin«, brachte er schließlich heraus, »du siehst hinreißend aus.«

Er war nicht der einzige, dem das auffiel. Bestimmt ein Dutzend Männer wandten den Kopf, auch einige von denen, die bei Grace standen. Lavinia hörte sie flüstern: »Vergiß es. Wahrscheinlich läßt sie dich nur ran, wenn du eine Million übrig hast.«

Lavinia rutschte mit dem Stuhl herum, so daß Hennessy die Sicht der Männer an der Theke blockierte.

Normalerweise hätte sie nichts dabei gefunden, ein Dutzend und mehr Männer ein bißchen anzustacheln, aber was sie jetzt und hier zu verkaufen hatte, wollte sie an Peter Hennessy verkaufen, an sonst niemanden.

»Danke. Wie geht es dir?«

»Fein. Und dir?«

»Auch fein.«

Dieses Gespräch setzte sich die ersten zehn Minuten fort, bis zum Ende von Lavinias erstem Whisky. Hennessy fragte, ob er ihr noch einen holen könnte.

»Ja, vielleicht noch einen.«

Als er von der Theke zurückkehrte, gerade in dem Moment, als er sich setzte, wiederholte Lavinia den Trick mit dem Bein, das sie über das andere schlug. Sie wußte, daß Hennessy diesmal bemerkt hatte, daß sie unter dem Mini das Strumpfband und die Strümpfe und sonst nichts trug. Die Augen quollen ihm fast aus dem Kopf, aber sie sah ihm an, daß er sich über seinen nächsten Schritt nicht schlüssig war.

Sie nahm ihm die Entscheidung ab, als sie sich vorbeugte und eine Hand auf sein Knie legte.

»Das ist unser letzter Drink, ja? Dann ziehen wir uns irgendwohin zurück, wo es etwas intimer ist, einverstanden?«

»Himmel, ja. Ich habe dich vermißt, Vin. Es war mir nicht bewußt, wie sehr, bis ich dich eben hereinkommen sah.«

Schwachsinn, dachte Lavinia. Du hast nur eine Gelegenheit entdeckt, diesen Nachmittag damit zu verbringen, deine alte Freundin zu bespringen, die, das wird man wohl noch denken dürfen, verdammt dynamisch zwischen den Laken war.

»Ich habe dich auch vermißt.«

Sie tranken in aller Eile aus. Ein paar pfiffen hinter ihnen her, andere raunten meist zotige Bemerkungen, als sie zur Tür gingen. Nur Grace traute sich, laut zu werden.

»Ich wette, sie bläst dir keinen, sie hat Angst, daß die Kartoffel in ihrem Mund Schaden nehmen könnte.«

Londoner können oft ihren Neid auf die typische Oxfordaussprache des besonders reinen Englisch nicht verbergen.

»Bist du mit dem Wagen hier?« fragte Lavinia, als sie draußen waren.

»Ja.«

»Egal, wir nehmen meinen. Ich fahre dich nachher hierher zurück.«

»Aber was soll das, wenn wir zu meiner Wohnung fahren?«

»Nein, dorthin will ich nicht«, sagte sie entschieden. »Zu viele schmerzliche Erinnerungen. Wir fahren nach Highgate Wood wie früher.«

»Vin, es schüttet wie aus Kannen.«

»Was ist denn los mit dir? Hast du deinen Sinn für Abenteuer verloren? Es wäre nicht das erstemal, daß wir es im Auto getan haben. Warum, glaubst du, habe ich mich so gekleidet? Das ist es, was ich am meisten vermißt habe, es in der Öffentlichkeit zu tun, wo immer die Gefahr besteht, entdeckt zu werden. Aber wenn du keine Lust hast ...«

Lavinia konnte an seinem Gesichtsausdruck sehen, daß er sie hier und jetzt auf der Türschwelle des Restaurants bestiegen hätte, wenn sie ihn gewähren ließe. Er würde sich einen unerwarteten Fick nicht entgehen lassen, ob es in Strömen regnete oder nicht.

»Komm, los.«

Highgate Wood lag etwa eineinhalb Meilen vom Restaurant entfernt. Sie hatten dieses Gebiet in der Vergangenheit häufig für ihre Freiluftexzesse benutzt, da es auch von Peters Wohnung nicht weiter entfernt lag.

Lavinia hielt sich an die Geschwindigkeitsbeschränkungen. Nach einer Viertelmeile öffnete sie ihren Mantel und griff mit ihrer linken Hand nach Hennessys rechter. Sie schob sie unter ihren Rock und spürte, wie seine Finger zu tasten begannen. Natürlich war sie naß. Nur eine Nonne wäre es nicht gewesen.

»Verdammt«, murmelte er.

Mit seiner freien Hand öffnete er den Reißverschluß seiner Hose und holte umständlich seinen Penis heraus, der sich deshalb umständlich befreien ließ, weil er schon kräftig erigiert war. Daraus wurde in dem Augenblick, in dem Lavinia – die Augen starr auf die Straße gerichtet, die Gedanken darauf konzentriert, daß sie hoffentlich nicht aus dem vierten Gang hinunterschalten mußte – die Stange in die Hand nahm, eine perfekte Erektion.

»Nein, nein«, sagte er keuchend, »sonst kommt's mir, bevor wir da sind.«

Das wollte Lavinia ganz und gar nicht, und sie wollte auch seine Finger nicht spüren.

»Hör du auch auf«, sagte sie, »mir geht's genauso.«

Sie brauchte fünf Minuten bis Highgate Wood, und weitere sechzig Sekunden, um eine einsame Stelle zu finden. Wegen des Regens war kaum jemand unterwegs.

Lavinia schob sich den Mantel von den Schultern, schälte sich aus den Ärmeln und hob den Rock bis zu den Hüften an, damit Hennessy sich an den Sachen laben konnte, auf die er so scharf war.

Sie schaute ihn von der Seite an, sah seinen gierigen Blick. Seine Schwanzspitze glänzte feucht. Ah, dachte sie und erinnerte sich nur allzugut.

»Steig aus deinen verdammten Kleidern«, raunte sie mit heiserer Stimme. »Ich will Haut auf Haut fühlen.«

Hennessy beeilte sich, streifte sich die Hose ab, blieb an den Schuhen hängen, fluchte, weil er es nicht schaffte, in der Beengtheit des Wagens an seine Schuhe zu gelangen.

»Mach die Tür auf und zieh dich draußen aus. Los, Peter, beeil dich. Ich will, daß du mich fickst wie noch nie.«

Hennessy öffnete hastig die Beifahrertür, trat hinaus in den Regen und zog Hose und Unterhose aus. Damit sie nicht noch nasser wurden, warf er sie rasch in den Wagen zurück.

Auf diesen Augenblick hatte Lavinia gewartet, ja, sie hatte ihre ganze Strategie auf diesen Moment aufgebaut. In einer einzigen flüssigen Bewegung zog sie die Tür zu, drückte die Sperre, warf den ersten Gang ein und raste davon.

In ihrem Innenspiegel sah sie Peter Hennessy wie einen Giftzwerg in die Luft springen und auf den Boden stampfen. Dann wurde ihm bewußt, daß er nackt war und eine Erektion aufwies, wenn die auch allmählich im Schwinden begriffen war. Rasch suchte er hinter dem nächsten Baum Schutz.

Es würde ein langer Nachhauseweg für ihn werden.

Eine Meile die Straße hinunter öffnete Lavinia ihr Fenster und warf Hennessys Hose, Unterhose und Schuhe hinaus.

»Eins zu null, eins zu null, eins zu null!« sang sie aus Leibeskräften.

Auf dem Rückweg nach South Kensington mußte sie an dem Restaurant vorbei, wo sie sich auf einen Drink getroffen hatten. Erst jetzt kam ihr ein Gedanke, und ganz spontan fuhr sie auf den Parkplatz.

Grace, die Journalistin, stand noch an der Theke und verschlang Brandy, als ob er morgen verboten würde. Sie und die Männer, die um sie geschart waren, zeigten sich überrascht, Lavinia so schnell wiederzusehen. Dazu noch allein.

»Was ist passiert?« fragte Grace hochnäsig. »Konnte dein Stecher ihn nicht hochkriegen?«

Lavinia winkte sie zur Seite.

»Es tut mir leid, daß wir uns eben so angegiftet haben. Ich möchte gern einen Drink ausgeben, wenn Sie einen mit mir trinken möchten.«

Grace war zwar verblüfft, aber da sie eine typische Journalistin war, lehnte sie einen Gratisdrink nie ab.

»Also gut, einen doppelten Brandy und Soda.«

Lavinia bestellte sich eine Pepsi.

»Wieviel Soda?« fragte Lavinia und hielt den Syphon hoch.

»Voll bis obenhin, Oxford, bis nichts mehr reingeht.«

Lavinia zögerte, bevor sie den Druckknopf betätigte.

»Das mit dem Oxford gefällt mir nicht. Ich finde das gar nicht lustig.«

»Alles an Oxford ist lustig«, lallte Grace. »Die Creme der Gesellschaft, heißt es immer. Und du weißt ja, wie gute Creme sein soll: zäh, dick und voller Klumpen.«

Lavinia hielt immer noch den Syphon in der Hand. »Haben Sie Englisch in Reading studiert?«

»Ja.«

»Erinnern Sie sich, wie Hemingway den Begriff ›Mut‹ definiert hat?«

»Hatte keine Zeit für den chauvinistischen Bastard.«

Lavinia hielt den Finger fünf Sekunden lang auf dem Druckknopf und richtete den Strahl in Graces Gesicht.

Die anderen Gäste verfolgten die Szene, verdutzt, aber ohne einzugreifen.

»Anstand unter Druck«,* sagte Lavinia auf dem Weg zur Tür. »So hat Hemingway den Begriff ›Mut‹ definiert. Anstand unter Druck.«

Das Hohngelächter, das sie im Hinausgehen hörte, bestätigte ihr, daß sie auf eine würdige Weise Halbzeit gefeiert hatte.

»Zwei zu null, zwei zu null, zwei zu null!« sang sie den ganzen Weg zurück nach South Kensington.

Etwa um die Zeit, als Lavinia Lee auf halbem Wege von Hampstead zu ihrer Wohnung war, saßen Paula und Sappho im Zug zurück nach St. Clare's. Auch sie waren bisher mit dem Verlauf der Herbstferien mehr als zufrieden.

Am gestrigen Abend hatten sie ihre Verbindung in einer Kneipe von Notting Hill gesucht und gefunden. Er war ein Nordlondoner mit dunklem, unangenehmen Teint, der auf schwere goldene Armbänder abfuhr. Offenbar boomte das Geschäft.

Nachdem sie ihre Transaktion mit dem Marihuana abgeschlossen hatten, fragte er sie, ob sie Interesse an Coke hätten.

»Ihr wißt schon, diese Nasenlutscher.«

Weder Paula noch Sappho hatte je Kokain probiert, aber sie hatten viel davon gehört, die ganzen Geschich-

* Grace = der Vorname bedeutet auch Anmut, Würde, Anstand

ten, wie großartig der Sex war und welche Bilder einem im Rausch durch den Kopf gingen. Theoretisch ließen die beiden nie etwas aus, das sich nach Spaß anhörte, aber praktisch waren sie pleite.

»Wieviel?« fragte Paula.

Ihr war nicht wohl bei der Sache. Jetzt, da sie genug Hasch in der Tasche hatten, um bis Weihnachten versorgt zu sein, drängte es sie zurück nach Hause. Okay, in dieser Kneipe wurde ohne große Geheimnisse mit Drogen gehandelt, aber sie wußte, daß die Bullen sie schon ein paarmal hatten hochgehen lassen.

Was war, wenn die Polizei heute abend erschien und sie in ihrem Netz einfing? Außerdem war Notting Hill kein sicheres Pflaster für zwei Schülerinnen von St. Clare's. Man hatte schon Leute für weniger als zwei Taschen voll Hasch überfallen und zu Brei geschlagen.

Der Dealer war erfahren genug, um zu wissen, daß die Zierliche der Boß der beiden war.

»Für einen Tausender und einen halben kriegt ihr genug für zehn Linien.«

»Verschwinde«, sagte Paula.

Der Dealer grinste. »Ja, gut, ihr seid neue Kunden, ich möchte euch als Stammkunden gewinnen. Sagen wir – einen Tausender.«

Das wäre nicht unerschwinglich gewesen, aber Paula wußte, daß es nicht klug wäre, ihre Eltern vor Weihnachten anzupumpen.

»Wie wäre es mit einem freien Pröbchen?« schlug Sappho vor. »Ich meine, wir haben das Zeug noch nie probiert. Woher wissen wir, ob wir es überhaupt mögen?«

»Ihr werdet es mögen, das könnt ihr mir glauben.«

»Trotzdem«, sagte Paula.

Der Dealer dachte nach. Der Preis, den sein Lieferant

ihm abverlangte, betrug nur einen Bruchteil von dem, was er auf der Straße verlangte, und wenn diese Millionärstöchterchen seine Stammkunden wurden, wären sie eine stetige Einnahmequelle für ihn.

»Okay«, sagte er schließlich. »Da gibt es eine Bude in Ladbroke Grove, die ich gelegentlich für solche Zwecke benutze. Aber es ist 'ne Stundenbude. Für Nutten, versteht ihr? Was dagegen?«

»Ich muß mal unter vier Augen mit dir reden, Sap«, sagte Paula. Sie schaute den Dealer an. »Dauert nur eine Sekunde.«

»Hoffentlich.«

Paula und Sappho traten ein paar Schritte zur Seite.

»Verdammt, Sap«, begann Paula, »Sind wir verrückt? Wenn sie uns mit Koks schnappen, stecken sie uns in eine Zelle und werfen den Schlüssel weg. Eine Flasche Wodka und ein paar Joints haben den gleichen Effekt.«

Bevor Sappho etwas erwidern konnte, wandte sie sich wieder dem Dealer zu. »Wir verzichten.«

»Wie ihr wollt. Aber ihr ahnt ja nicht, was ihr versäumt.«

Paula hielt ein Taxi an.

»Sussex Gardens, und halten Sie unterwegs an einer Bude an, wo wir Alkohol kaufen können.«

Niemand der beiden konnte sich am anderen Tag noch an die Einzelheiten dieser Nacht erinnern. Den Hotelzimmerpreis mußten sie im voraus zahlen, da der Mann am Empfang mit einem Blick erkannte, daß sie kein Gepäck bei sich hatten.

Das Marihuana war guter Stoff. Zusammen mit dem Wodka kreisten sie bald im Orbit.

Nach fünfzehn Minuten erklärte Sappho: »Also, jetzt würde ich die Aufnahmeprüfung für Oxford mit links bestehen, sage ich dir. Und mit rechts würde ich herrliche Dinge mit Phoebes blonder Ritze anstellen.« Sie schnalzte ausgelassen mit der Zunge.

Paula kicherte. »Ich könnte Phoebe mit der linken Hand und Jennifer mit der rechten hochkitzeln und fünf Testpapiere für Oxford mit dem Fuß ausfüllen. Na, da kommst du nicht mit, was?«

Sappho begann zu singen. Die Worte ergaben keinen Sinn, die meisten reimten sich mit Kranz und Getöse.

Jemand klopfte gegen die Wand.

»Verpiß dich, Saftsack!« rief Sappho, aber sie dämpfte dann ihren Vortrag.

Paula sagte: »Himmel, bin ich geil.« Sie zog sich Jeans und Unterwäsche aus, kniete sich auf den Boden und streckte den Hintern heraus. »Mach's mir, Sap. Ganz egal wie.«

Sappho legte sich rücklings auf den Boden und zögerte keine Sekunde, Paulas Wunsch zu befolgen. Paula stieß Entzückenslaute aus, als sie die Zunge der Freundin spürte.

»Ja, so ist es gut. Weiter, weiter ...«

»He!« sagte Sappho plötzlich und hielt in ihren Bemühungen inne. »Mir fällt da etwas ein, was ich bei Jackie Collins oder Judith Krantz gelesen habe.«

»He, verdammt! Du wirst mich doch nicht so liegenlassen. Ich verbrenne«, stöhnte Paula.

»Es würde auch gar nicht gehen«, fuhr Sappho fort. »Wir haben ja den Koks nicht gekauft.«

»Sap!« bettelte Paula.

»Dreh dich um«, befahl Sappho.

Paula legte sich auf den Rücken, die Beine weit auseinander. Sappho widmete sich ihr.

»Wie gefällt dir das, Liebling?«

»Ah! Mach's noch mal. Oh, ja, ja, mir kommt's! Himmel, mir kommt's! Dein Mund, Sap, komm, deine Zunge, ja, gib's mir!«

Das war der Moment, in dem heftig an ihre Zimmertür geklopft wurde.

»Verpiß dich!« bellte Sappho.

»Jetzt reicht es mir!« donnerte eine Männerstimme. »Ich rufe die Polizei!«

Im Zug gingen sie noch einmal die Ereignisse durch, und Paula meinte: »An einige Dinge kann ich mich erinnern, an die meisten aber nicht.« Sie schaute sich um, weil sie sicher sein wollte, daß sich niemand in Hörweite befand. »Jedenfalls erinnere ich mich daran, daß ich den besten Orgasmus aller Zeiten hatte. Glaube ich.«

»Vielleicht kommt es von meinem Gewicht«, mutmaßte Sappho. »Ich jedenfalls habe nicht so tierisch geschrien wie du. Ja, es ging mir unter die Haut, aber so richtig voll dröhnte es bei mir nicht rein. Erinnerst du dich denn noch an den Kerl, der gegen die Tür hämmerte? Als ich ihm zurief, daß er sich verpissen sollte, drohte er mit der Polizei. Da bin ich hellhörig geworden. Es war der Kerl vom Empfang, und ich mußte ein paar Scheine rüberrücken, damit er nicht die Polizei rief. Trotzdem hat er uns rausgeworfen, und die Nacht haben wir auf dem Waterloo-Bahnhof verbracht. Erinnerst du dich wenigstens daran?«

»Nur schwach. Himmel, ist mir schwummrig. Habe ich noch genug Geld für eine weitere Flasche Wodka?«

»Ja, sicher.«

»Dann ist der Abend ja gerettet.«

Amanda verbrachte den Samstagnachmittag beim Friseur. Sie ließ sich eine kürzere, krause Frisur legen, und als sie mit dem Schnitt zufrieden war, ließ sie die Haare färben. Zuerst wollte sie kohlschwarz werden, aber die Besitzerin des Salons konnte es ihr ausreden. Die Besitzerin fühlte sich Mrs. McDonald verpflichtet, denn viele Hotelgäste konsultierten diesen Salon nach der Empfehlung von Amandas Mutter. Und Mrs. McDonald wäre sicherlich nicht begeistert gewesen, ihre Tochter mit schwarzem Schopf wiederzusehen.

»Schwarz paßt wirklich nicht zu deinem Teint, Amanda. Was hältst du von diesem Ton? Mitternachtsblau. Das kommt schwarz sehr nahe, aber du kannst es schneller umfärben, wenn du deine Meinung änderst. Ich kann dir auch eine Tönungspackung mitgeben, so daß du selbst nachtönen kannst, wenn deine Farbe an den Wurzeln durchscheint.«

Amanda war von dem Ergebnis begeistert. Als sie ihr Spiegelbild betrachtete, nachdem die Verwandlung abgeschlossen war, sah sie nicht mehr die alte Amanda, sondern eine schnittigere, modernere Version. Aber trotzdem fehlte noch etwas.

»Es ist dein Make-up«, sagte die Besitzerin. »Augenstift und Lidschatten. Du mußt etwas Drastischeres probieren. Warte mal, ich habe eine Idee.«

Die Frau griff in ihre Handtasche, holte Bürsten und Schachteln und einen Augenbrauenstift heraus und begann mit der Transformation. Fünf Minuten später konnte Amanda das Ergebnis kaum glauben. Sie sah aus wie ihre ältere und attraktivere Schwester, wenn sie eine gehabt hätte.

Auf dem Weg zurück ins Hotel, das nur gut hundert Meter entfernt war, hörte sie auf der anderen Straßenseite ein paar junge Männer pfeifen. Sie ignorierte sie, bis sie begriff, daß sie hinter ihr her pfiffen, was ihr noch nie zuvor widerfahren war, nicht ein einziges Mal, und sie wußte, daß sie diesen Augenblick in ihrem Leben nie vergessen würde. Es war Samstagnachmittag, ein paar Minuten vor vier.

Ein paar Minuten vor vier an diesem Samstagnachmittag wurde Jocasta Petrillo in etwa fünfzig Meilen Entfernung das zweitemal in einer halben Stunde beglückt. Es geschah, wie auch beim erstenmal, über einem Strohballen, den sie mit einer Pferdedecke gemütlich hergerichtet hatten, in den Stallungen der Petrillos. Ihr Partner war Paul Buchanan, dessen Eltern in der Gegend eine Farm betrieben und auf den Jocasta schon seit längerem zurückgriff, wenn sie zu Hause war.

Jocasta hatte jenes Stadium unmittelbar vor dem Orgasmus erreicht, in dem die Augen zu rollen begannen und sich dann an einen geheimen Ort in der Ferne zurückzogen, zu dem nur sie Zugang hatte. Dann, als Paul Buchanan noch tiefer und heftiger in sie hineinstieß und mit Lippen und Zähnen sanft an ihrem Hals nagte, während sich ihre Finger hart in seine Hinterbacken gruben, um ihn noch tiefer in sich zu spüren, legte sich ein sanftes Lächeln über ihr Gesicht, das so gar nicht zu den wilden, hemmungslosen Geräuschen passen wollte, die aus ihr hinausstießen, und sie öffnete die Lippen in der Gewißheit, ihr Ziel zu erreichen.

Fast.

Jetzt!

Jaaa!

Aaahh.

Oh, wunderbar, doppelte, dreifache Wellen erfaßten sie, rissen sie mit, und dann wurde sie noch einmal von ihnen überspült, als Paul sich ergoß und die Zuckungen von neuem begannen.

»Huiii«, sagte sie ein wenig später, »das war echt stark, Mann.« Sie setzte sich auf.

Jocastas Reithosen und der Rest ihrer Kleidung lagen auf dem Boden verstreut, vermischt mit Paul Buchanans Sachen. Paul war vier Jahre älter als sie. Jetzt sammelte er seine Kleider auf und begann, sich anzuziehen. Sie schaute halb amüsiert zu, wie er das zweite Kondom abzog und sorgfältig in ein Taschentuch wickelte, bevor er es zurück in die Tasche steckte.

Jocasta fragte sich, ob sie Paul liebte. Nein, gab sie sich dann die Antwort. Er war sehr nett und hätte mit seinen dunklen, buschigen Haaren und den dunklen, großen Augen ein Held in Barbara Cartlands Romanen sein können. Ja, er sah gut aus. Aber Liebe? Das glaubte sie nicht.

»War's das denn?« fragte sie spitz und machte noch keine Anstalten, ihren Platz zu verlassen. Ihre Mutter würde erst gegen sechs Uhr zurückkehren, und Vater wurde nicht vor halb neun oder so erwartet.

»Ich muß gehen, Jo. Seid ihr heute abend zu den Telfords eingeladen?«

»Meine Mutter hat irgendwas davon erwähnt, aber ich nehme an, daß wir nicht hingehen, da Papa aus Brüssel zurückkehrt. Und putz dir nicht die Nase, bevor du die Beweisstücke nicht entsorgt hast.«

Paul grinste. »Was machen wir morgen?«

»Es wird schwierig sein – wie immer, wenn Papa zu Hause ist.«

»Dann muß ich jetzt fragen: »War's das denn? Hat sich die Erde nicht gedreht für dich?«

»Die Erde nicht, aber beim zweitenmal drehte sich der verdammte Strohballen.«

Jocasta stand auf und streckte sich. Draußen hämmerte der Regen auf das Stalldach.

Paul Buchanan schaute sie bewundernd an, während er seine Kleidung zurechtrückte. Himmel, war sie eine Schönheit! Sie war sogar noch schöner als ihre Mutter.

»Du solltest dich anziehen, Jocasta.«

»Hast du Angst, daß ein paar Stallarbeiter aufkreuzen?«

»Nun – ja.«

»Ich habe die Tür von innen verriegelt.«

»Aber wenn jemand draußen dagegen klopft, mußt du öffnen.«

»Es wird keiner anklopfen. Ich habe meine eigenen Pferde gepflegt, seit ich zehn bin. Nachdem du gegangen bist, werde ich mich um Sultan kümmern.«

Paul setzte sich auf den Strohballen, zog eine Packung Zigaretten aus der Tasche und hielt sie Jocasta hin. Sie schüttelte den Kopf. Paul riß ein Streichholz an und inhalierte, dann trat er die Streichholzflamme aus.

»Was ich dich immer schon mal fragen wollte«, begann er. »Was unternimmst du in Sachen Sex, wenn du in der Schule bist?«

»Was für eine Frage!« rief Jocasta.

»Nein, ich frage mich das wirklich.«

»Das wette ich.«

»Und?«

»Meinst du mich oder Mädchen allgemein?«

»Beide.«

»Das ist reine Privatsache. Was treibst du denn, wenn ich nicht hier bin?«

»Ah«, äußerte Paul.

»Siehst du.«

»Okay, ich bin kein Heiliger. Das hat nie jemand gesagt, ich erst recht nicht. Aber die Mädchen und Frauen hier in der Gegend können es mit dir nicht aufnehmen. Ich wette, in der Schule auch nicht. Es ist nur natürlich, daß Männer oder Jungs dir nachstellen, daß sie scharf auf dich sind, und du wärst kaum menschlich, wenn du nicht gelegentlich schwach würdest.«

»Schon mal was von AIDS gehört?«

»Ja.«

»Okay, das ist deine Antwort.«

Paul Buchanan trat mit seinen Reitstiefeln die Zigarette aus. Er küßte Jocasta auf den Mund, und dann konnte er nicht widerstehen und streichelte ihre Brüste.

»Geh«, sagte Jocasta, »sonst behalte ich dich hier.«

Sie verriegelte die Stalltür wieder hinter ihm und hörte, wie er davonfuhr. Sie rieb sich mit der Pferdedecke ab, auf der sie gelegen hatte, bevor sie die Decke um ihre Schultern schlang. Eigentlich sollte sie sich anziehen und sich um Sultan kümmern, aber sie hatte keine Eile.

Solange sie sich erinnern konnte, liebte sie Pferde, aber erst mit vierzehn Jahren hatte sie auf ihnen andere Freuden erfahren, als mit ihnen über Zäune zu springen oder in der Ebene eine Stunde lang fast fünfzig Kilometer zu galoppieren. An diesem Tag, als sie vierzehn war, hatte sie auf Sultan ihren ersten Orgasmus erlebt, hervorgerufen durch die Reibung zwischen Sattel, der engen Reithose und ihrem Körper.

Sie hatte nicht gewußt, was ihr widerfuhr, sie wußte nur, daß es das aufregendste Gefühl war, das sie je erlebt hatte. Und anfangs hatte sie sich entsetzlich geschämt.

Sie hatte sich sofort ins Badezimmer zurückgezogen und sich von Kopf bis Fuß geschrubbt, als wollte sie irgendwas von sich abwaschen. Aber sie konnte nicht erwarten, wieder auf Sultan zu sitzen.

Nichts geschah.

Auch nicht das nächste oder übernächste Mal.

Dann passierte es regelmäßig, und seitdem hatte sie stets ein paar Kleenex bei sich, bevor sie sich auf Sultan schwang.

Bald schon erkannte sie, daß nichts Sündhaftes in dem bestand, was sie fühlte und erlebte, und kurz darauf befreite sie sich von den Zwängen der Jungfernschaft. Ihre Mutter schien etwas zu ahnen, jedenfalls sorgte sie dafür, daß Jocasta mit einem Pessar ausgestattet wurde, und gleichzeitig folgte ein ernster Vortrag über die fatalen Folgen von Krankheiten, die durch den Sexualakt übertragen würden.

Jungs machten Spaß, fand Jocasta, aber sie hielten nicht mit den Orgasmen mit, die sie auf einem Pferd erlebte.

Schluß jetzt, Jocasta, schalt sie sich selbst, hör auf mit deinen Tagträumen und setz dich in Bewegung, bevor deine Mutter in Erscheinung tritt. Sie drehte sich um und wollte nach ihren Kleidern schauen, aber dann fiel ihr Blick auf die Reitgerte. Sie hob sie auf, fuhr versonnen mit den Fingern darüber, warf einen Blick zur Tür, um sich zu vergewissern, daß sie auch wirklich verriegelt war, und legte sich zurück auf den Strohballen.

Im Haus von Teddy Hedges – sein Vater war noch auf dem Fußballplatz, seine Mutter würde erst nach sechs Uhr von ihrem Job als Filialleiterin eines Supermarkts heimkehren – lag Julia Hastings in Teddys Bett nackt auf dem Rücken und starrte an die Decke, während Teddy aus ihr geglitten war, rechts neben ihr lag und dümmlich grinste, offensichtlich hoch zufrieden mit sich selbst.

Julia schob eine Hand zwischen ihre Beine und schaute auf ihre Fingerspitzen.

Da war kein Blut oder nur eine winzige Andeutung. Alles, was sie gelesen hatte, was die anderen Mädchen ihr erzählten, hatte erwarten lassen, daß die Opferung ihrer Jungfräulichkeit mit Blutverlust verbunden war.

Opferung?

Opferung hätte bedingt, daß sie einen Sinn in diesem Vorgang gesehen hätte.

Aber den sah sie nicht.

War's das schon? War das die Sache, um die alle soviel Wind machten?

Großer Gott!

Ja, sicher, das eigentliche Eindringen, das Durchstoßen, war ein Schock gewesen. Wie wenn man das erstemal den Alleinflug unternimmt, stellte sie sich vor. Oder das erstemal mit dem Fallschirm abspringt. Und richtig war auch, daß die Gefühle wohl nie wiederholbar sein würden.

Aber war's das wirklich?

Es gibt mehr Dinge zwischen Himmel und Erde, Horatio, die sich Eure Schulweisheit nicht träumen läßt.

Oh, falsches Stück.

Sie fühlte sich alleingelassen, zurückgelassen, und

sie ärgerte sich über sich selbst, daß sie so enttäuscht über Teddy war. Ende des vergangenen Sommers, hinter dem Friedhof, hatte sie sich geschworen, daß sie es jemanden wie Robert Penrose machen ließ, wenn schon nicht Robert selbst. Jetzt hatte sie sich Teddy hingegeben, und es würde kein anderes erstes Mal geben.

Was für eine Närrin war sie doch gewesen!

»Wie fühlst du dich, Liebling?«

Liebling!

»Ich weiß nicht.«

»Du mußt verstehen, bei Frauen dauert das immer eine gewisse Zeit.«

Da spricht die Stimme der Erfahrung, dachte sie. Teddy Hedges, siebzehneinhalb Jahre alt und tut so, als wäre er Richard Gere.

»Was dauert eine gewisse Zeit?«

»Herauszufinden, wie es dir kommt.«

»Ich dachte, es wäre deine Aufgabe, dafür zu sorgen, daß es mir kommt.«

Im Inneren hatte Teddy auch das Gefühl, daß es seine Aufgabe wäre, obwohl er sich erinnerte, irgendwo irgendwas gelesen zu haben, daß nicht alles die Aufgabe des Mannes wäre.

»Nun ja, du mußt auch dazu beitragen.«

»Es gibt einen Trick, wie?«

»Na, vielleicht kein Trick.«

»Dann eine Strategie?«

»Mir fällt das richtige Wort nicht ein.«

»Es könnte aber eine Strategie sein?«

»Was ist eine Strategie?«

»So was Ähnliches wie ein Trick, vielleicht ein geplanter Trick.«

»Ja.«

»Und wie findet man den Trick? Wie kriegt man ihn raus?«

»Wie ich schon sagte, das braucht seine Zeit.«

Aber wieviel Zeit? War es wie bei strengen Prüfungen? Mußte man üben? Und wie? Immer mit dem einen Mann? Oder lieber mit anderen? Oder lachten einen andere Männer aus, wenn man zu erkennen gab, daß man den Trick nicht beherrschte?

Es war alles so verwirrend.

Sie hatte sich alles ganz anders vorgestellt. Sie hatte geglaubt, daß sie jetzt wie auf Wolken schweben würde.

Würde Robert ganz anders mit ihr Liebe gemacht haben? Ja, ganz sicherlich. Er hätte sich um sie gekümmert, er wäre zärtlich zu ihr gewesen, er hätte ihr etwas für das gegeben, was sie ihm gegeben hätte. Er hätte zu würdigen gewußt, daß sie dieses Eine nur einmal zu vergeben hatte.

»Teddy«, sagte Julia nach einer Weile, »es hat mir nicht gefallen.«

»Das wird auch nicht erwartet. Ich meine, es gefällt einem Mädchen nicht beim erstenmal.«

»Das ist eine Regel, ja?«

Er sah albern aus, wie er so dalag, mit dem Kondom immer noch auf seinem ›Ding‹. Sie sah ihre Kleider, die verstreut im Zimmer herumlagen, und sie wünschte sich nichts anderes, als rasch in ihre Kleider steigen zu können.

Und aus diesem Zimmer zu rennen.

Ihr war das Wort ›ficken‹ nicht fremd, bestimmt nicht mehr, seit Kate bei ihnen war. Und ihr wurde bewußt, daß Teddy sie eben ›gefickt‹ hatte.

Und was war mit der Romantik?

Das Erlebnis mit Teddy hatte nichts Roman
gehabt, da war auch keine Liebe gewesen.

»Ich muß gehen, Teddy.«

»Jetzt schon? Ich dachte, wir würden noch einen Nachschlag nehmen.«

Nachschlag. Wie beim Pudding in der Schule.

»Heute nicht.« Und wenn es nach ihr ginge, dann niemals mehr.

»Weißt du, du hast dich verändert.«

Julia begann, sich anzuziehen. Sie hatte Teddy den Rücken zugewandt. »Wie meinst du das?«

»Du kommst mir älter vor.«

»Ich bin älter.«

»Aber nur ein paar Wochen.«

»Trotzdem.«

Vielleicht lag es an dem scheußlichen Wetter, vielleicht auch nur an dem trüben Licht der Glühbirne über der Kommode, aber sie fühlte sich elend.

Ben Fisher hätte nie zugelassen, daß sie sich derart betrogen fühlte, dachte sie plötzlich. Ben hätte dafür gesorgt, daß es ihr gutginge.

NIG HERODES WAR CHVERSTANDENER MANN

Amanda löste einigen Wirbel aus, als sie nach St. Clare's zurückkehrte.

Make-up war für die Mädchen der Unteren und Oberen Sechsten an St. Clare's nicht verboten, aber als junge Damen erwartete man von ihnen, daß sie die Errungenschaften der Kosmetikindustrie diskret verwendeten und nicht in die Klassenräume schlenderten, als suchten sie auf einer Londoner Marktstraße jemanden, der ihre Miete bezahlte.

Amanda kehrte aus den Ferien zurück wie ein Vamp aus einem Stummfilm. Über das Wochenende hatte sie die Kuchen und Viergängemenüs ihrer Mutter verschmäht, was dazu geführt hatte, daß sie weitere drei Pfund weniger wog.

Am Abend stellte sie sich neben Jocasta vor den großen Spiegel im Schlafsaal.

»Zwillinge!« rief sie begeistert.

Selbst Jocasta mußte einräumen, daß es eine schwache Ähnlichkeit gab. Eine verrückte Geschichte, dachte sie.

»Wenn du mich fragst«, sagte Julia später zu Kate, »dann tut sich Amanda damit keinen Gefallen. Das ist bestimmt ungesund.«

»Das wird vorbeigehen«, meinte Kate. »Warte mal ab, Weihnachten ist sie blond.«

»Dann wird sie versuchen, dir ähnlich zu sein.«

»Himmel, ich hoffe nicht. Eine von meiner Sorte ist mehr als genug.«

Mrs. Clinton, die Chefin von Churchill House, forderte Amanda auf, den größten Teil der ›Augenmalerei‹ sowie den grellen Lippenstift zu entfernen. Amanda gehorchte, ohne zu murren. Sie hatte nur die Reaktion ihrer Freundinnen auf die neue ›Panda‹ sehen wollen, aber sie hatte sich dieser Verwandlung nicht wegen der Freundinnen oder wegen der Jungs in der Oberen Sechsten unterzogen. Der entscheidende Test würde am Samstag bei Flanagan's stattfinden.

Der Samstag kam, und sie ließ kaum einen Tanz aus. Einige Verehrer mußte sie sogar zurückschicken. Einer der Stadtjungen sagte das in ihren Ohren größte Kompliment, als sie neben Jocasta stand: »Seid ihr beiden Schwestern oder was?«

Amanda war belesen genug, um zu wissen, daß strikte Diät zu einer Besessenheit werden und zu Appetitlosigkeit führen konnte. Sie hatte einige Artikel darüber gelesen, und seither war sie sicher, daß sie keine gefährdete Magersucht-Kandidatin war. Ihre Fettleibigkeit war wirklich gewesen, nicht eingebildet. Wenn sie ihr optimales Gewicht erreicht hatte – noch fünf Pfund mußten runter –, würde sie mit der strengen Diät aufhören und danach fast normal essen. Die Salatbar würde sie am häufigsten sehen, und den Pudding würde sie oft weglassen.

Um sicherzugehen, daß sie keinen Fehler beging, erläuterte sie der Hausmutter, welche Ziele sie hatte.

Die Hausmutter, Tante Natal, wog sie und verglich das Gewicht mit Amandas Karteikarte, auf der ihre körperliche Entwicklung vom ersten Tag an auf St. Clare's festgehalten war. Nach den Sommerferien hatte

Amanda acht Pfund abgenommen, und fünf weitere Pfund würden ihr das ideale Gewicht für Alter und Größe geben.

Natalie Howe hegte große Sympathien für die Pummeligen dieser Welt. Als sie ein Teenager war, in den sechziger Jahren, hungerten sich Mädchen schlank, um die neueste Mode tragen zu können. Sie war auch dem Trend gefolgt, hatte gehungert und gelitten. Und was hatte es ihr eingebracht? Sie wog gut zwanzig Pfund zuviel. In der Türkei oder einem arabischen Staat würde ein Heiratskandidat fünfzig Kamele für sie bieten. In England war sie eine dicke Frau, auf die das Alter wartete.

»Du machst das richtig, Amanda, aber du mußt vorsichtig sein. Wenn du zu rasch abnimmst, hat das Auswirkungen auf deinen Körper. Wenn du dich schlecht fühlst oder wenn deine Periode unregelmäßig kommt, solltest du dich gleich wieder bei mir melden. Aber ich werde sowieso ein Auge auf dich haben.«

Es war schon einige Jahre her, daß Robert Penrose über einen längeren Zeitraum eine Klasse mit vierzehnjährigen Mädchen unterrichtet hatte, aber Mitte November legte sich Chips mit einer Grippe ins Bett, und Mrs. Gordon bat Penrose, die Klasse in Englisch zu unterrichten.

Er konnte kaum glauben, welchen Lärm sie schon veranstalteten, wenn sie nur ihre Bücher aufschlugen. Sie schienen unfähig, auch nur die geringste Tat zu unternehmen, ohne sich wie die Bewohner eines südamerikanischen Regenwaldes anzuhören.

Am zweiten Tag vertraute er Lavinia Lee an, während sie die Pause im Lehrerzimmer verbrachten, daß Chips seiner Meinung nach nicht an Grippe litt, sondern wahrscheinlich an einem Nervenzusammenbruch.

»Er hat mit ihnen angefangen, *Julius Caesar* zu lesen, und im ersten Akt, zweite Szene, gibt es ein paar Zeilen, wo Cassius von einem Mann spricht, der auf seinen gewaltigen Beinen herumstolziert und alles beäugt. Du hättest dieses Kichern hören müssen! Man sollte glauben, wir hätten *Fanny Hill* gelesen. Ein paar Zeilen weiter heißt es: ›Der Fehler, lieber Brutus, liegt nicht in unseren Sternen, sondern in uns selbst‹, und bevor ich wußte, was geschah, hatten sie mich in eine Diskussion über Astrologie verwickelt. Ob ich wüßte, wann Cäsar geboren wurde, in welchem Sternzeichen? Gott sei Dank wußte ich die Antwort, denn die meisten Experten sind sich einig, daß er am zwölften oder dreizehnten Juli im Jahre hundert vor Christus geboren wurde. ›Dann ist er also ein Krebs, nicht wahr, Sir?‹ sagte eines der kleinen Biester, und danach diskutierten wir zehn Minuten lang die Eigenschaften dieses Sternzeichens.«

»Ich bin sicher, daß sich Chips zu helfen weiß«, murmelte Lavinia.

Felicity Coggan war in Hörweite und nahm an ihrer Unterhaltung teil. »Das mag sein«, sagte sie, »aber man muß auch sagen, daß Robert bisher sehr verwöhnt war, weil er nur in den sechsten Klassen unterrichten mußte, wo der schrille Sopran der Kindheit sich schon zu einem *mezzo contralto* gedämpft hat.« Sie zog an ihrer stets präsenten Zigarette und fuhr dann fort: »Erst wenn man die pubertären Kinder über einen längeren Zeitraum unterrichtet hat, weiß man, was für eine

Erleichterung das Ende des Schuljahres ist. Und wie lebensnotwendig Valium ist. Ich fragte einen meiner kleinen Lieblinge neulich, sie solle mir drei Gründe nennen, warum der Nil so entscheidend für Ägyptens Wirtschaft sei. Bootfahren, Wasserski und Suba-Tauchen, antwortete sie.«

Lavinia und Penrose glucksten.

Felicity fuhr fort: »Ich habe eine andere junge Dame in meiner Klasse, die zu den Wiedergeborenen Christen gehört, ihr wißt schon, das sind diese Leute, deren Gesichter wie unentwegt geschrubbt aussehen und deren Augen unnatürlich hell glänzen. Sie hat es nicht mit konventionellen Theorien der Geographie und Geologie. ›Das ist alles schön und gut, Mrs. Coggan, aber in Genesis eins, Vers sechs und sieben heißt es ...‹ Und so weiter. In jedem Aufsatz von ihr steht stereotyp der erste Satz: ›Als der Herr unser Gott die Kontinente erschuf ...‹ Ich traue mich nie, ihr eine schlechtere Note als zwei minus zu geben, ganz egal, welchen Unsinn sie schreibt. Ich fürchte, sie wird mich sonst als Anti-Christ entlarven und dafür sorgen, daß ich auf dem Scheiterhaufen ende.«

Lavinia war im stillen dankbar dafür, daß ihre Tage bei den Teenies vorüber waren, aber auch sie konnte nicht über einen Mangel an Problemen klagen, am meisten über Richard Carson, dessen Gedanken in letzter Zeit woanders zu sein schienen.

Sie sprachen über *Le Mariage de Figaro* von Beaumarchais während einer Förderstunde in Lavinias Studienzimmer. Jedenfalls ging Lavinia davon aus, daß sie darüber sprachen. Aber Richard Carson mußte geglaubt haben, daß sie bei Molières *Le Misanthrope* waren, der auch zum Lehrstoff gehörte.

»C'est une folie à nulle autre seconde, de vouloir se mêler à corriger le monde.«

»Übersetze das bitte, Richard«, sagte Lavinia.

»Von allen menschlichen Torheiten kann keine größer sein, als den Mitmenschen besser verstehen zu wollen.«

»Und was genau meint Beaumarchais damit?«

Carson blinzelte. »Beaumarchais? Das ist Molière.«

»Das ist es in der Tat, Richard. Aber in dieser Förderstunde geht es um Beaumarchais' *Figaro*. Was, um alles in der Welt, ist eigentlich los mit dir? Auf diese Weise wirst du nicht bestehen.«

Irgendwas klickte in Carson.

»Sie geben sich so verdammt überlegen!« rief er ihr aufbrausend zu, und dann wechselte er wieder in perfektes Französisch, und auch noch zu Beaumarchais' *Figaro*. »Parce que vous êtes un grand seigneur, vous vous croyez un grand génie. Vous vous êtes donnè la peine de naître, et rien de plus!«

Übersetzt hieß das: Weil Sie ein großer Herr sind, halten Sie sich für ein großes Genie. Sie haben die Mühen der Geburt durchlaufen, aber sonst nichts!

Die Beleidigung war offenkundig, und Lavinia kochte. Aber sie hielt ihre Verärgerung zurück, denn sie glaubte den Grund für Carsons Schwierigkeiten zu kennen.

»Wir belassen es dabei für heute«, sagte sie kühl, »und fangen später noch einmal damit an, wenn du ein bißchen weniger zerstreut bist.«

Richard Carson blieb an der Tür stehen und entschuldigte sich. »Es tut mir leid. Ich hatte kein Recht dazu.«

»Wie ich schon sagte, Richard, wir lassen es heute«, entgegnete Lavinia.

Am anderen Nachmittag bat sie Kate McNamara, nach dem Unterricht noch eine Minute im Klassenzimmer zu bleiben. »Ich möchte über etwas mit dir sprechen«, sagte sie.

»Ich kann mir denken, um was es geht«, sagte Kate, als sie mit Lavinia allein war.

»Hat Richard es dir gesagt?«

»Er hat davon gesprochen, daß er sich schlecht benommen hat.«

»Oh, das spielt keine so große Rolle«, sagte Lavinia. »Du hältst mich wahrscheinlich für eine uralte Frau, aber es ist weniger als zehn Jahre her, daß ich ähnlichem Druck ausgesetzt war, bevor ich in Oxford aufgenommen wurde. Ich kann mich noch gut daran erinnern. Die eine oder andere scharfe Replik stört mich nicht, so etwas ist unvermeidlich. Was mich aber stört, ist die Tatsache, daß Richard seit Beginn dieses Quartals seine Konzentrationsfähigkeit verloren hat.«

»Und Sie glauben, daß ich das Problem bin?«

»So würde ich es nicht formulieren. Aber ihr beide habt kein Geheimnis daraus gemacht, daß ihr ein Paar seid. Ich gehe mal davon aus, daß ihr es immer noch seid.«

»Wir haben uns noch nicht getrennt«, sagte Kate, »und ich glaube, daß ich diese Angelegenheit nicht weiter mit Ihnen diskutieren möchte. Sie müssen mit Richard reden, wenn Sie Antworten haben wollen, aber ich bin sicher, daß auch Sie aus ihm nicht viel herausholen.«

Wie konnte auch ein junger Mann von achtzehn Jahren einer überaus schönen Frau gestehen, daß er unter Impotenz litt? Nach den Herbstferien hatten sie es dreimal versucht, jedesmal im Hockey-Pavillon, und dreimal hatte Richard versagt. Er hatte es wieder einmal auf die unbekömmlichen Umstände zurückgeführt und auch auf den Streß, der wegen der Aufnahmeprüfungen bevorstand.

Aber dann hatte er noch eine Begründung hinzugefügt, mit der er ihr die Schuld zuwies.

»Es ist nicht nur meine Schuld. Du hast mir gleich am Anfang gesagt, daß du keine Jungfrau mehr bist. Ich war es auch nicht. Und auch nicht einige der anderen Mädchen, mit denen ich vor dir zusammen war. Aber keines hat sich so verhalten wie du. Ich frage mich allmählich, ob du nicht viel erfahrener bist, als du mir gegenüber zugibst.«

Weil es der Wahrheit so nahe gelangte – nun, es traf die Wahrheit mitten im Kern –, wurde Kate wütend.

»Kann sein, daß ich erfahrener bin, kann aber auch nicht sein«, schleuderte sie ihm entgegen. »Aber was in Amerika passiert ist, hat nichts mit dir zu tun.«

»Ich habe nichts von Amerika gesagt.«

Sie küßten sich und versöhnten sich wieder ein paar Tage später, aber es war ein wackliger Waffenstillstand. Danach sprachen sie kaum noch darüber, aber sie stimmten überein, daß es keine Fummeleien mehr im Hockey-Pavillon oder auf dem Hof der Fünften geben sollte. Sie schmiedeten intensiv Pläne, während der Weihnachtsferien ein paar Stunden oder Tage gemeinsam zu verbringen.

»Darf ich jetzt gehen?« fragte Kate.

»Natürlich«, erwiderte Lavinia.

Und da dachte ich, meine Arbeit sei leichter, weil ich nichts mehr mit Teenies zu tun habe, dachte sie. Sechzehn- bis Achtzehnjährige können viel schlimmer sein.

PROBEN

»Wer ist das?« fragte Ben Fisher.

Er schwärzte seine Augenbrauen mit Fettschminke, blähte seine Wangen wie ein Hamster und tönte: »Die grünen Keime der Erholungsphase stehen vor der Tür.«

»Das ist doch leicht«, sagte Julia. »Unser Wirtschaftsminister.«

»Und wer ist das?«

Er sprühte sich grauen Lack ins Haar und ging zur Bühne, wobei er das rechte Bein nachzog. »Lewis, kommen Sie mal her!«

»Noch leichter«, sagte Julia. »Inspector Morse.«

»Richtig«, sagte Fisher. »Jetzt aber ...«

Er setzte seine Brille schief, so daß ein Glas auf dem Wangenknochen ruhte, das andere gegen die Stirn drückte.

»Keine Ahnung«, gab Julia zu.

»Ein Bild von Picasso.«

Julia kicherte.

Ben Fisher strahlte.

Robert Penrose klatschte in die Hände, um auf sich aufmerksam zu machen.

»Ruhe, bitte!«

Neben ihm murmelte Lavinia: »Ich liebe es, wenn du so männlich durchgreifst.«

Er flüsterte zurück: »Ich weiß zwar, daß wir die Prügelstrafe an St. Clare's nicht mehr haben, aber du meldest dich später in meinem Studienzimmer, um dir sechs Stockschläge abzuholen.«

»Immer diese Versprechungen«, sagte Lavinia.

»Heute abend konzentrieren wir uns auf die erste Szene im zweiten Akt«, sagte Penrose laut. Er hielt eine Hand hoch, um die Proteste abzuwehren. »Ja, ich weiß, daß ich euch für den heutigen Abend den vierten Akt versprochen habe und daß wir die erste Szene des zweiten Aktes bis zum Erbrechen geprobt haben. Aber sie sitzt immer noch nicht, und es handelt sich um die Schlüsselszene des Stücks. Mir ist auch deutlich bewußt, daß wir nur noch drei Wochen bis zur ersten Aufführung haben. Ihr müßt mir einfach vertrauen, daß wir es bis dahin schaffen. Ben?«

Ben Fisher schaute auf seine Auftrittsliste.

»Puck, Oberon, Titania, Demetrius, Helena und verschiedene Elfen.« Ben schaute über seine Brillengläser. »Ich fürchte, uns fehlen einige Elfen, Sir.«

»Ich weiß Bescheid«, sagte Penrose. »Die jungen Elfen haben heute abend frei, sofern sie keine Sprechrolle haben, weil ich mich ausschließlich auf die Hauptpersonen konzentrieren will.«

Puck und die Elfenanführerin nahmen das erste Viertel der Szene ein, dann traten Oberon und Titania hinzu, König und Königin der Elfen. Penrose hatte es nicht geschafft, einen Jungen der Sechsten zu überreden, den König der Elfen zu spielen*, und so war der König eine fünfzehnjährige ›Sie‹. Glücklicherweise war sie rank und schlank und sogar eine gute Schauspielerin. Auch die fünfzehnjährige Königin hatte überra-

* king of fairies = fairy bedeutet in der Umgangssprache auch schwul.

schendes Talent. Unglücklicherweise nannte sie einen hervorragenden Busen ihr eigen, was schon zu vielen dummen Sprüchen geführt hatte. Man unkte, daß bei der Rollenauswahl ihre Brüste ausschlaggebend gewesen seien, kein Wunder bei ihrer Rolle: ›Tit‹ania.

Penrose grauste es vor der Kostümprobe. Er mußte darauf achten – besser, Lavinia mußte es tun –, daß Titanias Kostüm keinen allzu tiefen Ausschnitt hatte. Sonst würde es vielleicht einen Aufstand unter den Vätern geben.

Puck war ein entzückendes vierzehnjähriges Mädchen mit einer süßen Altstimme. Obwohl Shakespeare für Puck keine Lieder vorgesehen hatte, sollte Puck auf Penroses Anweisung einige der längeren Monologe im Singsang bringen. Sie hatte viel mehr als Singsang daraus gemacht und einige Melodien selbst erfunden. Besonders ergreifend war die Melodie, die sie für Pucks wichtigen Schlußbeitrag gefunden hatte, in dem der Kobold das Publikum ersucht, die Darstellung der Schauspieler mit Nachsicht und freundlich aufzunehmen.

Wenn wir Schatten euch beleidigt,
Oh, so glaubt – und wohl verteidigt
sind wir dann! – ihr alle schier
habet nur geschlummert hier
und geschaut in Nachtgeschichten
eures eignen Hirnes Dichten.

Penrose plante, die Schauspielerin sollte sich mit überkreuzten Beinen in die Bühnenmitte setzen, und nur ein pinkfarbenes Spotlight würde sie beleuchten, während sie die gesamten achtzehn Zeilen des Schlußbeitrags sang. Alle anderen Darsteller würden rechts und links hinter ihr stehen, umgeben von völliger Dunkelheit, und wenn die beiden letzten Zeilen erklangen – Nun gute Nacht! Das Spiel zu enden, begrüßt uns mit gewogenen Händen! –, würden sie aus der Dunkelheit hervortreten und sich an den Händen fassen, mit Puck in der Mitte.

Ein rasches Verbeugen – und dann der Vorhang.

Dann würde es die Einzelverbeugungen geben, zuerst die weniger wichtigen Rollen, schließlich die Hauptdarsteller. Und danach, hatte Penrose sich vorgenommen, würde Puck das Abschiedslied noch einmal singen, und dann durfte das gesamte Ensemble sich so viele Vorhänge holen, wie es wollte.

Es würde kein Auge trocken bleiben, dachte Penrose.

Guy Young, der Geliebte von Felicity Coggan, spielte den Demetrius, Helenas Liebhaber. Felicity hatte ihn ermutigt, für die Rolle vorzusprechen, nachdem der ursprüngliche Demetrius die Hänseleien seiner Kameraden in der Oberen Sechsten nicht länger hatte hinnehmen wollen und zurückgetreten war. Guy störte es nicht, daß er der einzige Junge unter den Darstellern war.

»Du hast genau das richtige Aussehen für den Demetrius«, hatte Felicity ihm gesagt.

Felicitys Motive waren nicht ganz uneigennützig. Seit dem Schrecken, den ihr die boshafte Patsy Kelly eingejagt hatte, und seit Mrs. Gordons verschleierter Warnung, daß ihr Felicitys Beziehung mit einem Angehörigen der Oberen Sechsten nicht unbekannt geblieben wäre, waren ihre heimlichen Treffen rar geworden. Aber einige von Felicitys Teenies waren Elfen, und das bot einen Vorwand, bei den Proben anwesend zu sein.

Selbst an diesem Abend, obwohl die Elfen nicht dabeiwaren.

Ben Fisher war nicht so glücklich, wenn er Guy als Demetrius um seine Julia-Helena schmachten sah. Julia verfolgte ihn ein bißchen mehr, als schicklich schien. Aber Julia hatte Ehrgeiz. Während er, Ben Fisher, nur den Ehrgeiz hatte, sie endlich zu vögeln.

»Ich würde mich nicht aufregen an deiner Stelle«, sagte Henry Morton, als Guy auf die Bühne trat, gefolgt von Julia.

Weil Henry sich so entsetzlich einsam fühlte, hatte er damit angefangen, den Theaterproben beizuwohnen, und Penrose, der nie gegen ein zusätzliches Paar Hände war, hatte ihn zu einem der Kulissenschieber ernannt und setzte ihn auch als Laufburschen ein. Henry war froh, daß ihn jemand mal für irgend etwas brauchte.

»Wovon redest du?« fragte Fisher, ein Auge auf Julia und Guy, das andere auf dem Buch.

»Ich lieb' dich nicht, verfolge mich nicht mehr«, sagte Guy.

Fisher schaute in sein Manuskript. Noch ein halbes Dutzend Zeilen, bis Helenas erster Text einsetzte. Sie würde ihm die Zähne zeigen, wenn er sie verhungern ließ.

»Seit diesem Stück hat Julia doch für niemanden mehr Augen als für dich«, sagte Henry.

Fisher vergaß seine Aufgabe. »Wer hat dir denn diese Idee eingepflanzt?«

»Du bist blind, Ben.«

»Anfang!« fauchte Julia, die ihren Einsatz verpaßt hatte.

»Du ziehst mich an, du hartherziger Magnet«, flüsterte Ben.

»Ich danke dir«, sagte Julia sarkastisch.

»Aufhören!« unterbrach Penrose. »Julia, wenn du deinen Text nicht bereithast, warte auf den Souffleur und sprich einfach weiter. Danke ihm nicht, beschimpfe ihn nicht. So, weiter.«

»Nun«, sagte Henry grinsend, »bis vor zehn Sekunden hatte sie nur Augen für dich.«

»Bastard!« fluchte Fisher.

Felicity schlüpfte zehn Minuten vor dem Probenende aus dem Saal. Heute war Donnerstag. Mit ein bißchen Glück würde sie am Samstag eine Weile mit Guy zusammen sein können. Die meisten Darsteller blieben noch, um Henry und den anderen Hilfsarbeitern beim Aufräumen zu helfen. Der Saal wurde nicht nur für Theateraufführungen genutzt, sondern gelegentlich auch für das gemeinsame Morgengebet, wenn in der Kapelle der Chor probte, wie jetzt zum Beispiel, denn zum Ende des Weihnachtsquartals gab es einen Gottesdienst, bei dem der Chor mitwirkte.

Guy Young und Julia, Henry Morton und Ben Fisher, Lavinia und Penrose waren die letzten, die den Saal verließen. Guy versuchte Julia davon zu überzeugen, die Zeile ›Du tust mir Leides. Pfui, Demetrius‹ mit einer Ohrfeige zu begleiten. Julia wollte nicht.

»Helena sagt als nächstes: ›Um Liebe kämpft ein Mann wohl mit den Waffen / Wir sind, um euch zu werben, nicht geschaffen‹, und deshalb wäre es lächerlich, wenn sie eine Sekunde vorher Demetrius ohrfeigt.«

»Aber das ist doch der köstlichste Widerspruch, begreifst du den denn nicht? Zuerst schlägt sie ihn, dann sagt sie, daß Frauen nicht kämpfen. Das ist ein Witz, ein Gag.«

Penrose hörte die Unterhaltung mit. »Ich habe euch

schon einmal gesagt, daß ihr nichts zusätzlich einbringen sollt, bevor ich es abgesegnet habe. Ihr könnt alles, was euch einfällt, in den Proben vortragen, und dann überlegen wir, ob es zum Gesamtkonzept paßt. Aber wenn jeder Darsteller oder jedes Paar seine eigenen Kreise zieht, produzieren wir ein Varieté ohne Leitmotiv.«

»Okay, begriffen«, sagte Guy. »Soll ich mit dir zurück zum Churchill House gehen?« fragte er Julia.

Julia warf Ben Fisher einen Blick zu. »Nein, danke. Ich muß mit Ben noch ein paar Dinge besprechen.«

Guy begriff wieder. »Okay. Henry, gehst du mit zum Napier House?«

»Ja, klar«, sagte Henry und hoffte, daß der Stolz nicht in seiner Stimme mitschwang. Jemand wie Guy Young legte Wert auf seine Begleitung!

Draußen vor dem Saaleingang sagte Ben: »Tut mir leid wegen deines Textes. Meine Gedanken waren woanders.«

»Bei mir, hoffe ich.«

»Ja, waren sie.«

»Nun ja, das kann ja mal passieren.«

»Danke. Was machen wir am Samstag?«

Sie hat sich verändert, seit sie aus den Herbstferien zurückgekehrt ist, dachte Fisher, und er fragte sich, ob Henry recht hatte.

Im Saal sagte Lavinia, kurz bevor sie das Licht ausschalten wollte: »Weißt du, wir könnten auch noch eine halbe Stunde hier bleiben.«

Penrose schüttelte den Kopf. »Ich würde ja gern, Vin, aber ich muß noch eine Stunde korrigieren.«

»Interessierst du dich nicht mehr für mich?«

»Du weißt, daß das nicht stimmt. Erinnerst du dich noch an das Hotel, wo wir die Herbstferien verbringen wollten, bevor sie mich zum Babysitten verpflichteten?«

»Natürlich.«

Lavinia wollte ihn vom Thema Herbstferien wegbringen. Er hatte sie gefragt, was sie unternommen hätte, als sie am Montag zurückgekehrt war, und sie hatte gemurmelt, daß sie ein paar entspannende Tage bei ihrer Schwester Rebecca verlebt hätte, und dann ein paar Einkaufsbummel in London. Sie hatte ihm die Strümpfe und Strumpfbänder noch gar nicht zeigen können, die sie bei dieser Gelegenheit gekauft hatte, denn seither hatten sie noch nicht wieder miteinander geschlafen.

»Nun«, sagte Penrose, »ich wollte dir schon vorschlagen, am Samstag dort abzusteigen, aber dann fiel mir etwas Besseres ein. Ein Freund, mit dem ich zur Uni gegangen bin und mit dem ich einen Teil der Ferien in Frankreich verlebt habe, besitzt ein Landhaus in den Malverns nahe Tewkesbury. Er benutzt es kaum, abgesehen von dem einen oder anderen Wochenende. Ich weiß, daß er den Schlüssel bei einem einheimischen Bauern läßt, und wenn er das Haus an diesem Wochenende nicht belegt, würde ich gern mit dir hinfahren. Morgen am Freitag kann ich noch nicht, weil wir noch eine Probe haben. Wir könnten am Samstagnachmittag fahren und kehren am Sonntagabend zurück. Bei deiner Fahrweise könnten wir in zwei Stunden da sein.«

»Hört sich gut an. Aber warum die Umstände?«

»Ein Hotel ist eine Sache. Es hat was Flüchtiges, Vergängliches. Ein Landhaus ist was Ernsteres.«

Lavinia glaubte zu wissen, was er meinte, aber sie wollte nicht zu ernst werden.

»In einem Landhaus, wo keiner zuhört außer den Schafen, kann ich auch stimmlich aus mir herausgehen, wie ich will. Puh, der Gedanke macht mich geil. Hast du was bei dir?«

»Ja, aber ...«

»Kein Aber, Robert. Einen auf die Schnelle, hier an der Wand.«

Lavinia trug einen langen Winterrock, den sie bis zu den Hüften hochzog. Penrose ließ nicht einmal seine Hose fallen, und er bereitete sich auch nicht die Mühe, Lavinias Slip auszuziehen. Er schob ihn auf eine Seite, streifte sich ein Kondom über, und als Lavinia die Beine um seine Hüften schlang wie eine Ballettänzerin, stieß er in sie hinein.

Es war in knapp zwei Minuten vorbei, aber Lavinia kam es wie im Eiltempo, und Penrose auch.

»Jetzt fühle ich mich besser«, sagte sie, als sie sich berappelt hatten, und sie nahm sich vor, ihn am Samstag mit dem schwarzen Strumpfband und den schwarzen Strümpfen zu überraschen. Aber Robert Penrose standen mit ihr wohl noch einige Überraschungen mehr bevor.

Samstagnachmittag. Der Wind heulte, der Regen klatschte gegen die Fensterscheiben.

»Ich langweile mich zu Tode«, sagte Sappho. »Was hältst du davon, wenn eine von uns in die Stadt geht und ein paar Videos ausleiht?«

Paula lag bäuchlings auf dem Bett. »Was hältst du davon, wenn du das besorgst?«

Paula war stinksauer. Vorhin waren Jennifer Langleys Eltern vorgefahren und hatten Jennifer, Phoebe und zwei weitere Teenies zu einem Tagesausflug mitgenommen. Meistens half in solchen Situationen ein Joint, und sie hatte den Stoff in der Cornflakes-Schachtel, fast in Reichweite, aber sie wollte sich nicht antörnen.

»Ich dachte, daß es darauf hinauslaufen würde«, sagte Sappho. »Wenn ich mich beeile, schaffe ich noch den Bus um halb drei. Irgendwas Bestimmtes?«

»Irgendwas mit einer Lesbenclique, die es mit einer anderen Lesbenclique treibt, aber es muß was sein, was wir noch nicht gesehen haben.«

»Ich leihe sie aus, aber du mußt sie zurückbringen. Und sie müssen bis Sonntag um sieben zurückgebracht sein.«

»In Ordnung.«

»Das glaube ich erst, wenn ich es erlebe«, sagte Sappho säuerlich.

Sie waren beide regelmäßige Kunden in einer Videothek in der Stadt, die sich Blue Virginia nannte, wo es Porno-Videos zum Kaufen und Leihen gab, außerdem Sexhefte aller Art. Die meisten Kunden waren Männer, aber das störte weder Paula noch Sappho. Ja, es törnte sie sogar an, wenn sie neben den Kerlen standen, die sich an den wilden Bildern aufgeilten. Paula van der Groot und Sappho Peters ließen sich nicht vom anderen Geschlecht einschüchtern.

Natürlich waren die meisten Filme, Bücher und Hefte für die männliche Klientel entworfen, aber das war auch der Grund, warum überall wunderschöne Frauen zu sehen waren, Frauen mit herrlich gebauten Körpern in der Blüte ihres Lebens.

»Wenn du Geld brauchst, findest du es in meiner Tasche«, sagte Paula.

»Nein, ich habe dir doch gesagt, daß ich Anfang der Woche ganz überraschend einen Scheck erhalten habe. Gott sei gedankt für reiche Eltern.«

»Willkommen im Club der glücklichen Spermien.«

»Was sollen Spermien schon Glück bringen?« meinte Sappho. »Es ist klebriges, schmutziges Zeug.«

»Das hört sich so an, als wüßtest du, wovon du redest.«

»Ich hab' das mal gelesen.«

Lavinia saß hinter dem Lenkrad ihres Autos, Robert Penrose neben ihr, als sie Sappho den Weg zum Haupttor hinuntergehen sah, den Regenschirm aufgespannt und gegen die Elemente kämpfend.

»Wir sollten sie mitnehmen.«

Ihre Taschen befanden sich im Kofferraum. Nichts deutete darauf hin, daß sie das Wochenende in den Malverns verleben würden.

»Okay«, sagte Penrose.

»Hast du einen weiten Weg?« fragte Lavinia, als sie auf Sapphos Höhe war und die Scheibe hinuntergedreht hatte.

»In die Stadt«, sagte Sappho.

»London-Stadt oder Hier-Stadt?«

»Hier-Stadt.«

»Dann steig ein.«

Es kostete sie keinen Umweg. Sie setzten Sappho am Einkaufszentrum ab.

»Danke«, sagte Sappho.

Nun sieh mal einer an, dachte sie. Irgendwie spürte

sie, daß zwischen den beiden Lehrern was ablief. Dieser scharfe Penrose. Man mußte ihm zu einem Weib wie die Lee beglückwünschen. Eine Schande, daß sie nicht zu uns gehört.

Der Manager des Blue Virginia erkannte sie, wußte auch, daß sie an St. Clare's war, über achtzehn Jahre alt, und genug Geld hatte. Er wußte auch, daß sie lesbisch war, was ihn weder hier noch da kratzte. Alle möglichen und vorstellbaren Präferenzen waren unter seinen Kunden vertreten, es kümmerte ihn nicht, solange sie nicht zu klauen begannen. Aber er nahm sich vor, sich eines Tages zu trauen und sie zu fragen, wie viele von ihrer Sorte an St. Clare's wären. Und wie sie es schafften, sich gegenseitig zu befriedigen. Man wollte ja schließlich wissen, wie die anderen es trieben.

»Wir haben ein paar spezielle Dinge direkt aus Amerika via Amsterdam erhalten«, sagte er zu Sappho. »Schauen Sie sich die Lieferung mal an. Im Hinterzimmer.«

»Danke, ja.«

Im Hinterzimmer standen drei Männer, die Magazine durchblätterten oder Videotitel anstarrten. Sie alle taten peinlich verlegen, als Sappho den Perlenvorhang zur Seite schob. Sappho gluckste zufrieden.

Zuerst blieb sie vor dem Regal mit den Magazinen stehen. Es gab einen Titel, den sie noch nicht kannte, ›Kribbeln im Bauch‹ hieß er, und darüber hatte der Manager einen Zettel angebracht: ›Soeben eingetroffen‹.

Sappho blätterte das Magazin durch. Hartes pornographisches Material, hauptsächlich lesbische Szenen, zwei, drei und auch vier Frauen waren miteinander beschäftigt, aber es gab auch Szenen mit Männern.

Zwei Frauen und ein Mann, eine Frau mit zwei Männern. Die Nackte als doppelseitiges Mittelbild war ein sensationell gut aussehendes Mädchen, und auf den folgenden Seiten wurden Bilder gezeigt, wie die Doppelseitenschöne nach allen Regeln der Kunst von einem Bullen von Mann bedient wurde, sie ließen keine Stellung aus und fanden ihren Abschluß mit einem zweiten Mann, den sie mit dem Mund beglückte.

Als Sappho diese Bilder in prächtigen Farben betrachtet hatte, stand ihr nicht mehr der Sinn nach Videos für Paula – das hier war viel, viel sensationeller.

Später an diesem Nachmittag fragte Ben Fisher seinen Zimmergenossen Richard Carson: »Hast du vor, heute abend auszugehen?«

»Nein. Die Aufnahmeprüfung findet nächste Woche statt, und ich habe eine Menge zu büffeln.«

»Nichts mit Kate?«

»Sie hat von Mrs. Clinton die Erlaubnis erhalten, übers Wochenende nach Hause zu fahren.«

»Gibt es irgendwelche Probleme?«

»Natürlich nicht. Warum sollte es Probleme geben?« fragte Richard scharf.

»Entschuldige, entschuldige. Ich wollte meine Nase nicht in Sachen stecken, die mich nichts angehen.«

»Schon gut. Ich wollte dich nicht so hart angehen. Und warum willst du wissen, ob ich heute abend ausgehe? Hast du was mit Julia verabredet?«

»Verabredet nicht, aber es kann sein, daß da was am Kochen ist«, sagte Ben Fisher.

»Du Schmutzfink – aber es sei dir gegönnt. Ich kann

in den Gemeinschaftsraum gehen, wenn es soweit ist. Wie willst du sie denn reinschmuggeln? Jede Information über eine neue Technik ist mir hochwillkommen.«

»Ganz offen. Der hiesige Amateur-Theaterverein gibt heute abend die Komödie der Irrungen. Fängt um sieben an. Um neun ist alles vorbei, und um halb zehn sollten wir hier sein. Wenn uns jemand entdeckt, werden wir sagen, daß wir Shakespeare diskutieren. Das ist der Vorteil, den ich habe, weil ich am Sommernachtstraum mitarbeite.«

»Ich wünschte, das wäre mir auch eingefallen. Aber trotzdem, es wird als ernsthafter Verstoß gewertet, wenn du erwischt wirst.«

»Um halb zehn an einem Samstag? Mann, Rich, benutz deinen Grips. Außerdem ist Penrose auf und davon. Ich habe ihn zusammen mit der saftigen Lavinia wegfahren sehen. Chips wird vor seinem Fernseher hocken. Und wenn auch – es ist das Risiko wert.« Fisher schaltete seine John-Wayne-Stimme ein, die so gut war wie seine John-Mayor-Persiflage. »Ein Mann muß tun, was er zu tun hat.«

Carson grinste, obwohl ihm nicht nach Grinsen zumute war. »Das ist die schlechteste John-Wayne-Imitation, die ich je gehört habe.«

»Du solltest erst mal sehen, wie ich seinen Gang imitiere. Er erinnert eher an Donald Duck. Du gibst mir also Zeit bis – sagen wir – Viertel vor elf?«

»Alles klar. Und du glaubst wirklich, daß sie reif ist?« fragte Carson.

»Ein Gentleman diskutiert solche Dinge nicht. Da ich aber kein Gentleman bin, gebe ich dir eine offene Antwort: Ich habe keine Ahnung.«

»Du solltest vorbereitet sein. Ich kann dir eine

Packung Pariser geben, wenn du dich noch nicht gewappnet hast.«

»Habe ich nicht, aber danke für dein Angebot. Ich will es nicht annehmen. Wenn ich heute abend wirklich zum Ziel gelangen sollte, kann ich mich glücklich preisen. Julia ist keine Nutte.«

Carsons Gesicht verdunkelte sich. »Willst du damit sagen, daß Kate eine Nutte ist?«

»Verdammt, Richard, was redest du dir da ein? Ich habe nichts dergleichen gesagt.«

Himmel, bin ich gereizt, dachte Richard Carson.

Etwas weiter auf dem Flur im Napier House war Henry Morton außer sich vor Freude darüber, daß ihn Guy Young zu dem Stück eingeladen hatte, zu dem auch Julia und Ben Fisher gehen wollten.

»Ich habe eine zweite Karte, Henry, die verfällt, wenn sie nicht genutzt wird. Sollen wir uns mal ansehen, wie die wahren Amateure Shakespeare auf die Bühne bringen?«

Henry hatte natürlich sofort begriffen, daß er die zweite oder dritte Wahl für diese Freikarte war, aber er hatte keine Idee, für wen sie ursprünglich gedacht gewesen war.

Felicity hatte Guy gesagt: »Liebling, ich würde dich gern begleiten, aber das ist ziemlich gewagt, findest du nicht auch? Ich nehme an, daß viele Darsteller des Sommernachtstraums da sein werden, wenn schon aus keinem anderen Grund, als sich die Kostüme anzuschauen. Nimm einen deiner Freunde mit – aber hast du zugehört? Ich habe Freund gesagt, nicht Freundin.«

Lavinia und Penrose dinierten früh im Royal Hop Pole in Tewkesbury. Lavinia hatte sich genauso gekleidet wie vor ein paar Wochen, als sie sich an Peter Hennessy rächte, nur hatte sie diesmal ein Höschen angezogen. Der Royal Hop Pole war nicht gerade der Ort, an dem es sich ziemte, unten ohne aufzutreten. Die meisten Gäste schienen Stadttypen zu sein, die ein Wochenende auf dem Lande verbringen wollten, und an der Bar hingen ein paar kernige Provinzler herum. Befriedigt stellte sie fest, daß weder die einen noch die anderen die Blicke von ihr wenden mochten – sie sah in ihren Gesichtern, daß sie dabei waren, sie im Geiste auszuziehen. Ohne Unterwäsche hätte sie sich doppelt nackt gefühlt.

Nicht, daß es sie störte. Sie fand es aufregend, das Objekt so vielfältiger Begierde zu sein. Eines Tages – sie hatte es noch nie getan, aber es schwebte ihr schon seit Jahren vor – würde sie in ein solches Hotel gehen, ganz allein, sich den bestaussehenden Mann aussuchen und ihm die Nacht seines Lebens bereiten, ohne ihm je ihren Namen zu verraten. Und bevor er morgens wach geworden war, würde sie schon verschwunden sein.

Sie war sicher, daß sie sich diese Phantasie längst erfüllt hätte, wenn nicht das entsetzliche AIDS dazwischengeraten wäre. Damit war das Risiko ungleich größer geworden.

Obwohl sie mit einem Taxi zum Restaurant gefahren waren und es für Punkt zehn Uhr auch wieder bestellt hatten, damit sie zum Landhaus zurückfahren konnten, hielt sich Lavinia mit dem Alkohol streng zurück und beschränkte ihn auf ein Minimum.

Ähnlich wie Ben Fisher, meilenweit entfernt von St. Clare's, hatte auch sie Pläne für diesen Abend.

Außerdem hatten sie auf dem Hinweg Champagner und Brandy gekauft und ihn im Landhaus deponiert. Und damit sie am Sonntagmorgen nicht mit einem dicken Kopf zurückfahren mußten, hatte sie eine Flasche Wodka gekauft, zwei Kartons voll Tomatensaft, eine Flasche Worcestersauce, ein Päckchen Selleriesalz und frische Limonen. Die frischen Limonen waren am wichtigsten – sie gehörten zum originalen Hemingway-Rezept für eine Bloody Mary.

Lavinia mochte sich auf die Nacht zwar auf eine Weise vorbereitet haben, die ihre Eltern und auch Rebecca geschockt hätte, aber Oxford hatte sie gelehrt, was im Leben ebenfalls zählte – und wie man richtig aufwachte.

Nachdem das Taxi sie vor dem Haus abgesetzt hatte, bat sie Penrose, den Champagner zu öffnen. Sie freute sich darüber, daß der Korken ein sanftes ›Plopp‹ von sich gab und nicht gegen die Decke krachte, als hätte er gerade ein Autorennen gewonnen. Das war zwar nur eine Winzigkeit, aber wichtig. Es gab bestimmte Dinge, die gehörten zur Kultur. Und es war vulgär, einen Champagnerkorken laut krachen zu lassen. Vulgäre Dinge hatten ihren Platz im Leben, aber sollten aufs Sexuelle beschränkt bleiben.

Ihr volles Glas in den Händen, legte sie sich aufs Sofa. Bevor sie ausgegangen waren, hatten sie das Kaminholz geschichtet. Jetzt brauchte Robert nur ein Streichholz daran zu halten, und es brannte fröhlich.

Vor dem Essen hatte sie sich allein im Schlafzimmer angezogen, so daß Penrose nicht wußte, was sie unter dem Mini aus Lycra trug. Jetzt wußte er es, denn sie hatte sich so hingelegt, daß kaum noch ein Rätsel blieb.

Er setzte sich neben sie und fuhr mit einer Hand über ihre Schenkel. Sie widersetzte sich nicht, ermutigte ihn aber auch nicht. Sie hatten die ganze Nacht Zeit, es bedurfte keiner Eile.

»Robert«, sagte sie, »schockiere ich dich gelegentlich?«

Penrose hatte sich allmählich an ihre Art gewöhnt, aber er konnte immer noch nicht voraussehen, was sie gerade plante oder dachte.

»Manchmal«, räumte er ein. »Meine Frau benutzte nie die Wörter, die du benutzt, wenn wir Liebe machen.«

»Ficken, Robert. Wenn wir ficken.«

»Ja, gut.«

»Sag's.«

»Wenn wir ficken.«

Sie öffnete ihre Beine und ließ zu, daß seine Finger sie ein wenig erregten.

»Aber wir sind doch Freunde, oder?«

»Himmel, Vin, ich dachte, wir sind ein bißchen mehr als Freunde.«

»Du verstehst mich falsch. Was ich wissen will – vögelst du neben mir noch eine andere?«

»Wer hätte schon soviel Zeit?«

»Ich denke da an Fiona Acland.«

»Ah«, sagte Penrose. »In der Kneipe, während des Dartspiels, nicht wahr? Ich habe mir schon gedacht, daß sie was sagen würde.«

»Nein, ich habe sie hereingelegt, nur deshalb hat sie es verraten.«

»Wie auch immer. Es ist vorbei.«

»Das weiß ich, du Dummkopf. Fiona ist ein wunderschönes Mädchen, aber sie ist fast noch ein Kind.

Noch etwas Champagner, bitte. Und während du schon auf den Beinen bist, könntest du gleich die zweite Flasche öffnen.«

Eine Weile lang starrten sie in das knisternde, flackernde Kaminfeuer, bis Lavinia, die ihr drittes Glas beinahe geleert hatte und sich wahnsinnig entspannt und wohlig erregt fühlte, sagte: »Als ich dich eben fragte, ob wir Freunde seien, da habe ich eigentlich gemeint: Vertraust du mir?«

»Ich bin nicht sicher, ob ich weiß, auf was du hinaus willst. Bist du dabei, mir zu gestehen, daß du noch einen anderen hast? Daß du jemanden in London kennengelernt hast, als du zur Halbzeit da warst?«

Sie hatte ihm natürlich kein Wort über den Zwischenfall mit Peter Hennessy gesagt, und das würde sie wohl auch nie tun, es sei denn, sie könnte einschätzen, daß ihn die Erzählung erregen würde. Es gab Männer, die hörten gerne zu, wenn die Frau über ihre früheren Liebhaber erzählte.

»Bleib hier.«

Sie verließ das Wohnzimmer, und als sie zurückkehrte, trug sie eine Perücke mit einem langen Pferdeschwanz in der Farbe ihres blonden Haars.

»Zieh dich aus, Robert. Und dann ziehst du mich aus.«

Es dauerte nur Sekunden, bis er nackt vor ihr stand, und wie gewöhnlich war er schon dreiviertel erigiert.

Sie legte sich auf den Rücken, schlürfte am Champagner und veränderte ihre Position nur, um ihm zu helfen, als er zuerst ihre Seidenbluse und den BH auszog, dann den schwarzen Rock und das Höschen. Es war das erstemal, daß er sie mit Strumpfband und schwarzen Strümpfen sah, und von den Berührungen war er nun voll erigiert.

Er schob ein Kondom über sein Glied und drückte sie tiefer aufs Sofa hinab, während er sich zwischen ihre Beine kniete. »Oh, ich muß unbedingt in dich hinein.«

»Die Strümpfe, Robert«, sagte sie gepreßt. »Zieh meine Strümpfe aus.«

Er war verblüfft. »Aber du magst es doch mit den Strümpfen. Und mir gefällt es auch.«

»Mach's, Robert. Zieh sie aus und schling sie um meine Schultern wie Pferdezügel, und dann besorgst du es mir von hinten. Du mußt an ihnen zerren, während du mich stößt, und du kannst auch am Pferdeschwanz ziehen. So will ich kommen. Ja, machst du's mir so, Robert?«

Er drehte sie grob um und zwang ihre Beine auseinander, als er begriff, daß es zu ihrer Phantasie gehörte, sich ihm halb zu widersetzen. Ihre Säfte glänzten an den Innenseiten ihrer Schenkel. Sie hatte die Strumpfbänder angelassen, was ihr ein verblüffend hurenhaftes Aussehen verlieh. Er verknotete die Strümpfe, schlang sie um ihren Hals und zog fest daran.

Sie schrie vor Lust auf.

Dann stieß er in sie hinein.

Er war beinahe außer sich vor Lust. Es dauerte nur dreißig Sekunden, ehe er von den langsamen, tiefen Stößen überging in die kurzen, hackenden, und jedes Zustoßen wurde begleitet von einem ruckartigen Zerren an den ›Zügeln‹.

»Nein, nein, nein!« hörte er sie schreien, aber er achtete nicht darauf, und dann stieß sie kleine, spitze, ächzende Laute aus, rhythmisch, abgehackt, als wollten sie ein Echo zu seinem Rhythmus sein.

Er hielt sie am kurzen Zügel, ließ eine Hand frei und griff damit um ihre Taille, um sich noch enger mit ihr zu verbinden. Sie drückte sich gegen ihn, und jedesmal, wenn sein Becken gegen ihr Gesäß klatschte, stieß sie einen lustgeschwängerten Stöhnlaut aus.

Dann: »Nein, tu's nicht, oh, Gott, nein ...«

Im nächsten Moment kam es ihm, er spürte die ersten erregenden Zuckungen, die den wunderbarsten Orgasmus seines Lebens ankündigten, der ihn dann auch schon überwältigte, seinen ganzen Körper schüttelte. Seine Knie wurden weich, und er mußte sich mit dem Doppelgriff unter ihrem Bauch und an den Zügeln festhalten, während sie gegen ihn bockte, als ginge es um Leben und Tod. Lavinia warf den Kopf von einer Seite zur anderen und schrie gepreßte, gurgelnde und schließlich gelöste Geräusche aus sich heraus.

Er ließ den Griff um ihre Strümpfe auch dann noch nicht locker, als er bemerkte, daß sie wieder auf einen Höhepunkt zutrieb, er spürte, wie sich ihre Vaginalmuskeln anspannten, und in diesem besonderen Moment wäre es ihm egal gewesen, ob die Welt untergegangen wäre und er und Lavinia mit ihr.

Die Feministinnen hatten recht, dachte er (nicht ganz logisch), während er sich bemühte, nicht aus ihr hinauszugleiten, um ihre letzten Zuckungen genießen zu können. Ficken war ein aggressiver Akt. Weder eine Million Pfund noch das Versprechen ewigen Lebens hätten ihn eben in diesem Augenblick vom Orgasmus zurückhalten können. Und aus dem gleichen Trieb hätte Lavinia ihn umgebracht, wenn er mittendrin aufgehört und ihren Orgasmus verhindert hätte. Mann und Frau waren aus dem uranfänglichen Schleim herausgekrochen, blind, ausgestattet mit dem Urtrieb, sich zu vermehren. Nein, nicht vermehren. Sag's, wie es ist, wie Lavinia es gesagt hat – nicht vermehren, sondern ficken.

Die letzten Tropfen seines Orgasmus rannen aus ihm. Er ließ sie los, lockerte den Griff um ihren Bauch und an den Strümpfen. Ihr Kopf fiel zur Seite, und sie schien kaum zu atmen. Für einen entsetzlichen Augenblick glaubte er, er könnte sie tatsächlich verletzt haben, aber dann hob sie eine Hand.

Er blieb noch lange in ihr drin, bis sich sein Atem normalisiert hatte. Er hielt ihre Brüste umfangen und küßte ihren Hals, legte sie behutsam auf den Rücken, und bei dieser Bewegung rutschte er aus ihr hinaus.

»Das war das Beste überhaupt«, sagte er nach einer Weile.

»Für mich auch. Du warst großartig. Am Ende habe ich wirklich gedacht, ich sterbe.«

»Ich glaube, mir wäre es egal gewesen. Ich meine, wenn wir gestorben wären.«

»Wirklich?«

»Wirklich. Ein paar Minuten lang war ich jenseits jeder Kontrolle.«

»Gut. So hatte ich es mir gewünscht, so sollte es sein.«

»Aber es hätte gefährlich werden können, Vin«, sagte Penrose ernst.

»Ach, sei nicht so spießig. Es sollte ja auch gefährlich sein. Das ist doch der Punkt.«

»Hast du noch mehr so großartige Ideen wie diese?« wollte er wissen.

»Oh, viele.«

Bisher hatte Robert es ihr noch nicht in einem fremden Hauseingang besorgt, bei Tageslicht, was ihr mit Hennessy immer so viel Spaß bereitet hatte. Aber dazu würde sie auch Robert noch überreden können, und auch dazu, erst mal einen Joint zu rauchen. Was ihr an dieser Situation besonders gefiel – im Gegensatz zu Hennessy, der auch eine Schlange gebürstet hätte, wenn jemand den Kopf festhielte –, war, daß eine Frau wie sie neu für Penrose war. Er würde tun, was sie von ihm erbat.

Was für ein angenehmer Gedanke.

Knappe zwei Stunden vorher kriegte Ben Fisher endlich und völlig unerwartet bei Julia Hastings seinen Willen.

Die Laienspielaufführung der Komödie der Irrungen hatte sich als etwas laienhafter erwiesen, als sie beide ertragen mochten. Sie verließen das Theater nach dem dritten Akt und waren noch vor halb neun wieder an St. Clare's.

Obwohl sie nicht davon gesprochen hatten, schien es klar zu sein, daß sie auf Ben Fishers Zimmer gehen würden. Niemand sah sie das Napier House betreten, und Carson hatte sich, wie versprochen, verzogen.

Ben entkorkte eine Literflasche bulgarischen Rotweins, und als er zwei Gläser eingeschenkt hatte, ließen er und Julia sich auf den Boden nieder und gingen die Kassetten durch, bis Julia etwas gefunden hatte, was sie mochte.

Er war nervös und überzeugt, daß man ihm das anmerkte. Abgesehen von der Tatsache, daß er nicht wußte, wie er es mit Julia anfangen sollte, blieb auch noch die Möglichkeit, daß Carson plötzlich zurückkehrte, weil er etwas vergessen hatte. Oder ein anderer platzte einfach herein, obwohl es Samstag und noch früh war und Napier House verlassen schien.

Julia sah heute abend schöner aus denn je, und sie

wußte es. Nun, sie hatte sich auch besondere Mühe gegeben. Über einem langen Rock trug sie einen weiten Pullover, der über ihre Hüften ging. Sie hatte sich frische Unterwäsche angezogen, bevor sie sich mit Ben traf, hatte sich die Haare gewaschen und fast eine Stunde mit ihrem Make-up zugebracht. Jetzt wartete sie nur noch darauf, daß Ben endlich seine Annäherungsversuche begann. Als die auf sich warten ließen, rutschte sie ein winziges Stück näher an ihn heran.

»Das Mädchen, das die Adriana spielte, schien von nichts eine Ahnung zu haben«, begann Ben zögernd.

»Mädchen!« brauste Julia auf. »Die Alte war mindestens vierzig!«

»Im Programmheft habe ich gelesen, daß sie die Frau des Regisseurs ist.«

»Da sieht man es mal wieder!« sagte sie hitzig. »Beziehungen. Sind wir hier eigentlich sicher?«

»Wieso?«

»Ich meine, kann Richard nicht plötzlich hereinspazieren?«

»Er hat mir versprochen, sich fernzuhalten«, sagte Ben und ärgerte sich, daß er rot wurde.

»Ah«, sagte Julia. »Ihr beiden habt ein Komplott geschmiedet, was?«

»Natürlich nicht.«

»Keine Sorge, ich bin nicht beleidigt. Aber vielleicht wäre es klüger, einen Stuhl unter die Türklinke zu stellen.«

Ben Fisher hatte keine Ahnung, wohin das alles führen sollte, aber natürlich war er glücklich über die bisherige Entwicklung. Dies war gewiß eine andere Julia als diejenige, die zur Halbzeit nach Hause gefahren war.

Er stellte den Stuhl unter die Klinke.

»Du kannst mich jetzt küssen, weißt du«, sagte Julia, als er sich wieder neben sie setzte. »Es ist ja nicht so, als wäre es das erstemal.«

Ben war erstaunt und ein wenig verängstigt über ihr forsches Vorgehen. Ihre Zunge erkundete seine, während sie auf dem Boden halb saßen und halb lagen. Und er war noch erstaunter, als sie ein paar Augenblicke später, während sie sich immer noch küßten, seine Hand nahm und sie gegen ihre Brüste drückte. Auf den Pullover zwar, aber es war ein Fortschritt.

Ermutigt von ihrem Verhalten und während er immer noch im Kuß mit ihr verbunden war – er wollte seinen Mund weiter beschäftigen, denn wenn sie aufgehört hätten, sich zu küssen, hätte er nicht gewußt, was er sagen sollte –, schlüpfte er mit der freien Hand unter ihren Pullover und tastete nach dem BH-Verschluß. Wieder tat sie nichts, um ihn aufzuhalten. Eher wurden ihre Küsse noch intensiver.

Er fummelte eine Zeitlang herum, aber schließlich gelang es ihm, den BH zu öffnen. Er fuhr mit der Hand sanft über ihre Nippel, koste sie. Sie ließ einen kleinen Seufzer des Wohlbehagens hören.

Sie beschäftigten sich mehrere Minuten lang auf diese Weise, küßten sich, rieben einander. Ben drückte ihre Brüste. Seine Erektion begann zu schmerzen.

Julia löste sich vorübergehend von ihm, um Luft zu schnappen, und sagte dann: »Nicht so kräftig, Ben, nicht so kräftig.«

Er berührte sie sanfter.

Ein paar Minuten später traute er sich, einen Schritt weiterzugehen. Inzwischen lagen sie flach auf dem Boden seines Zimmers – es war ein Teppichboden. Ben

Fisher hatte ein Knie zwischen Julias Schenkeln und pirschte behutsam mit einer Hand unter ihren Rock. Sie trug Strumpfhosen, und er steckte einen Finger unter das Gummiband und zog nach unten. Bald hatte er mehr Platz, er konnte seine ganze Hand unter das Band schieben und zerrte das Kleidungsstück über den Po, bis er das flaumige Wäldchen sehen konnte, das sein El Dorado umgab.

Julia stöhnte auf und hob den Hintern an. Ben brauchte nicht lange zu überlegen, was diese Bewegung zu bedeuten hatte. Angesichts seiner Unerfahrenheit gelang es ihm überraschend schnell, Julia von der Strumpfhose zu befreien. Das Höschen hatte er ihr gleich mit abgestreift. Scheu schob Julia ihren Rock über die freigelegten Partien.

Jetzt konnte Ben Fisher leichter an sein Goldland heran, er glitt mit beiden Händen unter den Rock und erkundete das unbekannte Land.

Julia war sehr feucht.

Ben geriet in Panik. Könnte es sein, wäre das wirklich möglich, das sie vorhatte, ihm alles zu gestatten? Er verfluchte sich, daß er Carsons Kondomangebot abgelehnt hatte, aber er mußte ihr gestehen, daß er nicht vorbereitet war.

»Dann mußt du vorher rausziehen«, murmelte sie.

Er wußte, daß er bisher unberührt war, deshalb konnte er keine Infektion haben, also wäre es in dieser Hinsicht nicht tragisch, wenn er barfuß seinen Jungfernstich ausführte. Er war sich fast sicher, daß es für Julia nicht mehr der Jungfernstich war – irgend etwas mußte während der wenigen Tage der Herbstferien mit ihr geschehen sein, aber dann hatte es auch nur *ein* Liebhaber sein können, und es wäre ein verdammter Zufall, wenn sie sich bei dem was geholt hätte.

Himmel, wieso konnte er in einem solchen Augenblick so nüchtern denken?

Mit einem Ruck öffnete er seinen Gürtel und ließ seine Hosen fallen. Sein Glied sprang ins Freie, es federte ein paarmal, als ob es den Körper begrüßen wollte, der ihm einen Beweis für seine zweite Daseinsberechtigung bot.

Julia lächelte, als sie den federnden Schwanz sah. »Mhm«, äußerte sie.

Er konnte nicht darauf warten, bis er sich die Hose ganz ausgezogen hatte. Er fürchtete, dies könnte alles nur ein Traum sein, der vielleicht verschwände, wenn er jetzt noch zögerte. Jetzt wäre es ihm auch egal, wenn jemand an die Tür klopfte.

Er hob Julias Rock und hatte kaum Augen für das, was er bald in Besitz nehmen würde. Er kniete sich zwischen ihre Schenkel.

In allen Büchern, die er gelesen hatte, hieß es, von diesem Augenblick an würde ihn die Natur schon lenken. Aber die Bücher irrten. Julia mußte ihn in die Hand nehmen und ihn einführen, und dann war er da, er war wirklich im El Dorado!

Julia wußte sofort, daß dies ganz anders war als ihre Erfahrung mit Teddy Hedges, und innerhalb von Sekunden wußte sie auch, daß sie einen Orgasmus erleben würde, und noch während sie das dachte, spürte sie ihn schon herannahen, wie er sich zuerst durch sanfte Kontraktionen andeutete, wie sie von einer warmen, wohligen Glut erfüllt wurde, wie sie die Säfte spürte, die in ihr zusammenliefen. Es war sensationell.

Dann erkannte sie an Bens heftigen, hektischen Stößen, daß es auch ihm jeden Moment kommen würde, und sofort übernahm die Vernunft wieder ihr Denken.

»Komm, zieh raus! Du darfst nicht in mir kommen!«

Ben Fisher zog im letzten möglichen Augenblick heraus, und daß er die Kirche vor dem Segen verlassen hatte, zeigte sich daran, daß der Segen durch die Gegend flog. Auch ihr Rock bekam was ab. Die Frau in der Reinigung würde sofort wissen, welche Flecke das waren. Sie würde den Rock wegwerfen müssen.

»Das nächstemal«, sagte sie, »denkst du an das Kondom.«

Ben Fisher strahlte vor Stolz. Es würde also ein nächstes Mal geben! Er hatte sie nicht vor den Kopf gestoßen. Gestoßen ja, aber nicht vor den Kopf. Jetzt war er im Club.

Ein paar Stunden vorher sagte Sappho Peters zu Paula van der Groot: »Zum Teufel, wo bist du den ganzen Nachmittag gewesen?«

Sappho war zurück auf ihr gemeinsames Zimmer gegangen, als sie aus der Stadt gekommen war, aber Paula tauchte erst um sechs wieder auf.

»Ich bin herumspaziert.«

»In der Dunkelheit?«

»Ich spaziere gern im Dunkeln. Außerdem habe ich dich nicht so früh zurückerwartet.«

»Lavinia Lee und Penrose haben mich mit in die Stadt genommen, und wenn du siehst, was ich dir zu zeigen habe, begreifst du auch, warum ich sofort zurückgefahren bin.«

Sappho holte eines der sechs Exemplare des Pornomagazins heraus, die sie im Blue Virgina gekauft hatte, die einzigen sechs, die man dem Geschäft geliefert hatte.

Sie öffnete die Mittelseiten und hielt sie Paula hin. Über einem Bild stand der Satz: ›Kaum zu glauben, daß diese englische Schönheit erst sechzehn Jahre alt ist‹, und auf der anderen Seite stand: ›Diese englische Rose würde gut in unseren Garten passen‹.

Sappho sagte: »Spielen meine Augen mir einen Streich, oder ist dieses geile Geschöpf, das dem einen Kerl einen bläst, während sie von dem anderen gestoßen wird, wirklich unsere bezaubernde Kate McNamara?«

Er gab keinen Zweifel. Auf den Bildern tobte sich niemand anders als Kate aus.

»Jetzt haben wir sie!« rief Paula triumphierend.

Sie gingen hinunter in den Schlafsaal, um Kate zu suchen, aber sie hatten bald Gewißheit, daß sie übers Wochenende nach Hause gefahren war.

»Spielt keine Rolle«, sagte Paula, »wir holen sie uns am Sonntagabend oder spätestens am Montag. In der Zwischenzeit kannst du mir einen Joint drehen, und dann werde ich mir diese schönen Bildchen reinziehen. Puh, ich hatte keine Ahnung, daß sie so gebaut ist. Sap, ich schenke dir Jennifer Langley. Ich werde Kate McNamara vernaschen, noch bevor die Woche vorbei ist!«

HETEROS – ANDERE 0 : 2

Kate wurde von ihrer Mutter zurückgebracht und traf kurz nach Einbruch der Dämmerung am Sonntagabend in St. Clare's ein. Paula hatte Phoebe gebeten, die in einem anderen Schlafsaal auf derselben Etage wohnte, sie wissen zu lassen, sobald Kate auftauchte.

»Es hat nichts mit dir zu tun, Liebling«, sagte Paula zu Phoebe. »Ich habe nur was mit ihr zu besprechen.«

Nachdem Phoebe ihre Information weitergegeben hatte, schlenderte Paula gemächlich zu Kates Schlafsaal. Sie hatte es nicht eilig und wollte die Vorfreude noch ein bißchen auskosten.

Kate war gerade dabei, ihre Sachen auszupacken, und erzählte Jocasta und Amanda von ihrem Wochenende.

»Hast du einen Augenblick Zeit für mich?« fragte Paula freundlich.

»Tut mir leid, ich bin beschäftigt.«

Seit diesem ersten Abend des Quartals hatte Paula keinen weiteren Annäherungsversuch mehr unternommen, aber Kate war immer vorsichtig und auf der Hut, wenn sich während des Tages ihre Schritte kreuzten.

»Es ist wirklich sehr wichtig«, sagte Paula.

»Ja, gut, schieß los.«

»Es ist wichtig und vertraulich«, erklärte Paula.

»Du kannst trotzdem loslegen.«

Paula schüttelte den Kopf, Kate ging mit ihr bis zur Tür. »Und?«

»Nicht hier«, sagte Paula. »In meinem Zimmer.«

»Nein, vielen Dank«, sagte Kate schroff und wandte sich schon ab.

»Es handelt sich um schöne, große Vierfarbbilder«, sagte Paula und brachte damit den *coup de grace* an. »Wenn ich es richtig deute, sind sie in Amerika aufgenommen worden.«

Kate glaubte, jemand hätte ihr einen Schlag in den Magen versetzt. Ihre Knie wurden weich, und sie mußte sich an der Tür festhalten, um nicht einfach umzukippen. Alle Farbe war aus ihrem Gesicht gewichen.

Himmel, dachte sie. Das darf doch nicht wahr sein! Wie war das möglich?

Sie hatte sich nach ein paar Sekunden wieder in der Gewalt und versuchte, sich durch die Geschichte hindurch zu bluffen.

»Welche Farbbilder? Ich habe nicht die geringste Ahnung, wovon du laberst.«

»Dein Gesicht ist ein Buch, im dem man lesen kann«, sagte Paula. »Mir ist egal, wie du reagierst. Ich bin sicher, daß irgend jemand an den Bildern interessiert sein wird. Richard Carson zum Beispiel. Oder deine kleinen Freundinnen da drinnen.«

»Du bist ein Ekel!« zischte Kate.

Paula erlaubte sich ein schwaches Grinsen. »Kate, Kate, redet man so mit jemandem, dem nur dein Wohlergehen am Herzen liegt? Vielleicht bist du das ja gar nicht auf den Bildern, vielleicht ist es nur ein Mädchen, das dir ähnlich sieht. Aber ich meine, wenn sie in die falschen Hände geraten und sie vielleicht auch noch zirkulieren ...«

»Zeig sie mir.«

»Kannst du mir mal sagen, was das alles soll?« fragte Jocasta, als sie die beiden verschwinden sah.

»Keine Ahnung«, murmelte Amanda, die sich vor dem großen Drehspiegel spreizte. Sie kniff sich in den Bauch. Da mußte sie noch ein paar Pfund abnehmen, aber wenn sie weiterhin so fleißig ihre Übungen absolvierte, würde das bald auch kein Problem mehr sein. Sonst hatte sie nämlich erreicht, was sie wollte. Die Tönung, die die Friseuse ihr mitgegeben hatte, war phantastisch, und nun würde sie bis zu den Weihnachtsferien nichts mehr tun müssen.

Sie zog die Wangen zusammen, strich sich übers Kinn und ließ die Finger den Hals hinunterwandern. Ja, sie war zufrieden mit sich.

»Du wirst eitel, Amanda«, sagte Jocasta, die sie beobachtet hatte.

»Ah, du bist doch nur eifersüchtig. Das häßliche Entchen ist zum Schwan geworden.«

Es ist ein bißchen mehr als Eifersucht, dachte Jocasta. Es war ihr unangenehm, morgens aufzuwachen und im Nebenbett das zu sehen, was mehr und mehr zu ihrem eigenen Spiegelbild wurde. Sie hoffte, die anderen würden recht behalten, die da sagten, daß Amanda im neuen Jahr als Platinblonde aus den Ferien zurückkehren würde.

Paula hatte Sappho aus dem gemeinsamen Zimmer gescheucht, als sie hörte, daß Kate von zu Hause zurück war. Es konnte nur ein Vorteil sein, wenn Kate glaubte, daß bisher nur sie, Paula, von den Bildern wußte.

»Aber ich will dabei sein, wenn du ihr die Bilder

zeigst. Ich will ihre Reaktion erleben«, hatte Sappho protestiert.

»Geduld, meine Liebe. Geduld.« Paula schloß die Zimmertür hinter ihnen. Kate achtete auf Distanz zwischen ihnen. Sie fühlte sich nicht wohl, allein mit Paula in diesem Zimmer.

»Auf dem Bett«, sagte Paula und streckte die Hand aus.

Die Mittelseiten des Magazins waren aufgeschlagen. Kate stand davor und starrte auf die Bilder, wollte das Papier nicht anfassen. Aber da sah sie sich, nackt in ihrer ganzen Pracht, die Lippen geteilt und feucht, ein neckischer Ausdruck in den Augen.

»Auf den folgenden Seiten sind noch viel stärkere Bilder. Schau sie dir ruhig an, Kate.«

Schließlich überwand Kate ihre Scheu und nahm das Magazin in die Hand. Obwohl sie es nicht wollte, mußte sie wissen, welche von den zwölf Bildern, die sie aufgenommen hatten, in diesem Magazin veröffentlicht waren.

Sie wäre am liebsten in Tränen ausgebrochen, als sie die Bilder sah. Nicht aus Scham oder Verlegenheit, obwohl auch diese Gefühle in ihr aufstiegen, sondern wegen des offensichtlichen Vergnügens, das sie empfand, als diese Szenen stattgefunden hatten, und daß dieses Vergnügen nun öffentlich geworden war.

Und sie hatte gedacht, daß sie all das fünftausend Meilen und einen Ozean breit hinter sich gelassen hätte.

Verdammt!

»Das bin ich nicht«, sagte sie und versuchte – mit geringem Erfolg – überzeugend zu klingen. »Ich gebe zu, daß eine starke Ähnlichkeit besteht, aber ich versichere dir, daß ich das nicht bin. Für wen, um alles in der Welt, hältst du mich?«

»Das habe ich mir auch gesagt, als ich die Bilder gesehen habe«, sagte Paula. »Was für ein Mädchen würde für solche Fotos posieren? Und ich sagte mir auch, obwohl das Modell – sagt man so zu diesen Mädchen? – Kate McNamara aus der Unteren Sechsten zum Verwechseln ähnlich sieht, kann es nicht wirklich sie sein. Unsere Kate, die Kate von St. Clare's, ist ja praktisch aus dem Hemd gesprungen, als ich sie damals am ersten Schultag nur mal am Bein berührt habe. Diese Kate kann doch nichts mit der aus dem Magazin gemein haben. Aber ist es nicht seltsam, daß sogar die Namen übereinstimmen? Da, schau mal, unten auf der Seite, die du dir gerade ansiehst. Nein, nicht das Bild, bei dem sie von der englischen Rose sprechen, sondern das daneben, wo du – ich meine natürlich, wo das Modell – die Beine weit spreizt und in die Kamera schaut, in der einen Hand einen Schokoriegel, in der anderen einen Männerschwanz. Da heißt es im Text: ›Kate ist oral fixiert, und wir fragen uns, was sie sich zuerst in den Mund steckt.‹ Natürlich nennen sie keinen Nachnamen, aber das tun sie nie in solchen Magazinen.«

»Ich bin es nicht«, beharrte Kate, obwohl sie jetzt noch weniger überzeugend klang als vorher. Aber Paula schien ihre Aussage zu akzeptieren. Sie war die ganze Zeit bei der Tür stehengeblieben. Jetzt öffnete sie die Tür.

»Ich bin froh, daß wir das geklärt haben. Seit gestern schon hat mir die Sache keine Ruhe gelassen. Aber da du mir jetzt gesagt hast, daß du das nicht bist auf diesen Bildern, kannst du dich verlassen, daß ich hinter dir stehen werde, falls ein anderer sie sehen sollte. Ich werde sagen, daß es sich um eine Doppelgängerin von dir handeln muß. Ich lasse dich nun zurück zu deinen Freundinnen.«

Kate ließ sich schwer auf Paulas Bett fallen. In einer urplötzlichen verzweifelten Bewegung hob sie das Magazin noch einmal auf, riß die entsprechenden Seiten heraus und zerfetzte sie in kleine Stücke.

Paula unternahm keinen Versuch, sie davon abzuhalten.

»Ich muß dir leider mitteilen, Kate, meine Liebe«, sagte sie mit weicher Stimme, »daß dies nicht mein einziges Exemplar war. Und ich halte deinen Ausbruch für höchst seltsam, nachdem du mir gerade versichert hast, daß du es gar nicht bist.«

»Du weißt verdammt genau, daß ich es bin«, sagte Kate verbissen.

Sie erinnerte sich an den Abend, als die Bilder aufgenommen wurden, als wäre es gestern gewesen. Obwohl es doch schon im Mai passiert war.

Zusammen mit zwei anderen Mädchen und drei Jungen aus der Oberklasse von Choate war sie die zwanzig Kilometer von Wallingford, wo Choate angesiedelt war, nach New Haven gefahren, wo die Yale University lag. Die Eltern eines Schülers der Oberklasse hatten dort ein Haus und waren übers Wochenende verreist, so daß es der Clique zur Verfügung stand.

Es war ein strahlend sonniger Nachmittag, und viel Bier und Wein waren schon geflossen, als zwei der Yales hinzukamen und ein halbes Pfund gutes mexikanisches Hasch mitbrachten sowie einen offenbar unerschöpflichen Vorrat an Amphetaminen. Es dauerte nicht lange, und die Orgie stand in voller Blüte.

Weder Kate noch die beiden anderen Mädchen waren Jungfrauen oder mit Hasch und Speed nicht vertraut, und sie hatten ein Wochenende voller Sex und Drogen erwartet – um die Wahrheit zu sagen, sie wären enttäuscht gewesen, wenn es nicht eingetroffen wäre.

Nicht eingeplant war, daß einer der ›Yaleys‹ plötzlich mit teuer aussehendem Kamerazeug herausrückte und mehrere Scheinwerfer aufstellte, aber inzwischen waren alle so weit fortgeschritten – besonders die Mädchen –, daß sich niemand darum kümmerte, wer gerade was mit wem trieb, als sie fotografiert wurden.

Kate konnte und wollte nicht für die beiden anderen Mädchen sprechen, weder damals noch jetzt, aber sie hatte jede Sekunde des Erlebnisses genossen. Sie war bei weitem das attraktivste Mädchen der drei, und es erregte sie mehr, als sie in Worten ausdrücken konnte, daß die anwesenden Männer öfter und lieber in ihr sein wollten als in den anderen Mädchen.

Dann platzte die Bombe.

Als sie von ihrem Hoch heruntergestiegen war, sorgte sie sich natürlich über die Fotos, aber sie tröstete sich mit dem Gedanken, daß sie wohl eine Weile in Yale kursieren und dann vergessen werden würden. Außerdem kehrte sie bald mit ihren Eltern nach England zurück. Goodbye, Amerika, goodbye, Fotos.

Am Wochenende nach der Party erhielt sie in der Bude in Choate einen neutralen braunen Umschlag. Er enthielt zwölf Hochglanzfotos von ihr selbst und den drei Choate-Schülern, mit denen und an denen sie die verschiedensten Sexualakte konsumierte. Es mußten die Choate-Jungs sein, denn mit den ›Yaleys‹ hatte sie nichts angestellt, aber die Gesichter der Jungen sah man nicht. Sie war die einzige Teilnehmerin, die sofort identifizierbar war.

Der Umschlag enthielt auch eine maschinengeschriebene Mitteilung.

Ich habe diese Fotos auf eine Weise erworben, die nicht von Belang ist. Ganz offensichtlich haben sie einen gewissen Marktwert, den ich mit fünftausend Dollar beziffern möchte. Für diese Summe gehören die Negative und alle existierenden Abzüge Dir. Zeige Deine Bereitschaft zu diesem Geschäft, indem Du heute in einer Woche an den Ort zurückkehrst, wo diese Fotos aufgenommen wurden. Versuche nicht, in das Haus zu gehen. Vor dem Haus wird Dich jemand treffen, und im Gegenzug für das Geld erhältst Du ein Päckchen. Das wird das Ende unserer Geschäftsbeziehungen sein, und Du wirst nie wieder von mir hören. Falls Du das Geld nicht beibringst, muß ich zu meinem Bedauern die Negative einer Organisation verkaufen, die sich speziell mit solchem Material beschäftigt.

Kate geriet in Panik. Sie hatte keine Möglichkeit, fünftausend Dollar aufzutreiben, schon fünfhundert wären zuviel gewesen. Vielleicht hatte sich nur jemand einen wahnsinnig schlechten Scherz erlaubt. Und wenn nicht? Dann hatte sich der Erpresser irgendwie die Negative besorgt – gestohlen, nahm Kate an, denn es wäre ja noch schrecklicher gewesen, wenn sie glauben müßte, daß die beiden Yale-Schüler solche Verbrecher wären.

Sie suchte die beiden anderen Mädchen auf, die dabei gewesen waren, und wollte heraushören, ob sie auch einen Erpresserbrief erhalten hatten.

Nach dem Gespräch war Kate sicher, daß die beiden

nichts von einem Brief wußten, sie hatten auch noch keine Bilder gesehen. Warum ich? fragte sich Kate, und je länger sie darüber nachdachte, desto wahrscheinlicher wurde es, daß die beiden ›Yaleys‹ hinter der Aktion standen: Sie wußten, daß sie bald nach England zurückkehren würde. Das wollten diese Mistkerle ausnutzen. Die amerikanischen Mädchen konnten sie auch später noch erpressen.

Sie ersparte sich, mit den Choate-Jungs zu sprechen. Entweder waren sie in der Sache mit drin – und es war seltsam genug, daß ihre Gesichter nicht zu erkennen waren –, oder sie würden die Schultern heben und sagen, daß sie auch keine Möglichkeit hätten, fünftausend Dollar aufzutreiben. Für einen Mann war es sowieso anders. Selbst wenn man die Gesichter erkannt hätte und die Bilder veröffentlicht würden, hätten sie nichts zu befürchten – im Gegenteil, sie würden sich bewundern lassen und von ihren Kameraden gefeiert und bestaunt werden.

Wenn ein Mann einen Nebenjob als Pornohengst hatte, würde das nicht nur akzeptiert, sondern war auch lobenswert. Die Frau dagegen wurde als Nutte abgestempelt.

Sie verfluchte sich selbst wegen ihrer Sorglosigkeit und Dummheit, entschied aber, gar nicht zu reagieren und darauf zu hoffen, daß sich die Drohung in Luft auflöste. Viel anderes blieb ihr auch nicht übrig, denn sie hatte das Geld nicht.

Der Dienstag nach dem Ablauf der ersten Frist brachte eine zweite Nachricht.

Du bist dumm, aber das ist Deine Sache. Zweifellos werden Deine Eltern zugänglicher sein. Donnerstag vor dem

Haus in New Haven ist Deine letzte Chance, sonst liegt Deinen Eltern am Freitagmorgen ein ähnliches Päckchen vor, wie ich es Dir geschickt habe. Wahrscheinlich zahlen sie lieber, als ihre Tochter in einem Porno-Magazin wiederzufinden.

Kate hatte keine Wahl mehr: Sie bat um einen freien Tag, um ihre Mutter besuchen zu können. Besser, sie erfuhr die Tatsachen von ihr als durch die Post.

»Ich will dich nicht verletzen und will auch nicht mitansehen müssen, wie andere dich verletzen«, sagte Paula sanft und setzte sich zu Kate aufs Bett.

Kate rutschte zur Seite, wollte auf Distanz bleiben. Aber sie verließ nicht das Zimmer. Sie wußte, daß sie jetzt und hier eine Lösung finden mußte.

Ihre Mutter war hysterisch geworden, als Kate ihr die Bilder zeigte. Es gab viele Ausrufe wie: »Wie konntest du? O Gott, wie konntest du nur?« Unter Tränen versuchte Kate zu erklären, daß dies wohl die Drogen bewirkt hätten, die sie vorher genommen hatte, was ihre Mutter zum Teil zufriedenstellte – eine Tochter, die unter dem Einfluß von Drogen wie eine Hure agierte, war besser als eine Tochter, die die Hure aus Überzeugung spielte, weil es in ihrem Blut lag. Nur Kate wußte, daß sie die Drogen als Vorwand mißbraucht hatte. Ohne Hasch und Amphetamine wäre sie vielleicht nicht so weit gegangen, aber gefallen hätte es ihr dann auch.

Aber so etwas erzählt man seiner Mutter nicht.

Mrs. McNamara konnte auch nicht über fünftausend Dollar verfügen, erst recht nicht in dieser kurzen Frist, die der Erpresser gesetzt hatte. Und Mr. McNamara hätte zweifellos wissen wollen, was aus den fünftausend Dollar geworden war, die auf seinem Bankkonto fehlten.

Nein, es gab keinen anderen Ausweg. Mr. McNamara mußte informiert werden.

»Aber es ist wohl besser, wenn du sofort zurückfährst, damit du nicht hier bist, wenn ich deinem Vater alles erzähle. Schreibe die genaue Adresse dieses schrecklichen Hauses in New Haven auf.«

Erst einige Zeit später erfuhr Kate von ihrer Mutter, was sich am folgenden Donnerstag abgespielt hatte.

Zuerst wollte Mr. McNamara die Polizei einschalten. Seiner Frau gelang es, ihm das auszureden. Es gab keine Garantie, selbst wenn der Erpresser verhaftet wurde, daß im Hintergrund nicht ein weiterer Erpresser mit einem zweiten oder dritten Satz Bilder einschließlich der Negative saß. Nein, sie mußten das Geld zahlen.

Mr. McNamara fuhr allein. Vor dem Haus wartete ein ungepflegter Typ auf ihn, der von ein paar wild aussehenden Burschen begleitet wurde.

Niemand von ihnen glich einem der beiden Yale-Schüler, aber damit hatte Kate auch nicht gerechnet. Entweder hatten sie die Negative tatsächlich gestohlen, oder die ›Yaleys‹ hatten ein paar schräge Typen angeheuert, um das Geld abzukassieren. Wie auch immer, das Geld wurde übergeben, und Mr. McNamara erhielt als Gegenleistung einen großen Umschlag. Er enthielt tatsächlich Abzüge und Negative, die Mr. McNamara sofort verbrannte, als er zu Hause eintraf.

Innerhalb von achtundvierzig Stunden verließ Kate die Schule und blieb zu Hause, bis ihr Vater seine amerikanischen Geschäfte abgeschlossen hatte, dann flog die Familie nach England zurück, und Kate setzte ihre Schulkarriere an St. Clare's fort.

Mr. McNamara sagte nur einen Satz zu Kate über die ganze Affäre.

»Du widerst mich an.«

Kate verstand. Ihr Vater war entsetzt, sich Bilder ansehen zu müssen, die das älteste aller Tabus verletzten: daß ein Mann seine Tochter bei obszönen Handlungen erleben muß.

Er schien den Vorfall nach einiger Zeit verdrängt zu haben, aber das Vater-Tochter-Verhältnis war nie wieder so wie vorher.

Wenn er jemals die Bilder in dem Porno-Magazin sieht, bringt es ihn um, dachte Kate. Dagegen spielte es keine Rolle, ob ihr Ruf an St. Clare's ruiniert war oder wie Richard Carson reagieren würde. Nein, sie mußte vermeiden, daß ihre Eltern jemals diese Bilder veröffentlicht sahen.

Natürlich hatten die miesen Typen nicht alle Negative ausgehändigt. Sie hatten sie verkauft, wie sie im ersten Brief auch gedroht hatten. Es war ihr Pech, daß der Verlag nicht nur in den Vereinigten Staaten seine Objekte vertrieb, sondern auch noch in England.

»Was willst du von mir?« fragte sie Paula dumpf.

»Was?« wiederholte Paula voller Unschuld. »Deine Freundin sein, das ist alles.«

Jetzt war sie Kates sicher, aber sie wollte sie nicht als unwillige Geliebte haben. Das würde keinen Spaß bereiten. Sie wollte Kate in die Freuden des lesbischen Sex einführen und war davon überzeugt, daß ihr Talent ausreichte, um Kate zu konvertieren. Deshalb war Zeit der Zärtlichkeit angesagt.

»Wenn du mir Freundschaft anbietest«, sagte Kate,

»dann könntest du mir deine ehrlichen Absichten beweisen, indem du mir die anderen Exemplare des Magazins gibst.«

»Das werde ich vielleicht auch noch tun«, meinte Paula. »Bald. Und ich glaube, ich habe schon zu Beginn des Schuljahres dargelegt, daß ich dich für außerordentlich attraktiv halte. Ich möchte, daß wir uns besser kennenlernen.«

»Du willst Sex mit mir.«

»Erzähl mir nicht, daß es das erstemal für dich wäre. Ich habe mir diese Bilder lange angesehen. Ich glaube nicht, daß es vieles gibt, was du noch nicht ausprobiert hast.«

Kate erinnerte sich daran, daß eines der Mädchen von Choate während des Nachmittags in New Haven bei der Orgie alles versucht hatte, sich ihr zu nähern, aber sie hatten nur ein paar Küsse getauscht und sich gegenseitig gestreichelt, und was auch immer sich daraus hätte ergeben können, war ungeschehen geblieben, weil einer der Jungs sie gepackt hatte.

Diese Fotos hatte sie übrigens bisher nicht gesehen, vielleicht waren sie nichts geworden, oder es würde einen weiteren Erpressungsversuch mit neuen Bildern geben.

»Ich bin nicht lesbisch«, sagte sie.

»Mehr oder weniger sind alle Frauen lesbisch.«

»Du willst also Sex mit mir?«

»Ich wäre verrückt, wenn ich das abstreiten wollte.«

»Und wenn ich nicht zustimme, zeigst du diese Bilder herum, nicht wahr?«

»Also, nun bring es nicht so einfach auf den Punkt.«

Paula änderte ihre Taktik. Das Gespräch entfernte sich zu weit von ihrem Zärtlichkeitskonzept und trieb auf ein Entweder-Oder zu, was sie vermeiden wollte. Drohungen brachten sie nicht weiter. Wenn Kate sagte: ›Okay, tu, was du nicht lassen kannst‹, blieben nur zwei Alternativen. Entweder machte sie einen Rückzieher, oder sie zeigte die Bilder herum. Keine dieser Möglichkeiten brachten sie an diesen entzückenden Körper heran. Wenn Kate sagte: »Also gut, bringen wir's hinter uns‹, also einwilligte aus Furcht, wäre das auch nicht sehr befriedigend. Sie würde nicht bereitwillig teilnehmen, und Paula wollte keine passive Geliebte.

»Diese Bilder«, sagte sie und hob die Papierfetzen vom Boden auf, »unter welchen Umständen sind sie aufgenommen worden?«

»Darüber will ich nicht sprechen.«

»Nein, du mißverstehst mich. Es sieht alles so erregend aus, aber ich kann mir nicht vorstellen, daß du nicht ein bißchen geraucht oder geschluckt hast, um dich in Stimmung zu bringen.« Als Kate nicht antwortete, fuhr Paula fort: »Was ich sagen will, wenn du etwas zur Entspannung brauchst, kann ich dir was besorgen.«

Plötzlich konnte Kate die Atmosphäre in dem Zimmer nicht mehr ertragen. Sie stand auf. Paulas Augen verengten sich zu schmalen Schlitzen.

»Du mußt mir Zeit lassen«, sagte Kate. »Ich – ich kann so etwas nicht einfach so anfangen. Ich muß darüber nachdenken.«

»Wieviel Zeit?« fragte Paula mißtrauisch. Alle möglichen Bilder gingen ihr durch den Kopf: Kate schützte irgendeine Krankheit vor und fuhr vorzeitig in die Weihnachtsferien, um vielleicht nie wiederzukehren. Sie floh. Oder Kate ging zu Mrs. Gordon und erzählte die ganze Geschichte. Das war zwar gefährlich für sie, aber ausgeschlossen war es nicht.

»Ein Tag oder zwei. Aber ich warne dich. Wenn ich es tue, dann brauche ich alle Entspannungsmittel, die du in die Finger kriegen kannst.«

»Zerbrich dir darüber nicht den Kopf.«

Paula lieferte noch einen Beweis ihres guten Willens, bevor Kate das Zimmer verließ. Sie öffnete eine Schublade, nahm zwei weitere Exemplare des Magazins heraus und reichte sie Kate.

»Hier. Du kannst damit anfangen, was du willst. Es soll dir nur beweisen, daß ich meine, was ich über unsere Freundschaft gesagt habe.«

Kate schaute kurz in die Schublade. Es lagen keine anderen Exemplare des Magazins mehr da, und sie konnte nicht wissen, daß Paula die restlichen drei Exemplare an einer anderen Stelle versteckt hatte.

»Sind das alle?« fragte Kate.

»Ist das so wichtig? Wir sollten uns auf die Zeit freuen, die vor uns liegt.«

Während der Mittagspause am Montag ereignete sich ein kleiner Zwischenfall, der bald schon weitreichende und tragische Folgen haben sollte.

In jedem Herbst gehörte es zu den Aufgaben von Algy Hicks, dem Gärtnerburschen, jene Äste von den Bäumen zu schneiden, die gefährlich werden konnten, wenn sie in den zu erwartenden Stürmen abgerissen wurden. Es gab einen solchen Ast an einer Birke nahe dem Churchill House.

Der Ast hing nur in fünf Meter Höhe, und eigentlich war es kein schwieriger Auftrag. Es sah sogar so leicht aus, daß Algy davon absah, die dreihundert Meter zurückzugehen, um eine Leiter zu holen, die länger war als diejenige, die er bei sich hatte. Sie war nur vier Meter lang, was aber bedeutete, daß er an den Ast heranreichte, wenn er sich auf die vorletzte Sprosse stellte. Den Rest würde die Säge erledigen.

Es geschah, was geschehen mußte. Die Motorsäge hatte den Ast schneller durch, als Algy erwartet hatte, er verlor das Gleichgewicht und stürzte.

Aber er war ein zäher Bursche, und er verletzte sich bei dem Sturz kaum. Nur der Sicherheitsmechanismus der Säge fiel nicht sofort aus, und so bohrten sich ein paar Zähne in Algys Handgelenk, als er schon am Boden lag.

Er hatte Glück im Unglück. Die Wunde war nur oberflächlich, wenn auch das Blut alles lebensgefährlich aussehen ließ.

Julia und Jocasta kehrten gerade vom Mittagessen zurück, als sie Algy stürzen sahen. Sie rannten quer über den Hof, um ihm zu helfen. Jocasta hatte in vielen Jahren ihres Reitens und Vom-Pferd-Fallen einschlägige Erfahrung in Erster Hilfe bei Stürzen. Sie wickelte ein sauberes Taschentuch um die Wunde, dann halfen sie und Julia dem Gärtnerjungen zu Tanja Natals Zimmern.

Algy sagte immer nur: »Es ist schon gut, Miss, ich komme zurecht«, aber insgeheim konnte er sein Glück nicht fassen, daß das Mädchen, von dem er jede Nacht träumte, einen Arm um seine Hüfte gelegt hatte.

Jocasta und Julia warteten draußen, während Tanja Natal die Wunde untersuchte, säuberte und dann verband. Sie meinte, daß Stiche unnötig wären, gab ihm aber eine Tetanusspritze, um auf Nummer Sicher zu gehen.

»Eine Woche lang mußt du die Hand schonen, mein Junge«, sagte sie, »und nimm dir den Rest des Tages frei. Ich gebe dir einen Zettel mit. Und morgen kommst du, damit ich mir die Wunde noch einmal anschauen kann.«

Bevor er ging, gab Algy schüchtern das Taschentuch zurück, mit dem Jocasta Erste Hilfe geleistet hatte.

»Vielleicht wäre es eine gute Idee, wenn du es zuerst waschen läßt«, meinte Tanja Natal.

Algy errötete. Natürlich. Wie dumm von ihm, einer Lady ein schmutziges Taschentuch anzubieten.

»Schon gut, Algy«, sagte Jocasta, »behalte das Taschentuch.«

Später an diesem Nachmittag fuhr Richard Carson mit dem Zug zur Aufnahmeprüfung nach Oxford. Er war nicht der einzige, der mit dem Schulbus zum Bahnhof gebracht wurde, aber er war der eine, von dem Lavinia Lee sicher war, daß er die Prüfung, die morgen begann, mit fliegenden Fahnen bestehen würde. Im Dezember wurden die Ergebnisse bekanntgegeben. Das anschließende Gespräch, so nahm Lavinia Lee an, würde bei Richard nur eine Fomalität sein. Kate konnte nicht dasein. Sie hatte Englisch bei Penrose, doch kurz nach dem Mittagessen hatte sie ihm Glück gewünscht. Aber sie war Richard Carson sehr zurückhaltend erschienen.

Er fragte sie, was mit ihr los war.

»Nichts. Vielleicht liegt's am Wetter.«

»Bist du sicher?«

»Ja.«

Er war sich nicht sicher und war davon überzeugt, daß ihre schlechte Laune etwas mit ihm und seinem

›Problem‹ zu tun hatte, aber das wollte er nun verdrängen. Vor ihm lag der bisher wichtigste Tag in seinem Leben.

»Lies alles sorgfältig durch und fange erst dann mit dem Schreiben an, wenn du ganz sicher bist«, war Lavinia Lees letzter Rat an ihn.

Gleich nach der Probe am Montagabend verschwanden Julia und Ben Fisher. Sie hatten es eilig. Lavinia und Penrose sahen sich an.

Penrose sagte: »Dieser Ort verkommt mehr und mehr zu einem Babylon.«

»Das will ich hoffen«, meinte Lavinia. »Was erwartest du denn, wenn man sechzehn- bis achtzehnjährige Jungen und Mädchen kaserniert? Da ist es fast ein Wunder, daß es nur acht oder zehn ernsthafte Pärchen gibt.«

Guy Young schlenderte noch über die Bühne, weil er mit Penrose über seine Rolle sprechen wollte, deshalb verdrückte sich Lavinia.

Henry Morton war noch dabei, die Bühne zu säubern. Es war zehn Uhr geworden, und er war schmutzig und staubig. Aber inzwischen war er das gewohnt, und er hatte sich Handtuch und Seife mitgebracht. Ohne Dusche konnte er nicht zu Bett gehen.

Er verließ gerade den Großen Saal, als sich auch Guy Young zum Gehen wandte. Penrose blieb zurück, er hatte noch einige Dinge zu erledigen. Er hatte auch die Verantwortung dafür, daß Fenster und Türen verschlossen waren.

»Ist das ein Handtuch, das ich da sehe, Henry?« fragte Guy. »Ich wünschte, ich hätte auch eins mitgebracht. Mir erscheint es so, als hätte ich heute Eimer voll geschwitzt.«

»Du kannst meins haben«, sagte Henry großzügig. »Wir teilen es uns.«

Heiße Duschen waren an St. Clare's den ganzen Winter über möglich, denn das Zentralheizungssystem speiste auch die Heißwasserzufuhr. Im Sommer, wenn die Heizung abgeschaltet war, übernahmen Boiler die Aufgabe, das Wasser aufzuwärmen.

Um halb elf Uhr wurde das Licht in den Duschräumen ausgeschaltet, deshalb sagte Guy: »Wir müssen uns beeilen.«

Sie duschten nebeneinander in zwei Kabinen. Guy, der viel größer war als Henry, langte über die Trennwand, damit Henry ihm die Seife geben konnte. Guy war als erster fertig, und als Henry aus seiner Kabine trat, trocknete sich Guy gerade ab. Henry wandte ihm den Rücken zu, denn seine Halberektion war ihm peinlich. Nun ja, die Seife und das Reiben und das heiße Wasser – so was passierte schon mal.

»Hier«, sagte Guy und warf ihm das Handtuch zu.

Um es aufzufangen, mußte Henry sich umdrehen, und Guy sah auf den ersten Blick, in welchem Zustand sich Henry befand.

»Sieh mal einer an«, sagte Guy, »dagegen müssen wir aber was tun. Komm, laß mich.«

Bevor Henry protestieren oder sich abwenden konnte, hatte Guy den Penis bereits gegriffen.

Henry erlebte so etwas wie einen Schock. »He ...«, murmelte er, aber Guy sagte nur: »Pst«, und Sekunden später fiel es Henry nicht mehr ein, sich zu beklagen, denn unter Guys Fingern hatte sich Henrys Penis zu einer vollen Erektion gehärtet.

Guy begann, seine Hand rhythmisch zu bewegen, zuerst langsam, dann härter, packender. Henry war in Ekstase und gleichzeitig in Panik, aber Mann, fühlte sich das phantastisch an, und es wurde noch besser, als sich Guys eigener Schwanz, dicker und länger als Henrys, zwischen den Körpern kraftvoll hob.

Henry verschwendete keinen Gedanken daran, daß dies das homosexuelle Erlebnis sein könnte, das er seit Jahren befürchtet hatte. Dies war nicht der Mann im Kino, es hatte auch nichts mit den ungeschickten Fummeleien zu tun, wie sie vor zwei Jahren im Dorf mit Alan geschehen waren. Guy war jemand, den er bewunderte.

»Komm schon, Henry, sei fair«, ächzte Guy kehlig. »Das ist doch keine Einbahnstraße.«

Henry wußte, was von ihm erwartet wurde. Seine Finger zitterten vor nervöser Erregung, als er Guys beachtlichen Umfang griff und mit den Bewegungen begann. Jetzt, da er mit Guy das tat, was Guy mit ihm tat, stieg seine Lust noch. Er hatte nie geahnt, daß etwas so erotisch sein könnte. Guys Penis schien aus Eisen zu sein, aber es war Eisen, das pochte und pulsierte.

Wie ein Turm stand Guy über Henry, und Henry wußte, daß Guy jede seiner Bewegungen von oben verfolgte, aber Henry brachte es nicht über sich, nach oben zu schauen, damit sich ihre Blicke treffen könnten. Er wollte nicht in Guys Augen sehen, wollte ihn nur halten, wollte nur seine wachsende Erregung spüren.

Guy pumpte mit aller Macht.

»Schneller jetzt, schneller«, trieb er Henry mit heiserer Stimme an.

Henry gehorchte und lauschte dem fieberhaften Stöhnen Guys. Jeder hätte jetzt hereinkommen und sie überraschen können, doch keiner von ihnen hätte aufhören können, das zu tun, was sie gerade taten.

»Ich komme, ich komme«, stöhnte Guy. »Sag mir, wenn du soweit bist.«

»Jetzt, jetzt«, keuchte Henry, als er seinen Orgasmus herannahen spürte.

Dann tat Guy etwas, was Henry geradezu schmelzen ließ. Er legte beide Hände über Henrys Hand, so daß Henrys Schwanz in direktem Kontakt zu Guys stand, wie gekreuzte Schwerter, und die ruckenden Handbewegungen schienen sich nach einer unsichtbaren Choreographie zu richten, bis Guy mit einem Aufschluchzen über seine und Henrys Hände ejakulierte und über Henrys noch nassen Bauch. Kaum einen Wimpernschlag später kam auch Henry in Guys eifriger Hand. Er wurde vor Wonne fast ohnmächtig.

Als es vorbei war und sie sich voneinander lösten, sagte Guy, weil Henry den Blick gesenkt hatte: »Es gibt keinen Anlaß, sich zu schämen. Ich schäme mich nicht. Es war gut, und das allein zählt.«

Guy Young war weder homosexuell noch bisexuell, aber er war in einem Alter, in dem er regelmäßig sexuelle Erleichterung brauchte, von der eigenen Hand mal abgesehen, und wegen der besonderen Umstände konnte er nicht jedesmal zu Felicity eilen. Er hatte kein Verlangen nach weitergehenden sexuellen Akten mit Henry oder einem anderen Mann, aber dieses Erlebnis hatte er genossen.

Er wollte mal Schriftsteller werden, und Schriftsteller brauchten Erfahrung. Es war auch erhellend, die Lust, die er gerade mit Henry erlebt hatte, mit der zu vergleichen, die er bei Felicity empfand. Sie waren vergleichbar, wenn auch sehr unterschiedlich. Die Art, wie er Henry verführt hatte – und für ihn war das eine Premiere gewesen, seit er an St. Clare's war – und mit Sicherheit wieder verführen würde, hatte schon etwas mit dem Verhältnis Herr und Sklave zu tun. Ein interessanter Gedanke.

Am folgenden Abend sorgte Guy dafür, daß sein Zimmergenosse, Marcus Bryant, eine Weile weg sein würde, nachdem Guy sich mit Henry für neun Uhr verabredet hatte.

Henry hatte in der vergangenen Nacht kaum schlafen können; immer sah er Guy vor sich. Es wurde ihm bewußt, daß dies die homosexuellen Gedanken waren – nein, jetzt waren es homosexuelle Handlungen –, die sich in der Vergangenheit zu Alpträumen ausgewachsen hatten, daran bestand für ihn jetzt kein Zweifel mehr, aber Guy hatte recht – es gab keinen Grund, sich zu schämen. Henry erkannte auch, daß er dabei war, sich in Guy zu verlieben, aber auch das beunruhigte ihn nicht.

Als Guy ihn anrief und einlud, ihn in seinem Zimmer nach neun zu besuchen, konnte er sich deshalb kaum zurückhalten vor Freude und Erwartung, und Punkt neun war er da.

Guy hatte sich gemütlich in einem Sessel niedergelassen. Er trug einen Bademantel. Auf dem Tisch standen eine geöffnete Weinflasche und zwei Gläser.

»Bedien dich«, sagte Guy, »oder willst du vielleicht lieber ...«

Er löste die Kordel seines Bademantels. Er trug nichts darunter, und sein Penis befand sich im Stadium des ersten Interesses.

»Mach's mir, Henry. Aber stell zuerst einen Stuhl unter die Türklinke.«

Henry klagte nicht. Er tat, wie befohlen. Und wenn Guy zuerst bedient werden wollte, dann hatte Henry nichts dagegen.

Er setzte sich auf den Arm von Guys Sessel, streichelte ihn, machte ihn hart.

»Das tut gut, Henry, richtig gut«, lobte Guy, den Kopf weit zurückgelegt, die Augen geschlossen. »Nicht zu schnell. Noch nicht. Ich will, daß es dauert ...«

Henry konzentrierte sich, und seine eigene Erektion wurde ihm nur am Rande bewußt. Er konnte seinen Blick nicht von Guys herrlichem Penis wenden. In der Dusche, wo das Licht eher trübe war und sie einander fast gegenübergestanden hatten, war ihm die Schönheit des Organs nicht so wirklich bewußt geworden. Jetzt aber drängte sie sich ihm auf, die Dicke und die Länge und die Schönheit.

»Jetzt ein bißchen schneller«, wies Guy keuchend an. »O ja, das ist wirklich gut. Noch schneller. Ah, ich spüre es ganz unten, es kommt mir, du wirst es sehen ... Es steigt hoch ... höher ... JETZT! Aber hör nicht auf, verdammt, beweg deine Hand ... aaahh ...«

Rechtzeitig hatte Guy ein Taschentuch in der Hand, und während Henry mit seinen Bewegungen nicht innehielt, schaute er fasziniert zu, wie Guy in das Tuch ejakulierte und einen lauten Schrei ausstieß.

Am nächsten Abend, Mittwoch, wiederholte sich das Geschehen. Guy rief Henry an. Um neun. Und Henry tauchte pünktlich auf. Diesmal tranken sie ein Glas Wein, bevor Henry seinen Freund zu einem Orgasmus brachte, aber Guy schien nicht das geringste Interesse daran zu haben, sich bei Henry zu revanchieren. Es war nicht so, daß Henry darauf wartete: Guys Lust zu sehen und zu fühlen, war ihm Belohnung genug. Aber er hatte was dagegen, als selbstverständlich hingenommen zu werden.

Während sie das zweite Glas Wein tranken, fragte er scheu: »Gehen wir nicht noch mal zu den Duschen, wenn du sowieso Angst hast, daß man uns hier entdecken könnte?«

»Ja, eines Tages bestimmt wieder. Man kann nicht alles haben, stimmt's? Außerdem habe ich immer geglaubt, daß es dir Spaß macht, es mir zu besorgen. Aber wenn dem nicht so ist, dann sollten wir die Sache vielleicht vergessen.«

»Nein, nein«, sagte Henry hastig. »Das ist es wirklich nicht, was ich will.«

»Ausgezeichnet«, sagte Guy, und dabei ließen sie es bewenden.

Am frühen Nachmittag kehrten Carson und die anderen Prüflinge von Oxford zurück. Carsons erster Weg führte ihn zu Lavinia Lee.

»Wunderbar gelaufen«, sagte er. »Wenn ich mich nächsten Monat beim Interview nicht dämlich anstelle, bin ich drin.«

Später sagte er das auch Kate McNamara. »Natürlich erhalte ich erst in einer Woche oder so offiziell Bescheid, aber ich weiß, daß ich die Prüfung bestanden habe.«

»Ich freue mich für dich«, sagte Kate. »Ich wußte, daß du es schaffen kannst.«

»Vielleicht sollten wir heute abend ausgehen und feiern. Ich weiß, daß erst Mittwoch ist, aber kurz vor den Ferien nehmen sie es mit den Vorschriften nicht so genau. Wenn du willst, gehe ich mit dir zu Mrs. Clinton, um die Erlaubnis einzuholen.«

»Tut mir leid, ich kann nicht.«

»Du kannst nicht?«

»Ich habe andere Dinge zu tun.«

Das hörte sich wie eine brüske Zurückweisung an, und Richard Carson glaubte, sein Herz setze aus.

»Schau, Kate, ich weiß ja, daß bisher nicht alles rosig zwischen uns war, und dann kam auch noch die Vorbereitung auf die verdammte Prüfung dazwischen ... »Na gut, wie ist es mit Samstag?«

»Mal sehen ...«

»Gibst du mir den Laufpaß? Wenn ja, dann wäre mir lieber, du würdest es deutlich sagen. Was ist mit den Weihnachtsferien und mit den Plänen, die wir geschmiedet haben?«

Kate konnte nicht einmal bis Samstag voraus denken, geschweige denn bis zu den Weihnachtsferien. Wenn sie sich nicht mit Paula van der Groot arrangierte, war sie Weihnachten vielleicht gar nicht mehr an St. Clare's. Vielleicht schon am Samstag nicht mehr.

DER VERRAT UND SEINE FOLGEN

Der erste Dezember fiel auf einen Donnerstag. In weniger als zwei Wochen war das Ende des Schuljahres, begannen die Weihnachtsferien. Die Teenies hatten ihr Krippenbild abgeschlossen, das jetzt in einer Ecke des Großen Saals ausgestellt war.

In den Klassenzimmern durften von nun an Weihnachtsdekorationen aufgehängt werden.

Alle hofften, daß vor den Ferien noch der erste Schnee fallen würde.

Die beiden Vorstellungen von *Ein Sommernachtstraum* waren für die Abende des 12. und 13. Dezember geplant, und am 14. Dezember würde die Abschlußfeier mit den einstudierten Weihnachtsliedern stattfinden.

Vanessa Maxwell, Tina Johns und Lucy Harris – ›Die Geheimen Drei‹ – planten einen spektakulären letzten Auftritt, bevor sie ihre Dominikostüme vor den Ferien weghängen mußten, vielleicht sogar für immer. Bisher hatten sie sich noch nicht einigen können, welchen Streich sie wem spielen sollten.

Phoebe war enttäuscht, daß Paula das Interesse an ihr verloren zu haben schien. Paula wurde von Stunde zu Stunde wütender, weil aus Kates ›ein oder zwei Tagen‹ inzwischen vier Tage geworden waren.

»Ich sage dir«, drohte sie Sappho gegenüber am Donnerstagnachmittag, »sie wird es büßen. Die restlichen drei Magazine, jedenfalls die Seiten, die sie ziert, werden am Wochenende am Schwarzen Brett hängen, wenn sie sich bis dahin nicht gemeldet hat.«

»Aber damit schlachtest du den Vogel, den du vögeln willst«, wandte Sappho ein.

»Ha-ha. Sehr lustig. Nun, sie hat bis heute abend Zeit.«

Kate hatte darauf geachtet, daß sie sich seit Sonntag nirdendwo allein sehen ließ. Immer war jemand bei ihr. Aber sie wußte, daß sie diese Taktik nicht endlos verfolgen konnte. Irgendwann würde sie Paula einmal erwischen, wenn sie allein war.

Es gab keinen Ausweg. Entweder ging sie mit Paula ins Bett, oder sie mußte die Folgen hinnehmen.

War es so eine widerliche Sache, mit ihr zu schlafen? Sie hatte doch gesehen, wie es die Südafrikanerin mit der jungen Phoebe getrieben hatte, und das hatte sie erregt. Und sie hätte bestimmt mit einem der Mädchen in New Haven irgendwas angefangen, wenn die Jungs von Choate sie gelassen hätten. Wenn sie eine Nutte war – und sie mußte einräumen, daß sie sich hin und wieder so fühlte, obwohl sie diesen Begriff nicht mochte –, welchen Schaden konnte sie dann nehmen, wenn sie es mit Paula trieb? Paula hatte ›Entspannungsmittel‹ versprochen, und Kate hatte keinen Zweifel, daß Paula über solche Dinge verfügte.

Also, warum die Skrupel?

Sie hatte Bedenken, weil Paula es garantiert nicht bei einem Mal bewenden lassen würde. Und Paula würde sie auch zwingen, es mit anderen Mädchen zu tun.

Es mußte einen anderen Weg geben. Vielleicht hatte sie einen gefunden.

Nach dem Unterricht wartete sie auf Paula.

»Morgen abend«, sagte sie. »Aber ich hoffe, daß du genug Hasch da hast.«

Paula rieb sich die Hände, als sie auf ihrem Zimmer war.

»Verschwinde morgen abend«, sagte sie zu Sappho. »Ich brauche das Zimmer.«

»Hast du sie geknackt?«

»Sagen wir, morgen abend habe ich wieder Zeit, mich darum zu kümmern, daß du mit Jennifer Langley was aufstellst.«

Um sechs Uhr an diesem Donnerstagabend schwor sich Henry Morton, nicht nach Guy Youngs Pfeife zu tanzen, der ihn für halb sieben in sein Zimmer bestellt hatte. Um Viertel nach sechs änderte er seine Meinung. Um halb sieben klopfte er an Guys Tür.

Guy war vollständig bekleidet. Auf seinem Schreibtisch stand eine geöffnete Flasche Champagner.

»Henry, ich war egoistisch. Es tut mir leid.«

Felicity Coggan hatte den Champagner gekauft. Genauer – sie hatte das Geld gegeben, und Guy hatte sich sofort ein Taxi genommen, als der Unterricht beendet war.

»Der Junge hat einen Narren an mir gefressen«, hatte Guy ihr erklärt.

»Nun, das kann passieren. Du bist ein sehr gut aussehender Mann«, hatte Felicity gesagt.

»Aber ich muß einen Weg suchen, ihn sanft abzuschieben«, hatte Guy erklärt. »Er ist ein trauriger Vogel, und ich will ihn nicht mehr verletzen als nötig. Ich dachte, eine Pulle Champagner würde den richtigen Rahmen bilden für ein klärendes Gespräch.«

»Und dafür brauchst du Geld.«

»Ich fürchte, ja.«

Felicity gab ihm dreißig Pfund. »Du willst mir seinen Namen nicht sagen?«

»Nein, genausowenig, wie ich deinen Namen preisgeben würde, wenn mich jemand beschuldigen würde, eine Affäre mit jemandem vom Lehrkörper zu haben.«

»Ich hoffe nur, daß du nicht schwul wirst.«

»Würdest du das nicht merken?«

Felicity schüttelte den Kopf. »Ich glaube nicht.«

Henry nahm das Glas Champagner dankend an. »Das war doch nicht nötig. Außerdem weiß ich nicht, was du mit egoistisch meinst.«

»Es war ein Fehler, Henry. Ich meine, was in der Dusche passiert ist und dann an den letzten beiden Abenden. Ich bin nicht schwul, und du bist es auch nicht. Es war nur – ich meine, ich mochte dich, und ich glaube, du mochtest mich auch.«

»Vergangenheitsform?« fragte Henry, und er fühlte, wie sein Daseinsgrund langsam aus ihm verströmte.

»Natürlich nicht. Ich mag dich immer noch. Aber ich habe das Gefühl, daß du mit unserem kleinen Arrangement nicht sehr glücklich bist. Ich meine, ich liege da, und du bereitest mir große Lust. Es ist alles so einseitig.«

»Dagegen könntest du was tun.«

»Das ist mir nicht gegeben, Herny, alter Junge. Ich bin ein gieriger Mensch. Wenn sich natürlich noch mal so was wie in der Dusche ergeben sollte, zeige ich mich gern erkenntlich, aber ich glaube nicht so recht daran.«

Henry spürte, wie ihm kalt wurde. Er wurde abserviert, das war ihm klar. Es sei denn, er ...

»Willst du mehr von mir?«

»Mehr, Henry? Was, zum Beispiel? Sodomie? Das ist nicht meine Sache, mein Junge. Ich stehe auf Frauen.«

»Es gibt noch andere Dinge«, sagte Henry, ohne Guy anzuschauen.

Stimmt, dachte Guy. Stimmt. Er wußte sofort, auf was Henry anspielte und nicht aussprechen wollte. Felicity war gut in Fellatio, aber mit einem Mann hatte er es noch nie erlebt. Er war sich nicht sicher, ob er es je erleben wollte. Aber es gab ja auch noch ›andere Sachen‹, ganz allgemeiner Art, an die Henry bestimmt noch nicht gedacht hatte.

Geh behutsam vor, mahnte er sich.

»Kennst du die Geschichte von dem Löwenbändiger, der eine ganz besondere Nummer darbot?« Henry erwiderte, er hätte sie nie gehört, die Geschichte. »Nun, dieser Löwenbändiger hatte eine Abweichung von dem Üblichen. Er legte nicht den Kopf ins Maul des Löwen, sondern seinen Schwanz. Der Löwe biß ihn nicht ab, und die Menge applaudierte frenetisch. Dann forderte der Löwenbändiger das Publikum heraus: Wenn einer den Mut aufbringe, das gleiche zu tun, setze er einhundert Pfund aus. Es meldete sich niemand, aber dann trat ein kleines, winziges Männchen nach vorn. ›Sie haben den Mut‹ fragte der Löwenbändiger. ›Ja‹, antwortete der schmächtige Bursche. ›Ich weiß nur nicht, ob ich den Mund so weit aufreißen kann.‹«

Henry lachte nicht.

»Ich bin ein Witz für dich, nicht wahr? Aber wenn du mich so siehst ... Ich will nur nicht, daß du mich verläßt, das ist alles.«

»Als ob das jemals geschehen würde. Aber schau,

jetzt ist es noch zu früh. Wer weiß, wer um diese Zeit noch über die Korridore läuft. Sagen wir, um halb neun. Der Champagner hält sich bis dahin. Wir feiern unsere eigene kleine Party – wenn du willst.«

»Ich will.«

»Ich meine, wenn du mir diese Dinge tun willst, die mir Lust verschaffen. Dinge, die du normalerweise nicht tun würdest.«

»Ich will«, sagte Henry, und obwohl er nicht wußte, ob er wirklich wollte, stand er wenige Minuten vor halb neun wieder vor Guys Tür.

Guy hatte sich wieder seinen Bademantel übergestreift, er stand an seinem Schreibtisch und hatte schon zwei Gläser Champagner eingeschenkt. Henry schluckte kräftig von seinem Glas.

Guy übernahm es, die Tür zu sichern, obwohl die Lehne nicht bis zur Klinke reichte.

Dann lehnte er sich auf seinem Sessel zurück und schlug den Mantel auseinander. Sein Penis war schon erigiert, und sein Atem war hechelnd. Das war gewöhnlich der Augenblick, in dem Felicity, vor ihm auf den Knien, raunte: »Mein Gott, ist er nicht schön?«

Und im nächsten Augenblick hatte sie ihn mit ihrem geschickten Mund verschlungen.

Henry tat das nicht. Er schien nicht zu wissen, wo er anfangen sollte.

»Wir sind nicht in Eile«, sagte Guy, obwohl seine gehetzte Stimme das Gegenteil verriet. »Tu, was du sonst auch tust, ich meine, für den Anfang.«

Henry saß zu Guys Füßen und begann mit seiner Hand. Vielleicht, wenn er nicht darüber nachdachte, wäre es gar nicht so schlimm, den Mund einzusetzen. Er rutschte etwas näher.

Dann ruckte jemand an der Tür, die Klinke bewegte sich. Im nächsten Moment kippte der Stuhl um, und die Tür schwang auf. Marcus Bryant, Guys Zimmergenosse, trat ein.

»Ist dies eine private Party, oder kann jeder teilnehmen?«

Henry war ob der plötzlichen Störung derart schockiert, daß er auf die Füße sprang, als wäre er gebissen worden. Puterrot war sein Gesicht, und er wagte nicht, Marcus oder Guy anzusehen.

Guy selbst schien zwar ein wenig irritiert zu sein, aber er fühlte sich nicht ertappt.

»Du hättest uns noch ein wenig mehr Zeit lassen sollen«, sagte er zu Marcus. Er unternahm keinen Versuch, seine Blöße zu bedecken.

»Tut mir leid, aber mein Zeitempfinden war noch nie gut entwickelt.«

»Was – soll das alles?« brachte Henry hervor.

»Was heißt das, daß er uns hätte mehr Zeit lassen sollen?«

»Es hat damit zu tun, worüber wir vorhin gesprochen haben«, erwiderte Guy. »Ich meine, daß du Dinge tust, die mir Lust bereiten. Ich habe mit Marcus darüber geredet, und er ...«

»Du hast WAS?«

» ... und er und ich waren der Meinung, daß du dein Repertoire vielleicht ein wenig ausweiten wolltest. Verstehst du? Wir beziehen Marcus einfach mit ein, und du tust für ihn, was du auch für mich tust. Schließlich treibst du es gern, und das allein zählt.«

»Du BASTARD!« kreischte Henry und katapultierte sich, die Hände zu Fäusten geballt, gegen Guy, der mit einem Satz aus dem Sessel gesprungen war.

Er wurde ohne Schwierigkeiten mit Henry fertig und gab ihm einen Stoß vor die Brust, der Henry zu Boden stürzen ließ. Henry lag da, bemüht, seinen Atem unter Kontrolle zu bekommen.

»Was ist denn los mit dir, verdammt?« brüllte Guy. Ihm wurde bewußt, daß er nun die komfortable Sex-Beziehung mit Henry entbehren mußte. Er hatte den kleinen Scheißer nicht so erschrecken wollen, nur ein bißchen mehr Leben in ihre Spielchen bringen. Und zu dritt gab es mehr Möglichkeiten als zu zweit. »Okay, dann vergessen wir Marcus eben. Ich hab's nur gut gemeint, das ist alles.«

»Du gefühlloser Mistkerl!« murmelte Henry, während er sich aufrappelte. Er hatte die Hände immer noch zu Fäusten geballt. Dann, als ihm bewußt wurde, daß er gegen Guy keine Chance hatte, ließ er die Arme hilflos sinken. »Wie konntest du nur? Wie konntest du nur?«

Er stürzte aus dem Zimmer, bevor die Tränen zu fließen begannen.

»Es sieht so aus, als hättest du ihn doch nicht so gut dressiert, wie du meintest«, sagte Marcus Bryant, der sich mit dem Champagner bediente.

»Verdammt, so sieht es aus«, gab Guy zu. »Glaubst du, daß er mich bei Penrose oder Chips oder einem anderen verrät?«

»Er war verzweifelt genug dazu.«

»Mann, ich hoffe nicht.«

»Du bist wahrscheinlich sicher. Was, zum Teufel, soll er denn erzählen? Nein, er wird wahrscheinlich seinen Kopf ins Kissen vergraben und ein paar Stündchen lang brauchen, bis er über die Sache hinweg ist.«

»Ja, das glaube ich auch.«

Aber sie irrten sich beide.

Henry hielt nicht mal an, um den Mantel aus seinem Zimmer zu holen. Er rannte die Treppen hinunter, aus dem Napier House, auf die Einfahrt zu, ohne zu wissen, wohin er eigentlich wollte, ohne zu spüren, wie kalt es war. Es begann zu regnen, und der Regen vermischte sich mit seinen Tränen.

Dobbs hatte Dienst in seinem kleinen Kabuff, das an die Empfangshalle anlehnte. So kurz vor Ferienbeginn war es besonders wichtig, das Kommen und Gehen zu kontrollieren, denn es war bekannt, daß sich die Schüler der Sechsten auch wochentags schon mal gern davonstahlen, um zu sehen, was die Stadt zu bieten hatte. Verboten war es nicht für die älteren Schüler, aber man mußte sich abmelden und sich wieder eintragen, und nach zehn Uhr durfte niemand mehr draußen sein. Am Wochenende hatten die Schüler eine Stunde länger Ausgang.

»Heee!« rief Dobbs, aber Henry, den Dobbs in der Dunkelheit nicht erkannte, stürmte an ihm vorbei.

Dobbs hatte schon den Telefonhörer in der Hand, um den Aufsichtslehrer anzurufen, denn es handelte sich um einen Jungen, der offenbar keine Genehmigung zum Ausgang erhalten hatte. Doch Dobbs legte den Hörer wieder auf.

Es war seine Aufgabe, solche Jungen aufzuhalten, und wenn er jetzt eine Meldung erstattete, würde er sich Ärger einhandeln. Er würde sich den Jungen packen, wenn er zurückkehrte, und dann würde er drohen, ihn zu melden, wenn er keine einleuchtende Entschuldigung vorbringen konnte.

Dobbs kannte sich aus. Es war schon oft passiert.

Sorry, Dobbs. Aber ich mußte unbedingt dieses Mädchen sehen. Sie haben bestimmt Ärger wegen mir gehabt. Hier, haben Sie einen Fünfer, kaufen Sie sich eine Packung Zigaretten dafür.

Ja, dachte Dobbs. Nachher werde ich mir den Jungen vorknöpfen.

Henrys Gedanken drehten sich wie ein Karussell. Obwohl es ihm nicht bewußt war, rannte er von der Schuleinfahrt in Richtung Stadt.

Wie hatte sich dieser Bastard das herausnehmen können? Wie konnte er sich das erlauben?

O ja, jetzt sah er alles ganz deutlich vor sich. Guy hatte mit ihm gespielt. Er konnte sich die Gespräche vorstellen, die zwischen Guy und Marcus abgelaufen waren.

Dieser kleine Scheißer Henry Morton – du mußt doch Henry kennen, obwohl man ihn weiß Gott leicht übersehen kann – hat einen Narren an mir gefressen. Tut alles, was ich will. Kann meinem Schwanz nicht widerstehen. Wenn du willst, bringe ich ihn dazu, daß er dich auch bedient. Er ist schwul, als ob er es erfunden hätte, aber er weiß es noch nicht.

Und er hatte Guy geliebt!

Nach einer halben Meile begann der Regen zu prasseln. Jetzt wurde er wirklich naß, aber er hatte noch Glück, daß gerade der Bus in die Haltestelle einbog. Er rannte und konnte noch rechtzeitig aufspringen. Es war einer der Eindecker-Busse, deren Fahrer auch das Fahrgeld kassieren.

Henry zückte seine Brieftasche. Er hatte noch dreißig Pfund in Scheinen und ein paar weitere in Münzen.

»Kein guter Zeitpunkt, um spazierenzugehen«, sagte der Busfahrer.

Henry wischte sich den Regen aus dem Gesicht. Niemand würde sehen können, daß er geweint hatte. »Sie haben recht«, sagte er, ohne den Mann anzuschauen.

Von der Endstation aus suchte sich Henry die erste Kneipe und bestellte einen doppelten Whisky. Außerhalb der Wohnung seiner Mutter hatte er so gut wie nie Whisky getrunken.

»Du siehst wie ein begossener Pudel aus«, sagte die junge Frau hinter der Theke.

Henry schaute in den Spiegel hinter ihr. Ja, er sah wie ein Wrack aus.

Er zog sich auf die Toilette zurück, kämmte sich und versuchte, sich mit dem Rollenhandtuch zu trocknen. Als er an die Theke zurückkehrte, sah er nicht viel besser aus. Er nahm Soda zum Whisky, und als er das Glas geleert hatte, bestellte er sich Nachschub. »Nachher nehme ich eine halbe Flasche davon mit«, sagte er und legte schon mal das Geld auf den Tresen.

Kneipen in der Nähe von Bahnhöfen oder Endstationen von Buslinien ziehen in aller Welt Kundschaft an, die man bei freier Entscheidung nicht haben möchte. Häufig prägen solche Typen auch das Bild einer Kneipe. Sie legen nicht viel Wert auf Einrichtung und Sauberkeit, sie wollen nur rasch ihren Drink, möglichst preiswert. Die Kunden wollen ihre Verzweiflung mit Alkohol bekämpfen, oder sie haben ein zweifelhaftes Geschäft zu feiern.

Henry gehörte zur ersten Gruppe. Er fühlte sich erniedrigt, gedemütigt.

Mit dem dritten Whisky zog er sich zu einem Tisch zurück. Er mußte sich setzen.

Alles, was Guy ihm gesagt hatte, daß sie sich nahestanden, war eine Lüge. Hatte es wirklich erst am Montag begonnen? Guy sah in ihm eine männliche Hure, die er einfach an Marcus Bryant weiterreichen konnte. Henry Morton? Klar, er wird's dir besorgen, wenn du ein bißchen nett zu ihm bist. Zeig ihm deinen Schwanz und sag, daß du ihn nett findest. Und er besorgt es dir gar nicht mal schlecht. Jedenfalls besser als die eigene Hand. Er ist verrückt nach dicken Schwänzen, unser Henry, da sein eigener nur ein kleines Würstchen ist.

Er ist schwul, unser Henry.

Ja, Guy hatte wohl recht. Wenn er nicht recht hätte, warum hatte er, Henry, dann so bereitwillig zugegriffen? Warum hatte es ihn so gereizt, Guy zu masturbieren?

»Warum? Warum? Warum?«

Aber – er wollte nicht schwul sein. Er wollte nicht den Rest seines Lebens ausgenutzt werden, Männer masturbieren und – das würde bestimmt auch noch folgen – später lutschen. Und sich in den Hintern …

Es würde nicht über Nacht geschehen, aber es würde geschehen. Es würde einen anderen Guy geben, jemandem, dem er vertraute. Und der ihn auch wieder hintergehen würde. Und dann noch einen. Bis es ihm eines Tages egal sein würde, ob er Gefühle für den Mann hatte oder nicht.

Und alles nur, weil er einsam war …

»Das ist unser Tisch, Kleiner.«

Ein paar stämmige Trucker türmten sich vor ihm auf. Henry fühlte sich stark vom Whisky und stand auf. »Wer sagt das?«

»Wir sagen das. Du sitzt unterm Dartbrett.«

»Dann hängt das Dartbrett woanders hin.«

»Wir haben hier einen Komiker, Del«, sagte der eine zu seinem Kumpel. »Ausgerechnet so eine Schmeißfliege wie er. So ein kleiner Scheißer.«

Das Wort ›Scheißer‹ ließ bei Henry die Sicherungen herausspringen. Er schüttete den Rest seines Whiskys ins Gesicht des zweiten Truckers.

»Das reicht«, sagte der erste und packte Henry am Kragen.

»Draußen!« rief die Barfrau.

»Schon geschehen!« erwiderte einer der Trucker und hob Henry einen halben Meter hoch.

Draußen auf dem Parkplatz schlugen sie ihn zusammen, bis er sich nicht mehr rührte. Und weil sie gerade dabei waren und nicht so schnell wieder diese Gegend ansteuern würden, erleichterten sie ihn um die restlichen zwölf Pfund und um seine Armbanduhr. Es war fast ein kleines Wunder, daß sie die halbe Whiskyflasche nicht entdeckten, die Henry sich in die Innentasche gesteckt hatte und die überraschenderweise heil geblieben war.

Die Trucker ließen Henry liegen und zogen weiter, denn mit dem unerwarteten Bargeld und der Uhr konnten sie sich Drinks in einer besseren Kneipe erlauben.

Niemand sah Henry zusammengekrümmt auf dem Parkplatz liegen, und wenn ihn einer gesehen hätte, hätte er vermutlich weggeschaut.

Als er zu sich kam, schmerzte sein ganzer Körper. Es regnete noch stärker.

Die Lichter der Kneipe brannten noch, aber er hatte nicht mehr das Verlangen, wieder hineinzugehen. Wozu auch? Weitere Erniedrigungen? Was für einen Sinn würde es ergeben, der Polizei den Raub zu melden? Kneipenschlägereien, davon hatten sie schon genug. Vielleicht auch eine Schlägerei unter Schwulen.

Die paar Silber- und Kupfermünzen hatten sie ihm

gelassen, aber für ein Taxi zurück reichten sie nicht. So machte er sich zu Fuß auf den Weg, wurde mit jedem Schritt nasser und stärkte sich ab und an mit einem Schluck aus der Flasche.

Es war Mitternacht vorbei, als er das Schultor erreichte. Es war ihm egal, ob Dobbs ihn entdeckte oder nicht, denn inzwischen war er so niedergeschlagen, daß alles andere an Bedeutung verlor.

Aber Dobbs bereitete sich gerade seinen mitternächtlichen Kakao zu. Er rechnete auch nicht mehr damit, den jungen Ausreißer zu erwischen. Der hatte sich vermutlich vorher irgendwie hineingeschmuggelt.

»Tut mir leid, wenn ich Sie in Schwierigkeiten bringe, Dobbs«, murmelte Henry.

Trotz des Regens und des langen Marsches war es Henry gelungen, sich durch die Whiskyschübe einen Rausch anzutrinken. Er hatte Mühe, sich im Duschblock zurechtzufinden, denn natürlich brannte kein Licht mehr. Aber er stand dann vor den beiden Kabinen, wo er und Guy ihre erste sexuelle Begegnung hatten.

Ja, ich bin schwul, gab er sich endlich zu. Ja, ich bin schwul. Ich will es nicht sein, aber so ist es nun mal.

Er schüttelte die Flasche. Dem Glucksen nach zu urteilen, mußte sie noch halb voll sein. Langsam ließ er die restliche Flüssigkeit in seinen Mund laufen. Zwischen den Trinkpausen redete er mit sich selbst oder begann zu lachen. Aber am häufigsten übermannten ihn die Tränen.

Als die Flasche leer war, warf er sie weg. Er stand auf unsicheren Füßen da, als er sich den Gürtel von der Hose zog, eine Schleife bildete und um das Duschwasserrohr schlang. Die Schleife legte er sich um den Hals.

Er trat auf den Wannenrand der Dusche und ließ sich fallen.

Es war alles so einfach.

Am nächsten Morgen wurde die Polizei gerufen, aber sie stellte rasch fest, daß es keine verdächtigen Umstände gab, wie der Fachbegriff in der englischen Kriminalistik lautet. Als ob es nicht verdächtig wäre, wenn ein junger Mann sich das Leben nimmt.

Die Tatsache, daß es keinen Abschiedsbrief gab, wurde als unbedeutend gewertet angesichts der zerschmetterten Whiskyflasche und der hohen Konzentration von Alkohol im Blut des Toten.

Henrys Mutter hielt sich in Paris auf. Über ihr Büro konnte man sie benachrichtigen. Sie flog zurück, man übergab ihr die Leiche. Nach den Vorschriften des Gerichtsmediziners würde Henry erst beerdigt werden dürfen, wenn das Ermittlungsverfahren des Gerichtsmediziners abgeschlossen war, aber das Verfahren galt als bloße Formalität.

Henry Morton hatte sich getötet, weil er zum Zeitpunkt des Todes geistig verwirrt war.

Felicity Coggan wußte, daß mehr dahintersteckte.

»Du solltest Mrs. Gordon um Erlaubnis bitten, nach Hause fahren zu dürfen, Guy«, riet sie ihm. »Noch vor Beginn der Ferien.«

»Ich weiß nicht …«

»Stell dich nicht so an. Das war doch der junge Mann, der einen Narren an dir gefressen hatte, nicht wahr?«

»Ach, so schlimm war das doch nicht.«

»Bitte Mrs. Gordon um Erlaubnis, Guy. Krankheit in

der Familie oder so etwas in dieser Richtung. Die Polizei scheint die Ermittlungen zwar abgeschlossen zu haben, aber das ist keine Garantie, daß sie nicht noch einmal nachhakt.«

»Ich hatte nichts mit Henry Mortons Selbstmord zu tun.«

»Unmittelbar wohl nicht, das glaube ich auch. Wenn ich davon nicht überzeugt wäre, würde ich selbst die Polizei anrufen.«

»Was ist mit unserem Theaterstück?«

Felicity Coggan mußte sich zusammenreißen. »Ich habe nie geahnt, daß du so kaltblütig sein kannst. Ein junger Mann ist tot. Ob er *dein* junger Mann war oder nicht, und ob sein Tod etwas mit seinen Gefühlen für dich zu tun hat, spielt keine Rolle. Laß dich beurlauben, Guy.«

Guy dachte darüber nach. Ja, es ergab einen Sinn. Obwohl er sich völlig unschuldig an Henrys Tod fühlte – großer Gott, so ein winziger Zwischenfall wie der in seinem Zimmer brachte doch keinen *vernünftigen* Menschen auf den Selbstmord-Trip –, schien es wirklich ratsamer zu sein, von der Bildfläche zu verschwinden.

Er ging zu Mrs. Gordon und erhielt die Erlaubnis. Felicity war nicht sicher, ob sie ihn wiedersehen würde – oder wollte.

Bevor Guy die Schule verließ, besprach er sich kurz mit Marcus Bryant.

»Ich glaube keine Sekunde, daß das, was hier geschehen ist, als du hereingeplatzt bist, irgendwas mit Henrys Tod zu tun hat, aber es wäre vielleicht doch besser, wenn du mit niemandem darüber sprichst.«

»Über was soll ich nicht sprechen, Mann?«

Ein Gutes, wenn man es so sehen wollte, hatte Henrys Tod doch noch: Kate hatte einen Grund, sich Paula zu verweigern. Jedenfalls für den Augenblick.

»Ich bin ziemlich mitgenommen, verdammt noch mal, und wenn du irgendwelche Gefühle hättest, wärst du es auch. Henry war ein Freund von Richard, und Richard ist mein Freund.«

Paula akzeptierte die Begründung widerwillig.

»Aber glaube nur nicht, daß du dich noch lange drücken kannst. Wenn es nicht vor dem Ende des Schuljahres passiert ist, weißt du, was dir blüht.«

ZWEI KLEINE MÄDCHEN IN BLAU

Das Schuljahr ging weiter.

Henry Mortons Tod war eine Tragödie, aber Mrs. Gordon gelangte zu dem Schluß, daß sie die Schule nicht zwei Wochen vor den Ferien abbrechen konnte. Sie mußte an die anderen Schüler denken und auch an die zu erwartenden Proteste der Eltern. Die Klassenlehrer stimmten ihr zu.

Nach einem Gedenkgottesdienst für Henry am Sonntagmorgen sprach Mrs. Gordon zu allen Schülerinnen und Schülern. Der Tenor ihrer Botschaft: Wenn irgend jemand Probleme hatte und glaubte, nicht allein damit fertig zu werden, sollte sie / er unverzüglich zum Hausleiter oder Klassenlehrer gehen.

Kate McNamara dachte einen Moment darüber nach, verwarf den Gedanken aber sofort wieder. Sie konnte nicht erwarten, daß ein Lehrer oder eine Lehrerin Sympathie für die Art Dilemma aufbrachte, in der sie steckte.

Sie müssen wissen, Mrs. Clinton, da gibt es von mir einige Bilder von der harten pornographischen Sorte, wie verschiedene Männer mich in verschiedenen Positionen durchziehen. Paula van der Groot hat einige dieser Bilder in ihren Besitz gebracht und droht mir jetzt, sie an der Schule zirkulieren zu lassen, falls ich nicht Sex mit ihr mache.

Nein, das war unmöglich.

Obwohl er noch weniger beteiligt war an den Gründen, die zu Henry Mortons Selbstmord geführt hatten, als Guy – wenn man Guy überhaupt in irgendeiner Weise eine Beteiligung nachsagen konnte –, war Marcus Bryant mehr als erleichtert, nachdem er Mrs. Gordons Rede zugehört hatte. Offenbar wußte niemand, warum sich Henry das Leben genommen hatte.

Nachdem Mrs. Gordon die Schüler entlassen hatte, suchte Mr. Penrose ihre Nähe.

»Ich möchte gern mit ihnen über unser Stück reden, Mrs. Gordon. Über den Sommernachtstraum.«

»Das läuft ab wie geplant. Die Karten sind schon verschickt.«

»Ja, aber Guy Young war mein Demetrius, und ich habe gehört, daß er am Wochenende nach Hause gefahren ist. Irgendein Krankheitsfall in der Familie, wenn ich es richtig verstanden habe.«

»Ja, ganz richtig. Aber Sie haben doch sicherlich die Rolle doppelt besetzt?«

»Guy war die zweite Besetzung, als der Original-Demetrius ausstieg. Die meisten anderen Rollen sind natürlich doppelt besetzt, aber der Demetrius gehört nicht mehr dazu – leider.«

»Aber ich gehe nicht davon aus, daß Sie mir nahelegen wollen, die Vorstellungen abzusagen, weil ein Junge nicht auftreten kann?«

»Ich hoffte auf einen Rat von Ihnen.«

Mrs. Gordon hatte eine Menge mehr Probleme im Kopf als das verdammte Stück, obwohl sie gedanklich einräumte, daß es für den Ruf der Schule recht wichtig war.

»Mr. Penrose«, sagte sie mit ihrer Magisterstimme, »es ist meine feste Überzeugung, daß Sie dieses kleine Problem ganz allein lösen können. Gibt es denn wirklich niemanden, der den Part kennt?«

»Niemanden.«
»Nun, Sie kennen ihn.«
O Himmel, dachte Penrose.

In diesen engen Pumphosen wirst du großartig aussehen«, sagte Lavinia. »Welche Farbe haben wir für Demetrius ausgesucht? Blau, nicht wahr?«

»Niemals«, sagte Penrose. »Ich werde einen der Oberschüler überreden, die Rolle zu übernehmen.«

»Robert, nun sei mal vernünftig. In einer Woche? Heute ist der fünfte Dezember, und am zwölften und dreizehnten sollen die Vorstellungen über die Bühne gehen. Es ist möglich, aber nur möglich, wenn einer in dieser Zeit den Text lernen kann, aber niemals die richtigen Bewegungen, die Stellungen auf der Bühne.«

»Fiona Acland würde es schaffen. Sie hat beinahe das totale Erinnerungsvermögen.«

»Vorher werde ich dir dein edles Stück abschneiden. Nein, es führt kein Weg an dir vorbei. Du kennst die Bewegungen in- und auswendig, du kennst auch den Text. Also, du bist nominiert.«

»Oder jemand, der die ganze Zeit bei den Proben dabei war.«

»Einer von den Bühnenarbeitern? Vergiß es. Sie sind hinter der Bühne, weil sie auf der Bühne nichts taugen. Das haben wir beim Vorsprechen herausgefunden.«

»Ich dachte auch nicht an einen Bühnenarbeiter.«

Lavinia sah, wie er sie anblickte, und plötzlich begriff sie, was in seinem Kopf vorging.

»Oh, verdammt, das darf nicht wahr sein! Nie und nimmer! Ich bin vor all diesen Wochen nur hier hineingerutscht, weil du mich quasi angebettelt hast, als deine Assistentin mitzuarbeiten. Aber du wirst es nicht schaffen, mich in Wams und Kniehose auf die Bühne zu schicken.«

»Du hast wunderbare Beine. Du wärst perfekt für diese Rolle.«

»Zum Teufel mit meinen Beinen. Willst du mich den lüsternen Vätern vorwerfen?«

»Du warst bei jeder Probe dabei.«

»Nein, nein.«

»Demetrius hat seine großen Auftritte mit Helena«, erinnerte Penrose sie. »Und wir wissen beide, wer die Helena spielt.«

»Julia«, stöhnte Lavinia.

»Genau. Und wenn ich mich richtig erinnere, dann warst du es, die mich darauf hingewiesen hat, daß Julia in mich vernarrt sei.«

»Das war vor ein paar Wochen. Jetzt hat sie sich an Ben Fisher schadlos gehalten.« Ihr Gesicht leuchtete, als hätte sie den rettenden Einfall. »Ja, genau. Du kannst Ben nehmen. Er kennt die richtigen Bewegungen. Er hat alles in seinem Buch festgehalten.«

»Er ist hoffnungslos, das wissen wir. Er hat vorgesprochen.«

»Ich werde schlimmer sein als er.«

»Aber du siehst besser aus. Wir bleiben bei Blau, lassen uns aber ein kleineres Kostüm schneidern. Versteh doch, es geht nur um dich oder um mich. Niemand sonst kommt in Frage. Und wenn ich an die verschiedenen heißen Szenen zwischen Demetrius und Helena denke … Aus den verschiedensten Gründen wäre ich nicht erpicht darauf, Julia zu küssen.«

»Ich auch nicht, verdammt!«

»Aber Lavinia, in meinem Fall ist es viel gefährlicher …«

»Nein«, sagte Lavinia. »Ich tue es nicht, und wenn du mich fesselst und auspeitschst – oh, das bringt mich auf eine Idee. Das könntest du ruhig mal tun. Aber die Rolle übernehme ich nie, nie, nie!«

»Ich komme mir wie eine Mißgeburt vor«, klagte Lavinia.

Am Montagabend betrachtete sie sich eine Stunde vor Probenbeginn im mannshohen Spiegel hinter der Bühne. Obwohl die Kostümprobe für den Rest der Besetzung erst am Sonntag stattfinden würde, hatte Penrose Lavinia gebeten, jetzt schon in ihr Kostüm zu steigen. Er wußte, daß Lavinia ein Spätzünder war. Sie mußte sich erst allmählich mit etwas anfreunden, spontan neigte sie eher zu Ablehnungen. Aber er war sicher, daß sie sich nach einiger Zeit wohl fühlen würde in Wams und Kniehose.

Er wußte, daß er mit Lavinia ein Riskiko einging. Wenn sie das Gefühl hatte, sich blamiert zu haben, würde sie ihm nie verzeihen. Und er wollte sie nicht verlieren, denn die sexuellen Abenteuer mit ihr waren zu aufregend, um darauf verzichten zu wollen.

In der kurzen Zeit war es natürlich unmöglich gewesen, ein Kostüm zu finden, das ihr paßte. Sie hatten zwar eins gefunden, das dem Original ähnelte, doch daran arbeitete die Näherin. Deshalb trug Lavinia jetzt das Kostüm, das für Guy Young gedacht gewesen war. Das Wams war viel zu weit, aber farblich paßte es zu der taubenblauen Strumpfhose, die sie gleich nach Unterrichtsschluß in der Stadt gekauft hatte. Sie war viel dicker als alles, was sie bisher an Strümpfen und Strumpfhosen getragen hatte, aber auch sie konnte ihre wohlgeformten Beine nicht verdecken. Um ihren Auftritt nicht zu einem Fest der Voyeure werden zu lassen, hatte sie sich zwei dicke Liebestöter gekauft, die sie übereinandertragen wollte. Ihr blondes Haar trug sie zusammengerafft in einem Pferdeschwanz.

Penrose sagte, daß sie phantastisch aussehe.

»Ich bin mir immer noch nicht sicher, womit du es geschafft hast, mich zu überreden.«

»Du siehst großartig aus.«

Die Handvoll männlicher Bühnenarbeiter schloß sich dieser Meinung an, und Lavinias Auftritt wurde von lüsternem Pfeifen begleitet. Sie hatte gedacht, ein paar Jahre von Verlegenheit nach derb-männlicher Bewunderung entfernt zu sein, aber sie spürte, daß sie tief errötete. Diese Jungs kannten sie schließlich als Französisch- und Englischlehrerin, als eine Frau, die sich in sittsame Kostüme kleidete, deren Rocklänge die von Mrs. Gordon beschlossenen sittlichen Maße erfüllte. Und jetzt fühlte sie sich fast nackt.

Penrose rief ein paar scharfe Worte, und die wilden Pfeifereien hörten auf, obwohl auch er zugeben mußte, daß Lavinia einen großartigen Anblick bot, als das Spotlight auf sie gerichtet war. Der Himmel wußte, was Mrs. Gordon von alldem halten würde. Vielleicht sollte er die Frage von Lavinias Kostüm noch einmal überdenken.

Die anderen Darsteller beherrschten ihren Text, nur Lavinia durfte bei der Probe ihr Buch dabei haben. Sie war überrascht, wieviel sie durch Hören und Zuschauen gelernt hatte, und nach einer Weile begann es ihr Spaß zu bereiten. Als Penrose die Probe für beendet erklärte, war sie verblüfft, wie rasch die Zeit vergangen war. Zu ihrer guten Laune trug bei, daß einige der jüngeren Mädchen spontan sagten: »Sehr gut, Miss Lee.«

Sogar Julia gratulierte ihr, obwohl es für sie gar nicht so einfach sein konnte, sich an ein neues Gesicht zu gewöhnen, denn Helena hatte mit Demetrius ein paar sehr körpernahe Szenen, und Julia war bisher auf das männliche Timbre Guys fixiert gewesen.

»Du warst absolut phantastisch«, sagte Penrose, als alle anderen gegangen waren und Lavinia sich in einen der Sessel hinter der Bühne fläzte. Sie trug noch ihr Kostüm, rauchte eine Zigarette und wünschte, sie hätte daran gedacht, eine Flasche Gin mitzubringen. »Du siehst auch phantastisch aus«, fügte Penrose hinzu.

Lavinia hörte einen sexuellen Unterton in seiner Stimme heraus.

»Was, in diesen alten Klamotten?« fragte sie und beugte sich vor, um sich im Spiegel betrachten zu können.

Um besser sehen zu können, drehte sie vor dem Spiegel eine Pirouette. Kein Zweifel, auch in diesen dicken Strümpfen sah man, daß sie gutgeformte Beine hatte.

Sie hatten es schon einmal vor dem Spiegel getrieben, aber nicht vor einem so großen, im dem man eine Vollansicht hatte. Bevor Penrose etwas sagen konnte, hatte sie sich die Strumpfhose und die beiden Slips ausgezogen. Sie behielt das Wams an und schob es hoch, zusammen mit dem BH, bis ihre Brüste entblößt waren. Sie drehte sich zu Penrose um, breitbeinig und einladend.

»Puh, Vin ...«

Penrose warf einen Blick über die Schulter. Die Bühnenlichter waren gelöscht, aber die unten im Saal brannten noch. Und die Tür zum Saal war auch nicht verschlossen.

»Das Risiko ist es doch wert, Robert. Hier, setz dich auf den Stuhl. Nein, mit dem Rücken zum Spiegel. Ich will mich selbst sehen.«

Sie mußte ihn zu dem Stuhl mit der senkrechten Rückenlehne führen, setzte ihn hin, zog seinen Gürtel auf und zerrte an Hose und Unterwäsche herum, bis sie auf dem Boden lagen. In seiner Sorge, daß jemand plötzlich hereinkommen könnte, hatte Penrose keinen Gedanken an eine Erektion verschwendet, aber das war auch nicht nötig. Lavinia setzte sich auf ihn und rutschte hin und her, bis sie spürte, daß er wuchs. Dann senkte sie sich langsam auf ihn hinunter.

Niemand von ihnen sagte was von Kondomen, und es war ihnen deshalb auch nicht bewußt, daß sie es das erstemal ohne taten.

»Laß mich die Arbeit machen«, sagte sie hitzig.

Sie hielt sich an seinen Schultern fest und begann dann, ihre Hüften zu bewegen, und die ganze Zeit beobachtete sie sich im Spiegel, sah ihre nackten Beine um Roberts Flanken herum, sah, wie sich ihr Mund öffnete und schloß und wie ihre Augen einen eigenartigen Glanz annahmen.

Es würde nicht lange dauern. Sie spürte schon, wie sich die ersten Wellen in ihr zusammenbrauten, und sie schloß aus Roberts heftigem Keuchen, daß er nicht weiter davon entfernt war als sie.

Er wollte etwas sagen, aber sie wußte, was er sagen wollte – Vin, ich kann's nicht mehr lange halten – und beugte sich, drückte ihren Mund auf seinen. Sie würde die Entscheidung treffen, ob und wann sie sich zurückzog. Sie würde auch den genauen Zeitpunkt wissen, wann sein Orgasmus einsetzte. Nämlich drei oder vier Sekunden nach ihrem. Sie würde auch das Risiko annehmen. Übernehmen. War es das nicht immer bei dem Sex, den sie liebte? Bei Tageslicht, in Hauseingängen oder hinter der Bühne im Großen Saal. Sie hätte wetten wollen, daß viele hier noch nicht gevögelt hatten, wenn überhaupt einer.

Die Zuckungen setzten ein, sie trennte sich von Roberts Lippen, sah im Spiegel, wie sie den Kopf wild von Seite zu Seite warf, und lehnte sich dann weit zurück, um Robert ganz tief in sich zu spüren.

Aaahhh!

Jaa!

Sie sprang genau in der Sekunde ab, als Robert zu spritzen begann. Sie drückte ihren Bauch gegen seinen, sein Schwanz dazwischen, und bei ihr ruckten neue orgasmische Zuckungen durch den Körper, als sein Samen an ihr hochspritzte, bis hinauf zu den Unterseiten ihrer Brüste.

Das war ein zusätzlicher Kick, dachte sie, bei den verschiedenen Sexakten in unterschiedlichen Kostümen aufzutreten. Sie würde sich was einfallen lassen.

Draußen im Gebüsch vor Churchill House zitterte Algy Hicks in der kalten Dezemberluft. In seiner Tasche, eingewickelt in Zellophan, ruhte das frisch gewaschene Taschentuch, das einmal Jocasta Petrillo gehört hatte – und das ihr auch noch immer gehörte.

Er hatte es am Samstag abgeholt, die erste Gelegenheit, die er hatte, in die Stadt zu fahren, seit er das Tuch zur Wäscherei gebracht hatte. Die Frau hatte ihn für verrückt gehalten, daß er nur dieses eine Taschentuch hatte waschen lassen wollen, und sie hatte ihm gesagt, daß er eine Menge Geld dafür zahlen müßte. »Wir haben einen Mindestsatz.« Algy kümmerte das nicht.

Zuerst hatte er überlegt, das Tuch zu behalten, wie Jocasta auch gesagt hatte. Als Erinnerung an diesen wunderschönen Tag, an dem ein Mädchen ihn berührt hatte, das er anbetete. Doch dann änderte er seine Meinung. Sie war so nett gewesen, seine Wunde damit zu verbinden. Er mußte es ihr säuberlich gewaschen zurückgeben und würde sich bei der Gelegenheit noch einmal bei dem schönen Mädchen bedanken.

Das ganze Wochenende über hatte er sie nicht gesehen und heute nur einmal. Aber da war sie in Begleitung mehrerer anderer Mädchen gewesen, und er war zu schüchtern, sie dann anzusprechen. Außerdem wollte er sie allein haben, ganz für sich.

Er hatte gedacht, wenn er vor dem Churchill House lange genug wartete, würde sie es irgendwann verlassen, vielleicht zum Abendspaziergang. Einige der Mädchen gingen abends regelmäßig spazieren, ganz egal, wie das Wetter war. Aber bisher war sie nicht erschienen, und es wurde spät, und er hatte im Gebüsch vor dem Haus der Mädchen nichts verloren. Jemand könnte auf falsche Gedanken verfallen.

Er würde es morgen noch einmal versuchen, und dann den folgenden Tag. Bis er sie traf.

Gemeinsam mit anderen hatte Richard Carson die Aufnahmeprüfung für Oxford bestanden. Das Interview, die letzte Hürde, würde er am Freitag, 9. Dezember, nehmen. Ben Fisher würde nicht mit ihm fahren Trotz des Paukens hatten die schriftlichen Arbeiten, die er abgeliefert hatte, keine Gnade vor den Augen der Prüfer gefunden.

Carson versuchte ihn zu trösten.

»Arrogante Bastarde«, maulte Fisher. »Sie hätten mich wenigstens zum Interview einladen können. Ich kann mir nicht denken, daß die Arbeiten, die ich eingeschickt habe, so schlecht waren.«

»Du hast verdammt Pech gehabt«, sagte Richard Carson.

Obwohl Fisher und Carson wußten, daß Pech nichts damit zu tun hatte. Die strengen Bedingungen, die Oxford an die neuen Studenten stellte, sollten den hohen Standard erhalten, und man legte die Latte bei den schriftlichen Arbeiten besonders hoch, damit man nicht unnütz Zeit mit Interviews vergeudete. Außerdem konnte jemand, der heute abgelehnt wurde, im nächsten Jahr einen neuen Anlauf nehmen.

Das galt auch für Richard Carson. Er konnte immer noch abgelehnt werden, wenn er das Gespräch verbockte, aber damit war nicht zu rechnen. Wenn ihn nicht Krankheit oder andere unvorhergesehene Dinge aus der Bahn warfen, war Oxford ihm sicher.

»Du kommst problemlos in Durham unter«, sagte Carson zu Fisher.

»Ich hoffe nur, daß ich nicht in einen alten Backsteinbau muß«, sagte Ben dumpf. »Es wird seltsam sein, daß sich unsere Wege bald trennen, was?«

»Du mußt es von der positiven Seite sehen«, erwiderte Carson. »Der gute Henry geht nirgendwohin. Ich wüßte gern, ob wir je erfahren, was ihn dazu getrieben hat.«

»Vermutlich nicht, da er keinen Brief hinterlassen hat. Und wenn der Befund des Gerichtsmediziners nicht ergibt, daß er an einer unheilbaren Krankheit gelitten hat.«

»Kaum anzunehmen. Wir hätten doch was bemerken müssen.«

»Wir haben ja auch nicht bemerkt, daß etwas an ihm fraß, was ihn zum Selbstmord getrieben hat.«

Die beiden empfanden mehr Schuldgefühle über den Tod von Henry Morton, als sie sich eingestehen mochten. Es stimmte, daß sie keine Andeutung bei ihm entdeckt hatten, daß er suizidgefährdet sein könnte, und sie wußten natürlich auch nichts davon, wie Henry von Guy Young behandelt worden war, und daß es diese Behandlung war, die ihn letztlich in den Tod getrieben hatte. Es stimmte aber auch, daß sie beide zu sehr mit sich selbst und ihren Problemen beschäftigt gewesen waren, um sich um Henry kümmern zu können, oder um zu erkennen, daß Henry in seinem kurzen Leben ohne Freunde geblieben war. Carson hatte sich auf die Prüfung vorbereitet und war in das Problem seiner Impotenz bei Kate verstrickt gewesen, und Ben hatte ebenfalls Probleme mit der Oxford-Prüfung und – Julia.

Nein, es war ihnen nicht bewußt geworden, daß Henry Morton mehr oder weniger allein gelebt hatte – und dann war er allein gestorben.

Kate freute sich aufrichtig über Richard Carsons Erfolg bei den Aufnahmeprüfungen und wünschte ihm das Beste für das Interview am Freitag. Sie lehnte seinen Vorschlag ab, sich vorher zu treffen. Sie mußte an Paula denken. Wenn Paula sie zusammen sah, Hand in Hand oder auch nur in ein tiefes Gespräch versunken, würde sie vielleicht derart wütend werden, daß sie die Bilder zirkulieren ließ.

Richard akzeptierte ihre Entscheidung. Sie versicherte ihm, es wäre nicht alles aus zwischen ihnen, aber er hatte seine Zweifel.

Die Schneiderin hatte Stunde um Stunde an Lavinias Kostüm gearbeitet, und am Dienstagabend sah sie bei der Probe noch hinreißender aus als am Montag. Das Wams war eng geschnitten und unterstrich ihre obere Hälfte in vollkommener Form.

Die blaue Kniehose war dünner als die Strumpfhose, die sie gekauft hatte, so daß ihre Beine noch besser zur Geltung kamen.

Die Nachricht, daß Miss Lee am Montagabend großartig ausgesehen hatte bei den Proben, hatte sich herumgesprochen, und so hatten sich am Dienstag fast alle Studenten der Obereren Sechsten versammelt, um bei den Proben dabei zu sein. Auch Paula van der Groot und Sappho Peters hatten sich eingefunden. »Nun schau doch mal«, sagte Paula, »da läuft einem doch das Wasser zwischen den Beinen zusammen. Macht dich dieser Anblick nicht affengeil?«

Sappho nickte. »Für die Lee würde ich Jennifer und Phoebe zusammen eintauschen.«

Paula mußte an die verpaßte Möglichkeit mit Kate McNamara denken. Sie hatte jetzt genug davon, hingehalten zu werden. Wenn Kate bis morgen abend nicht bei ihr im Zimmer erschien, würde sie ihr keine weitere Chance mehr geben.

Gewöhnlich störte es Penrose nicht, wenn er bei den Proben Zuschauer hatte, vorausgesetzt, sie verhielten sich ruhig. Sie konnten kommen und gehen, wann sie wollten. Es gab sowieso nur wenige Interessenten. Selbst für professionelle Schauspieler sind die ewigen Wiederholungen bei den Proben höchst langweilig, für Amateure mußte es noch schlimmer sein. Und für die Zuschauer bei Laienspielproben mußte es so sein, als schauten sie zu, wie Farbe trocknet.

Deshalb war Penrose überrascht, als er am Dienstagabend an die dreißig Zuschauer im Saal sah. Aber es dauerte nicht lange, bis er erkannte, wer die Zuschauer angelockt hatte. Lavinias erster Auftritt bestätigte seinen Verdacht: Pfeifen, Bewunderungsausrufe und vereinzelter Beifall begrüßten sie. Nach ein paar Minuten, als Lavinia selbst mit dem Textbuch in der Hand immer wieder steckenblieb, wurde es deutlich, daß sie zu gehemmt war, um sich konzentrieren zu können.

Penrose ließ den Großen Saal räumen.

Es war ihm bewußt, daß Lavinias Kostüm ein Problem sein würde. Dem Publikum gegenüber hatte er keine Argumentationsnöte. Sie spielte einen Mann, also konnte er sie nicht in ein Kleid stecken. Und wenn er ihren Körper unter einem Mantel verbarg, würde sie unter den heißen Lampen zu schmelzen beginnen.

Aber Lavinias Reaktion störte ihn. Wenn eine Handvoll Leute sie schon aus dem Konzept bringen konnte, was würde dann erst geschehen, wenn der Saal voll besetzt war?

Er hatte eine Idee.

Obwohl man es in einem so exhibitionistischen Geschäft kaum glauben mochte, wußte Penrose, daß es viele Schauspieler gab, die äußerst scheue Persönlichkeiten waren, wenn sie nicht auf der Bühne standen. Ihr Selbstvertrauen und ihre Austrahlung begannen mit den äußeren Zeichen, daß sie in eine andere Rolle geschlüpft waren – mit Make-up und Kostüm.

Sicher, Lavinia steckte in einem Kostüm, aber trotzdem konnte jeder sehen, daß es Lavinia Lee war, die dort auf der Bühne stand. Ihre blonden Haare verrieten sie.

Penrose schlug eine dunkle Perücke vor, die sie bald in den Requisiten gefunden hatten. Es war eine pechschwarze Pagenfrisur, und wenn Lavinia ihre eigenen Haare hochsteckte, war sie tatsächlich kaum noch zu erkennen.

Lavinia fühlte sich mit der Perücke völlig anders, es war, als könnte sie erst jetzt ganz in die Rolle des Demitrius schlüpfen.

Später, als sie sich unbeobachtet wußten, raunte sie ihm zu, es müßte für ihn doch eine reizende Abwechslung sein, mit einer Schwarzhaarigen zu schlafen.

»Und morgen vielleicht mit einer Rothaarigen.«

Nach dem Unterricht am Mittwoch und nach einer Dusche legte sich Kate McNamara aufs Bett. Paula hatte sie in einer Schulpause erwischt.

»Heute abend, sieben Uhr in meinem Zimmer!« Es hatte wie eine Drohung geklungen.

Es war eine Drohung, und es gab keinen Ausweg. Aber es gab eine Möglichkeit, mit Paula ein für allemal Schluß zu machen, wenn das auch bedeuten würde, daß Kate zusammen mit ihr unterging.

»Was ziehst du am Samstag zur Party an?« fragte Amanda, die, wie fast immer in diesen Tagen vor dem Spiegel stand und sich bewunderte.

Es war Tradition, daß am letzten Samstag des Schuljahres für die Unteren und Oberen Sechser eine Party im Gemeinschaftsraum gefeiert wurde. Sogar Wein und Bier waren – in Maßen – erlaubt, und laute Musik war Pflicht.

»Party?« fragte Kate.

»He, du verpennst wohl alles, was? Ja, klar, Party!«

»Ach so. Weiß ich noch nicht. Ich werd' irgendwas rauskramen.«

»Bist du in Ordnung?« fragte Amanda. »Du scheinst so abwesend zu sein.«

»Nur ein bißchen müde. Und ich muß immer noch an Henry Morton denken.«

Das entsprach nicht der Wahrheit, wie es auch vergangene Woche nicht gestimmt hatte, als sie Henrys Tod als Vorwand benutzt hatte, um Paula hinzuhalten. Aber es würde ausreichen, um Amanda abzulenken.

»Ich weiß, was du meinst. Eine schreckliche Sache, was?«

Julia stürmte herein und warf ihre Bücher aufs Bett. Die Darsteller des *Sommernachtstraums* durften früher zum Essen gehen, weil sie in den letzten Wochen vor der Aufführung unter besonderem Streß standen.

Seit Lavinia den Part von Guy Young übernommen hatte, war es für Julia schwerer geworden. Es lag nicht daran, daß Penrose immer wieder eingreifen mußte, weil Lavinia ihren Text noch nicht beherrschte oder die richtigen Bewegungen noch nicht im Griff hatte, obwohl sich diese ständigen Störungen schon auf Julias Darstellung auswirkten. Aber am meisten litt Julia darunter, daß sie spürte, wie sie von Lavinia an die Wand gespielt wurde.

Als sie mit Guy spielte, hatte sie diese Bedrohung

nicht empfunden. Guy hatte zwar versucht, bei der einen oder anderen Szene besser auszusehen, aber damit hatte sie leben können, denn sie wußte, daß das Publikum bald wieder auf sie schauen würde, wenn sie die nächste längere Textstelle vortragen konnte. Jetzt war sie sicher, daß die meisten Zuschauer nicht mal bemerken würden, daß sie auf der Bühne stand, ob Lavinia sprach oder nicht. Alle Augen würden auf diese verdammten phantastischen Beine gerichtet sein.

Diese Hexe!

Julia merkte natürlich auch, wie fast alle an St. Clare's, daß Lavinia und Penrose etwas miteinander hatten. Man hatte sie zusammen gesehen, mal hier und mal da, und in letzter Zeit immer öfter. Nicht, daß Julia das störte. Sie hatte jetzt ihren Ben Fisher – den lieben, rothaarigen, sommersprossigen Ben –, und sie konnte sich kaum mehr vorstellen, daß sie zu Beginn des Schuljahres in Penrose vernarrt gewesen war.

Aber wenn Lavinia nicht nur atemberaubend schön war, sondern auch noch die Freundin des Produzenten, war es für alle anderen Beteiligten am Stück wahnsinnig schwer.

»Bis später«, rief sie den anderen zu.

Jocasta lag schlafend auf ihrem Bett, eine Reisezeitschrift über ihrem Gesicht. Amanda kitzelte ihre Zehen, als es Zeit zum Essen war.

Jocasta warf die Zeitschrift auf den Boden, rieb sich die Augen und streckte sich. »Teufel, mein Mund fühlt sich an wie der Boden eines Papageienkäfigs.«

»Da hast du mir was voraus«, sagte Amanda. »Ich habe noch nie den Boden eines Papageienkäfigs probiert. Gehört das zu der exzentrischen Lebensweise der Reichen?«

»Und ich hatte so einen süßen Traum ...«

»Ich wette, er hat was mit einem Mann zu tun«, meinte Amanda.

»Zwei Männer.«

Und der eine davon wußte wunderbare Sachen mit der Reitpeitsche anzustellen, dachte Jocasta, aber das behielt sie für sich.

»Du mußt dich allmählich anziehen, Kate, sonst gibt es nichts mehr zu essen«, meinte Amanda.

Kate lag noch im Bademantel auf dem Bett. »Ich glaube, ich lasse heute das Essen mal aus ...« Nachdem sich der Schlafsaal geleert hatte, zog sich Kate langsam an.

Blue Jeans und eine Baumwolljacke. Sie erinnerte sich an den ersten Abend, als sie Paula kennengelernt hatte, und wie schnell die Hand der Südafrikanerin unter ihren Rock getaucht war. Nun, so leicht sollte sie es heute abend nicht haben.

Ein paar Minuten vor sieben schlenderte sie die Treppe hoch, die zu Paulas Zimmer führte. Die Tür stand offen, und Sappho war auch da. Teufel, ob sie einen Dreier planten? Damit hatte sie nicht gerechnet.

Sappho aß eine Fleischpastete, und es wurde rasch deutlich, daß sie vom Geschehen des Abends ausgeschlossen sein würde.

»Ich war nur neugierig, ob du erscheinen würdest«, sagte sie, bevor sie das Zimmer verließ.

Paula schob den Stuhl unter die Türklinke. »Ich möchte doch nicht, daß wir gestört werden.«

Sie betrachtete Kate von oben bis unten und mußte lächeln über Kates durchsichtigen Versuch mit den Jeans. Als ob ihr das helfen würde!

Aber sie wollte das jüngere Mädchen ganz entspannt

sehen. Man sah Kate an, daß sie verkrampft war, unsicher und mißtrauisch.

»Na los, setz dich und laß dich gehen. Sap kommt die ersten paar Stunden nicht zurück, und jeder auf dem Flur weiß, daß hier keine reinstürmen kann, wenn meine Tür geschlossen ist. Wir haben den ganzen Abend Zeit. Was möchtest du trinken? Ich habe Wein, Bier und Wodka.«

»Wodka, glaube ich. Und Tonic.«

Kate nahm das Glas entgegen und setzte sich in einen Sessel. Paula nahm ihr gegenüber in dem anderen Sessel Platz, schlug die Beine übereinander und sah für die ganze Welt wie eine hübsche, harmlose Elfe aus.

»Du weißt, daß ich gegen meinen Willen hier bin, nicht wahr?« fragte Kate.

»Vielleicht siehst du das später anders.«

»Nein. Selbst wenn ich eine Lesbe wäre, was ich nicht bin, habe ich etwas dagegen, erpreßt zu werden.«

»Wir werden sehen. Zwang kann auch Lust bereiten.«

»Mir nicht. Und bevor wir zu anderen Dingen kommen – hast du nicht etwas vergessen?«

»Vergessen?«

»Du sagst, du hast noch mehr Magazine. Nach dem heutigen Abend gehören sie mir.«

»Ich möchte lieber abwarten, was der heutige Abend bringt.«

Kate rutschte in ihrem Sessel herum. Ihre Knie eng zusammen, zeigten sie schräg von Paula weg, wobei ihr nicht bewußt war, daß ihre Körpersprache deutlich ›Ablehnung‹ signalisierte.

»Du hast was von Hasch gesagt.«

»Willst du einen Joint haben?«

»Bald.«

Paula war von Kates Verhalten verdutzt und irritiert. Kate saß beinahe apathisch da, zurückhaltend, aber ganz sicher nicht willig, und das gefiel Paula überhaupt nicht. Wenn es zu Sex kam und Kate teilnahmslos auf dem Bett lag – nun, das war schlimmer, als sie gar nicht zu haben. Vielleicht würde ein Joint sie ein bißchen aufwecken. Aber noch nicht. Drogen konnten eine Erfahrung nur dann erhöhen, wenn man die Höhe erreichen wollte.

Sie ließ ihr gewinnendstes Lächeln strahlen. »Bediene dich selbst mit dem Wodka, wenn du möchtest, und erzähl mir was von dir. Ich weiß nur, daß du sensationell gut aussiehst, in Amerika gelebt und für ein Porno-Magazin posiert hast.«

»Ich habe nicht dafür posiert.«

»So sieht es aber aus.«

»So kann man sich täuschen.«

»Aber die Kamera kann nicht lügen.«

»Versuch nicht, dich als meine Freundin auszugeben, Paula. Das funktioniert nicht.«

»Aber ich möchte deine Freundin sein. Natürlich mehr als nur auf eine Weise, aber ich würde gern deine Freundin sein.«

»Aha.«

»Du hörst dich zynisch an.«

»Ich höre mich sauer an. Wie jemand, der sich manipuliert fühlt.«

»Dann erzähl mir von diesen Aufnahmen und wie sie entstanden sind.«

»Erzähl mir, wie du eine Lesbe geworden bist.«

Paula reagierte nicht auf die Beleidigung. Sogar Wut war besser als Apathie.

»Da gibt es nicht viel zu erzählen. Ich wurde so geboren. Als ich dreizehn oder vierzehn war und die anderen Mädchen sich für Jungen zu interessieren begannen, hatte ich keinen Bock darauf. Ich interessierte mich vielmehr für sie, die Mädchen, wenn ich ihre Körper im Schwimmbad oder unter der Dusche sah, während mich die Schwellungen in den Hosen der Jungen absolut kalt ließen. Sie törnten mich nicht an. Dann wurde ich verführt, etwa mit vierzehn, und die Frau war vierundzwanzig. Zum Glück war sie eine gute Lehrerin, kannte sich mit ihrem und mit meinem Körper aus. Und seitdem habe ich die Rolle der Lehrerin übernommen.«

»Bei der junge Phoebe zum Beispiel.«

»Das ist kein Geheimnis, jedenfalls nicht bei denen, die es wissen sollen.«

»Aber du könntest sie zerstören.«

Paula lachte. »Unsinn! Sie war so scharf auf mich wie ich auf sie. Sie ist keine Lesbierin und wird nie eine werden. In einem Jahr oder so wird sie sich mit Jungen verabreden, sie wird sich von deren schmutzigen Händen abgrabschen lassen. Aber mich wird sie nicht vergessen. Und ich werde sie nicht vergessen.«

»Aber hast du sie nicht schon vergessen? Ich meine, da ich doch jetzt hier bin.«

»Werde erwachsen, Kate. Phoebe weiß, was Sache ist.«

»Sie würde eifersüchtig wie die Hölle sein, wenn sie wüßte, was du mit mir vorhast.«

»Vielleicht. Ich habe sie in der letzten Zeit ein wenig vernachlässigt, aber dafür kennst du ja den Grund. Ich muß es offen gestehen, seit ich diese Bilder gesehen habe, gehst du mir nicht mehr aus dem Kopf.«

»Mädchen in Phoebes Alter können unberechenbar sein, wenn sie sich verknallt haben und sich dann zurückgestoßen fühlen.«

Paula hob die Augenbrauen. »Du scheinst plötzlich verdammt gut Bescheid zu wissen.«

»Überhaupt nicht. Es ist eben nicht so, daß ich in dich verknallt wäre. Sonst hätten wir ja auch keine Probleme, ich würde einfach zu dir ins Bett huschen, ohne daß du mich dazu erpressen mußt.«

»Eine verführerische Vorstellung«, sagte Paula. »Vielleicht sollten wir uns jetzt einen Joint reinziehen.«

»Ja, von mir aus. Du mußt ihn aber drehen, ich kann das nicht so gut.«

»Ihn? Einzahl? Willst du einen Joint teilen?«

»Klar. Warum sollten wir das Zeug verschwenden?«

Gut, dachte Paula. Das ist ein erster Schritt.

Sie stand aus ihrem Sessel auf, langte in den Cornflakes-Karton und holte den Stoff und Zigarettenpapierchen heraus.

Da hat sie das Zeug also versteckt, dachte Kate, und fragte sich, ob sie dort auch die anderen Magazine hortete. Nein, es war nicht genug Platz da.

Mit einem Geschick, das von langer Erfahrung herrührt, drehte Paula auf einem Knie den Joint, dann kuschelte sie sich wieder in die Polster.

Kate nippte am Wodka. »Machst du dir überhaupt nichts aus Jungen oder Männern?«

Paula schaute kurz hoch. »Ich habe dir doch schon mal gesagt, daß sie ihre Schwänze haben, damit sie sich daran festhalten können, wenn ihre Mami ihnen den Teddybär wegnimmt.«

»Das ist ein Scherz, aber keine Antwort.«

»Mag sein. Also gut, hier hast du eine Antwort.

Glaube nur nicht, daß ich noch nicht mit Jungen zusammen war. Nicht mit vielen, aber ich habe ein paar Erfahrungen gesammelt. Kann sein, daß es für dich keinen Sinn ergibt, aber dieses Gestöhne und die behaarten Körper und der Geruch, also, da muß ich schon aufpassen, daß ich mich nicht übergeben muß. Um eine Zahl zu nennen – ich habe mit drei Jungen geschlafen. Mit dem ersten, weil ich das Gefühl hatte, ich sollte wissen, was ich eigentlich vermisse. Ich fand, daß ich überhaupt nichts vermisse. In sechzig Sekunden war alles vorbei – ihm ist es gekommen, mir nicht. Und nachher hättest du glauben können, er hätte als erster den Mount Everest bestiegen, so verdammt stolz war er auf sich.«

Paula riß ein Streichholz an, hielt es an den Joint, sog den Rauch ein und gab ihn an Kate weiter.

Kate nahm einen tiefen Zug. Dann noch einen. Es dauerte eine Weile, bis die Wirkung einsetzte, und dann spürte sie, wie sich ihr ganzer Körper entspannte. Ab jetzt muß ich vorsichtig sein, mahnte sie sich, sonst lande ich wirklich noch mit ihr im Bett.

Paula beobachtete sie lauernd, um zu sehen, wie sich der Joint auf Kate auswirkte. Ausgezeichnet, dachte sie.

Kate reichte ihr den Joint. Paula inhalierte und hielt den Rauch, solange es ging, in den Lungen.

»Aber ich wollte mir nicht meine Ansichten nur nach dieser einen Erfahrung bilden«, fuhr Paula fort. »Nur weil ein Junge ein Wichser ist, braucht der nächste es nicht auch zu sein. Was für ein Irrtum! Er hatte einen Schwanz, der Neil Armstrong mit dem richtigen Treibstoff auf den Mond hätte schießen können, aber was hat schon die Länge mit der ganzen Sache zu tun? Ich kann Vibratoren kaufen, mit denen es kein Männerschwanz aufnehmen kann. Ist es das, was ich brauche? Nie und nimmer! Nur die richtigen Stellen berühren, und ich fliege auf und davon. Die erogenen Zonen einer Frau sind den meisten Männern *terra icognita.* Und diese entsetzlichen Kondome, gefüllt mit dem klebrigsten Zeug, das man sich vorstellen kann … Igitt! Hier, nimm einen Zug.«

Kate nahm den Joint, inhalierte und sagte: »Du hast von drei Versuchen gesprochen.«

»Der dritte Mann war ein Freund meines Vaters. Er war über vierzig, als ich sechzehn war. Ich war damals schon in einer Schule in diesem Land, hielt mich aber in den großen Ferien in Südafrika auf. Zu dieser Zeit ahnten meine Eltern – besonders meine Mutter – schon, daß ich, nun sagen wir, anders orientiert bin. Deshalb hielt es meine Mutter für ungefährlich, daß ich den Freund meines Vaters – Henrik war sein Name – nach Kapstadt begleitete, wo er geschäftlich zu tun hatte und ich eine Freundin – keine Lesbe – besuchen wollte. Nun wir hatten kaum unsere Schlafkojen im Zug aufgesucht, als Henrik an meine Tür klopfte, eine Flasche Brandy in der Hand. Selbst wenn man so naiv ist wie beispielsweise Phoebe, hätte man sofort wissen müssen, daß er mich ficken wollte. Ich meine, ich bin nicht unattraktiv, oder?«

»Nein«, sagte Kate. Sie spürte, wie sie leichter wurde. Fast war es ihr, als schwebe sie.

»Also habe ich ihn gelassen«, fuhr Paula fort. »Zuerst habe ich ihn noch ein bißchen hingehalten. ›Wie können sie es wagen? Sie sind ein Freund meines Vaters!‹ Dann ließ ich ihn aber in mich eindringen. Er weiß wahrscheinlich bis heute nicht, daß ich es war, die ihn verführt hat. Männer sind solche Idioten. Er hielt sich dran, wie herrlich meine Brüste wären, dabei weiß ich, daß sie nicht viel hergeben. Dann wollte er es mir von hinten besorgen. Ich hatte nichts dagegen. Die beiden anderen Memmen hatten das nicht einmal versucht. Ich bin ein Leichtgewicht, wie du siehst, und er wog vielleicht zwei Zentner, ohne daß er irgendwo Fettpolster hatte. Es machte ihn wild, daß er mich hochheben und dabei zustoßen konnte. Neben dem Bett hing ein Spiegel, und ich konnte sein Gesicht darin sehen, dieses verzerrte, häßliche rote Gesicht, als es ihm zu kommen begann. Nein, das war nicht mein Ding. Aber ich habe ihm hundert Rand abgeluchst. ›Ich glaube, ich werde das meiner Mutter sagen müssen.‹ Er bot mir ein Schweigegeld von fünfzig Rand an, aber ich gab mich damit nicht zufrieden. ›He, du bist ein Flittchen.‹ ›Und was bist du, wenn du kleine Mädchen vergewaltigst?‹ fragte ich ihn. Jedenfalls habe ich am Kap viel Bier für diese hundert Rand erhalten.«

»Du hast ihn erpreßt«, stellte Kate fest.

»Klar. Warum nicht? Er hat erhalten, was er wollte. Warum sollte ich also nicht auch kriegen, was ich wollte?«

»Du hast ihn erpreßt, wie du auch mich erpreßt«, beharrte Kate.

»Kate«, sagte Paula sanft, »das ist überhaupt kein Vergleich. Noch ein paar Züge an diesem Joint, dann gebe ich dir die verdammten Magazine.«

»Versprechen, Versprechen.«

Paula ließ sich nicht locken. Der Stoff war gut, aber er hatte sie noch nicht übermütig gestimmt.

Kate schaute auf ihre Uhr, unauffällig, wie sie glaubte. Aber Paula bemerkte es.

»Bist du in Eile?«

»Nein, eigentlich nicht. Aber du weißt, wie ich mich fühle. Wenn ich die freie Wahl hätte, würde ich im nächsten Augenblick draußen sein.«

Paula schüttelte traurig den Kopf. »Kate, du versuchst es ja nicht mal. Warum läßt du dich nicht in Stimmung bringen, die man dafür braucht?«

»Damit du mich haben kannst?«

»Damit ich dich haben kann«, bestätigte Paula. »Ob du es mir glaubst oder nicht, ich bin verdammt gut. Du kannst Sappho fragen.«

»Oder Phoebe.«

»Oder Phoebe. Du wirst von beiden nicht die geringsten Klagen hören.«

»Du bist die Beste, wie?« sagte Kate. Sie schnipste mit den Fingern. »Gib mir den Joint zurück. ›Komm schon, Baby, du weißt nicht, wie es ist, bis ich es dir besorgt habe.‹ Mit dem Maul sind sie alle groß.«

»Es gibt nur eine einzige Chance, herauszufinden, ob ich so gut bin, wie ich behaupte.«

Paula lehnte sich vor und legte eine Hand auf Kates Knie. Kate zog sich zurück und rückte gleichzeitig ihren Sessel so weit nach hinten, daß sie außerhalb von Paulas Reichweite war.

»Wenn du mich drängst, bin ich daußen«, sagte sie wütend. »Dann kannst du mit den verdammten Bildern tun, was du willst.«

Paula runzelte die Stirn. Der Hasch schaffte die gewünschte Wirkung nicht, und es war bereits ein paar Minuten vor acht. Sappho war eine Freundin, aber man konnte nicht erwarten, daß sie bis in die Puppen ihrem Zimmer fernblieb.

»Schenk dir Wodka nach«, sagte Paula.

»Ja, warum nicht?«

Kate versenkte vier Finger breit mit einem einzigen Schluck und mußte kämpfen, ihre Sinne unter Kontrolle zu halten. Zusammen mit dem Wodka zeigte das Marihuana seine Wirkung, das war gar nicht zu bezweifeln, und ihre Wut hatte sie nur gespielt. Sie spürte auch, daß es ihr unerträglich heiß wurde, und sie hätte gern ihre Jacke ausgezogen. Aber das wäre für Paula das falsche Signal gewesen.

Sie stand auf, ging auf unsicheren Beinen zur Wodkaflasche auf dem Tisch. Sie wandte sich zum Fenster, um dort nachzuschenken, aber beinahe die Hälfte der Flüssigkeit verfehlte das Glas. Draußen schlug die Schulglocke acht.

Kate ließ sich schwer in ihren Sessel fallen. Sie versuchte an ihrem Wodka zu nippen, aber irgendwie verpaßte sie den Mund, und der Wodka rann auf ihre Jacke. Gewöhnlich hätte sie geflucht – dies war eine teure Designerjacke –, aber jetzt kicherte sie nur.

»Hoppla.«

»Zieh die Jacke aus«, schlug Paula vor.

»Ha-ha-ha!« lachte Kate. »Keine Chance. Es fängt mit der Jacke an, dann folgt die Jeans, dann die Unterwäsche – aus Seide übrigens. Und ein paar Minuten später hast du mich auf deinem Bett liegen.«

»Hört sich verlockend an«, sagte Paula und hoffte, daß es bald wahr werden würde. Sie war hochgradig erregt. »Aber ich werde nichts tun, solange du es nicht willst.«

»Aber genau das ist der Punkt, verstehst du denn nicht?« sagte Kate. »Ich nähere mich dem Zustand, in dem ich nichts mehr dagegen hätte.«

Sie stand wieder auf und begann, eine Pirouette zu drehen, aber damit hätte sie nicht mal die Anfängerklasse im Ballettunterricht geschafft. Sie geriet ins Stolpern, stieß gegen den Tisch und kippte zu Boden.

Paula wollte sich gerade bewegen, entweder, um Kate aufzuhelfen, oder um sich zu ihr auf den Boden zu legen, aber was sie wirklich wollte, würde man nicht mehr erfahren. In diesem Augenblick klopfte es forsch an die Zimmertür. Mit Fäusten. Sofort darauf ratterte jemand an der Klinke, und dann wurde die Tür aufgedrückt. Als der Stuhl den Eingang verwehrte, drückte jemand mit der Schulter gegen die Türfüllung. Der Stuhl gab nach, und die Tür schwang weit auf.

Paula wurde kalkweiß, als Fiona Acland hereinstürzte, gefolgt von Sybil Heilbron, die an diesem Abend die Aufsicht hatte.

Es gab keine Chance mehr, den Wodka zu verstecken oder den Rest des Joints oder den Marihuanageruch zu verbannen, und Paula versuchte es auch gar nicht erst.

Kate hätte es nicht gekonnt. Sie blieb auf dem Boden liegen und lachte lauthals.

Früher an diesem Tag, gleich nachdem Paula drohend befohlen hatte: »Heute abend um sieben in meinem Zimmer«, war Kate zu Phoebe gegangen.

»Du bist doch eine Freundin von Paula van der Groot, nicht wahr?«

Phoebe war rot geworden. »Ich weiß nicht, was du meinst. Natürlich kenne ich Paula ...«

Kate verlor ihre Geduld. Sie stand enorm unter Druck. Nach all den Versprechungen, die sie ihren Eltern gegeben hatte, war sie wieder drauf und dran, ihnen eine weitere Enttäuschung zuzufügen. Und Ausgangspunkt war wieder das Ereignis, das sie längst überstanden glaubte.

»Du weißt genau, was ich meine. Ich frage mich, was deine Mutter sagen würde, wenn sie erfährt, daß du regelmäßig mit Paula ins Bett gehst.«

»Ich ...«

»Versuch erst gar keine Ausflüchte. Ich habe euch zusammen gesehen.«

»Aber in letzter Zeit nicht ...«

»Natürlich nicht in letzter Zeit. Weil sie eine andere gefunden hat.«

»Jennifer Langley«, sagte Phoebe schmollend.

Oho, dachte Kate, die nichts von Jennifer Langley wußte.

»Vielleicht, vielleicht auch nicht. Was ich nur sagen will – ich weiß, daß sie mit der anderen heute abend um acht in ihrem Zimmer sein wird. Ich meine, du solltest zu der Vertrauensschülerin gehen, damit sie mal nachsieht, was sich um acht heute abend in Paulas Zimmer tut. Noch besser ist, ihr einen Zettel zuzustecken. Hier, ich habe ihn für dich schon geschrieben.«

Der Zettel befand sich in einem verschlossenen Umschlag, und der Text sagte nichts über sexuelles Fehlverhalten. Er war in Blockbuchstaben verfaßt und lautete:

IN PAULA VAN DER GROOTS ZIMMER
WERDEN ILLEGALE DROGEN GENOMMEN.
HEUTE ABEND UM ACHT UHR.

»Ich will nicht, daß Paula in Schwierigkeiten gerät«, sagte Phoebe.

»Bist du verrückt? Himmel, Mädchen, willst du dich denn ein Leben lang mißbrauchen lassen? Gib Fiona den Umschlag während des Abendessens. Leg ihn unauffällig auf ihren Tisch. Niemand wird wissen, wer ihr den Zettel gegeben hat.«

»Was hast du davon?« wollte Phoebe wissen. »Ich meine, ich verstehe nicht, was ...«

»Nun, ich bin auch eines von Paulas Opfern. Während sie dich schon in ihrem Bett hatte. Also, sorge dafür, daß Fiona den Umschlag erhält. Und danach hältst du den Mund. Denk daran, was deine Eltern sagen würden, wenn sie hören, daß ihre Tochter eine lesbische Liebesaffäre unterhält. Die Konsequenzen kannst du dir wohl selbst ausmalen.«

Den ganzen Tag lang lebte Kate in der Hoffnung, daß die Eifersucht eines vierzehnjährigen Mädchens ausreichend Motivation sein würde, aber sicher konnte sie erst sein, als Fiona und Sybil Heilbron in Paulas Zimmer stürzten. Und zu diesem Zeitpunkt war ihr alles egal.

Mrs. Clinton wurde gerufen, und sie rief Mrs. Gordon. Paula und Kate wurden in die Krankenabteilung gebracht, und dort wartete schon Tanja Natal.

»Drogen oder Alkohol«, verkündete sie, »aber die Beweise hier deuten auf Drogen. Darüber hinaus will ich mich nicht festlegen.«

Der Schularzt wurde gerufen. Es bedurfte keiner langen Tests.

»Alkohol und Marihuana«, stellte er fest. »Ich fürchte, die Sache wird ihnen aus den Händen genommen, dies ist ein Fall für die Polizei.«

»Großer Gott!« stieß Mrs. Gordon hervor. »Zwei Katastrophen in einer Woche!«

Unter Aufsicht von Tanja Natal wurden Kate und

Paula im Medizinsaal gehalten, bis die Polizei eintreffen würde. Sie mußten in verschiedenen Räumen sitzen, damit sie keine Absprachen treffen konnten. Die Polizei nahm die beiden Mädchen mit zur Wache.

Mrs. Gordon hatte schon mit Kates Eltern telefoniert. Da Kate noch Jungendliche war, mußten sie dabei sein, wenn die Tochter von der Polizei befragt wurde. Paula war über achtzehn, bei ihr war die Anwesenheit der Eltern nicht erforderlich, ganz abgesehen davon, daß sie Tausende von Meilen entfernt waren.

Ihr nächster Verwandter war ein Onkel in der Grafschaft Kent, der informiert wurde. Wenn sie einen festen Aufenthaltsort in Großbritannien hatte, würde man sie zweifellos gegen Zahlung einer Kaution freilassen. Aber an St. Clare's würde man sie nicht wieder sehen.

Obwohl die formalen Papiere noch ein paar Tage dauern würden, hatten sich Kate und Paula mit sofortiger Wirkung als von der Schule verwiesen zu betrachten.

Als Kate endlich begriff, was geschehen war, hielten sich ihre Sorgen in Grenzen. Sicher, Vater und Mutter würden ihr die Hölle heiß machen, aber wenigstens war sie wegen Drogenmißbrauchs geflogen und nicht wegen lesbischen Sexes. Und Paula würde nie erfahren, wie sehr Kate daran gedreht hatte, daß Fiona plötzlich wie ein *deus ex machina* erschienen war. Also würden auch die pornographischen Bilder nicht herumgezeigt werden.

Wurden sie aber doch.

Die Polizei durchsuchte Paulas Zimmer und beschlagnahmte den Rest des Marihuanas, aber sie fanden die restlichen Exemplare des Porno-Magazins nicht – Paula hatte sie hinter ein paar Bücherstapeln in der Schulbibliothek versteckt.

Als Mitbewohnerin von Paulas Zimmer wurde Sappho Peters heftig in die Mangel genommen, zuerst von Mrs. Gordon und dann von der Polizei.

Du warst offenbar auch beteiligt. Aber selbst wenn nicht, mußt du gewußt haben, daß Paula Drogen besaß. Ihr zwei habt doch immer alles gemeinsam unternommen.

Sappho leugnete nach Strich und Faden, denn sie wußte, daß es keine Beweise gab, und so mußte man den vorhandenen Zweifel zu ihren Gunsten auslegen. Aber als Sappho das Verhör hinter sich hatte, zitterte sie am ganzen Leib, außerdem war sie wütend wie nie zuvor in ihrem Leben. Sie war nur um eine Handbreite an einer Schulverweisung entlanggerutscht, und beinahe hätte man sie auch noch in den Prozeß verwickeln können, wenn sich herausgestellt hätte, daß sie Mitbesitzerin des Rauschgiftes war.

Kate McNamara mußte irgendwas damit zu tun haben, daß Fiona Acland und Miss Heilbron so plötzlich aufgetaucht waren. Eine andere Erklärung gab es nicht. Alles andere hieße, den Zufall zu sehr zu strapazieren. Es gab Gerüchte, daß irgendein Zettel kursierte. Aber Zettel oder nicht – Fiona und die Heilbron hatten genau den Ort und die Stunde gewußt, wann und wo etwas aufzudecken war.

Es mußte Kate sein, auch wenn sie selbst ins Netz gegangen war. Vielleicht hatte sie das in Kauf genommen, weil es ihr immer noch lieber war, als sich von Paula ins Bett pressen zu lassen.

Die arme Paula. Sappho würde sie schrecklich vermissen, und außerdem war sie nicht mehr in der Lage, sich bei Kate zu rächen.

Aber Sappho konnte ihre Freundin rächen.

Am Donnerstagabend holte sie die Magazine aus dem Versteck und sorgte dafür, daß sie im Gemeinschaftsraum der Sechsten gefunden würden. Natürlich machten die Magazine rasch die Runde.

»Wie konnte sie mir das antun?« jammerte Richard Carson.

Er wurde zum Objekt der Lächerlichkeit. Seine frühere Freundin war ein Porno-Star. Wohin er auch ging, sie zeigten mit den Fingern auf ihn. Das Gekichere wurde unerträglich.

Ein gestandenerer junger Mann hätte darüber gelacht. Er hätte sagen können: »Ich hab's die ganze Zeit gewußt. Mann, warum glaubt ihr wohl, daß ich so scharf auf sie war? Hast du dir diese Titten angesehen? Nein, nichts gegen Kate. In den kalten Winternächten hat sie mich mächtig warm gehalten.«

Aber Richard Carson war kein gestandener junger Mann. Er nahm das alles sehr persönlich. »Wie konnte sie mir das nur antun?«

»Weil sie offenbar geil darauf war, sich von einer Meute vögeln zu lassen«, erhielt er von jemandem zur Antwort.

Carsons Antwort war ein Faustschlag, worauf er eine Faust des Gegners einstecken mußte. Das Ergebnis: eine blutige Nase und eine dicke Lippe – und morgen würde das Interview in Oxford sein.

Mrs. Gordon erfuhr von diesen Bildern und wies die

Vertrauensschüler an, alle vorhandenen Kopien einzusammeln. Aber das war natürlich zu spät. Der Kopierer der Schule war in den vergangenen Tagen heftig benutzt worden.

Mrs. Gordon vernichtete alle Exemplare, die ihr gebracht wurden, obwohl sie nicht widerstehen konnte, sich die Bilder anzuschauen. Ihre Gedanken entsprachen denen von Richard Carson.

Wie konnte ein junges Mädchen so etwas tun?

Nun, das war nicht ihre Sache. Kate McNamara war wegen Drogenmißbrauchs von der Schule verwiesen worden, so stand es in den offiziellen Papieren. Natürlich würde es im ganzen Land noch viele Exemplare dieses Magazins mit den schrecklichen Bildern geben, aber es war eher damit zu rechnen, daß Kates Eltern sie nie sehen würden. Sie betete darum, daß ihnen dies erspart blieb.

ES IST MEINE PARTY, DA KANN ICH WEINEN, WANN ICH WILL

Carson fiel beim Interview in Oxford durch.

Niemand sagte was zu diesem Zeitpunkt, die offizielle Mitteilung würde auch erst wenige Tage vor Weihnachten an seine Wohnadresse geschickt werden, aber er wußte, daß er in dem Gespräch als trauriger, pathetischer Jüngling ohne Saft und Kraft gewirkt hatte. Dazu gesellten sich noch die geschwollene Nase, die aufgeplatzte Lippe und ein Auge, das spätestens morgen ein herrliches Veilchen sein würde. Ja, er hatte sich selbst die Tür gewiesen. Er hatte nicht einmal die Geistesgegenwart gehabt, den Leuten zu erzählen, er hätte einen Motorradunfall erlitten.

Wenn er ehrlich war, dann interessierte es ihn in diesen Tagen herzlich wenig, ob er Oxford je wiedersehen würde oder nicht.

Es war ihm jetzt sonnenklar, warum Kate sexuell so erfahren war. Wenn er nur an ihre Unverfrorenheit im Kino dachte. Zweifellos hatte halb Connecticut sie gevögelt, sie war eine Hure, und damit hatte es sich.

Er haßte sie.

Als der Partybeginn am Samstagabend näher rückte, versuchte Ben Fisher, ihn aus dieser Weltuntergangsstimmung zu reißen.

»Nun komm doch mit. Du wirst sehen, es wird dir Spaß machen«, drängte Ben.

»Ja, klar. Was meinst du, welchen Spaß ich habe, wenn mich jeder fragt: ›Oh, Richard, hast du in letzter Zeit wieder mit 'ner Nutte gefickt?‹«

»Wieso denn Nutte? In dem Magazin stand nichts von einer Nutte.«

»Du hast dir alles ganz genau angesehen, was?«

Fisher hob die Schultern. »Nun ja ...«

»Du brauchst dich nicht zu entschuldigen. Wenn es Bilder von Julia Hastings gewesen wären, hätte ich sie mir auch angesehen. Aber kannst du dir vorstellen, wie ich mich fühle? Sie steht im Mittelpunkt von dreckigen Witzen und von Wichsphanatasien für die nächsten Jahre.«

»Kann schon sein. Aber vergiß nicht, daß all das geschehen ist, bevor du sie kennengelernt hast.«

»Aber es *ist* geschehen, und nur das zählt.«

Und es war geschehen, dachte Carson niedergeschlagen, mit Männern, die bestückt waren wie Hengste und wahrscheinlich noch nie in ihrem Leben Probleme mit der Potenz hatten. Kein Wunder, daß Kate die Geduld mit ihm verloren hatte. Sie hatte sich wohl wieder in die Staaten zurückgesehnt, wo es Männer gab, die konnten.

»Kann ich dich wirklich nicht dazu überreden, mit auf die Party zu kommen?« fragte Ben Fisher.

»Nein, ich bleib' hier. Trotzdem danke.«

Amanda stand vor dem Spiegel und überprüfte ihre Haarwurzeln, weil sie fürchtete, bald könnte ihre eigene Haarfarbe wieder durchscheinen. »Erinnert ihr euch noch daran, wie sie uns zu Beginn diese amerikanischen Pornohefte gezeigt hat? Also, das kann ich nicht verstehen. Ich meine, wer selbst solche Sachen betrieben hat, kann doch nicht mit den Heften herumlaufen.«

Jocasta bot eine Erklärung an. »Sie hat sie wahrscheinlich zuerst gekauft, um zu sehen, ob Bilder von ihr enthalten waren. Als sie feststellte, daß sie nicht in dem Heft war, hat sie es trotzdem behalten. Es heißt ja auch, daß ein Dieb, der ehrlich geworden ist, viel strenger mit den Noch-Dieben umgeht: ›Verdammte Ganoven, man sollte sie alle hängen.‹ Auf Kate übertragen, wollte sie uns vielleicht sagen: ›Himmel, schau dir an, was diese Mädchen alles treiben. Und dabei lassen sie sich auch noch fotografieren.‹ Das ist jedenfalls meine Theorie.«

Kates Bett war abgezogen, die Matratze stand aufrecht auf dem Rost. Mrs. Clinton hatte die Leerung ihres Schranks überwacht. Kates Sachen waren ihr schon nachgeschickt worden.

»Du hörst dich so an, als hättest du auch noch Sympathie für sie«, sagte Julia. Sie überprüfte, ob ihr Rock nicht zu kurz war.

»Natürlich hege ich Sympathie für sie«, entgegnete Jocasta. »Wir wissen doch nicht, unter welchen Umständen die Bilder aufgenommen worden sind. Vielleicht wußte sie gar nichts davon, daß fotografiert wurde. Man sieht ihr auf den Bildern nur an, daß es ihr Spaß bereitet hat, und das ist doch nicht verboten, oder?«

Julia war überrascht. »Mit zwei Männern? Oder war es sogar mit dreien?«

»Sei nicht so eine Heuchlerin!« fuhr Jocasta sie an. Sie erinnerte sich an das Vergnügen, das sie sich mit der Reitpeitsche verschafft hatte. »Hast du noch nie etwas getan – oder würdest gern etwas tun –, von dem du nicht unbedingt möchtest, daß andere davon erfahren?«

Julia warf den Kopf zurück. Es war eine Sache, heimlich in Robert Penrose verknallt gewesen zu sein oder auch bereit – am Abend des Vorsprechens –, sich von ihm verführen zu lassen, aber die Sache mit Kate – igitt.

»Ich lasse mich nicht davon abbringen, daß jedes Mädchen in diesen Heften, und ich meine *jedes*, eine Nutte ist. Und das ist Kate in meinen Augen auch. Außerdem mochte ich sie nie besonders.«

»Weil sie ein bißchen wie Lavinia aussieht, nicht wahr?« fragte Jocasta. »Eine jüngere Version von ihr. Lavinia Lee, die dir im Sommernachtstraum die Schau stiehlt – jedenfalls wird sie es bei den Aufführungen tun.«

»Quatsch!« fauchte Julia. »Kate ist eine Nutte, und dabei bleibe ich, ganz egal, welche Interpretationen du in das reinlegst, was sie getan hat.«

Jocasta atmete tief ein. »Julia«, sagte sie und spuckte dabei soviel Gift, wie sie nur konnte, »dein Theaterspielen ist dir zu Kopf gestiegen. Ich habe nie gedacht, daß du so eine Fotze sein kannst.«

»Also ...«, brachte Julia mühsam hervor.

Um neun Uhr ging es auf der Party hoch her, der Weinkonsum stieg, die Tänze wurden ausgelassener, und da es nicht genug Jungen in den Sechsten gab, tanzten viele Mädchen miteinander. Die Musik war zum Betäuben laut, und jeder über achtzehn hätte sie höchstens drei Minuten ertragen.

Um Viertel nach neun steckte Fiona Acland ihren Kopf durch die Tür, schüttele sich und wandte sich ab. Wenn sie Spaß daran haben, dachte sie ...

Um halb zehn ließen sich Lavinia Lee und Robert Penrose sehen, obwohl zuerst niemand die Sprachenlehrerin erkannte. Sie hatte sich an diesem Tag in der Stadt eine kastanienbraune Perücke gekauft, und damit sah sie aus wie Jill St. John in dem Bond-Film *Diamantenfieber.* Wobei es nachlässig gewesen wäre, nicht zu erwähnen, daß sie bessere Beine als die Schauspielerin hatte. Verglichen mit den jungen Schülerinnen sah sie aus wie eine Königin, die zu einer Stippvisite erschienen war.

Eine Stunde vorher hatte sie es mit Penrose in dessen Zimmer mit der Perücke getrieben. Um seine Erregung anzutreiben, hatte sie einige der Bilder von Kate McNamara auf seinen Schreibtisch gestellt, als er gerade nicht hinschaute. Sie hatte diese Bilder am Freitagmorgen auf ihrem Schreibtisch gefunden. Irgendein Schüler aus der Oberen Sechsten wollte ihre Reaktion auf die Bilder testen.

Sie hatte sie sorgsam zusammengelegt und dann ohne Kommentar in ihre Tasche gesteckt. Der Täter erwartete zweifellos, daß sie Mrs. Gordon einschaltete, damit die Schulleiterin die Bilder verbrennen ließ. Nun, vielleicht würde sie sie später an Mrs. Gordon übergeben. Aber noch nicht.

»Himmel«, sagte Penrose, als er die Bilder sah. »Sie hat einen sensationellen Körper. Und wenn ich mir vorstelle, daß ich ihr seit September tagtäglich begegnet bin …«

»Die Männer sind aber auch nicht übel«, warf Lavinia ein und deutete mit dem Finger auf einen bestimmten. »Schau dir den mal an.« Penrose druckste herum.

»Bist du scharf auf sie?« fragte Lavinia. »Ich meine, auf Kate? Komm schon, du kannst ehrlich zu mir sein.«

»Nun ja …«, murmelte Penrose.

»Dann kannst du sie haben – und gleichzeitig auch Jill St. John.«

Penrose nahm sie von hinten, während Lavinia sich über eine Sessellehne beugte und die Bilder von Kate betrachtete – sie hielt sie so, daß Penrose sie ebenfalls betrachten konnte.

Es war wunderbarer Sex, gut wie selten, und Lavinia erwischte sich dabei, daß sie sich auf den Jungen konzentrierte, dem Kate gerade einen blies.

Vielleicht, dachte sie, sollte sie später mit Penrose so etwas auch probieren – einen Dreier. Es gab verschiedene Zeitschriften in London zu kaufen, die Anzeigen durchaus williger Leute veröffentlichten. Ob die dritte Person Mann oder Frau war, spielte für Lavinia keine Rolle. Vielleicht sollten sie beide Möglichkeiten einmal ausführen.

Ja, das Leben war wunderbar.

Sie und Penrose blieben kaum eine halbe Stunde auf der Party. Abgesehen von der ohrenbetäubenden Musik wurde es auch offensichtlich, daß einige der Jungs aus der Oberen Sechsten allzu neugierig auf den Körper waren, aus dem diese grandiosen Beine wuchsen.

Sie forderten sie zum Tanzen auf, aber Lavinia war nicht besonders wild darauf. Sie wollte zurück auf Penroses Zimmer, denn die Nacht war noch jung, und in der schwarzen Demetrius-Perücke hatte er sie noch nicht beschlafen.

Carson betrat den Gemeinschaftsraum gerade in dem Augenblick, als Penrose und Lavinia gingen. Lavinia faßte ihn kurz am Arm. Carson verstand und wußte die Geste zu schätzen, obwohl er nicht wußte, wofür die Geste stand – wegen der Katastrophe beim Interview, die er ihr gleich nach seiner Rückkehr gestanden hatte, oder wegen seines Mutes, doch noch auf der Party zu erscheinen.

»Nein, ich werde dir nicht sagen, wie Jocasta mich genannt hat«, sagte Julia zu Ben Fisher, wobei sie laut sprechen mußte, um den Geräuschpegel der Musik zu übertönen.

Sie hatte ihr fünftes Glas Rotwein begonnen, doppelt so viel, wie sie bisher hintereinander getrunken hatte, aber sie war wütend, kochend und konnte einfach dieses Wort nicht vergessen, mit dem Jocasta sie belegt hatte.

»Was denn?« fragte Fisher, der nicht nur Mühe hatte, seine Freundin akustisch zu verstehen, sondern auch sah, daß Carson hereingekommen war.

»Ich meine, was Jocasta mir an den Kopf geworfen hat. Wie sie mich genannt hat.«

»Was hat sie denn zu dir gesagt?«

»Das kann ich nicht sagen.«

»Woher soll ich dann wissen, worüber du so sauer bist?«

»Ich kann es ja flüstern.«

»Ich kann dich nicht hören.«

Julia wiederholte, lauter.

»Tut mir leid, aber es ist zu laut.«

»FOTZE!« brüllte Julia – und genau in diesem Moment setzte die Musik aus.

Die Jungen klatschten begeistert in die Hände. »Wo? Wo?« schallte es im ganzen Saal.

Julia versteckte sich hinter Ben Fishers Rücken.

»Ich bin in ein paar Sekunden zurück«, sagte Fisher und zwängte sich durch die Menge zu Richard Carson.

»Du hast dich also doch noch anders besonnen«, sagte er.

Carson hob die Schultern. »Was soll's? Das Schuljahr

ist zu Ende, und das muß gefeiert werden. Ich kann mich doch nicht ewig verstecken.«

»Hast du was zu trinken?«

Carson hob grinsend sein Glas, in dem Wein zu sein schien, aber es hätte Fisher nicht gewundert, wenn auch sonst noch was drin gewesen wäre.

»Ich habe sie wirklich geliebt, verstehst du?« sagte Richard trauernd. »Kate, meine ich.«

»Glaubst du, ich hätte gedacht, du sprichst von Mrs. Gordon?« fragte Fisher, aber dann wurde ihm bewußt, daß es gefährlich für seinen Freund war, zu trinken und gleichzeitig zu trauern. Er wollte ein bißchen die Stimmung auflockern. »Und hast du Kate endlich überstanden?«

»Klar doch.«

Fisher wischte sich über die Stirn. Es war irrsinnig heiß, und er mußte auf seinen Alkoholkonsum achten, sonst würde er nachher zu betrunken sein, um Julia zu genießen.

»Würdest du plötzlich aufhören, deine Eltern zu lieben, wenn du erfährst, daß sie – sagen wir mal – Waffen an den Irak liefern?«

»Vielleicht. Wahrscheinlich.«

»Dann bist du ein Dummkopf. Hör endlich auf, dir selbst leid zu tun. Du hast Oxford aufs Spiel gesetzt. Na und? Das ist mir auch passiert, oder hast du das schon vergessen? Vielleicht enden wir beide in Durham. Und denke doch mal an Kate, was sie gerade durchmachen muß. Weißt du, ob ihre Eltern die Bilder gesehen haben? Wie hat sie ihnen beigebracht, daß sie wegen Drogenmißbrauchs von der Schule geflogen ist? Was glaubst du, wie ihr Weihnachten aussehen wird?«

»Sie kann mir gestohlen bleiben«, sagte Carson. »Soll sie sich doch von diesen Bullen ficken lassen.«

»Du bist ein bißchen hart mit Julia umgesprungen«, sagte Amanda. Sie saß so nahe wie möglich beim offenen Fenster und verscheuchte einen Jungen aus der Unteren Sechsten, der sie zum Tanzen aufforderte – etwas, was sie sich nicht getraut hatte, bevor sie die überflüssigen Pfunde verloren und ihre Haare gefärbt hatte.

»Sie kann mich mal«, entgegnete Jocasta und nahm einen Schluck aus der Bierdose. »Sie ist eine aufgeblasene Muffe geworden. Widerlich.«

Jocasta hatte die fünfte oder sechste Bierdose vor sich stehen, sie wußte es nicht mehr genau, und sie war mehr als nur etwas betrunken. Na und? Sie – besser: ihre Eltern – hatten die Hälfte aller Getränke bezahlt.

»Und da wir gerade von widerlich reden«, fuhr Jocasta fort, »würdest du gefälligst damit aufhören, dich so aufzumotzen, daß du wie ich aussiehst?«

Amanda blieb der Mund offenstehen. »Ich weiß nicht, wovon du redest.«

»Klar weißt du das. Selbst die Städter bei Flanagan's bemerken es. ›Seid ihr Schwestern oder was?‹ Erinnerst du dich? Du hast deine Haare gefärbt, daß sie wie meine aussehen, und dann hast du auch noch meine Frisur kopiert. Himmel, du siehst mir ähnlicher als ich selbst.«

Amanda stand auf, fast in Tränen. »Wenn du so über mich denkst …«, rief sie und stürmte davon.

Scheiße, dachte Jocasta.

»Ich habe sie wirklich geliebt, weißt du«, sagte Carson vierzig Minuten später. Er konnte kaum erkennen, mit wem er sprach. »Aber sie hat mich voll auflaufen lassen. Jetzt stehe ich mit leeren Händen da. Kein Oxford, kein nichts.«

»Ich komme mir wie die größte aller Närrinnen vor«, sagte Julia zu Ben Fisher. »Da schrei ich dieses entsetzliche Wort so laut heraus ...«

Fisher hörte nicht zu. Er putzte seine Brille und fragte sich, ob der Dunst vor seinen Augen vom Wein, vom Bier oder von Kurzsichtigkeit herrührte. Er beschloß, daß es ihm egal war. »Sei mal ruhig«, sagte er barsch zu Julia, nachdem er seine Brille wieder aufgesetzt hatte. Er hielt Ausschau nach Richard Carson.

»Was hast du gesagt?« fragte Julia.

»Du sprichst zuviel. Ich muß meinen Freund Richard finden.«

Julia spürte, wie die Tränen in ihre Augen traten, noch bevor er von ihrer Seite wich. Männer waren brutale Wesen. Das sagten alle. Wenn es darauf ankam, hatte ein Mädchen nur seine Freundinnen. Aber – sie hatte auch keine Freundinnen. Jocasta hatte sie eine ... nun ja, dieses schreckliche Wort ... genannt.

»Ich habe sie wirklich geliebt«, hörte Ben Fisher gerade jemanden sagen, und er brauchte sich nicht umzudrehen, um zu wissen, daß Richard Carson hinter ihm stand. Er redete mit einem leeren Stuhl, und Tränen rannen über sein Gesicht.

»Natürlich hast du sie geliebt«, stimmte Fisher ihm zu. Auch er spürte Feuchtigkeit in seinen Augen.

Jocasta fand Amanda draußen auf der Treppe sitzen, sie schluchzte und zitterte und weinte bitterlich. Jocasta legte einen Arm um Amanda.

»Es tut mir leid, es tut mir leid. Ich hatte kein Recht, das zu sagen. Du bist meine Freundin, und ich liebe dich. Es ist ein großes Kompliment«, sagte sie und mußte schlucken, »daß du so aussehen willst wie ich.«

Dann brach auch Jocasta in Tränen aus.

Im Gemeinschaftsraum fand sich Julia ganz allein.

»Fotze«, murmelte sie und schüttelte sich. »Sie hat mich eine Fotze genannt.«

Am anderen Morgen herrschte die allgemeine Übereinstimmung vor, daß die Party ein großer Erfolg gewesen war.

Für welches Vergehen er bestraft wurde, erklärte Fisher nicht, er war nicht in der Stimmung für Erklärungen. Er und Carson waren noch vollständig angezogen, mal abgesehen davon, daß jedem ein Schuh fehlte, den sie auch später nicht wiederfinden konnten. Fisher kroch hinüber zu Carson. Sie lagen beide auf dem Boden der Duschräume, und Fisher hatte einen Wäschekorb genommen und ihn über Carsons Kopf gestülpt – statt einer Augenbinde, hatte Fisher erklärt, weil alle Todeskandidaten ein Recht darauf hätten, sich das schreckliche Geschehen nicht mit ansehen zu müssen.

Jetzt schlug Fisher mit den Fäusten auf den Korbboden, und Carson rief: »Hilfe, Hilfe, der Teufel will mich holen!«

Erst nachdem Fisher seinen Freund unter die Dusche gezerrt hatte und das kalte Wasser bis zum Anschlag aufdrehte, schien Carson wieder nüchtern zu werden. Er zog sich unter der Dusche seine Kleider aus und war dankbar, daß Fisher an die Bademäntel gedacht hatte.

Jocasta steckte den Kopf unter der Decke hervor, sah überall kleine grüne Männchen und zog sich die Decke wieder über den Kopf. Aber Amanda war unerbittlich, sie zerrte an der Decke und ließ Tropfen von einem Schwamm über Jocastas Gesicht fallen.

»Komm hoch, du Faulpelz. Draußen liegen die Temperaturen um den Gefrierpunkt. Ich dachte, wir sollten unsere Joggingsachen anziehen und ein paar Runden drehen.«

Ich bringe sie um, dachte Jocasta, als Amanda den Schwamm quetschte und das Wasser kräftiger rann. Im nächsten Augenblick sprang sie auf, um ihre Drohung auszuführen, aber Amanda wich zurück.

»He, gestern abend hast du gesagt, daß du mich liebst!« rief Amanda.

»Jetzt hasse ich dich! Und warum bist du um diese Morgenstunde schon so gut gelaunt?«

»Es ist fast zehn. Und um elf ist Gottesdienst – Pflicht für die Angehörigen der Unteren Sechsten, falls dieses Carlsberg dir ein paar Gehirnzellen zuviel zerstört hat. Also siehst du, ich will nur dein Bestes.«

»Das hat Jimmy auch gesagt und knöpfte meinen BH auf.«

Lavinia wachte auf und fühlte sich großartig. Neben ihr lagen die dunkle und kastanienbraune Perücke wie Trophäen nach einem Indianermassaker.

Geronimo!

Komm schon, John Wayne, wo bist du? Du hättest längst hier sein sollen, um die Jungfrau zu retten.

Dann dachte sie daran, daß Johns Perücke dann auch bald neben ihren beiden liegen würde.

Eines der Bilder von Kate McNamara stand auf dem Nachttisch, hinter dem Wecker, aber Lavinia konnte sich nicht erinnern, es dorthin gestellt zu haben. Das Bild zeigte Kate mit nur einem Mann. Sie befand sich auf Händen und Beinen und wurde von hinten genommen. Lavinias Lieblingsstellung. Kate schien ihren Spaß zu haben.

Und während sie sich im Spiegel betrachtete und immer wieder mal einen Blick auf das Bild von Kate McNamara warf, brachte sie sich zu einem wilden Orgasmus.

Ich bin verrückt, dachte sie.

Nach dem Essen gab es eine Probe im Großen Saal, die letzte vor der Kostümprobe am Abend. Das letztemal durften die Darsteller mit dem Buch auf die Bühne. Lavinia war die einzige, die schon jetzt ihr Kostüm trug.

Mrs. Gordon sah sich die Probe an.

»Miss Lees Aufmachung ist ein wenig gewagt, finden Sie nicht auch?« sagte sie zu Penrose.

Penrose litt unter einem Kater, er war müde und in diesem Stadium nicht aufnahmefähig für Kritik. Nachdem er und Lavinia gestern abend die Party verlassen hatten, vernichteten sie eine Dreiviertelliterflasche Brandy, bevor Lavinia darauf beharrte, zum Sex ihr volles Demetrius-Kostüm, einschließlich der schwarzen Perücke, zu tragen. Dann sollte er sie ausziehen, genüßlich und langsam.

»Wieder eine Phantasie, die wir ausleben können«, sagte sie. »Du fühlst dich zu mir hingezogen, obwohl ich wie ein Junge gekleidet bin, aber dich entsetzt die Angst, du könntest Sex mit einem Jungen haben wollen. Aber du kannst mir nicht widerstehen. Na los, gib doch zu, daß du irgendwann mal einen Jungen haben wolltest.«

Penrose hatte nie einen Jungen haben wollen, und Lavinia hätte nie einer sein können, ganz egal, wie sie gekleidet war.

»Also gut«, sagte Lavinia, nachdem sie bemerkt hatte, daß die Vorstellung, sie könnte ein Junge sein, Penrose nicht antörnte. »Ich gebe mich also als Junge aus, aber du hast mich durchschaut. Du versuchst, mir die Kleider auszuziehen, um zu beweisen, daß ich kein Junge bin, aber ich widersetze mich. Endlich hast du es geschafft, und du stellst fest, daß ich eine Frau bin.«

Penrose spielte mit, er überwand ihren Widerstand und nahm sie wie ein Hengst die Stute, so daß Lavinia glaubte, daß er Gedanken lesen könnte.

Himmel, war diese Frau aufreibend.

»Ich sehe sie so in dieser Rolle, Mrs. Gordon«, sagte Penrose schließlich.

»Ja, das habe ich mir gedacht.«

Lavinia war in einer ausgelassenen Stimmung und küßte Julia während ihrer Liebeszene mitten auf den Mund.

»Igitt«, sagte Julia und wandte sich ab.

»Können wir für diese Reaktion eine Anleitung haben, Regisseur?« rief Lavinia. »Ich meine, so kann man doch seinen Geliebten nicht behandeln. Und steht ›Igitt‹ im Text?«

»Ich dachte, sie würde mir ihre Zunge in den Mund schieben«, sagte Julia später, als sie auf dem Bett lag und in ihrem Text las. Das Buch hatte überall dort Eselsohren, wo sie einen Auftritt hatte. »Ja, wirklich, das habe ich wirklich gedacht. Ich meine, ich weiß, daß sie ein Mann sein soll und ...«

Jocasta starrte dumpf aus dem Fenster. Sie hätte ein bißchen frische Luft vertragen können, damit ihr Kopf klarer wurde, aber es regnete in Strömen, und für nächste Woche hatten sie sogar Schnee vorhergesagt. Vielleicht würde der Regen am Nachmittag nachlassen. Jedenfalls mußte sie frische Luft in ihre Lungen pumpen, bevor sie ins Bett ging.

Wenn sie jetzt zu Hause wäre, würde sie zu Pferde sitzen und durchs Gelände streunen, ganz egal, wie das Wetter aussah. Und zu Hause hätte sie auch keinen gigantischen Bierkater gehabt, unter dem sie litt, seit Amanda sie so brutal geweckt hatte. Wenn sie zu Hause schon mal einen Kater hatte, dann war es ein Champagner-Kater.

»Hat jemand mein blaues Stirnband gesehen?« fragte Amanda und durchwühlte ihren Schrank.

»Wahrscheinlich ist es da, wo du gestern abend deine Unterwäsche gelassen hast«, sagte Jocasta, und plötzlich hatte sie eine Idee. Sie war Amanda noch etwas für den verdammten Schwamm am Morgen schuldig geblieben.

Aber Amanda war nicht mehr das pummelige sechzehnjährige Mädchen, das sie zu Beginn des Schuljahres gewesen war. »Ah, wenn das stimmt, könntest du sie ja mitbringen, wenn du dein Höschen im Napier House aufsammelst. Oder erinnerst du dich nicht mehr?«

»Hast du es gestern abend nicht angehabt?« fragte Julia.

»Doch, du hast es gestern abend getragen« bestätigte Amanda.

»Da wir gerade von gestern abend reden«, sagte Julia und funkelte Jocasta an.

»Schon gut, schon gut«, sagte Jocasta. »Du bist keine – du weißt schon.« Außerdem, fügte sie in Gedanken hinzu, sagt Paul Buchanan gelegentlich: Du bist keine Fotze, denn eine Fotze ist nützlich ...

»Verdammt, ja, ihr habt recht. Ich hatte gestern das Stirnband dabei. Ich muß es im Gemeinschaftsraum liegengelassen haben. Ausgerechnet mein Lieblingsband.« Sie stellte sich neben Jocasta und schaute hinaus in den Regen.

»Nein, bei diesem Wetter laufe ich nicht hinaus. Wenn's weg ist, ist es eben weg.«

Vanessa, Tina und Lucy konzipierten ihre Eskapade für diesen Abend mit größtmöglicher Umsicht. Sie wußten, daß die Generalprobe für acht Uhr angesagt war. Kurz danach, nahmen sie sich vor, würden sie in ihren Dominokostümen in den Großen Saal schleichen. Der Hauptschalter für die Elektrizität lag gleich hinter der Eingangstür. Während Tina das Licht abdrehen würde, hatten Lucy und Vanessa die Aufgabe, das Feuerwerk zu entzünden, Kracher, die von der Guy-Fawkes-Party übriggeblieben waren. Sie würden die Kracher in den Saal werfen und dann weglaufen.

Penrose verbrachte den Nachmittag in seinem Zimmer und dachte an die hundert Dinge, die schieflaufen konnten. Wenn dieser Abend vorüber war, gab es keine Möglichkeit mehr, eventuelle Schwachstellen zu erkennen und auszumerzen.

Über was, zum Teufel, zerbrach er sich den Kopf? Es war ein Laienspiel, mehr nicht. Eine Schulaufführung. Wenn die Mädchen steckenblieben – na und? Wer würde ihn dafür verantwortlich machen?

Jeder einzelne Bastard, dachte er grimmig.

Ein Vorteil war, daß sie alle ihren Text kannten. Sogar Lavinia, die ihn überrascht hatte. Er hatte nicht damit gerechnet, daß man in dieser kurzen Zeit den Text einer Hauptrolle lernen konnte.

Da er gerade an Lavinia dachte – er durfte nicht vergessen, sie nach ihren Plänen zu Weihnachten zu fragen. Sie hatten schon einmal kurz darüber gesprochen, aber sie hatten nichts miteinander abgestimmt. Er hoffte, daß sie sich sehen würden. Sie hatte eine Schwester, und auch die Eltern lebten noch, und auch er würde seine Familie besuchen wollen. Nun gut, vielleicht würden sie sich an den beiden Weihnachtstagen nicht sehen, aber bestimmt danach. Er konnte den Gedanken nicht ertragen, fast einen Monat lang ohne ihre Gesellschaft zu sein.

Ohne ihren Körper.

Jeder, der mit der Aufführung zu tun hatte, ging früh zum Abendessen.

Auch Julia traf früh ein, aber dann stellte sie fest, daß sie keinen Bissen herunterkriegte. Vielleicht ein Ergebnis der Exzesse von gestern abend, aber wahrscheinlicher waren es die Nerven. Mein Gott, dachte sie, wenn es so schon bei der Generalprobe ist, wie wird es dann erst bei der Aufführung morgen und am Dienstag sein?

Ob auch die richtigen Schauspieler darunter litten? Dann war ein ruhiges Leben vielleicht doch nicht zu verachten.

Bei diesem frühen Abendessen gab es keine Trennung nach Häusern und Geschlecht. Auch Lavinia und Penrose saßen am Gemeinschaftstisch, aber kaum jemand unterhielt sich, und wenn, dann sehr leise. Die meisten waren damit beschäftigt, ihren Text im Geist noch einmal durchzugehen und auf die Uhr zu schauen.

»Du solltest was essen«, sagte Ben Fisher zu Julia. Sie saßen einander gegenüber.

»Ich würde mich übergeben müssen.«

Fisher versuchte, sie aufzumuntern. »Du bist doch nicht schwanger?«

»Woher sollte ich …? Oh, meinst du gestern abend …?«

»Nun ja, du hast das Kondom weggeworfen und gesagt, du wolltest es barfuß …«

»Nein! Habe ich das wirklich …«

»Hätte ich nichts sagen sollen? Es war nämlich großartig.«

»Ben, das stimmt nicht. Sag, daß es nicht wahr ist.«

Fisher grinste.

»Oh, ich hasse dich!« zischte Julia.

Penrose klopfte mit einem Löffel auf den Tisch. »Okay, Leute. Punkt acht Uhr im Kostüm.«

»Ziehen wir uns im Haus oder hinter der Bühne um?« wollte ein Mädchen wissen.

»Hinter der Bühne«, erwiderte Penrose. »Und gewöhnt euch daran, daß es eng sein wird, nicht nur zum Umziehen, sondern auch an den Schminktischen. Aber da wir keine männlichen Darsteller haben, gibt es ein Problem weniger.«

Lavinia hielt Penrose am Ärmel fest, als er aufbrechen wollte. »Als deine Freundin und Geliebte«, sagte sie, »habe ich da nicht gewisse Privilegien?«

»Welche?«

»Nun, wenn du keine ernsthaften Einwände hast, möchte ich mich gern in meinem Zimmer umziehen. Ich meine, ich bin mindestens zehn Jahre älter als die anderen Mädchen, und ich will mir das Gekichere nicht anhören, wenn sie meine Unterwäsche sehen.«

Penrose hatte keine Einwände. »Aber ziehe Ausgehschuhe an, denn wenn du in diesem Regen mit den Schuhen rumläufst, die du auf der Bühne trägst ... Ben, einen Augenblick, ich muß noch einiges mit dir klären, bevor du gehst.«

Während Ben Fisher das frühe Abendessen einnahm und Richard Carson allein im Zimmer war, überlegte er zum hundertstenmal, ob er Kate McNamara anrufen sollte. Sie wußte noch nichts davon, daß die Bilder an St. Clare's zirkulierten, denn sie war schon abgereist, bevor die Bilder auftauchten. Und er hatte keine Lust, es ihr zu sagen. Aber er sehnte sich danach, ihre Stimme zu hören.

Und dann rief er doch nicht an.

Irgendwann würde er sie vergessen haben. Obwohl es lange dauern würde. Als er sich wieder in Selbstmitleid erging, fiel ihm ein, daß sie verantwortlich dafür war, daß er Oxford abschreiben konnte. Wenn sie ihm das nicht angetan hätte, wäre Oxford kein Problem gewesen.

Nein, sie konnte ihm gestohlen bleiben!

Um Viertel vor acht ging Penrose, den Regenschirm aufgespannt, hinüber zum Großen Saal. Es regnete nicht, es strömte. Und der Wind heulte wie ein Banshee. Im Saal war alles ruhig. Der Unterschied zwischen der realen und der Theaterwelt, dachte Penrose. Draußen die Dinge des Lebens, die ständig im Fluß sind und immer wieder neue Wendungen nehmen. Leben und Tod. Drinnen das Theater, das Abgeschlossene. Man wußte, wie es ausgehen würde. Das gab einem eine gewisse Erleichterung. Ein paar Minuten später brachen auch die Darsteller zum Großen Saal auf. Sie verließen die verschiedenen Häuser und eilten über den Hof. Die jüngeren, die sich aufgeregt unterhielten, mußten schreien, um sich gegen den Wind verständigen zu können.

Vielleicht wußten sie nicht, daß Wind und Regen vor einer Aufführung beinahe immer ein schlechtes Omen sind.

»Nun«, sagte Julia zu Amanda und Jocasta. »Wollt ihr mir nicht viel Glück wünschen?«

»Hals und Beinbruch«, sagte Jocasta. »Das sagen wir vom Theater immer, Liebling. Das soll den Teufel abschrecken, in deinem Fall also die Kritiker.«

»Danke, aber das war nicht nett«, fauchte Julia. »Außerdem kenne ich diesen Ausspruch. Aber ich wundere mich, woher du ihn kennst.«

»Mein Vater ist Teilhaber eines Theaters.«

Lavinia nahm sich viel Zeit, um sich bühnenfertig zu machen. Nachdem sie das blaue Wams und die Strumpfhose so zurechtgezupft hatte, daß sie zufrieden war, stellte sie sich vor den Spiegel und begann mit dem Make-up. Da sie eine echte Blondine war, konnte sie die Schattierungen, die sie sonst verwendete, nicht auflegen, sie wirkten schal und langweilig unter der schwarzen Perücke des Demetrius. Alles mußte übertrieben, überzeichnet werden, erst recht wegen der Spotlights, unter denen sie die meiste Zeit stehen würde. Also dick auftragen. Am besten mit einer Schaufel.

Da! Das war doch schon was!

Kim Basinger, bezähme deinen Neid!

Sie überprüfte ihr Aussehen noch ein letztes Mal im Spiegel und entdeckte eine Laufmasche an der Strumpfhose. Verdammt! Aber spielte es bei der Generalprobe eine Rolle? Ja, tat es!

Die Schneiderin konnte sich morgen um die Laufmasche kümmern. Heute abend würde sie die dicke Strumpfhose anziehen, die sie extra für ihr Kostüm gekauft hatte. Sie würde sich verspäten, aber Robert würde nicht schimpfen, oder? Ihr erster Auftritt war nicht gleich zu Beginn fällig, und ihr erster Text war noch später dran.

»Es gießt immer noch im Strömen«, sagte Jocasta, während sie am Fenster stand. »Aber wenn ich nicht frische Luft schnappen kann, werde ich mich die halbe Nacht im Bett herumwälzen und nicht schlafen können. Hast du Lust auf einen kleinen Spaziergang?«

»Danke, nein«, erwiderte Amanda. »Ich warte noch

ein paar Minuten und laufe dann hinüber zum Gemeinschaftsraum, um zu sehen, ob ich mein Stirnband finden kann.«

»Kann ich deinen Regenmantel borgen? Ich habe meinen Kate geliehen, und ich nehme an, daß man ihn zusammen mit ihren Sachen nach Hause geschickt hat.«

»Ja, klar.«

Vor der Tür blieb Jocasta noch einmal stehen und schüttelte sich. Obwohl es für sie wichtig war, ihre Lungen noch einmal mit frischer Luft zu füllen, konnte man auch alles übertreiben. Im Schirmständer standen – wie immer – ein paar vergessene Schirme. Sie nahm sich einen und drückte die Tür auf. Einmal um den Block, nahm sie sich vor.

Laß dich erweichen, süße Hermia ....

Penrose war für Lavinia eingesprungen und las deren Text. Komm schon, Lavinia, wo bleibst du? Wo, zum Teufel, steckst du? Du machst einen Trottel aus mir. Die Mädchen ahnen, daß zwischen uns was läuft, und sie haben ein feines Gespür dafür, wenn sich ein Mitglied des Ensembles Dinge herausnimmt, die sich andere nicht trauen. Es geht doch immerhin um die Generalprobe.

Amanda schaute noch einmal durchs Fenster und überlegte, ob sie die Sache mit dem Stirnband vergessen sollte. Es hat sechs Pfund gekostet – na und? Aber nein, warum sollte sie jemandem einfach sechs Pfund schenken? Aber jetzt hatte sie keinen Mantel. Himmel, Jo, wo bleibst du? Du wolltest doch nur mal kurz um den Block. Na gut, dann nehme ich eben ihren Mantel. Dieser lange Kaschmir. Das ist ein guter Tausch. Und wenn der Kaschmir naß wird, wird er eben naß.

»Das ist doch lächerlich!« beschwerte sich Julia. »Ich rede mit Hermia über Demetrius, und Demtrius ist nirgendwo zu sehen!«

»Ich weiß, ich weiß«, versuchte Penrose sie zu beruhigen.

»Aber spiel weiter.«

Zum Teufel, Vin, wo bist du?

Vanessa Maxwell sagte: »Okay, Dominos, auf geht's!«

Ihre Dominokostüme wurden klatschnaß, aber das störte sie nicht. Drei Tage bis zu den Ferien – sie würden die Kostüme trocknen und mit nach Hause nehmen, und wenn ihnen der Sinn danach stand, würden sie sie nächstes Jahr wieder mit in die Schule bringen – wenn sie ›Die Heimlichen Drei‹ wieder aufleben lassen wollten.

»Achtet bloß darauf, daß die Kracher nicht naß werden«, mahnte Vanessa.

Lavinia rannte im Regen auf den Großen Saal zu, den Kopf gebeugt, um ihre Schminke vor der Nässe zu schützen. Jemand stieß gegen sie und rannte sie um.

»He, was ...?«

Dann hörte sie die Schreie.

Es war Lucy, die den schrillen Schrei ausstieß, als sich die regennasse Gestalt plötzlich vor ihnen erhob. Die Gestalt schrie ein langezogenes »Neinnn!« und stürzte davon.

Jetzt sah das Trio in den Dominokostümen, daß dort, wo die Gestalt gekniet hatte, ein dunkles Bündel auf dem Boden lag, fast so etwas wie eine Guy-Fawkes-Puppe.

»Knips die Taschenlampe an«, sagte Tina. »Und Lucy, hör auf zu schreien.«

»Gib mir die Taschenlampe«, sagte Vanessa und kniete sich neben das Bündel.

Es war kein Bündel, es fühlte sich warm und lebendig an.

»Eine Frau«, sagte Vanessa. »Wahrscheinlich ohnmächtig oder betrunken.«

»Aber wer ist es?« fragte Tina. »Ich weiß es nicht. Oh, ich glaube, es ist Miss Lee. Sie trägt dieses Kostüm für die Theateraufführung. Und die schwarze Perücke. Sie ist nicht betrunken, sie ist …«

Bitte, Vin! Bitte! Wo bleibst du nur? dachte Penrose. Dann hörte er auch die Schreie.

Algy Hicks hatte seit sechs Uhr vor Churchill House herumgelungert und darauf gewartet, Jocastas Taschentuch zurückzugeben. Er war durchnäßt bis auf die Haut, aber das war ihm egal. Früher oder später würde er Jocasta sehen, denn sie ging jeden Abend spazieren. Er hoffte nur, daß sie allein sein würde.

Da war sie, und sie war allein. Das schwarze Haar

hätte er unter Hunderten erkannt. Und diesen Mantel auch.

Aber sie sollte erst ein bißchen weiter weg vom Haus sein. Er wollte nicht beobachtet werden, wenn er sich der jungen Dame näherte. Selbst bei diesem Wetter waren immer ein paar Mädchen draußen. Er würde ihr folgen.

»Miss ...«

Amanda drehte sich um und sah diese heruntergekommene Gestalt, das Haar lag wie geklebt am Schädel, vom Regen geplättet. Sie erkannte Algy nicht. Sie sah nur, daß er ein Mann war.

Ihre Eltern hatten ihr beigebracht, ihre Lungen zu füllen und laut zu schreien, wenn sie sich bedroht fühlte. Und Mrs. Gordon und Mrs. Clinton hatten das auch immer wieder gesagt.

Algy griff in seine Tasche und zückte das Taschentuch, doch Amanda sah in der Geste eine zusätzliche Bedrohung.

»Geh weg! Sonst schreie ich!«

Algy geriet in Panik. »Bitte, nicht ...«

Dann sah er, daß dieses Mädchen, trotz der Haarfarbe und des Mantels, nicht Jocasta war. »Du ... bist nicht ...«

»Geh weg, geh weg!«

»Nein, Miss, nein!«

Amanda trat um sich und kreischte, und Algy kriegte es mit der Angst zu tun.

Er war kräftig, seine Muskeln von der körperlichen Arbeit in all den Jahren waren gestählt und trainiert. So war es nicht ganz seine Schuld, daß er, als er seine Hand auf Amandas Mund drückte, um ihre Schreie zu unterdrücken, zuviel Druck ausübte.

Und Amanda wehrte sich immer noch.

Algy versuchte, ihren Widerstand zu ersticken. »Bitte, Miss, es ist eine Verwechslung. Ich will Ihnen doch nichts tun ...«

Amanda konnte nur daran denken, daß dieser schreckliche Kerl sie vergewaltigen wollte.

Algy drückte seine kräftigen Hände um ihren Hals. Er mußte etwas tun, um dieses ohrenbetäubende Schreien der jungen Miss zu stoppen.

Dann tauchten plötzlich die drei furchterregenden Gestalten in ihren schwarzen Umhängen und Masken auf, und Algy selbst stieß einen Schrei aus und ergriff die Flucht.

»Der Angriff galt mir«, sagte Jocasta. »Gott im Himmel, er wollte mich erwischen.«

Sie befanden sich im Krankenraum der Schule. Amanda Panda sah blaß aus, und ihre Blässe wurde noch von dem weißen Verband um ihren Hals betont.

»Schon gut«, sagte sie heiser. »Scheiße, meine Kehle brennt. Ich könnte einen Drink vertragen.«

»Aber, aber, Amanda«, mahnte Tanja Natal.

»Es geschieht mir recht«, sagte Amanda. »Dafür, daß ich etwas sein wollte, was ich nicht bin. Und was für ein Glück, daß diese närrischen Teenies in ihren idiotischen Kostümen plötzlich auftauchten. Wenn sie sich nicht vorgenommen hätten, die Generalprobe platzen zu lassen ...«

»Ich habe nie geahnt, daß er so verknallt in mich war«, sagte Jocasta.

»Dann darfst du nicht so schön sein ...«

»Aber du bist auch schön. Du wirst sehen, das nächstemal bei Flanagan's werden sie vor uns auf den Knien liegen.«

Algy gelangte nicht weit. Er wollte auch gar nicht weglaufen. Die Polizei fand ihn nahe den Tennisplätzen. Er hockte da und weinte.

»Ich habe es nicht gewollt, ich habe es nicht gewollt. Es war doch gar nicht sie ...«

»Schon gut, mein Sohn, wir werden die Dinge schon ordnen.«

HERR, GIB UNS DEINEN SEGEN

Es begann zu schneien.

Die beiden Vorführungen von *Ein Sommernachtstraum* verliefen ohne jeden Zwischenfall und wurden zu einem überwältigenden Erfolg. Die ganze Mannschaft hatte es aber auch verdient, dachte Mrs. Gordon, denn jeder hatte eine Menge Arbeit und Freizeit in das Stück gesteckt.

Julia kam großartig an. Zu ihrer Überraschung versuchte Lavinia nicht, sie an die Wand zu spielen. Außerdem trug Lavinia die dickere Strumpfhose und unter dem Wams ein dünnes Hemdchen.

Bescheidenheit ziert einen Mann, dachte Lavinia. Und manchmal auch eine Frau, setzte sie in Gedanken hinzu. Jedenfalls in diesem Jahr.

Mrs. Gordon dachte lange über den Gottesdienst zum Ende des Jahres nach. Es war eines der schlimmsten Quartale gewesen, an die sie sich erinnern konnte, vielleicht sogar das schlimmste überhaupt.

Aber sie entschied sich dafür, nicht in den tragischen Erinnerungen zu wühlen, sondern frohen Mutes aufs nächste Jahr zu schauen. Schließlich war Advent, und jeder Advent war ein neuer Anfang.

Adeste fidelis, laete triumphantes..
Auf, gläubige Seelen, und singet Jubellieder …

Dann las sie aus dem Psalm einhundertneunzehn.

Ich danke dir mit aufrichtigem Herzen …

Sie mußte sich ein paar Tränen verdrücken, als sie die Verse las und die Versammlung bat, in die letzte Hymne einzustimmen. Ja, das war ihre Schule. Ihre Welt.

Herr, gib uns deinen Segen
Und führe uns in eine neue Zeit
Verzeih, wenn wir auf manchen Wegen
Geirrt und nicht gereut …

»Ich fand es nett von dir, daß du nicht versucht hast, Julia zu überspielen«, sagte Penrose zu Lavinia.

»Ich bin ein anständiger Mensch«, erwiderte Lavinia. »Nun ja, manchmal. Aber eigentlich ziehe ich es vor, unanständig zu sein.«

Jocasta umarmte Julia zum Abschied. Amanda war bereits auf dem Nachhauseweg. Die beiden Mädchen versprachen sich, die Ferien zu nutzen, um gemeinsam Amanda zu besuchen.

Jocastas Mutter drückte ungeduldig auf die Hupe und riß die Mädchen aus ihrem Gespräch. Aber der Schnee fiel dichter, und es drängte sie, nach Hause zu fahren.

Lange, nachdem sie alle gegangen waren, stand Richard Carson auf der Treppe vor dem Napier House.

»Auf Widersehen, Carson!« rief Chips. »Schöne Ferien und frohe Festtage.«

Richard erwiderte den Gruß.

Als sein Vater mit dem Wagen vorfuhr, war er weiß wie ein Schneemann. Seine Mutter saß auch im Auto. Nun, wenn er beide zusammen hätte, wäre die Rückfahrt eine gute Gelegenheit, ihnen von der Oxford-Katastrophe zu berichten.

Ja, das würde er tun. Dann hatte er es hinter sich.

Und noch etwas würde er tun. Ganz egal, was geschah, er würde über Weihnachten zu Kate fahren. Er wollte ihr zeigen, daß sie nicht allein war. Sie war nicht ohne Freunde.

Und nicht ohne Liebe ...

ENDE

Die Historikerin Julia Symonds verliert während einer Mittelmeerkreuzfahrt die Geduld mit ihrem einfallslosen Verlobten David. Nachdem sie den weltmännischen Rupert und die nach allen Seiten offene Merise näher kennengelernt hat, begreift sie endlich, was bisher in ihrem Leben fehlte ...

ISBN 3-404-14217-9

BASTEI LÜBBE

Rachel droht ihren Job als Jungdozentin an der Londoner Universität zu verlieren. Da kommt die Einladung des amerikanischen Kollegen zu einem sündigen Wochenende gerade recht – sie braucht dringend Ablenkung. Durch ihn lernt sie Max kennen, der ihr eine neue Aufgabe bietet – die Herausgabe eines sehr freizügigen Tagebuchs aus der viktorianischen Zeit ...

ISBN 3-404-14213-6

BASTEI LÜBBE